帝王燕

제왕연 12

ⓒ지에모 2021

초판1쇄 인쇄	2021년 2월 23일
초판1쇄 발행	2021년 3월 9일

지은이	지에모芥沫
옮긴이	이소정

펴낸이	박대일
편집	이문영 · 박지해 · 임유리 · 신지연 · 이지영
마케팅	임유미 · 손태석
일러스트	흑요석
디자인	박현주
교정	김미영

펴낸곳	파란미디어
출판등록	2004년 9월 14일 제313-2004-00214호

주소	03992 서울시 마포구 동교로23길 14 국제빌딩 6층
전화	02.3141.5589 영업부 070.4616.2012 편집부
팩스	02.6499.5589
전자우편	paranbook@gmail.com
카페	http://cafe.naver.com/paranmedia
인스타그램	@paranmedia

ISBN	978-89-6371-874-3(04820)
	978-89-6371-821-7(전21권)

제
왕
연

12

帝王燕

지에모芥沫 지음 — 이소정 옮김

파란

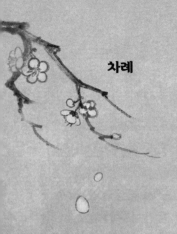

차례

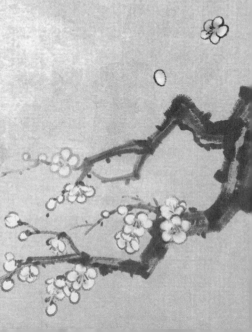

마침내 나타난 건명보검

소 숙부의 적령시는 물론 가짜였다. 그렇지 않다면 그가 방금 두 열쇠를 바꿔치기할 때 비연의 약왕정을 속일 수 없었다. 모두 알다시피 약왕정이 가장 좋아하는 것은 약광석이었고, 그 귀한 약광석 냄새를 맡으면 가만히 있지 못하고 날아오르곤 했다.

사실 천하의 적령석은 모두 이 구려족의 묘에 숨겨져 있었다.

소 숙부는 손안의 적령시를 바라보며 어떤 반응도 보이지 못하고 있었다.

그리고 이 순간, 검대 위의 거대한 석검은 이미 붉은 빛에 완전히 감싸여 있었다. 검 전체가 불꽃 속에서 목욕하고 있는 것 같기도 했고, 불로 이루어진 검이 빛을 내뿜고 있는 것 같기도 했다. 석검은 흐르는 광채 속에서 아름답고 장엄한 동시에 신성불가침한 느낌마저 풍기고 있었다.

비연과 군구신은 석검을 응시하고 있었다.

군구신은 미간을 찌푸린 채 모든 정신을 그 석검에게 빼앗기고 있었다. 그는 이제 스스로를 통제할 수도 없었다.

비연은 두 손으로 약왕정을 꼭 쥐고 있었다. 그녀는 약왕정이 이렇게 강렬하게 움직이고자 하는 것을 처음 느끼고 있었다. 그녀가 꼭 잡지 않으면 약왕정도 곧 자제력을 잃을 것 같았다.

비연은 약왕정이 이렇게 흥분하는 건 바로 적령석의 냄새를 맡았기 때문이라는 걸 알고 있었다. 그러나 이곳의 적령석은 모두 방금 약왕정에서 꺼낸 것이었다. 약왕정이 이렇게 흥분할 이유가 없었다!

"설마……."

비연은 홀연히 깨달았다.

"군구신, 이 석검 안에도 적령석이 있는 게 분명해! 양도 절대 적지 않을 거야!"

그제야 군구신은 정신을 차리고 재빨리 비연에게로 다가가 그녀를 지키기 시작했다.

예전에는, 비연이 곁에 있으면 어떤 상황에서도 그는 언제나 그녀에게 신경 썼다. 그러나 방금 그는 그녀의 존재마저 잊고 온 마음으로 석검에 집중하고 있었다. 그는 심지어…… 심지어 자기 자신조차 잊은 상태였다.

자제력을 잃은 느낌 때문일까, 군구신은 자못 불안했다. 다만 그는 그 원인을 생각할 여유가 없었다. 그는 주변의 기관을 경계하는 동시에 소 숙부와 기욱에게도 신경을 써야 했다.

소 숙부는 이미 상황을 파악하고 차갑게 외쳤다.

"오, 그래, 진짜 적령석이 바로 너희들에게 있었구나!"

말을 마친 그가 재빨리 검을 들어 군구신과 비연을 습격해 왔다. 군구신이 검으로 막아 내자 기욱이 다른 방향에서 비연을 공격해 왔다.

이때 묘실 문밖에는 흑인어족 병사들이 점점 더 많아졌고, 진묵이 죽음을 각오하고 막아 내는 중이었다. 망중은 옥인어족 병사를 잡고 있느라 몸을 뺄 수 없었다.

군구신의 몸이 환상처럼 비연의 앞을 지키기 위해 나타났다. 그가 검으로 기욱의 검을 치는 순간 기욱의 검이 두 조각으로 부러지고 말았다. 기욱이 깜짝 놀라 뒤로 물러났다.

군구신이 차갑게 경고했다.

"다시 한번 비연에게 손을 댄다면, 본 왕이 네 머리부터 베어 주겠다!"

기욱은 군구신의 날카로운 기세에 놀라 입을 놀릴 엄두조차 내지 못하고 소 숙부만 바라봤다.

소 숙부가 쫓아오며 냉소했다.

"그래? 한번 시험해 봐야겠군!"

그는 6층 묘실에서 겨루어 봤기 때문에 군구신의 무공이 얼마나 뛰어난지, 그리고 얼마나 빠른지 알고 있었다. 소 숙부는 이 상황에서 자신이 이길 수 없다는 것도 알고 있었다.

그는 어차피 이길 생각이 없었다. 그가 바라는 것은 시간을 끄는 것이었다!

기욱이 비연을 위협하며 군구신을 견제해 준다면, 소 숙부는 군구신을 반 시진 정도 잡아 놓을 자신이 있었다. 반 시진이면 축운궁주가 분명히 도착할 것이다. 건명보검이 축운궁주의 손에 떨어지는 한이 있더라도, 군구신과 비연의 손에 떨어지게 둘 수는 없었다!

소 숙부는 기욱의 부러진 검을 빼앗고 자신의 보검을 그에게 건넸다.

"기 대소야, 원한을 갚을 시간이다. 안심해라. 이 늙은이가 목숨을 버리는 한이 있더라도, 군구신이 너에게는 손끝 하나 대지 못하게 해 줄 테니!"

기욱도 얼마간 용기를 내어 소 숙부의 장검을 받았다. 그는 소 숙부와 서로 바라본 후 바로 양쪽으로 갈라졌다. 의심할 바 없었다. 그들은 각기 다른 방향에서 군구신과 비연을 습격할 생각이었다.

군구신은 한 손으로 비연의 허리를 끌어안고 다른 손으로 검을 잡았다. 그는 날카로운 눈빛으로 소 숙부를 바라보며 속으로는 기욱을 생각하고 있었다.

그는 물론 소 숙부의 목적을 알아차렸다. 그리고 방어 대신 공격을 하기로 마음먹었다. 최대한 빠른 속도로 기욱을 죽일 것이다!

이때, 그들 등 뒤의 석검을 감싼 불씨가 점점 더 성대해졌다. 그들 앞에서는 진묵과 흑인어족 병사들의 전투가 점점 더 격렬해졌고, 그들은 이제 일촉즉발의 상황이 되었다.

군구신이 소 숙부를 바라보며 눈을 가늘게 떴다. 소 숙부가 움직이는 순간, 군구신의 몸이 환영처럼 움직이더니 순식간에 기욱 쪽으로 자리를 옮겼다.

소 숙부가 경악했다.

기욱 역시 경악했다.

"욱아!"

소 숙부가 바로 쫓아갔다. 그러나 그의 속도로는 군구신을 따를 수 없었다.

기욱은 그 자리에 멈춰 선 채, 심지어 저항하는 것조차 잊고 눈을 휘둥그렇게 뜬 채 군구신의 검날이 다가오는 것을 지켜보았다.

그러나 전광석화의 순간, 묘실 밖 거대한 물 장벽이 갑자기 무너지더니 거대한 물결이 묘실 안으로 용솟음쳐 들어와 군구신을 비롯한 모든 이들에게로 쏟아졌다.

물 장벽에 틈이 생기면 붕괴하기 쉬운 법이었다. 그러나 이것은 옥인어족 병사를 포함해 아무도 예상하지 못했던 일이었다.

모두 거대한 물결을 피해 뒤로 물러났다. 진묵과 망중은 이미 물결에 휩쓸렸다. 군구신을 비롯해 모두는 계속 뒤로 물러날 수밖에 없었다.

소 숙부과 기욱은 순식간에 묘실 제일 끄트머리까지 도망쳤다. 하지만 비연과 군구신은 석검 앞을 떠나지 않았다.

물이 곧 묘실 전체를 뒤덮었다.

그러나 모두가 생각하지 못한 일이 벌어졌다. 석검 위 붉은 빛이 거대한 광원을 형성하더니, 석검과 비연 일행을 완벽하게 물과 격리하여 보호하기 시작했다.

비연과 군구신은 물론 모두 깜짝 놀랐다. 이게 적령석 때문인지, 아니면 건명검 때문인지 도무지 알 수 없었다.

물론 이 순간 그들에게는 분석을 할 여유도 없었다. 석검의 석룡이 깨지고 있었던 것이다. 점차 석검 위에도 균열이 생기고 있었다.

균열이 점점 더 커지더니 갑자기 거대한 석검 전체가 무너져 내렸다. 커다란 돌덩이들이 굴러떨어지는 가운데 비연과 군구신 앞에 장검 한 자루가 나타났다. 마치 얼음처럼 투명하니 윤기가 도는 이 장검 전체에서는 옅은 붉은 빛이 뿜어져 나오고 있었다.

"적령석……."

비연이 저도 모르게 중얼거렸다. 그녀는 석검 안에 적령석이 숨어 있으리라 추측하긴 했지만, 그것이 검의 형태일 거라고는 생각지 못했던 것이다!

군구신 역시 놀라워하고 있었지만 그는 건명검에 좀 더 관심을 두고 있었다.

"건명검이 이 안에 있는 건 아니겠지?"

그의 말이 끝나기가 무섭게 한 줄기 황금 빛이 투명한 적령검 안에서 흘러나왔다. 그리고 보통의 검과 비슷한 길이의 검은 보검이 점차 또렷하게 떠오르기 시작했다.

이 보검의 형태는 그들이 보고 있던 석검, 적령검과 완전히 같았다. 보검은 석검이나 적령검처럼 거대하지는 않았지만 침범 불가능한 위엄을 풍기고 있었다. 마치 모든 검들의 패자인 듯, 저 높은 곳에 있는 듯.

그 검신에는 살아 있는 것처럼 생생한 황금 용이 똬리를 틀고 있었다. 황금 빛은 바로 이 용이 발산하고 있었다.

비연과 군구신은 함께 기뻐했다. 이 검이야말로 건명검이다!

"연아……."

"내가⋯⋯."

군구신과 비연이 동시에 말하다가 동시에 멈췄다. 그들은 같은 생각을 하고 있었다. 이렇게 거대한 적령검을 들어 올린다는 건 무리였다. 그러나 비연이 적령검을 약왕정에 넣으면 군구신은 건명검을 얻을 수 있을 것이다.

비연은 안 그래도 흥분하고 있는 약왕정을 통제하기 어려울 지경이었다. 그녀가 막 약왕정을 발동시키려 했을 때였다. 사방팔방에서 흑인어족 병사들이 들어오더니 검대를 단단히 포위했다⋯⋯.

그가 말했다, 명을 받들겠다고

　흑인어족 병사들이 그들을 포위했다. 수많은 장창이 비연과 군구신에게로 향했다. 그러나 그들이 광원을 건드리기도 전에 모두 튕겨 나가고 말았다.

　흑인어족 병사들이 의아해하며, 감히 가까이 가지 못하고 그저 비연 일행을 노려보았다. 곧 흑인어족의 통령인 듯한 자가 검대 주변의 물을 갈라 길을 만들었다.

　소 숙부와 기욱이 흑인어족 병사들 뒤에서 걸어 나왔다. 흑인어족 통령은 물론이고 다른 병사들도 무척 공손한 태도였다. 아무래도 그들은 소 숙부가 축운궁주를 배반할 생각이었던 걸 모르는 모양이었다.

　소 숙부가 군구신과 비연을 조소를 품은 얼굴로 바라보며, 일부러 외치듯 말했다.

　"궁주께 사람을 보냈느냐?"

　통령이 고개를 끄덕이며 답했다.

　"이미 보냈습니다. 궁주께서 아마 오고 계실 겁니다."

　소 숙부는 무척 만족스러워하며 말했다.

　"이 늙은이가 백리 가문의 사람을 데리고 궁주 어르신을 뵈러 가다가 이자들이 고묘에 침입하는 걸 발견했지. 너희들, 마침 잘 왔다. 저들을 단단히 지키도록 하여라. 궁주 어르신께서 오시면 직접 손을 보실 테니까. 이 늙은이는 위층에 가서 그물에 걸린 물고기가 더 있는지 봐야겠구나! 궁주 어르신이 이자들을 오랫동안 주목해 오셨으니, 너희가 만약 놓치기라도 하면 궁주 어르신께서 어떤 죄를 내리시건 나도 도와줄 수 없을 것이다!"

통령은 황공해하며 연신 고개를 끄덕였다.

"예, 예!"

비연과 군구신은 소 숙부, 저 늙은이가 도망칠 생각임을 알아차렸다!

비연이 큰 소리로 물었다.

"소 숙부, 망하에서 축운궁으로 가는 길과 이 고묘로 오는 길은 완전히 반대 방향인 것 같은데! 그런데도 우리를 볼 수 있었다니, 정말 대단한 우연인걸? 건명검이 여기 있다는 사실은 왜 저 통령에게 알려 주지 않는 거지?"

건명검? 인어족 통령이 경악하여 바로 소 숙부와 기욱을 바라보았다.

소 숙부가 분노하여 외쳤다.

"고비연, 요망한 소리로 사람들을 미혹시키지 마라!"

그러나 비연의 말은 흑인어족 병사들의 마음속에서 이미 의심의 싹을 틔웠다. 흑인어족 통령이 잠시 생각하더니 수하들을 시켜 소 숙부를 포위하게 했다. 물론 그의 말투는 여전히 공손했다.

"소 숙부, 직접 궁주 어르신께 설명하시는 편이 낫겠습니다.

죄송합니다."

비연이 바란 것이 바로 이것이었다. 그녀는 무척 기뻐하며 군구신을 바라보았다.

이 순간 군구신 역시 그녀를 보고 있었다. 두 사람은 서로를 바라보며 미소 지었다. 서로의 마음이 통하고 있었다.

비연이 적령검을 약왕정으로 받아들이면 검대 위 광원은 사라질 가능성이 높았다. 그 경우 그녀와 군구신은 바로 물에 빠지게 된다. 물속은 인어족의 천하니, 그곳에서 전투를 벌이면 당연히 비연 일행이 불리했다.

그렇다고 계속 시간을 끌 수도 없었다. 어쨌든 축운궁주를 상대하는 것보다는 흑인어족 병사들을 상대하는 편이 나을 테니까.

진묵과 망중, 심지어 대설도 보이지 않았다. 또한 6층 고묘에 있는 목연 일행이 어떤 상황인지도 알 수 없는 상태였다. 비연과 군구신은 도박을 할 수밖에 없었다!

인어족에게 둘러싸인 채 비연은 약왕정을 발동시켰다. 군구신은 한 손으로 그녀를 안고, 다른 손으로는 장검을 등 뒤의 검집에 넣고 건명보검을 잡을 준비를 했다.

이 적령검은 정말로 너무나 컸다. 약왕정은 그것을 단숨에 제 안으로 받아들이지 못하고 한참 동안 꿈틀거렸다.

비연은 정신을 집중해 적령검에만 온 신경을 쏟았다. 그녀가 약왕정을 사용해 약재를 수집하기 시작한 후로 이렇게 힘든 것은 처음이었다. 그녀는 심지어 약왕정 안 거대한 약초밭조차

이 적령검을 받아들이기에는 공간이 부족하다는 걸 깨달았다.

비연은 눈을 감고 더욱 집중하기 위해 노력했다. 그녀는 약왕정과 함께 노력할 생각이었다!

그러나 예상과는 달리 그녀는 실패를 거듭하고 있었다. 현기증이 밀려와 그녀는 눈을 감았다. 적령검은 여전히 눈앞에서 미동도 하지 않았다. 약왕정이 계속 흥분한 상태가 아니라면 비연은 약왕정이 다시 파업을 시작했다고 의심했을지도 모른다.

군구신의 다정한 목소리가 들려왔다.

"왜 그래?"

"아무것도 아니야. 이 물건이 너무 커서 시간이 좀 필요할 뿐이야."

비연은 현기증을 참으며 주먹을 꽉 쥐고, 다시 정신을 집중해 약왕정을 발동시켰다. 그러나 한참을 노력해도 적령검은 여전히 움직이지 않았다.

비연이 다시 눈을 떴다. 이제 현기증 정도가 아니라 두통이 밀려왔다. 집중력도 완전히 사라진 듯한 느낌이었다.

그녀가 괴로워하는 걸 보고 군구신이 속삭였다.

"내가 검으로 부숴 보겠어."

그가 만약 건명력을 부릴 수 있다면 이 적령석을 깰 수 있을 것이다. 그러나 지금 그는 건명력을 소환하는 방법조차 알지 못하니, 현재 가진 내공에 의지하는 수밖에 없었다.

비연이 그를 제지했다.

"당신은 저들을 상대해야 하니 힘을 아껴 둬야 해. 이 적령검은 내가 가질 거니까. 나와 다투지 말라고."

군구신이 반박하려 하자 비연이 노한 눈으로 그를 노려보았다.

그가 그녀의 시선을 피하며 속삭였다.

"구식환."

비연이 이해하지 못하겠다는 듯 바라보자 그가 속삭였다.

"이 호수는 너무 깊어. 네가 계속 이렇게 힘을 소모한다면 어떻게 숨을 참고 버틸 수 있겠어? 검을 얻는 순간 바로 구식환을 먹도록 해. 다른 일은 신경 쓸 필요 없어."

구식환은 바로 사람을 가사 상태로 만들어 잠시 호흡을 멈추게 하는 기이한 약이었다. 장파 고묘에서 도망칠 때 비연은 택에게 그 약을 먹인 적이 있었는데, 군구신이 기억하고 있었던 것이다.

비연이 웃으며 상쾌한 표정으로 약을 꺼내 군구신에게 건넸다.

"우리 부부는 정말 잘 어울려. 무엇을 해도 지치는 법이 없다니까!"

진지한 표정을 짓고 있던 군구신은 이 말을 듣는 순간 웃음이 새어 나오는 걸 참을 수 없어 결국은 입꼬리를 살짝 들어 올리고 말았다. 이렇게 웃는 듯 마는 듯 한 표정을 지을 때면 그는 더욱더 유혹적이었다.

주변 인어족 병사들은 그들이 무슨 이야기를 나누는지, 무엇을 하려고 하는지 이해하지 못하고 계속 지키고만 있었다.

소 숙부와 기욱은 흑인어족 병사들에게 감시를 받고 있었는데, 그들의 심정은 모순적이었다. 도망치고 싶기도 하고, 건명검을 빼앗으러 가고 싶기도 했던 것이다.

얼마 지나지 않아 비연의 약왕정이 갑자기 공중으로 날아오르더니 옅은 붉은 빛을 내뿜기 시작했다. 비연이 군구신의 손을 꽉 잡았다. 그녀는 이제 눈을 감지 않고 계속 약왕정에게 명령을 내렸다. 한 번, 또 한 번.

이 순간 6층 묘실은 이미 물에 잠겨 있었다. 수위가 천장까지 닿을 정도였다. 흑인어족 병사들이 몰려왔을 때 수희는 목연을 고발하는 동시에 거대한 파도를 소환해 모든 이들을 덮치게 했다.

이때 묘실은 물로 가득 차 어두웠고, 인어족 병사들은 사방을 뒤지고 있었다.

고운원은 물속 석관 속에 숨어 있었다. 그는 몸을 웅크린 채 뼈가 분명히 드러난 손으로 제 몸을 꽉 끌어안고 있었다. 그는 잘생긴 미간을 강하게 찌푸리고 있었는데, 주름마다 고통이 가득 차 있는 것 같았다. 괴로워하는 동시에 뭔가를 참고 있는 것 같기도 했고, 또 뭔가 노력하고 있는 것 같기도 했다.

고통이 이 정도로 밀려와도 그는 여전히 매우 안정되어 보였다.

갑자기 그가 말했다.

"명을 받들겠습니다."

그 순간, 공중에서 불덩이가 나타나더니 점차 그의 몸을 덮어 갔다. 고운원은 여전히 미간을 찌푸린 채 입가에는 희미한 미소를 띠고 있었다. 웃는 듯 마는 듯, 그리고 어쩔 수 없다는 듯, 동시에 담담하게.

마침내 그의 몸 전체가 불덩이에 휩싸이더니 보이지 않게 되었다. 잠시 후 불이 점차 희미해지더니 곧 사라졌다. 관 속은 아무 일도 없었던 것처럼 텅 비어 버렸다.

바로 그 순간, 7층 묘실에서는 비연이 맹렬하게 눈을 떴다. 그녀는 넋이 나가 있었다. 방금 뭔가를 들었다. 정말로 존재하는 것 같기도 하고 환청 같기도 한 소리를. 그 소리는 너무나 멀리서, 너무나 작게 들려왔다. 그녀는 그것이 누구의 목소리인지, 그 목소리가 무슨 말을 하는지조차 알아들을 수 없었다.

군구신은 비연이 정신을 잃은 듯한 표정인 걸 보고 과감하게 명령했다.

"그만! 쉬도록 해!"

비연은 그제야 정신을 차렸다.

이 순간, 그들 앞 거대한 적령검이 홀연히 사라지고 있었다. 적령검 속의 건명검이 거대한 소리를 내며 바닥으로 떨어졌다. 그리고 동시에 검대를 지켜 주던 광원도 순식간에 사라졌다.

사방에서 물이 용솟음치며 그들을 덮쳐 왔다…….

질투는 일종의 인정

광원이 깨지는 동시에 물이 사방팔방에서 쏟아져 들어왔다. 그러나 비연과 군구신은 이미 충분히 대비하고 있던 상태였다.

비연은 구식환을 먹은 후 아무 망설임도 없이 자신의 생명을 군구신에게 맡겼다. 군구신은 물결보다 빠른 속도로 그녀를 품에 안고, 다른 손으로는 제대 위 건명보검을 집어 들었다.

검을 손에 넣자 그는 비연을 안은 채 빠르게 몸을 돌렸다. 물이 밀려오는 순간 그는 날카로운 검망을 한 바퀴 그려 파도를 뚫었다. 그들 주변을 포위하고 있던 흑인어족 병사들이 사납게 튕겨 나갔다. 군구신은 그 힘을 빌려 비연을 안은 채 파도의 중심을 향해 달려갔다.

이 모든 것이 단숨에 이루어졌다. 군구신의 동작은 명쾌했고, 그의 몸은 마치 놀라 날아가는 기러기인 양, 물속을 노니는 용인 양 재빨랐다. 분명 도망가고 있었으나 낭패한 분위기는 전혀 풍기지 않았고, 오히려 고귀하고 오만해 보였다.

흑인어족 병사들과 소 숙부 일행이 겨우 정신을 차렸을 때 군구신은 이미 흑인어족 병사들의 포위망을 뚫은 후였다.

물론 흑인어족 병사들의 능력이 모자란 것이 아니었다. 물속은 그들이 영역이었다.

흑인어족 통령은 곧장 군구신과 비연을 향해 물길을 열었다.

물이 좌우 양쪽으로 물러나는 동시에 군구신은 바로 호수 바닥에 착지했다. 그 즉시 모든 흑인어족 병사들이 그들을 단단히 포위했다. 그들은 군구신을 호수 바닥에 가둘 작정이었다!

군구신의 눈에 얼음과도 같이 차가운 살의가 일었다. 그가 도망치려 한 것은 그들을 두려워해서가 아니라 시간을 끌고 싶지 않았기 때문이었다. 군구신은 상대가 죽고자 한다면 살계를 크게 범하게 되더라도 상관없었다. 그리고 그리하면 깊이 잠들어 있는 건명보검을 깨울 수 있을 것이다.

군구신은 차가운 눈으로 주변의 인어족을 바라보다가 갑자기 건명보검을 땅 위에 힘차게 꽂았다. 그리고 검의 손잡이를 잡고 검집에서 검을 뽑으려 했을 때, 이게 웬일일까! 건명보검 검집에 똬리를 틀고 있던 황금빛 용이 갑자기 금빛 광선을 발산하더니 날카로운 검기를 폭발시켰다.

다른 사람이라면 이 검기에 놀라 물러났을 것이다. 그러나 군구신은 손을 놓았을 뿐 한 걸음도 움직이지 않았다.

건명검은 놀랍게도 갑자기 공중으로 날아올랐다. 그러나 군구신은 쫓아가지 않았다. 그저 건명검을 바라보며 넋을 잃고 있을 뿐이었다.

몸 안에서 힘이 용솟음치더니 그의 손바닥으로 향했다. 이 힘은 너무나 강했다. 분명 그의 몸 안에서 흘러나오는 것임에도 불구하고 그가 제어할 수 없었다. 아니, 심지어 그를 미동도 못하게 했다.

군구신은 그저 기다릴 수밖에 없었다.

이 힘이…… 건명력인가?

이 순간, 군구신은 기묘한 느낌을 받았다. 건명력이 자신에게 속해 있는 게 아니라 자신이 건명력에 속해 있는 것 같았다. 그의 몸은 그저 건명력이 머물기 위한 숙주에 불과한 것도 같았다. 심지어 이 힘의 부림을 받아 그 보검을 쫓아왔다는 느낌마저 들었다.

그는 물론 검을 쫓아가고 싶었다. 그러나 그 힘에 지배받고 싶지는 않았다. 비연을 제외하면 어떤 누구에게도 속할 생각이 없었다. 그는 그 무엇의 지배도 받을 생각이 없었다. 그것이 신력이라 해도!

그는 항거할 것이다!

흑인어족 병사들은 군구신의 상태를 보고 감히 앞으로 다가오지 못했다. 그리고 그 순간, 오래도록 기다려 왔던 소 숙부가 갑자기 흑인어족을 제치고 달려 나오더니 맹렬한 기세로 보검을 향해 날아올랐다. 그리고 이를 악물고, 날카로운 검기를 참아 내며 제 손을 베고 그 손으로 검을 잡았다.

순식간에 소 숙부의 피가 황금용을 물들이기 시작했다. 그리고 물들이던 순간과 마찬가지로 순식간에 사라졌다!

피로 맹우가 되었다. 그는 건명보검과 계약을 맺었다. 계약을 맺고 나면 그 누구도 그에게서 건명보검을 빼앗아 갈 수 없었다. 마침내 손에 넣었다!

10년 동안 그가 해 왔던 모든 일들, 목숨을 걸고 축운궁주에게 협력했던 것, 그 모든 것들이 바로 이 보검을 손에 넣기 위해서였다!

"하하하! 이 검은 이제 나의 것이다!"

소 숙부는 미친 듯이 기뻐하며 천천히 바닥에 착지한 후 소리쳤다.

"오늘 감히 이 늙은이에게 대적을 하려 하는 자는 모두 죽으리라!"

그는 득의만만했다. 오만함에 가득 차 있었다. 건명력이 제자리로 돌아오지 않았다 해도, 건명보검과 같은 신기를 손에 넣은 이상 그는 군구신을 죽일 자신이 있었고, 흑인어족을 죽일 자신도 있었다.

그는 한 손으로는 검집을, 한 손으로는 검의 손잡이를 잡고 의기양양하게 검을 뽑으려 했다. 그러나 이게 어찌 된 일일까. 소 숙부는 검을 뽑을 수 없었다. 다시 시험해 보았지만 여전히 검은 뽑히지 않았다.

이게 어찌 된 일일까? 방금 핏자국이 사라진 것은 계약이 성공했다는 의미가 아닌가! 그는 이미 건명보검의 주인이었다. 그런데 어째서 검을 검집에서 뽑을 수 없는 걸까?

그는 굴복하지 않고 계속 검을 뽑았다. 여전히 건명보검을 움직일 수 없었다. 그리고 이때, 검집 위 황금 용이 갑자기 피로 이루어진 구슬 하나를 내뱉었다.

소 숙부는 경악하여 무의식적으로 건명보검을 힘주어 잡았다. 그러나 건명보검은 맹렬히 흔들리기 시작했다.

피 구슬이 소 숙부의 얼굴 위로 날아왔고, 건명보검은 그의 손에서 벗어나 다시 공중으로 떠올라 황금 빛을 성대하게 뿌렸다. 마치 그 누구도 가까이 오는 것을 허락하지 않겠다는 듯.

눈부신 황금 빛 속에서, 건명보검이 검집 속에서 올라오기 시작했다. 검날은 이루 표현할 수 없이 차가운 검은빛으로, 세상 모든 빛을 빨아들일 것만 같은 빛깔이었다.

보검이 검집에서 완전히 나오자 검날에 갑자기 황금빛 용이 나타났다. 검집 위의 용 조각과 완전히 같은 모습이었다.

황금 용이 나타난 후 검기는 더욱 강해졌다. 보고 있노라면 눈이 아파 올 정도였다.

모두가 검을 바라보고 있었다. 소 숙부도 이 장면에 경외심을 느끼며, 감히 다시 검에 손을 뻗을 엄두를 내지 못하고 있었다.

군구신만 검을 보고 있지 않았다. 그는 여전히 자신의 손바닥을 보고 있었다. 그의 손이 떨리더니 다섯 손가락이 모두 구부러졌다. 손목에 푸른 정맥이 솟아올랐다.

그는 여전히 항거하고 있었다. 이성을 맑게 유지하는 동시에 제 손바닥에 모인 힘을 생생하게 억누르고 있었다. 그는 이 힘의 제어력을 잃지 않을 것이다. 이 힘에 먹혀 버리지 않을 것이다!

곧 그의 손바닥이 갈라지더니, 선혈이 천천히 배어 나오기 시작했다. 계약의 피였다!

군구신은 그제야 천천히 고개를 들어 건명보검을 바라보았다. 그 순간, 건명보검 위 황금 용이 검날에서 천천히 날아올랐다.

황금 용이 손잡이 위에서 한 바퀴 도는가 싶더니 군구신에게로 빠르게 날아왔다. 건명보검은 다시 검집 안으로 들어가더니 황금 용을 따라 군구신에게로 날아왔다.

모두 경악했지만 군구신은 놀라지 않았다.

방금 힘에 항거하던 과정은 그에게 너무나도 익숙한 것이었다. 그가 건명력을 받아들였을 때에도 비슷한 느낌을 받았기 때문이다. 이 힘에 정복당하느냐, 아니면 이 힘을 정복하느냐!

의심할 바 없이 그는 다시 한번 고요한 상태를 유지하며 이겨 낸 것이다.

이렇게 모두가 지켜보는 가운데 황금 용이 군구신의 손바닥으로 들어갔다. 황금 빛 속에서 핏빛이 한 오라기 비치더니, 건명보검이 주인을 알아본 것처럼 군구신의 손으로 돌아갔다.

황금 빛이 사라지고 나니 모든 것은 원래대로 고요해졌다. 그 자리에 있던 모든 이들은 직접 목격한 상황을 도저히 믿을 수 없었다. 특히 소 숙부는 경악한 나머지 입을 벌리고 아무 말도 하지 못하고 있었다!

어떻게 이럴 수 있지?

그는 분명 계약을 했으나 거절당했다! 건명보검이…… 스스로 군구신을 주인으로 선택했다는 말인가? 무엇 때문에? 군구신은 대체 무슨 운이 저리 좋다는 말인가?

경악, 좌절, 분노, 그 모든 달갑지 않은 감정이 그의 심장을 가득 채우고 있었다. 그러나 그 모든 감정 중에서 가장 큰 비중을 차지하고 있는 것은 바로 '질투'였다. 그는 지금까지, 자신이 이 나이가 되어 겨우 스물한 살 먹은 젊은이를 질투하게 되리라고는 생각한 적 없었다.

모든 질투란 결국 잠재의식의 인정에서 나온 것이다. 소 숙부는 마음 깊은 곳에서는 군구신을 인정하고 있었다. 그러나 그는 적을 인정할 만큼 도량이 있는 사람이 아니었다. 질투는 그라는 사람을 점점 더 힘들게 만들 뿐이었다!

질투로 인해 정신을 잃을 지경이었던 소 숙부는 흑인어족 병사의 검을 뽑아 군구신에게 달려들었다.

"군구신을 죽이면 건명검과의 계약이 끝나지!"

군구신이 다시 한번 건명검을 사납게 땅에 내리꽂았다.

그는 이번에는 쉽게 검을 뽑을 수 있었다. 군구신의 건명검이 소 숙부의 검을 베어 갔다…….

전다다를 구출하다

군구신의 검기가 어찌나 성대한지 사람들 모두 공포에 질렸다.

그의 검이 닿기도 전에, 검기만으로도 소 숙부의 검이 부러지고 말았다. 그와 동시에 소 숙부 역시 사납게 내동댕이쳐져 물의 벽에 부닥치고 말았다.

물에 빠지는 순간, 소 숙부의 얼굴에 마침내 공포스러운 표정이 나타났다. 그는 이제 두려움을 배운 것이다!

군구신은 소 숙부 쪽은 신경 쓰지 않았다. 혼수상태의 비연을 안은 채 다른 손으로 검을 쥐고 흑인어족 통령을 겨눴다. 그 순간 흑인어 일족은 모두 통령을 보고 있었다. 그들 모두 겁에 질린 채 철수하라는 명령을 기다리고 있는 듯했다.

통령 역시 도망치고 싶었다! 그러나 그에게는 그럴 만한 배짱이 없었다. 축운궁주가 분명 곧 도착할 것이다. 그가 만약 철수한다면, 역시 죽음밖에 남지 않는다. 차라리 여기서 목숨을 걸어 보는 게 나았다!

통령은 바로 결단을 내려 물길을 닫았다. 순식간에 양쪽의 거대한 물의 벽이 무너져 내리며 거대한 파도가 일어났다. 흑인어족 병사들은 모두 진정한 모습을 드러내고 파도 속에서 우르르 군구신을 습격해 왔다.

용솟음치는 물결에 빛은 어두웠다. 군구신은 주변 병사들을 제대로 볼 수 없었으나 두려워하지도, 황망해하지도 않았다. 그는 비연을 지키며 계속 몸을 움직였다. 그의 검이 날카로운 검망을 그려 냈고, 그 검망이 닿는 곳마다 물결을 뚫고 가까이 있던 인어족 병사들이 쓰러졌다.

곧 파도 속에서 피비린내가 풍기기 시작했다. 짙고 짙은 피비린내는 흑인어족 병사들 중 사상자가 많다는 것을 알려 주기에 충분했다. 천 년 동안 봉인되어 있던 건명보검이 깨어난 후 처음으로 피를 보고 있었다.

군구신이 건명검을 얻은 것은 호랑이가 날개를 얻은 거나 마찬가지였다. 그가 살계를 범하는 동안 검은 더더욱 날카롭게 빛나고 있었다!

그와 동시에 대설은 멀리에서 진묵과 망중을 태운 채 다급하게 위로 헤엄치고 있었다. 그는 이미 진정한 모습을 드러낸 다음이었다.

대설은 앞발을 휘둘러 옥인어족 병사를 때려죽인 다음, 파도에 맞아 중상을 입고 혼수상태에 빠진 진묵과 망중을 구출하는 중이었다. 대설이 아니었다면 그들은 아마 죽은 목숨이었을 것이다!

그리고 6층 묘실에서는 목연이 전다다를 이끌고 빠른 속도로 위로 헤엄치고 있었다.

6층 묘실은 보기에는 풍파 없이 고요해 보였으나, 물속에는 위험이 숨어 있었다. 흑인어족 병사들과 수희가 어디에 숨어 있을지, 아니면 아래로 내려갔을지는 아무도 모를 일이었다.

목연과 전다다는 방금 협력하여 흑인어족 병사 둘을 해치우고 겨우 기회를 잡아 도망치는 중이었다. 그들이 이렇게 다급한 이유는 전다다가 곧 숨이 막힐 것 같았기 때문이다.

머리 위는 온통 칠흑과 같은 어둠이었다. 그들은 앞으로 얼마나 더 헤엄쳐야 물 밖으로 나갈 수 있는지 알지 못했다. 전다다는 억지로 버티고 있었으나 점점 더 힘이 빠지고 있었다. 만약 목연이 잡아 주지 않았다면 아마 이미 힘들어졌을 것이다. 그녀는 물에 무척 약했다!

헤엄치고 또 헤엄치다가…… 전다다가 갑자기 멈췄다. 그녀는 뺨이 부풀어 오르고, 눈을 크게 뜨고 있었다. 그녀는 목연에게 머리를 흔들고 다시 손을 내저었다.

목연은 그녀의 뜻을 알 수 없어 미간을 찌푸렸다.

전다다는 자신을 가리킨 다음 손을 내저었다. 마치 자신은 이제 안 된다고 말하는 것 같았다.

목연은 그녀를 노려본 다음 그녀를 잡고 계속 위로 헤엄쳤다. 그런데 이게 웬일일까. 전다다가 갑자기 목연의 손에서 벗어나더니 아래로 가라앉기 시작했다. 마치 포기한 것 같았다.

목연은 분노하여 하마터면 그녀에게 욕설을 내뱉을 뻔했다. 그는 다급하게 전다다의 손을 잡고 힘차게 끌어 올렸다.

그의 손이 그녀의 허리를 휘감았다. 전다다는 이제 그의 몸에 달라붙어 있었다. 목연은 다른 손으로 그녀의 머리를 잡은 다음, 고개를 숙여 그녀의 입술을 제 입술로 막고 숨을 불어 넣어 주었다.

전다다는 얼이 빠진 듯 눈을 더욱 크게 떴다. 목연은 복잡한 눈길로 그녀의 시선을 피했다.

얼마 지나지 않아 목연은 전다다를 놓아주려다가 갑자기 멈추고, 다시 그녀를 안았다. 전다다의 몸이 굳어 있는 것을 목연 역시 분명히 느낄 수 있었다.

그는 사납게 전다다의 팔을 꼬집어 그녀를 깨웠다. 목연은 자신이 이 계집애를 놓아 버리면 이대로 멍한 표정을 한 채 물이나 먹고 있을 것 같아 두려웠다.

팔을 꼬집힌 아픔에 전다다는 정신을 차렸다. 그녀는 목연의 뜻을 알아차리지 못하고 바로 그를 꼬집어서 복수했다.

목연은 몹시 화가 났다. 정말이지 욕설을 내뱉고 싶었지만 입을 벌릴 수가 없는 상황이었다! 그래서 그는 전다다를 한 번 더 꼬집었다.

전다다는 화가 나서 목연을 밀어 버리려 했다. 그러다 갑자기 목연이 자신을 왜 꼬집었는지 깨닫고 다시 얼이 빠졌다.

목연은 전다다에게 숨을 불어 넣었기 때문에 이제 자신도 오래 버티지 못할 것 같았다. 그는 시간을 낭비하고 싶지 않았다. 만약 이곳이 수면에서 아주 멀다면 그들 두 사람 모두 위험해진다.

그는 전다다의 입가를 손가락으로 가볍게 찔러 정신을 차리게 했다.

전다다는 그의 뜻을 깨닫고 그 이상 함부로 굴지 않았다. 그녀는 자신이 그의 뜻을 알아들었다는 걸 어떻게 알릴까 고민하다가, 결국은 손을 들어 그의 입가를 가볍게 찔렀다.

목연은 그녀의 뜻을 깨닫자마자 바로 전다다를 놓아주었고, 전다다는 바로 숨이 막혀 왔다.

목연은 그녀를 제대로 쳐다보지도 않고 그녀의 손을 잡은 채 위로 헤엄쳤다. 전다다는 약간 번뇌에 빠진 표정으로, 그러나 감히 시간을 낭비하지 못하고 열심히 발을 허우적거리며 위로 올라갔다.

체력 소모가 너무 컸던 탓인지 그들의 이동 속도는 몹시 느렸고, 물은 너무 깊었다. 그들은 아주 오래도록 헤엄쳤다고 생각했지만 여전히 수면에 닿지 못하고 있었다.

전다다는 다시 버틸 수 없는 지경이 되었다. 그러나 이번에는 목연의 손에서 벗어나려 하지 않았다. 대신 눈을 감았다. 마치 그렇게 하면 힘을 조금이라도 아낄 수 있다는 듯.

전다다는 강하게 버티며 헤엄쳤지만, 마침내 숨이 막혀 오고 말았다. 콧속으로 물방울이 들어오는가 싶더니 얼마 지나지 않아 물이 입이며 코로 밀려 들어왔다. 그녀는 더 버틸 수 없었고, 본능적으로 발버둥 쳤다.

목연이 마침내 그녀를 돌아보고는 경악했다. 그러나 지금은 그에게도 별다른 방법이 없었다. 그저 조금이라도 빨리 그녀를 뭍으로 데려가는 수밖에 없었다.

그는 그녀가 가라앉지 못하도록 한 손으로 그녀를 끌어안았다. 머릿속에는 오로지 한 가지 생각뿐이었다.

나는 죽어도 괜찮다. 하지만 이 망할 계집애는 절대 죽으면 안 돼!

마침내 목연이 수면 위로 떠올랐다. 6층 묘실은 온통 물로 가득 차 있었고, 수면과 천장까지의 거리는 한 척 정도밖에 되지 않았다. 5층 묘실로 통하는 석문은 단단히 닫혀 있었고, 문 아래의 계단은 단 하나만이 수면 위로 드러나 있었다.

목연은 제 숨이 헐떡이는 것도 신경 쓰지 않고 황급히 그쪽으로 헤엄쳐 갔다. 그리고 기관을 발동시켜 문을 열었다.

전다다를 이끌고 5층 묘실로 들어간 그는 곧바로 그녀를 바르게 눕힌 후 응급처치를 시작했다. 5층 묘실을 지키던 시위들이 바로 그들을 둘러쌌다. 그들 중 우두머리가 다급하게 물었다.

"무슨 일이 있었습니까? 전하께서는요?"

목연의 모든 신경은 전다다에게 쏠려 있었고, 대답할 여력도 없었다. 두 손으로 전다다의 심장께를 힘차게 눌렀지만 그녀는 미동도 하지 않았다. 목연은 결단을 내려 전다다의 입을 벌리고, 바로 고개를 숙여 그녀에게 숨을 불어 넣었다.

이렇게 그가 그녀에게 숨을 불어 넣고 심장을 눌러 주고 있노라니, 전다다가 갑자기 기침을 하며 물을 토해 냈다.

목연의 손은 여전히 그녀의 가슴 위에 있었다. 그는 막 고개를 숙이려다가, 전다다가 깨어나는 걸 보고 기뻐하며 웃기 시작했다. 아주 찬란하게.

전다다는 몽롱한 가운데 눈을 떴다. 속눈썹에 온통 물방울이 맺혀 있었다. 그녀는 흐릿한 시선으로 목연의 웃는 얼굴을 바라보며 이 얼굴이 무척 익숙하다는 생각을 했다. 저 웃는 얼굴은 무척이나 보기 좋고……. 응……. 보기 좋아…….

그녀가 그렇게 넋을 잃고 보고 있는데 대설이 진묵과 망중을 업은 채 묘실 안으로 뛰어 들어왔다. 진묵과 망중이 바닥으로 떨어졌고, 대설도 엎드린 채 헐떡이기 시작했다.

그 시끄러운 소리 덕에 전다는 정신을 차릴 수 있었다. 그녀는 목연의 얼굴을 또렷하게 볼 수 있었고, 그녀의 시선이 점차 아래로 내려가기 시작했다. 바로, 제 가슴을 누르고 있는 목연의 두 손 쪽으로.

"꺄악……!"

다시 뛰어내려도 괜찮다

전다다가 날카로운 비명을 지르며, 벼락이라도 맞은 것처럼 목연의 두 손을 떨쳐 냈다.

손이 떨어지자 전다다의 비명도 멈췄다. 두 사람의 눈이 서로 마주쳤다. 얼마나 지났을까, 전다다가 갑자기 사납게 일어나 앉더니 소리치기 시작했다.

"무례한……."

목연의 첫 반응은 전다다의 입을 막는 것이었다. 그러나 힘을 제대로 조절하지 못한 바람에 전다다가 뒤로 나자빠지고 말았다. '쿵' 소리와 함께 전다다는 뒤통수를 바닥에 부딪쳤다.

안 그래도 방금 겨우 살아난 와중에 부닥치기까지 하니 눈앞이 어질어질했다. 온몸이 다 비틀리는 것 같았다. 전다다는 물기 어린 커다란 눈을 뜬 채, 눈앞에 별이 번쩍이는 걸 보고 있었다.

목연이 몸을 굽혀 계속 전다다의 입을 막으려 했다. 그러나 그녀의 멍한, 귀여운 얼굴을 보자 그의 손은 그대로 허공에 멈춰 버리고 말았다. 머뭇거리다가 손을 내려놓고 그녀 옆에 앉았다.

전다다가 천천히 정신을 차렸다. 그리고 다시 사납게 일어나 앉았다. 이번에는 그녀가 비명을 지르기 전에 목연이 그녀의 입을 막았다. 그는 여전히 힘을 주기는 했지만 이번에는 다른 손으로 그녀의 뒤통수를 잡아 주었다.

목연의 두 눈은 여전히 죽은 것처럼 고요했고, 표정도 담담했다. 그가 차갑게 말했다.

"잘 들어. 나는 물에 빠진 너를 구한 거다. 너에게 무례를 저지른 게 아니란 말이다."

전다다가 새까만 눈동자를 굴리더니 그를 노려보았다. 그러나 그저 노려볼 뿐이었다.

그녀도 물 아래에서 목연이 자신에게 숨을 불어 넣어 준 걸 기억해 냈다. 그리고 마지막 순간 자신이 숨이 막혀 물을 먹은 것도.

수치를 느낀 그녀는 저도 모르게 주먹을 쥐었다. 목연을 보고 싶지 않았다. 그러나 까닭도 없이 소란을 피우고 싶지는 않았다. 특히 이렇게 중요한 시기에는.

그녀는 바로 고개를 끄덕여 알았다는 표시를 했다. 목연이 그녀를 믿지 못하겠다는 듯 차갑게 다시 한번 물었다.

"제대로 알아들은 건가?"

전다다는 짜증이 났지만 계속 고개를 끄덕였다. 목연이 겨우 손을 놓아주었다.

"정왕 전하께서 아직 물 아래에 계시다. 내려가 구해 드려야 해, 어서!"

"정왕 전하와 왕비마마께서 아직 물속에 계시니 어서 내려가라! 야명주를 가지고!"

두 사람은 동시에 외치다가 서로를 바라보고는 고개를 돌렸다.

시위들이 이 말을 듣자 다급해하며 하나하나 물속으로 뛰어들었다. 곧 묘실 안이 조용해졌다. 전다다가 무심결에 고개를 돌려 보니 시위 두 사람이 물 먹은 망중과 진묵에게 응급처치를 하고 있었다. 심장을 누르고…… 입에 숨을 불어 넣고…….

전다다의 안색이 점차 불쾌해지기 시작했다. 떠올리고 싶지 않았지만 목연이 방금 자신을 구하던 행동이 자꾸만 생각났다.

그의 입술이 그녀의 입술에 몇 번이나 닿았을까? 그의 손은…… 그의 손이 닿아서는 안 될 곳에 닿은 건 아닐까?

생각하고 생각하다가 그녀는 저도 모르게 입술을 깨물며 제 가슴께를 눌렀다. 이제 그녀는 망중과 진묵 쪽을 볼 수 없어 차라리 고개를 돌리기로 했다.

그러나 고개를 돌리는 순간 목연이 진묵 일행을 보고 있는 모습이 눈에 들어왔다. 귀뿌리마저 발갛게 달아오른 전다다가 시선을 돌리려 했을 때 목연이 갑자기 그녀를 바라보았다.

죽은 듯한 목연의 눈빛이 전다다의 앙다문 입술로 향하다가 곧 시선을 옮겨 그녀가 누르고 있는 가슴을 바라보았다. 전다다는 더욱 난감한 마음에 두 손으로 자신을 감싸며 그를 노려보았다.

"뭘 보는 거야, 무례한 녀석."

그녀는 비록 이성적이었지만, 그래도 자신이 손해를 본 듯한 느낌을 어떻게 할 수 없었다. 목연에게 욕설이라도 하지 않으면 답답해 죽을 것만 같았다.

목연은 여전히 무표정한 얼굴이었지만, 젖은 제 옷을 벗더니 전다다에게 건넸다.

"입어."

전다다가 이해할 수 없다는 표정을 짓자 목연이 다시 말했다.

"눈에 거슬리니까 입으라고."

전다다는 여전히 이해할 수 없었고, 화도 났다.

"그게 무슨 소리야?"

목연이 한숨을 쉬며 그녀를 똑바로 바라보았다. 그리고 말없이 그녀를 위아래로 훑어보았다. 전다다는 그제야 제 옷이 전부 다 젖어 속이 들여다보이며, 옷이 몸에 달라붙어 몸매를 드러내고 있다는 사실을 알아챘다.

그녀는 얼굴을 붉히며, 목연의 손에서 옷을 빼앗다시피 하여 자신을 가렸다. 그의 옷도 젖어 있었지만 그래도 한 겹 더 입으니 나은 것 같았다.

목연은 이미 묘실 쪽으로 걸어가고 있었다. 그의 차가운 목소리가 들려왔다.

"내가 네 목숨을 구했다. 보답은 바라지도 않으니, 앞으로는 일부러 나를 힘들게 하는 일이 적었으면 좋겠군. 그리고 네 그 더러운 생각들은 접어 두시지. 이 어르신은 너처럼 다 자라지도 않은 계집애한테는 흥미가 없으니까."

전다다는 화가 나 있던 참에 이 말을 듣자 미간을 찌푸리기 시작했다. 그녀가 진지하게 물었다.

"예, 예, 어르신. 그런데 누가 저를 구하라 하였나요?"

목연이 대답하기도 전에 전다다가 다시 말했다.

"누가 너에게 물속에서 나를 그렇게 끌어당기라 했어? 누가 숨을 불어 넣어 달라고 했냐고? 내가 네 손을 놓았잖아. 네 도움 따위는 필요도 없었다는 거 모르겠어? 뭐 하러 다시 끌어 올린 거야? 그리고 뭐, 보답은 바라지 않아? 하하, 내가 보기에 넌 다른 사람이 위기에 처한 틈을 타서 나쁜 생각을 한 거지!"

목연이 이맛살을 찡그렸다.

전다다가 계속 말했다.

"내가 무슨 더러운 생각을 했다는 거야? 내가 무슨 생각을 했는지 말해 준 적도 없는데 뭘 안다는 거지? 내가 보기에, 더러운 생각을 한 사람이라서 뭔가를 아는 거겠지?"

"내가 구해 줄 필요 없었다고? 죽을 생각이었나?"

목연의 말에 전다다는 화가 치밀어 올라 입에서 나오는 대로 소리쳤다.

"그래! 두 사람 다 죽는 것보다 한 사람이 죽는 게 나으니까!"

이 말이 끝나는 순간, 전다다도 멈칫하고 말았다. 사실 물 아래에서 그녀가 목연의 손을 뿌리쳤을 때 바로 그런 생각이었다. 그녀는 버틸 수 없었고, 그가 얼마나 더 버틸 수 있을지도 알 수 없었다. 또한 수면까지의 거리가 얼마나 되는지도 알 수 없었다. 그녀는 목연의 발목을 잡고 싶지 않았고, 그를 해치고 싶지도 않았다.

목연도 살짝 당황한 듯했다. 그의 눈가에 복잡한 빛이 스쳐 갔지만 곧 고개를 돌려 전다다를 외면했다.

전다다는 화도 나고 수치스러웠다. 가슴이 막힌 듯한 기분이었다. 그녀는 어린 시절부터 귀한 대접을 받으며 자랐지만 그렇다고 해서 억지를 부리는 성격은 아니었다. 그저…… 어떻게 해야 할지 몰랐을 뿐이다.

갑자기 억울한 느낌도 들었지만 재빨리 이런 싫은 감정을 지워 버렸다. 그녀는 벽에 기댄 채 눈을 감았다.

목연은 여전히 죽은 듯한 눈빛으로, 파문 하나 일어나지 않는 수면을 바라보았다. 그러나 얼마 지나지 않아 그는 저도 모르게 고개를 돌려 전다다를 바라보았다. 그는 바라보고 또 바라보다가 갑자기 차가운 목소리로 말했다.

"다시 뛰어들어도 무방하다. 물을 먹고 죽든가 말든가. 이번에는 나도 너를 구하지 않을 테니."

전다다가 차가운 숨을 들이마시더니 재빨리 그에게로 다가왔다.

"너…… 너!"

그녀는 화가 난 나머지 양 볼을 부풀린 채 평소와는 달리 한마디도 제대로 내뱉지 못했다. 목연은 차갑게 그녀를 바라본 후 고개를 돌리더니, 곧 새어 나오는 웃음을 참지 못하고 웃기 시작했다. 의심할 바 없이 그는 일부러 전다다를 놀리고 있었다.

그저 미소 한 번에 불과했지만 전다다가 살아난 걸 보았을 때의 웃음처럼 찬란했다. 너무나 보기 좋았다. 그러나 안타깝게도 전다다는 의식을 되찾았을 때는 제대로 보지 못했고, 이

40

번에는 아예 보지 못했다.

전다다가 심호흡을 한 후 이를 악물고 말했다.

"나는 목숨을 아끼는 사람이니 죽고 싶지 않아. 기다려. 내가 살려 준 것에 대한 보답을 제대로 할 테니까."

목연은 이미 웃고 있지 않았다. 그는 더 이상 전다다에게 신경 쓰지 않고, 숨을 조절한 후 물속으로 뛰어들 준비를 했다. 흑인어족 병사들이 왔으니 축운궁주도 곧 올 것이다. 군구신과 비연이 깊은 물속에 있다면 분명 위험한 상황일 것이다.

그러나 목연이 막 물에 뛰어들려 했을 때, 시위 몇 명이 혼수상태에 빠진 고운원을 데리고 물 위로 떠올랐다. 그 뒤를 이어 군구신이 비연을 데리고 물 밖으로 나왔다…….

찾아라, 살아 있는 채로

목연이 서둘러 군구신 일행을 도왔다.

군구신은 뭍으로 올라오자마자 바로 옷을 벗어 비연을 감싸주었다. 그는 비연을 땅에 눕히고는 시위들에게 묘실 문을 닫으라고 명령했다.

전다다가 비연의 모습을 보고 경악하여 말했다.

"언니, 언니……. 언니, 어떻게 된 거예요?"

그와 동시에 목연도 고운원의 숨이 끊어진 걸 발견하고 경악하며 응급처치를 시작했다.

군구신이 말했다.

"연아는 숨을 멈추는 약을 먹었으니 곧 깨어날 거다. 별문제 없을 거야. 다만 고 의원은……."

그는 더 말하지 않고 고운원을 구해 온 시위들을 바라보았다. 군구신은 흑인어족 병사들을 거의 다 죽이고 빠른 속도로 비연을 데리고 위로 올라왔다. 그리고 우연히 고운원을 구한 시위들을 만나 함께 물 밖으로 나왔을 뿐이었다.

시위가 재빨리 대답했다.

"관 옆에서 고 의원을 발견했습니다. 보아하니 물을 먹은 지 오래라…… 분명……."

시위는 그 이상 말하지 않았다.

사람들 모두 조용해진 가운데 목연의 손이 굳어 버렸다.

"사부……. 사부."

그의 목소리는 몹시 낮았고, 별다른 감정이 실린 것 같지도 않은 중얼거림에 불과했다. 그러나 고요한 묘실 안에서는 유달리 처량하게 들렸다.

수년 전, 그가 아직 어렸을 때였다. 숲에 돌아와서 그 신비한 백의 사부를 찾지 못했을 때도 그는 이렇게 중얼거렸다. 다른 사람들이 듣기라도 할까 두려워 얼굴 가득 눈물을 흘리며, 나무 사이를 계속 오가며 사부를 찾았다. 감히 큰 소리로 외치지 못하고 그저 중얼거리며.

지금 목연은 이미 어른이 되었으나 여전히 소리치지 못하고 있었다. 그는 울지도 못한 채 계속 중얼거릴 뿐이었다.

"사부……. 사부……."

군구신이 직접 고운원의 숨을 확인해 보고는 침묵했다. 그 자리에 있던 사람들 모두 말이 없었다. 심지어 엎어져 있던 대설조차 안타까운 눈빛을 보냈다.

전다다는 이런 고요함을 도저히 견딜 수 없었다. 특히 목연의 이런 모습을 두고 볼 수 없었다. 그녀는 목연 곁에 쪼그리고 앉아 소곤거렸다.

"이 사람이 고운원이라면 이렇게 쉽게 죽을 리 없잖아? 분명 고운원이 아닌 거야. 어쩌면 우리 추측이 틀렸을지도 몰라."

이때 비연이 갑자기 기침하기 시작했다. 약효가 물러가 깨어난 것이다.

그녀가 일어나 앉더니 군구신을 바라보고, 다시 군구신 손안의 건명보검을 보며 기쁜 표정으로 물었다.

"우리, 성공한 거야?"

군구신이 고개를 끄덕이자 비연이 모두를 둘러보았다.

"모두……."

그녀는 말을 끝내기도 전에 바닥에 누워 있는 고운원을 보았다. 재빨리 가까이 다가가 핏기 하나 없는 고운원의 창백한 얼굴을 보았다. 그 잘생긴 얼굴은 마치 실제로 존재하지 않는 것처럼 고요해 보였다. 언제라도 금방 사라져 버릴 것 같았다.

숨을 멈추는 약을 먹은 것인지 아닌지 비연도 구분할 수 없었다. 그러나 고운원의 안색을 보는 순간 상황이 낙관적이지 않다는 것은 알 수 있었다. 비연은 한참 멍한 표정이다가 역시 '사부'라고 중얼거렸다.

"사부……. 사부……."

쉽게 울지 않는 그녀의 눈이 점차 붉게 물들기 시작했다. 무릎을 꿇은 채 살며시 고운원의 손을 잡았다. 그러고는 깜짝 놀라 다시 손을 내려놓았다.

고운원의 손은 아주아주 차가웠다. 현빙보다도 차가웠다. 온도를 잃은 지 아주 오래된 것 같았다.

"나, 나는……."

그녀는 갑자기 어찌할 바를 알 수 없었다. 그녀는 계속 그가 연기를 하고 있다고 생각했다. 그에게 무슨 일이 생길 리 없다고 믿었고, 일부러 그를 이렇게 위험한 곳으로 데려왔다…….

그를 억지로 위험에 노출시켰다.

그는 백의 사부니까! 세상에 불가능한 일이란 없는 백의 사부인데, 어째서 이렇게…….

비연이 다시 고운원의 손을 꽉 잡았다. 그러나 아무리 꽉 잡아도 고운원의 손은 영원히 따뜻해지지 않을 것처럼 차갑기만 했다.

목연이 고운원의 다른 손을 잡았지만 역시 같은 상황이었다.

군구신은 그들을 방해하고 싶지 않았지만 방해하지 않을 수도 없었다.

그가 속삭였다.

"연아, 이곳에 오래 머물 수는 없어. 일단 나가자."

비연은 아무 말도 하지 않았다.

군구신이 망중에게 고운원의 시신을 옮기라 명했다. 비연과 목연도 제지하지 않았다.

그러나 망중이 고운원을 어깨에 떠메는 순간 갑자기 '흐응' 하는 신음 소리가 들렸다. 모두 발걸음을 멈췄다. 모두가 들었으나 동시에 모두가 확신하지 못하고 있었다.

곧 고운원이 기침을 시작했다.

"큭……. 쿨럭……."

"사부!"

비연이 무척 기뻐했고, 목연 역시 기뻐하며 활짝 웃었다. 두 사람이 서둘러 망중을 도와 고운원을 내려놓았다. 비연이 직접 그를 부축했고, 목연이 천천히 그를 쓸어 주었다.

전다다는 목연이 환하게 웃는 모습에 넋이 나가 있었다. 이 밉살스러운 녀석이 웃으니 이렇게 보기 좋을 줄이야!

고운원은 한참을 쿨럭거린 끝에 겨우 기침을 멈췄다. 그는 여전히 창백한 얼굴로 미망에 사로잡힌 표정을 짓고 있었다. 그는 비연을 바라보다가 목연을 보고, 그다음에는 군구신 일행을 돌아보고는 기쁜 표정을 지었다.

"저는 여러분이 저를 버리지 않을 줄 알았습니다! 방금 그 물이 어찌나 기세등등하던지……. 저를 관 옆으로 몰아넣더군요. 게다가 그 흑인어족 병사들이 검을 휘두르는데 또 어찌나 흉악한지, 차라리 구식환을 먹고 죽은 척하며 여러분이 저를 구하러 오시기를 기다리는 게 낫겠다 싶었습니다."

모두 아무 말도 하지 않았다. 비연과 목연은 그를 바라보며 담담하게 미소 지었다.

고운원도 그들에게 미소 지었으나 어딘가 부끄러운 듯한 미소였다. 그는 비연과 목연의 손을 놓으며 우물쭈물 말했다.

"모두 무사하니 다 복입니다……. 모두 무사하니 잘됐습니다, 잘……."

비연이 재빨리 군구신의 건명보검을 보여 주며 말했다.

"모두 무사한 정도가 아니라, 이 보물도 손에 넣었어요!"

고운원이 검을 진지하게 들여다보았다. 그의 눈동자에 슬픈 빛이 어리는 듯했으나 곧 사라져 보이지 않게 되었다. 그는 큰 소리로 웃으며 군구신에게 읍하고 말했다.

"정왕 전하, 축하드립니다!"

군구신은 비연의 체면 때문에라도 고운원에게 상당히 예의 바르게 대하는 편이었다. 그도 고개를 끄덕이며 화답했다. 그리고 시위들에게 뒤를 막으라고 명한 후 모두 빨리 빠져나가도록 했다.

그가 흑인어족 병사들을 죽일 때까지 축운궁주는 오지 않았다. 그러나 곧 도착할 것이다. 축운궁주의 능력으로는 이 묘실의 문 정도는 쉽게 파훼할 것이다. 그들은 어서 이 묘실을 빠져나가야 했다. 소 숙부와 수희 일행의 생사도 알 수 없었지만 지금은 신경 쓸 여유가 없었다.

군구신은 묘실을 하나하나 닫는 동시에 매복도 남겨 두었다. 그리고 고묘를 나오자마자 아금의 안배에 따라, 숲속 깊은 곳에 숨어 야수들의 보호를 받고 있는 능씨 가문 저택으로 향했다.

그들이 떠나고 한참 후에야 축운궁주가 수로를 통해 도착했다. 키가 크고 날씬한 몸매에 흰옷을 걸친 그녀는 흑인어족 병사들 사이를 우아하게 걸어 나왔다. 검은 가면을 쓰고 있어 얼굴은 볼 수 없었지만 이런 전체적인 윤곽만으로도 그녀가 세상에서 보기 드문 미인임을 알 수 있었다.

7층 묘실에 가까워질수록 물은 점점 더 혼탁해졌고 피비린내 역시 짙어졌다. 그러나 축운궁주의 걸음걸이는 빠르지도 느리지도 않았다.

곁으로 계속 흑인어족 병사들의 시신이 떠내려왔지만 그녀는 아무렇지도 않은 듯 손을 살짝 내저어 시신들이 계속 떠내려가게 했다. 그러나 7층 묘실 문 앞에 도착해 검대가 비어 있는 것을 본 순간, 바로 발걸음을 멈추고 몸을 굳혔다!

한참 후에야 그녀는 천천히 주먹을 쥐었다. 그 순간 모든 흑인어족 병사들은 무릎을 꿇은 채 몸을 떨었다.

저 검은 가면 아래 그녀의 얼굴이 어떻게 분노하고 있을지는 상상도 할 수 없었다. 그러나 흑인어족 병사들의 반응을 보면 이 사태가 얼마나 심각한 것인지는 알 만했다!

"찾아라. 살아 있는 채로!"

축운궁주의 목소리는 비할 데 없이 날카롭고 잔혹했다. 그러나 그녀의 목소리는 매우 젊은 것처럼 들렸다.

흑인어족 병사들은 즉시 방향을 나누어 흩어졌고, 축운궁주 역시 직접 수색에 나섰다. 흑인어족 병사들이 집루의 소리를 들었다는 건 소 숙부가 이곳에 왔다는 걸 의미했다. 남아 있는 흑인어족 병사들은 상황을 알지 못할 테니, 축운궁주로서는 그 이상 물을 필요도 없었다.

그녀는 살아 있는 채로 찾으라고 했다.

그녀가 잡고 싶어 하는, 살아 있는 사람이 대체 누구일까?

축운궁주의 신분

흑인어족 병사들이 사방팔방으로 흩어졌다. 남아 있던 두 인어족 병사가 물길을 열어 축운궁주를 7층 묘실로 안내했다.

축운궁주는 제대 위로 올라가 검대 주변을 천천히 걷다가 살며시 손을 뻗었다. 아름다운 손이었다. 굳은 지방처럼 뽀얀 피부에 길고 보기 좋은 손가락, 그리고 붉게 물들인 손톱. 왠지 모르게 아름다운 동시에 잔인한 느낌이 들었다.

그녀는 걸으면서 손가락으로 살며시 검대를 쓸어 보았다. 나른한 듯 우아한 동작이었다. 그 손이 너무나 아름답기 때문일까. 그저 가볍게 검대를 쓸어내리는 것뿐인데도 무척이나 매혹적이었다. 그러나 이 섬섬옥수가 주먹을 쥐는 순간에는 흑인어족 병사들 모두 몸서리를 쳤다.

축운궁주는 한 바퀴 돈 다음 발걸음을 멈추고 텅 빈 검대를 바라보았다. 검은 가면 아래 봉황과도 같은 그녀의 눈이 가늘어졌다. 그 눈에는 분노와 의혹이 함께 어리고 있었다.

그녀의 시선이 마침내 옥인어족 시신에 멈췄다. 그녀는 곧 그들의 신분을 알아차리고 의아한 듯 말했다.

"옥인어?"

그녀가 혁소해를 완전히 속인 것은 아니었다. 건명검을 발동시키기 위해서는 적령시가 필요했다.

천 년 전 누군가가 적령석을 열쇠로 만든 다음, 열쇠를 둘로 나누어 현공대륙 어딘가에 각각 숨겼다. 사람들은 적령시가 귀한 보물이라는 건 알았지만 그 용도는 알지 못했다. 그러나 그녀는 아주 잘 알고 있었다.

그녀는 혁소해를 이용해 적령시를 찾는 한편 혁소해를 경계하고 있었다. 그러므로 건명보검의 진짜 위치를 숨기고, 건명보검이 중앙 숲에 있고 《운현수경》이 구려족 묘지에 있다고 거짓말을 했던 것이다.

그녀는 혁소해의 야심을 잘 알고 있었지만, 그가 적령시와 옥인어족의 후예를 찾아낼 줄은 꿈에도 몰랐다. 그리고 옥인어족을 데리고 이곳에 난입해 《운현수경》을 가져갈 마음을 먹을 줄은 더더욱 상상하지 못했다!

혁소해가 그녀의 거짓말을 알아차렸던 걸까, 아니면 우연히 이리된 걸까? 지금 건명보검이 혁소해에게 있는 걸까?

축운궁주가 고민하고 있을 때 흑인어족이 보고했다.

"궁주님, 소 숙부는 보이지 않습니다. 우리는 전멸했고, 시신 몇 구를 더 발견했는데, 모두 시위이나 신분은 알 수 없습니다. 저는……."

축운궁주가 손을 들어 그의 말을 끊었다. 그녀는 오른쪽 수역의 돌기둥을 바라보며 차가운 눈길로 말했다.

"나와라!"

갑자기 돌기둥 뒤에서 사나운 물결이 일더니, 물로 이루어진 벽을 뚫고 축운궁주를 습격해 왔다. 흑인어족 병사가 바로 막으려 했으나 안타깝게도 그럴 수 없었다. 그러나 이 물결은 축운궁주 바로 앞까지 와서 갑자기 공중에 멈췄다.

축운궁주는 담담하고도 오만한 눈빛으로 가볍게 손을 흔들었다. 찰나의 순간, 파도는 폭포가 된 것처럼 아래로 쏟아져 내렸고 바닥은 온통 물바다가 되었다.

흑인어족이 달려들려 했으나 돌기둥 뒤에서 여자 한 명이 걸어 나왔다. 검은 옷을 입은 그녀는 키가 크고 늘씬했으며 얼굴도 무척이나 아름다웠다. 수희였다. 그녀는 흑인어족을 보지도 않고 손을 들어 물길을 갈랐다. 주변 물이 물러나더니 축운궁주에게 향하는 길이 생겼다.

축운궁주가 흑인어족 병사를 물리더니 차갑게 웃기 시작했다.

"옥인어가 아직도 살아 있었다니."

수희는 평소의 기세는 찾아볼 길 없이, 오히려 기쁜 듯한 어조로 말했다.

"궁주님께서 우리 동족이셨다니요!"

수희는 도망치지 않고 이곳에 숨어 계속 축운궁주를 기다리고 있었다. 사실 축운궁주가 묘실 안으로 들어왔을 때 그녀는 긴장한 나머지 원래의 결심마저 흔들리고 말았다. 그러나 축운궁주 역시 인어족임을 알아보자 그녀는 기뻐하며, 과감하게 시험해 본 참이었다.

수희는 소 숙부가 이야기하던 그 신비롭고 무서운 궁주가 인어족의 후예일 거라고는 꿈에도 생각지 못했다. 게다가 궁주는 흑인어족도 옥인어족도 아니었다. 금인어족인지 아니면 은인어족인지는 그녀로서는 판단할 수 없었다.

축운궁주는 아무 말도 하지 않고 어두운 눈빛으로 수희를 응시하며 한 걸음 한 걸음 다가왔다. 수희는 그 눈빛 속에서 위험을 감지하고 본능적으로 뒷걸음질을 쳤다. 그러나 두어 걸음 뒷걸음질을 치다가 의연하게 멈췄다.

소 숙부와 기욱은 혼전 중 어디로 갔는지 알 수 없고, 건명보검은 군구신의 손에 들어갔다. 그녀에게 있어 가장 큰 행운은 군구신 일행이 옥인어족의 비밀을 알지 못한다는 것이었다. 그리고 지금 그녀에게 있어 가장 좋은 선택은 축운궁주에게 의탁하는 것이었다. 그래서 그녀는 남아 있었던 것이다.

축운궁주는 그녀와 동족이었다. 정말이지 불행 중 다행한 일이었다!

수희는 주먹을 쥔 채 다시 축운궁주의 시선을 견뎌 냈다.

축운궁주는 수희 앞에서 발걸음을 멈췄다. 그녀는 수희보다 아주 약간 키가 클 뿐이었지만, 그 봉황을 닮은 눈이 발하는 기세 때문일까. 높은 곳에서 내려다보는 듯한 느낌을 주기에 충분했다.

축운궁주가 수희의 질문에는 답하지 않고 오만하게 말했다.

"본존을 기다릴 용기가 있었다니. 밑천을 좀 갖고 있는 게 좋을 거다. 그게 아니면 너는 죽음을 기다린 셈일 테니까."

의심할 바 없이 그녀는 한눈에 수희의 목적을 알아챈 것이다.

수희는 긴장하기도 했지만 동시에 서툰 면도 있었다. 그녀는 재빨리 자신이 가진 모든 패를 늘어놓았다.

"저는 이 안에서 무슨 일이 있었는지 전부 알고 있어요. 건명보검의 행방은 물론이고, 축운궁의 반역자들에 대해서도요. 저는 현재 옥인어족을 전부 장악하고 있습니다. 궁주님께서 보살펴 주신다면 모두 충성을 바치겠습니다."

축운궁주는 갑자기 손을 들어 수희의 얼굴에 남은 상처를 가볍게 쓸어 주며 미소 지었다.

"말해 봐라. 본존에게 원하는 것이 무엇인지?"

수희는 저도 모르게 몸서리치면서도 피하지 않고 답했다.

"살고 싶습니다. 그리고 옥인어 일족을, 제 주인의 강산을 보전하고 싶습니다!"

여기까지 들은 축운궁주의 손가락이 가볍게 미끄러지더니 그 피처럼 붉게 물든 손톱이 수희의 볼을 살며시 찔렀다.

수희는 흠칫 몸을 떨며 재빨리 이야기했다.

"건명보검은 천염국 정왕의 손에 있고, 혁소해는 신의를 배반했습니다. 저는 다시는 그와 연맹을 맺지 않을 것입니다. 제가 만약 도망쳤다면 천염국뿐 아니라 축운궁과도 적이 되었을 테고, 혁소해와 뒤얽혀야 했겠지요. 틈바구니에서 생을 탐하느니 튼튼한 나무를 택해 깃들고 싶습니다."

축운궁주는 수희의 말 뒷부분에는 신경 쓰지 않고 무척 놀란 듯 물었다.

"정왕…… 군구신? 대체 어찌 된 일이지?"

수희는 재빨리 모든 것을 털어놓았다. 혁소해가 그녀와 결맹한 것부터 시작하여 기씨, 소씨 가문을 끌어들인 이야기도 빼놓지 않았다.

축운궁주는 들을수록 놀라울 뿐이었다. 그녀는 원래 이 모든 것이 혁소해의 음모라 생각했다.

그런데 군구신과 비연이 발을 담근 것도 모자라 건명보검까지 훔쳐 갔다니!

북강에서 그녀는 크게 패한 셈이라 군구신과 비연이라는 이름을 기억하고 있었다. 그러나 두 사람에게 이 정도의 능력이 있을 줄은, 물속에서 소 숙부와 흑인어족 병사들과 대적하여 건명보검을 가져갈 정도일 줄은 생각지 못했던 것이다. 아무래도 그들을 다시 평가해야 할 듯했다.

축운궁주가 오래도록 입을 열지 않는 걸 보고 수희가 다시 말했다.

"궁주님, 맞혀 보시겠어요? 소 숙부 외에 또 누가 궁주님을 배반했는지?"

축운궁주가 차가운 눈으로 물었다.

"누구냐?"

"능 호법입니다!"

수희의 말에 축운궁주가 다시 한번 주먹을 쥐었다. 그녀는 갑자기 빠른 걸음으로 7층 묘실을 나가더니 6층 묘실로 향했다. 그녀는 자신 곁에 있는 이들이 조만간 배반하리라는 걸 알고 있었다. 그러나 이건 너무 갑작스러웠다.

그녀는 돌계단을 밟고 5층 묘실로 향하는 문을 열려다가 다시 멈췄다. 그리고 자신을 따라오던 수희에게 말했다.

"본존과 함께 북해에 가야겠다. 어디, 네 충성심을 시험해 보지!"

수희는 잠시 멈칫했으나 곧 기뻐하며 한쪽 무릎을 꿇고 외쳤다.

"명을 받들겠습니다!"

목연이 그녀를 배반했으니 분명 군구신 일행에게 옥인어가 바다에 들어갈 수 없는 비밀을 이야기했을 것이다. 건명보검을 얻은 군구신 일행은 이제 북해로 가서 건명력을 끌어내려 할 것이다. 그녀는 직접 북해로 가서 그들을 만나야만 했다.

축운궁주는 떠나기 전 흑인어족 병사들에게 명령했다.

"혁소해를 붙잡으라는 명을 내려라. 본존을 배반한 자, 죽어 마땅하다!"

그녀의 이 말은 명령인 동시에 수희에 대한 경고기도 했다.

수희는 축운궁주를 따라 수로로 떠났고, 마침내 축운궁주의 진정한 모습을 볼 수 있었다. 그녀는 경악으로 눈을 휘둥그렇게 뜬 채 한참 동안 정신을 차리지 못했다.

이때, 비연 일행은 능씨 저택에 도착했다. 군구신이 우연히 건명력을 얻은 것이 아니었다면 그들은 일단 북해로 향했을 것이다. 그러나 지금 그들은 능씨 저택에서 며칠 쉴 생각이었다.

집루를 알아보다

밤이 되었다. 보름달이 밝은 거울처럼 하늘에 홀로 떠 있었다. 달빛이 능씨 저택을 고요하게 감싸고 있었다.

능씨 가문으로 돌아온 아금은 암암리에 실권을 장악하며 겉으로는 내세우지 않았다. 때문에 심복이 아니라면 그가 돌아왔다는 사실조차도 알지 못했다.

능씨 저택은 겉으로 보기에는 빈 저택 같았으나 실제로는 운한각의 흑삼림 거점이었다. 아금은 비연 일행을 은폐된 누각에 머물게 했다.

그들은 깨끗한 옷으로 갈아입고 배를 채우고 있었다. 고운원은 피곤하다며 일찍 자러 들어갔고, 다른 이들은 모두 함께 모여 앉아 있었다.

군구신은 건명보검을 몇 번 시험해 보았다. 그러나 어떻게 해도 건명력을 소환할 수는 없었다. 고묘 벽화에 쓰여 있는 바로는, 건명력은 건명보검에서 태어났으니, 건명보검을 굴복시킨다면 사람과 검이 하나가 되어 건명력을 마음대로 부릴 수 있다 했다.

지금 그는 건명보검과 계약을 끝냈고, 건명력도 지닌 상태였다. 건명력을 부릴 수 없다 해도 최소한 그것을 느낄 수는 있어야 했다! 그러나 예전과 마찬가지로 자신의 몸 안에 있는 힘을 전혀 느낄 수 없었다.

비연이 물었다.

"방금 계약할 때 건명력이 검 속으로 돌아간 건 아닐까?"

군구신이 고개를 저었다. 그 황금 용은 분명 건명보검의 검령이었다. 검령이 그의 손으로 들어오며 계약을 맺을 때 그는 분명 몸 안의 건명력을 느낄 수 있었으나 곧 사라지고 말았다.

아금이 권했다.

"정왕 전하, 시간이 늦었습니다. 일단 쉬시고 내일 다시 고민하시지요."

군구신이 고개를 끄덕이자 비연이 재빨리 말했다.

"금 숙부, 어서 태부와 오라버니에게도 전갈을 보내세요. 모두 이 일에 신경 쓰고 있을 테니. 맞아! 우리 의부와 승 숙부에게도."

아금이 대답했다.

"왕비마마, 안심하십시오. 제가 이미 비밀리에 전갈을 보냈습니다."

비연이 무척 기뻐하고 있는데 군구신이 말했다.

"축운궁주는 분명 북강으로 가겠지. 이곳도 오래 머물 곳은 아니니, 이틀 정도 머물다가 돌아가는 게 좋겠어."

물 아래 몇 명이나 살아 있을까? 또 누가 도망쳤을까? 축운궁주의 손에 떨어진 자는 누구일까? 이 모든 것을 추측할 방법이 없었다.

건명보검을 얻은 이상 군구신에게 남은 일은 두 가지였다.

하나는 건명력을 파악하는 것이었고, 다른 하나는 현공대륙을 얻는 것이었다. 3년의 약속, 1년 반의 약정, 그에게 남은 시간은 사실 많지 않았다.

비연 역시 오래 머물 생각이 없어 고개를 끄덕였다. 그리고 문득 떠오른 생각에 재빨리 소매에서 눈물 모양 푸른 보석을 꺼내 아금에게 건넸다.

"금 숙부, 이거 좀 봐요. 뭔지 알겠는지. 인어족의 물건인데, 인어족을 부를 수 있는 것 같아요."

이 보석이 바로 집루였다. 그것은 어두운 물속에서도 아름다웠지만, 지금 밝은 등불 아래에서는 뭐라 형용할 수 없이 예뻐 보였다. 전체적으로 투명한 기운에 어두운 푸른 빛을 내고 있었는데, 신비한 마력이라도 숨어 있는 듯, 한참 바라보고 있으면 무심결에 끝없이 푸른 바다를 떠올리게 되었다.

집루를 보자마자 아금이 깜짝 놀라며 물었다.

"왕비마마, 어디서 이런 물건을 얻으셨습니까?"

비연이 말했다.

"혁소해의 것이 분명해요. 흑인어족 병사들이 이 물건 때문에 소환되어 온 것 같았어요."

옥인어족 병사의 손에서 이 보석을 얻었지만, 좀 더 생각해 보면 이 물건은 혁소해의 것이라는 사실을 바로 눈치챌 수 있었다.

아금의 고요한 얼굴에 보기 드문 웃음기가 떠올랐으나, 그것은 쓴웃음에 가까워 보였다.

"왕비마마, 이 물건은 집루라고 합니다. 백리 가문의 물건이 지요."

"백리?"

비연이 가장 먼저 떠올린 것은 만진국의 황족 백리씨였다. 그러나 아금이 고개를 저었다.

"운공대륙의 백리씨는 금인어족의 후예였지요."

운공대륙 대진국에도 백리씨가 있었는데, 금인어족의 후예였다. 그들의 선조는 현공대륙에서 운공대륙으로 옮겨 온 후 신분을 숨기고 '눈물인어'라고 자칭했다. 그들은 수군을 이루며 대대로 헌원 가문에게 충성했다.

그러나 10여 년 전 그들의 가주인 백리원룡과 그의 딸이 군대 내 당파 싸움으로 인해 병권을 다투다가 누군가에게 이용당해 반역을 꾀하게 되었다. 백리원룡은 병으로 세상을 떠났지만 장녀는 용비야에게 사형을 언도받았다.

후에 용비야는 백리원룡의 아들인 백리율제와 막내 딸 백리명향을 대진국 동해에 있는 신비스러운 섬 어주도로 보냈다. 그리고 10년 안에 어주도를 얻을 수 있으면 백리 가문의 모반죄를 면해 주겠다고 약속했다.

빙해의 이변 이후 고칠소가 어주도로 그들을 찾아갔으나 모두 사라지고 없었다. 그리고 지금까지 어떤 소식도 들려오지 않았다.

"왕비마마, 제 안사람에게 듣기로 마마의 부황께서는 항상 집루를 하나 지니고 다니셨는데, 이것보다 훨씬 투명했다고 합니다. 백리원룡과 그 장녀가 죽으며 남긴 집루가 대진국 황궁에 보관되어 있지요."

비연과 군구신은 어린 시절 대진국 백리수군에 대해 들은 적이 있었다. 그러나 어른들이 좋아하지 않는 화제였기에 자세한 내용은 알지 못했다. 그들은 집루에 대해서 들어 본 적도, 실제로 본 적도 없었다.

아금의 설명을 듣자 비연과 군구신은 물론이고 그 자리에 있던 모두가 깜짝 놀랐다.

진묵과 함께 곁에 있던 망중이 결국 참지 못하고 물었다.

"전하, 소만이 설마…… 금인어족의 후예일까요?"

아금이 답답해하며 물었다.

"하소만 말씀입니까?"

비연이 하소만이 집루를 가지고 있는 사정을 설명했고, 군구신도 중얼거렸다.

"소만이 정말 운공대륙 백리씨의 후예일까?"

아금이 생각에 잠겼다가 막 입을 열려 했을 때, 군구신이 자신의 추측을 부정했다.

"그럴 리 없다! 아마도 현공대륙 금인어족이겠지."

비연이 중얼거렸다.

"축운궁주는 흑인어족을 부리고 있잖아. 그리고…… 그녀도 인어족이라면…… 금인어족일까?"

흑인어족이 축운궁주에게 충성을 바치고 있으니, 혁소해는 집루를 축운궁주에게서 얻은 게 분명했다. 흑인어, 옥인어도 후손이 살아 있으니 금인어와 은인어도 멸족되지 않고 지금까지 남아 있을 가능성이 높았다.

축운궁주가 금인어족의 후예라면 그녀가 집루를 가지고 있는 것도 정상적인 일이다. 만약 축운궁주가 금인어족의 존엄함으로 흑인어족에게 충성을 받고 있는 거라면, 그녀의 집루는 어디서 난 걸까? 집루는 금인어족에게서 나오지만, 모든 금인어족이 집루를 남길 수 있는 것은 아니다!

그리고 하소만은 무엇 때문에 고아가 된 걸까? 그의 부모는 대체 어떤 이들일까?

아금이 손안의 집루를 바라보다가 진지하게 말했다.

"두 가지 다 가능성이 있습니다. 이 집루가 운공대륙 백리족의 것이 아니라 현공대륙 금인어족의 물건일 가능성도 있지요."

비연이 말했다.

"이 일도 어서 태부와 오라버니에게 알려야 해. 실마리가 있을 수도 있으니까."

운공대륙 백리 일족이 어주도에서 사라진 후 오래도록 아무 단서도 찾지 못하고 있었다. 그리고 현공대륙에 금인어족이 나타난 거라면, 수수께끼를 풀 수 있는 단서가 될 수도 있었다.

아금이 고개를 끄덕였다.

"예, 왕비마마, 안심하십시오. 제가 한 번 더 준비하여 중앙 숲에 들어가 보겠습니다. 건명보검이 중앙 숲에 있는 게 아니라면, 분명 중앙 숲에는 다른 뭔가가 있을 겁니다. 흑삼림의 야수들 모두 감히 들어가지 못하는 걸 보면 말입니다."

그때 계속 앉아 있던 목연이 몸을 일으켰다.

"제가 선배와 함께 가겠습니다."

그의 말이 떨어지자마자 전다다가 갑자기 재채기를 했다. 그것도 아주 세차게.

순간적으로 목연을 포함한 모두가 전다다를 바라보았다…….

아직 다 크지도 못한 주제에

전다다의 재채기 소리가 너무 커 모두가 오히려 조용해졌다.

곧 비연이 침묵을 깨고, 웃으며 물었다.

"왜 그래? 설마 반대하는 건 아니겠지?"

전다다는 안 그래도 난감하던 차라 이 말을 듣자 다급하게 말했다.

"무슨 소리예요, 그럴 리가! 저 눈 마비가 남아 있건 아니건 나랑 무슨 상관이라고?"

아금이 바로 전다다를 혼냈다.

"무례하게 굴지 마라!"

전다다는 사람들 앞에서 부친에게 거역한 적이 없었다. 그녀는 고개를 숙인 채 입만 비죽거렸다.

아금은 그런 모습을 보지 못한 것처럼 말했다.

"자네가 함께 가 주겠다면 그보다 더 좋을 수 없겠지."

목연이 재빨리 읍하며 말했다.

"분부를 받들겠습니다."

전다다는 몰래 얄밉다는 듯한 눈길을 던졌지만 목연은 보지 못한 것 같았다. 그녀가 다시 고개를 숙이자 목연이 흘깃 그녀를 보았지만, 그저 흘깃 보았을 뿐이었다.

밤이 이미 깊어 모두 그 이상 이야기를 나누지 못하고 분분히 쉬러 들어갔다.

전다다가 방으로 돌아온 지 얼마 되지 않아 아금이 찾아왔다. 한기를 몰아내는 탕약을 직접 가져온 그는 침상에 엎드려 있던 전다다를 끌어당겼다.

"어서 마셔라. 병이라도 들면 네 어머니가 또 나에게 잔소리를 할 게다."

전다다는 무기력하게 엎드린 채 움직이지 않았다. 아금은 금원보를 하나 꺼내 그녀 앞에 놓았을 뿐, 더 이상 말하지 않았다. 그의 딸은 어린 시절부터 지금까지, 약을 먹을 때면 금원보를 얻어 내는 것이 습관이었다.

그러나 전다다는 여전히 움직이지 않았다. 아금은 몹시 이상하여, 곁에 앉아 전다다의 이마를 짚어 보았다.

"얘야, 괜찮은 거냐?"

전다다가 그제야 정신을 차렸다.

"아무 일 아니에요!"

아금은 계속 물어보려 했지만, 전다다는 금원보를 주머니에 챙겨 넣고는 탕약을 단숨에 마셔 버렸다. 그러고는 평소처럼 환하게 웃으며 말했다.

"고마워요, 아빠!"

아금은 계속 뭔가 이상하다는 생각이 들었지만 더 묻지 않고 딸의 머리를 쓰다듬었다.

"잘 자거라."

아금이 나가자 전다다는 다시 사지를 쭉 뻗고 침상에 누웠다. 그녀는 무슨 생각에 빠진 듯 눈동자를 굴리고 있었다. 그러다가 곧 다시 엎드렸고, 또 얼마 지나지 않아 몸을 돌려 사지를 뻗어 보았다. 그렇게 한참 누워 있다 보니 그 물기 어린 커다란 눈이 점차 고요해지며 결국은 감기고 말았다.

얼마 지나지 않아 그녀는 조용히 손을 뻗어 제 입술을 만지더니, 가슴을 눌러 보았다. 잠시 후 입술을 비죽이다가 미간을 찌푸렸다. 그리고 다시 입술을 깨물더니 눈을 감았다. 그 표정 변화가 어찌나 다채로운지 형용할 수 없을 지경이었다. 대체 무슨 생각을 하는 걸까?

그녀는 한참 생각하고 또 생각하다가 갑자기 사납게 일어나 앉았다. 그리고 두 팔로 제 작은 가슴을 끌어안고 원망스러운 눈길로 허공을 긁었다.

"내가 뭘 덜 자랐다고! 자기야말로 아직 다 크지도 못한 주제에!"

이렇게 내뱉고 나니 마음이 좀 편해졌다. 그녀는 고개를 뒤로 젖히더니 곧 깊은 잠에 빠져들었다. 그러나 그녀의 부친에게는 이제 잠들기 어려운 밤이 기다리고 있었다.

아금은 딸 방에서 나온 후 바로 시위를 불러 묘실 안에서 벌어진 일을 추궁했다. 그리고 보물같이 귀한 딸이 목연과 그렇게 친밀하게 접촉했음을 알게 되자 바로 안색이 변했다.

목숨을 구하기 위한 것이었다는 걸 모르는 건 아니었다. 그래, 부득이한 일이었을 것이다. 그러나 아무래도 제 귀한 보물이 억울한 일을 당한 것 같은 느낌이 들어 기분이 좋지 않았다.

아금은 본래 담박한 성격으로, 모든 일을 명쾌하게 판단하는 편이었다. 자신이 명쾌하게 판단하기 어려운 일에는 신경 쓰지 않는 성격이기도 했다. 그러나 아내와 딸과 관련한 일이라면 지나칠 정도로 따지곤 했다.

그는 침상 위에서 뒤척이며 오래도록 잠을 이루지 못했다. 아내인 목령아에게 서신을 보낼까도 했지만, 생각을 바꿔 그만두었다. 목령아의 성격을 생각하면 문제를 크게 만들지만 않아 줘도 고마운 일이니, 별다른 해결책이 나올 것 같지 않았던 것이다.

계속 고민한 끝에 아금은 평소처럼 침착하게 행동하기로 했다. 일단 아무 내색도 하지 않고 목연을 관찰할 생각이었다.

목연도 객실을 배정받아 침상 위에 누워 있었다. 눈을 감고 있는 그의 모습은 고요한 동시에 차가운 기색도 덜해, 그저 조용히 쉬고 있는 미남으로 보였다. 그는 첫눈에 놀랄 만한 미남은 아니었지만 보면 볼수록 잘생겨 보였다. 특히 미간이 잘생기고, 콧날도 높았으며, 얼굴의 균형이 잘 잡혀 있었다.

고요한 가운데 그가 갑자기 눈을 떴다. 그러나 그의 눈동자는 죽은 듯 고요하지 않았다. 오히려 매혹적일 만큼 깊어 보였다.

사실, 그도 아직 잠을 이루지 못하고 있었다. 그는 저도 모르게 전다다의 그 귀여운, 멍한 얼굴을 떠올렸다가 깜짝 놀라 눈을 떴다. 아무래도 그 자신도 스스로가 그녀를 떠올리라고는 생각지 못했던 모양이었다.

그는 몸을 일으켜 침상에 기대고는 긴 손가락으로 가볍게 입술을 만지며 생각에 잠겼다. 한참 무엇인가 고민하는 듯하던 그가 갑자기 조소하기 시작했다. 그러나 그것이 그 자신을 향한 것인지, 아니면 다른 이를 향한 것인지는 그 자신만이 알 일이었다.

"하하, 이게 뭐라고. 그 계집애…… 별거 아닌 일에 놀라기나 하고……."

목연은 다시 자리에 누웠으나 눈을 감지는 않았다. 그러나 그의 눈에 서렸던 감정은 이미 사라진 후였다. 그의 눈은 다시 고요해졌다. 생기라고는 전혀 없는 고요함이었다.

목연의 옆방은 진묵의 방이었다. 진묵은 비록 피곤했지만 보름의 달빛을 포기할 수는 없었다. 지붕 위에 누운 그는 고씨 선조의 초상을 제 옆에 펼쳐 놓고 월광욕을 즐겼다. 그는 아주 고요했고, 달빛 역시 고요했다.

비연과 군구신 역시 아직 잠들기 전이었다. 그들이 방에 들어오자 바로 하인이 군대의 첩보를 가져왔다. 정역비가 다시 또 큰 승리를 거뒀다. 순조롭게 진행된다면 한 달 후에는 만진국 황도 광안성을 공략할 수 있을 듯했다.

인정하지 않을 수 없었다. 정역비의 속도는 비연과 군구신의 예상을 훨씬 뛰어넘는 것이었다. 광안성을 얻는다면 그것은 곧 만진국을 얻는 것과 마찬가지였다.

군구신은 건명보검을 얻어 안 그래도 기분이 좋던 차에 이런 소식까지 들으니 무척이나 기뻤다.

"연아, 내가 보기에, 우리가 정역비의 전공을 가로채서는 안 될 것 같군."

비연은 인정하지 않았다.

"전공을 가로채다니? 원래 당신의 전공도 포함돼 있다고. 게다가 우리가 전장에 가면 사기를 진작시킬 수 있을 거야! 절대 정역비랑 싸움터를 다투는 게 아니라고!"

비연은 정말로 그를 비호하는 게 아니었다. 이 몇 달 동안 군구신은 비록 전선에 나서지는 않았지만 정역비에게 계속 중요한 정보를 제공했다. 다른 사람들은 몰라도 비연만은 똑똑히 알고 있었다.

군구신이 그녀의 진지한 표정을 보더니 웃으며 말했다.

"애비가 이리도 본 왕을 비호하다니, 본 왕은 기쁘기가 한량 없군."

비연은 그제야 그가 농담을 하고 있다는 걸 깨닫고 주먹을 날렸다. 군구신은 그런 그녀를 내버려 두었다.

그러나 비연은 그를 때리는 게 아니라 간지럽혔다. 그가 간지럼을 많이 탄다는 걸 그녀는 기억을 되찾은 후 깨달았던 것이다.

어린 시절 그녀가 간지럽히려 들면 그는 도망쳤다. 그러나 지금은 그 역시 바로 그녀를 간지럽혔다. 사실 비연은 그보다 더 간지럼을 많이 탔기에 결국 도망치는 수밖에 없었다.

"그만! 됐어! 멈춰! 그만! 군구신, 날 괴롭히다니! 멈춰!"

비연이 비명을 지르다 그만 침상 위로 쓰러지고 말았다. 군구신이 바로 몸을 굽히더니 두 팔 안에 그녀를 가두었다. 비연이 그의 어깨를 꽉 잡고 노려보며 헐떡거렸다.

"그만하라니까!"

군구신의 눈빛이 점차 부드러워졌다. 마치 저 창밖의 달빛처럼.

"아직 다 못 했는걸."

말을 마친 그가 비연에게 입을 맞추기 시작했다……

장부에 기록해 둬, 응?

군구신의 입술이 다가왔다. 따듯한 가운데 살짝 서늘한 기운이 느껴졌다.

방금까지 웃고 있던 비연은 이 순간 온순한 토끼가 되어 버렸다. 밤은 고요하고, 달도 고요했으며, 그들을 비추는 촛불도 고요했다. 입술이 가볍게 스치는 순간, 시간도 다정하고 느릿하게 흐르기 시작했다.

입맞춤이라면 몇 번이고 했건만, 군구신이 다가오기만 하면 그녀의 심장은 여전히 빠르게 뛰었다. 그녀는 긴장한 나머지 두 주먹을 꽉 쥔 채 비할 데 없이 행복해하고 있었다. 그가 이렇게 제 몸 위에서 몸을 붙여 올 때, 그 패기 있는 동작 속에서 다정하고 따뜻한 입술을 맞이하는 게 비연은 너무나 좋았다.

예전에 신분을 알지 못하던 시절, 은색 가면을 쓰고 강하게 입을 맞췄던 몇 번을 제외하면 군구신의 입맞춤은 언제나 다정하게 시작되었다. 그는 그녀의 입술을 천천히 달콤하게 빨아들이며 부드럽게 입 맞췄다.

다정한 입맞춤 속에서 비연은 항상 어린 시절의 그를 떠올렸다. 그 부드럽고 다정하던, 그리고 언제나 부끄러워하던 영 오라버니를.

그러나 지금의 그는 이미 그때의 영 오라버니가 아니었다.

소년의 다정함 속에 일단 성숙한 남자의 향취가 배어드니 이제 비연은 그 온유함에서 도저히 벗어날 수 없었다.

그녀는 그의 따뜻함 속에서 천천히 몸을 이완시켰다. 주먹을 쥐고 있던 손도 어느새 풀어지고, 긴장해 있던 몸 구석구석이 저도 모르는 사이에 풀어졌다.

군구신은 욕망을 참을 수 없었지만 이 순간만은 멈춰야 했다. 그는 그녀가 서서히 힘을 빼는 매혹적인 모습을 바라보았다. 그는 이 순간의 그녀를, 그녀의 눈매를, 붉게 물든 그녀의 두 볼을 지독히도 사랑하고 있었다. 이 모든 것이 그 한 사람에게 속한 것이었으니까.

"연아……."

"응."

"연아……."

"으응……."

"연아……."

세 번째 불렸을 때 비연은 대답하지 않았다. 그는 다시 그녀에게 입을 맞추며 살며시 그녀의 입술을 열었다.

입맞춤이 깊어질수록, 입맞춤이 격렬해질수록 그녀에게 품은 정이 마음 깊은 곳에 닿았다. 입맞춤이 농염하게 짙어져 가는 순간 그의 손은 저도 모르는 새에 그녀의 머리카락 사이로 들어갔다. 그녀를 얻고도 부족하다는 듯이.

그것은 군구신만의 감정은 아니었다. 비연 역시 마찬가지였다. 그녀는 마침내 참지 못하고 두 팔로 그의 목을 끌어안았다.

그에게서 떨어지고 싶지 않았다. 그리고…… 이렇게 친밀하게 안고도 여전히 부족하다는 느낌이 들었다. 무엇인가 아직, 아직 부족했다. 그러나 대체 뭐가 부족한 건지는 알 수 없었다.

부족했다. 그러나 이대로 계속할 수만도 없었다. 그들의 입맞춤은 이미 충분히 격렬해 숨이 모자랄 정도였다.

군구신은 비연을 놓아주고 머리를 그녀의 어깨에 묻은 채 숨을 헐떡였다. 그의 숨이 몹시도 뜨거웠다. 그녀도 온몸에 힘이 빠진 상태였다. 몸이 불타듯 뜨겁고, 마음은 그저 홀린 것만 같았다. 그녀는 저도 모르게 '부군'이라고 불렀다. 마치 애교를 부리듯 사랑스럽게.

그가 가장 견디지 못하는 게 바로 그녀가 다정하게 '부군'이라 불러 주는 목소리였다. 간신히 욕망을 가라앉히고 있던 그는 참지 못하고 비연의 귀에 입을 맞추기 시작했다.

그의 입술이 그녀의 옥처럼 매끄러운 목을 타고 내려오더니 마침내 가슴에서 멈췄다. 그는 그녀의 심장이 빠르게 뛰고 있는 걸 느낄 수 있었고…… 그는 이제 통제력을 잃고 싶었다.

욕망을 이기는 것과 통제력을 잃는 것은 사실 같은 일이었다. 욕망을 이길 수 있다면 통제력을 잃을 수도 있으니까. 오로지 비연만이 그로 하여금 스스로를 이기게 할 수 있었고, 철저히 자신을 놓아 버리게 할 수도 있었다…….

그녀의 심장 뛰는 소리에 점차 자제력을 잃은 군구신이 그동안 한 번도 닿아 본 적 없는 금지된 곳까지 입맞춤을 계속하려 했다. 그러나 갑자기 그의 왼손이 멈췄다. 그는 제 사지에서 힘이 용솟음쳐 왼손으로 모이는 걸 느낄 수 있었다!

그는 순간적으로 욕망에서 깨어났다. 그의 눈길이 점차 명철해졌다. 비연이 눈을 감고 있는 모습을 바라보던 그는 갑자기 온갖 감정이 마음에 휘몰아치는 것을 느꼈다. 환희, 애정, 자책, 그리고…… 그는 여전히 그녀를 놓아주고 싶지 않았다.

손바닥의 힘이 통제력을 잃을 조짐을 보일 정도로 강해지고 있었다.

그는 계속 그녀를 바라볼 수 없는 것을 안타까워하며, 그 한 사람에게 속한 이 아름다운 모습을 마음속 깊은 곳에 새겼다.

군구신은 마침내 이성을 되찾고, 재빨리 비연의 입술에 쪼듯이 입을 맞춘 후 귓가에 속삭였다.

"연아, 미안해……."

이 말에 비연이 눈을 떴다. 그녀는 군구신이 어쩔 수 없다는 듯 웃는 걸 보고, 여전히 미망에 사로잡힌 눈길로 부끄러워했다.

그때 다시 군구신의 목소리가 들렸다.

"장부에 기록해 둬, 응?"

장부에 기록해 두라고?

비연이 무슨 뜻인지 이해할 수 없어 머뭇거리는 동안 군구신이 그녀에게서 물러났다. 그는 침상 가에 서서 오른손으로 왼쪽 손목을 잡았다. 왼쪽 손목의 정맥이 불룩하게 올라와 있었다.

그 모습을 본 비연도 정신이 들어 재빨리 몸을 일으켰다.

"건명력?"

"응."

이미 경험이 생긴 군구신은 확신하고 있었다. 건명력이 모이고 있었다!

하지만 그는 이해할 수 없었다. 지난번은 건명보검과 계약하기 위해서였다지만 이번에는 대체 어찌 된 일일까?

어쨌든 그는 앞으로 벌어질 일을 두려워하지 않았다. 그가 정말 두려워하는 것은 아무 일도 벌어지지 않는 것이었다.

검과 힘이 그에게 주고자 하는 답이야말로 가장 믿을 만할 테니까.

힘이 계속 모이고 있었다. 군구신은 제 주먹이 금방이라도 건명력 때문에 부서져 내릴 것 같다고 생각했다.

비연은 곁에서 지켜보고 있었다. 그녀는 힘을 느낄 수는 없었지만, 군구신이 미간을 찌푸리는 걸 보고 그가 힘들어하는 걸 눈치챘다. 하지만 그녀는 한마디도 하지 못하고 그저 곁에서서 지켜보기만 했다. 일단은 방해하지 않는 것이 최선의 도움일 듯했다.

곧 군구신의 손이 떨리기 시작했다. 그는 이번에 모인 힘이 지난번과 다르다는 걸 느낄 수 있었다. 지난번에는 건명력이 그저 모였을 뿐이었는데 이번에는 무엇인가 돌파하고자 하는 것 같았다. 아니, 그의 손에서 빠져나가려는 것 같았다!

군구신은 온 힘을 다해 그 힘을 억누르고 있었다. 그러나 그럴수록 힘은 더더욱 그에게 저항하며 발버둥 치는 것 같았다. 군구신은 최선을 다했으나 무리할 생각은 없었다.

그가 갑자기 다섯 손가락을 폈다. 건명보검은 이미 그와 계약을 맺었다. 그는 차라리 건명력이 무엇을 하려는 건지 지켜 보기로 했다.

군구신이 손바닥을 펴는 순간, 모두가 예상하지 못한 일이 벌어졌다.

그의 손바닥 중앙에 점차 황금빛 표식이 떠올랐다. 그것은 용의 형태였는데, 비록 크기는 작지만 살아 있는 것처럼 생생하고 위엄이 흘러넘치는 게 언제라도 그의 손바닥에서 날아올라 진짜 용으로 변할 것만 같았다.

황금 용의 표식은 완전히 드러난 순간 황금빛으로 타오르기 시작했다. 순간, 건명력이 군구신의 손바닥에서 빠져나와 그 주변을 맴돌기 시작했다.

지금 군구신 주위를 맴도는 이 힘은 건명력의 전부가 아니라 그저 절반 정도였다. 하지만 그것만으로도 충분히 강력해 비연 은 순식간에 밀려나고 말았다.

바닥에 쓰러진 비연이 선혈을 토해 냈다.

군구신이 다급하게 외쳤다.

"연아!"

오장육부가 다 뒤틀리는 것 같았지만 비연은 그 죽을 듯한 고통을 참으며 간신히 몸을 일으켰다.

"별일 아니냐! 당신은 어때?"

"난 아무 문제 없어. 가까이 오지 마."

군구신은 정말 아무 문제도 없었다. 다만 미동조차 할 수 없을 뿐이었다. 그 견제당하는 듯한 느낌에 그는 갑자기 모종의 직감을 느꼈다. 건명력은…… 그를 지배하려 하고 있다! 그를 숙주로, 허수아비로 만들고자 한다!

그는 이런 느낌이 전혀 달갑지 않았다. 그러나 깊이 생각할 겨를이 없었다. 그의 주위를 맴돌던 건명력이 갑자기 곁에 있던 건명검을 향해 날아가더니, 그 속으로 빨려 들어가기 시작했기 때문이다.

힘을 흡수한 건명보검이 점차 허공으로 떠올랐다. 그리고 장검이 검집에서 나오더니 검날의 용무늬가 갑자기 빛나기 시작했다.

이건…… 건명력이 건명검으로 돌아간 걸까?

건명력은 주인을 택해 깃들고, 주인이 죽으면 다시 택한다 했다! 만약 건명력이 그 주인을 다시 택한다면 원래의 주인은 어떻게 되는 걸까? 죽는 걸까?

주인을 택한다는 이 전설은 고묘의 벽화에서 본 것과 모순되기는 했지만, 건명력이 북해에 봉인되어 있다가 군구신의 것이 된 것은 사실이었다! 그러니 전설이 온전히 거짓은 아니었다!

군구신은 경악하여 제 손바닥을 바라보았다. 이 순간 그의 손바닥에 나머지 절반의 건명력이 모이고 있었다. 마치 다시 한번 도망치려는 듯.

비연도 보면 볼수록 간담이 서늘해 오며 무서워졌다. 그녀는 갑자기 건명보검 앞으로 달려가 가로막으며 외쳤다.

"안 돼!"

허락하지 않겠다

비연이 갑자기 달려가 막아서자, 군구신이 놀라서 외쳤다.

"비켜!"

그러나 비연은 오히려 양팔을 벌렸다. 그녀의 작은 얼굴이 놀라울 정도로 엄숙했다. 그녀는 군구신을, 정확히는 군구신의 손바닥을 응시하며 고집을 부렸다.

"안 돼!"

이때, 군구신의 손에 모인 힘이 꿈틀거리며 언제라도 뛰쳐나올 기세였다. 군구신은 그 힘을 통제할 수 없었다. 그는 스스로가 화를 내는 건지 아니면 두려워하는 건지도 알 수 없었다.

그가 갑자기 비연에게 큰 소리로 외쳤다.

"비켜! 비키라는 말 안 들려?"

비연은 꼼짝도 하지 않았다. 군구신이 점점 더 사납게 말했다.

"헌원연, 비키라고! 비키란 말이다!"

아마도 이번 생에서 군구신이 그녀를 이리도 사납게 대하는 건 처음일 것이다. 그러나 그가 이보다 열 배는 더 사납게 대한다 해도 그녀는 두려워하지 않았다. 그녀는 영원히 그를 두려워하지 않을 것이다. 그녀에게는 믿는 구석이 있어 두려울 이유가 없었다.

그녀의 믿는 구석은 바로 군구신이었다!

비연은 여전히 움직이지 않았다. 이 순간, 남아 있던 건명력이 전부 군구신의 손바닥 위 황금 용 표식으로 모였다. 황금 용 표식은 방금처럼 황금 빛을 뿌리기 시작했다. 건명력이 군구신에게서 빠져나가려 한다는 의미였다.

방금의 감정이 분노 반에 두려움 반이었다면 지금은 분노할 여력이 없었다. 지금 군구신의 마음속을 가득 채우고 있는 것은 공포였다. 그는 건명력이 날뛰는 것을 견디면서, 그 잘생긴 미간을 찌푸린 채 비연을 바라보았다.

"연아, 제발, 비켜!"

그의 애원을 들은 비연의 눈가가 젖어들었다. 그러나 그녀는 여전히 고집을 부리며 고개를 저었다.

"그게 내 부군의 목숨을 취하려 하잖아. 허락할 수 없어! 그게 무엇이건 나는 허락할 수가 없다고!"

이 말이 끝나는 순간 건명력이 군구신의 손바닥에서 빠져나가더니 그의 주변을 한 바퀴 맴돈 다음 비연에게로 날아왔다. 그와 동시에 봉황허영이 비연의 등 뒤에 나타났다. 거대한 힘이 비연의 몸 안에서 폭발해 나와 건명력과 생생하게 맞서고 있었다.

이 힘은 분명 10품의 봉황력이었다! 봉황력이 비연의 분노와 공포 속에서 다시 나타난 것이다!

북해에서 봉황력과 건명력이 한 번 대항한 적 있었다.

당시 비연 일행은 모두 두 힘이 서로 사그라들었다고 생각했으나, 사실은 봉황력이 건명력에 의해 녹아 버렸다.

봉황력은 대대로 전승되는 힘이고 서정력은 수련을 통해 얻는 힘이었다. 이 두 힘은 모두 품의 구분이 있는데, 1품부터 9품까지 주인의 능력에 따라 얻을 수 있었다. 그리고 주인이 죽으면 힘도 끝났다.

건명력은 진정한 신력으로 품의 구분이 없고, 그 힘 자체가 지극히 강했다. 설사 숙주가 없다 해도 그 힘은 영원히 존재할 수 있었다.

봉황력이 10품이라 해도 건명력에게 대항할 수는 없었다!

지금 봉황력이 건명력에게 대항할 수 있는 것은 건명력이 반으로 나누어져 있기 때문이었다. 봉황력은 겨우 건명력의 절반만을 대항할 수 있었다. 그러나 그것만으로도 비연은 몹시도 힘겨워하고 있었다.

주먹을 꽉 쥔 채 양팔을 벌리고 있는 그녀는 작은 얼굴을 일그러뜨리고 있었다. 그녀가 지금 얼마나 고통스러운지는 그녀 자신만이 알 일이었다.

군구신은 그녀를 손에 쥐면 부서질세라, 입에 머금으면 녹아버릴세라 보물처럼 아껴 왔다. 그런 그녀가 이리 고통스러워하는 것을 그가 어떻게 견딜 수 있을까?

그의 눈에는 온통 그녀만이 가득했다. 제 왼손이 점차 찢어지는 것조차 모를 정도였다.

그는 건명력이 점차 그녀를 압박하는 것을, 봉황력을 압도해 가는 것을 느낄 수 있었다. 고작 절반의 힘으로도 건명력은 사람들을 경악시키기에 충분했다!

군구신은 비연의 고집스러움을 잘 알고 있었다. 애원한들 아무 소용이 없다는 걸 알면서도 지금 그에게는 그 외 다른 방법이 없었다. 아무리 애를 써도 몸이 움직여지지 않았던 것이다!

"연아, 비켜! 제발! 연아, 이 생에 내가 너를 이번만은 구하게 해 줘! 제발!"

이 말을 들은 비연이 눈을 들더니 사나운 기세로 울부짖었다.

"싫어! 나는 당신이 앞으로 매일, 언제라도 영원히 나를 구해 주기를 바라!"

그녀는 이번만이 아니라, 오늘만이 아니라, 이후의 수많은 날을 모두 그와 함께하고 싶었다.

비연은 이를 악물었다. 등 뒤의 봉황허영이 다시 한번 나타났다. 이미 그녀 앞까지 다가왔던 건명력이 갑자기 뒤로 물러났다. 기적이 일어난 걸까? 그렇다면 그녀는 계속할 생각이었다!

그녀는 제 입에서 피가 흐르도록 내버려 둔 채 허리를 꼿꼿이 폈다. 그리고 봉황력을 다루려 해 보았다. 그런데 이게 웬일일까. 봉황력이 다시 건명력을 밀어내고 있었다. 기적이 정말 계속되고 있었다! 비연은 너무도 기뻤고, 군구신도 기뻤다.

그러나 바로 그 순간, 비연의 등 뒤에서 건명보검이 마치 이 건명력에게 소환당하기라도 한 듯 다시 한번 황금 빛을 크게 폭발시키더니, 갑자기 날아올라 비연의 등을 향해 곧장 찔러 왔다.

비연은 계속 버티느라 아무것도 몰랐으나 군구신은 그 상황을 똑똑히 보고 있었다!

"안 돼!"

그는 분노했다. 발아래에서 황금 빛이 빛나더니 뜻밖에도 한 걸음 앞으로 내디딜 수 있었다. 그는 건명력의 견제에서 벗어나 다시 자유를 획득했다!

그는 빠른 걸음으로 건명력을 직접 통과한 뒤 다시 봉황력을 뚫었다! 그리고 한 손으로 비연을 밀어내며 다른 손으로 건명검을 막았다!

그러나 그로서는 건명검을 막을 수 없었다. 건명검이 그의 손을 피해 길게 날더니 다시 그의 가슴으로 향했다.

"군구신!"

비연이 외치며 빠른 걸음으로 달려왔다.

"안 돼! 절대로 안 돼!"

그러나 이미 늦었다. 그녀는 눈을 뜬 채 건명검이 군구신의 가슴을 찌르는 걸 지켜봐야만 했다. 깊이, 아주 깊이, 건명검은 그의 가슴을 관통했다. 군구신의 등에 건명검의 끝이 삐죽 빠져나와 있는 게 보였다!

이 모든 것이 그저 눈 한 번 깜빡일 새에 일어난 일이었다. 무슨 생각을 할 여지조차 없었다.

어쨌든 그가 그녀에 대해 생각할 이유도, 그녀가 그에 대해 생각할 이유도 없었다. 그들은 스스로의 생사조차 생각하지 않고, 서로를 위해 본능적으로 움직이고 있었기 때문이다.

"안 돼……."

비연의 눈에서 눈물이 흐르기 시작했다. 그녀는 발걸음을 멈췄다. 몹시도 가까이 가고 싶었지만 마치 두 다리를 잃은 것처럼, 어떻게 걸어야 하는지 알 수 없었다. 입을 벌렸으나 갑자기 아무 말도 나오지 않았다. 울음소리조차 낼 수 없으니 온 세상이 적막해진 것만 같았다. 마치 이 세계가 소리 없이 멈춘 것처럼.

갑자기 군구신이 한쪽 무릎을 꿇었다. 쿵, 그의 무릎이 부딪치는 소리가 세상의 고요함을 깨트렸다.

"아아……."

비연은 마침내 울음을 터뜨렸다. 마침내 정신을 차리고, 마침내 움직일 수 있었다! 그녀는 달려가 그를 안고 싶었으나 건명검 때문에 어떻게 안아야 하는지도 알 수 없었다. 그녀는 그의 곁에 무릎을 꿇은 채 흐느끼고 있었다. 우는 것 외에는 어찌해야 할지 도무지 알 수 없었다.

어떻게 하면 좋지! 그녀의 영 오라버니가, 그녀의 정왕 전하가, 그녀의 망할 얼음이, 그녀의 부군이, 그녀의 그가…… 죽어가고 있었다! 어떻게 하지?

그녀는 그대로 무너져 내릴 것만 같았다.

"아아……. 아……."

군구신은 고개를 숙인 채 미동도 하지 않았다. 비연은 감히 그를 부를 수도, 만질 수도 없었다. 두려웠다. 그를 부르는 것도, 그를 만지는 것도. 더 이상 아무 희망이 없을까 봐.

어떻게 하지?

"저기…… 누구라도……."

비연이 중얼거리다가 갑자기 큰 소리로 외쳤다.

"여봐라!"

그녀가 다급하게 일어나 달려 나가려 했을 때 군구신이 갑자기 중얼거렸다.

"연아……."

그 순간 비연은 자신이 환청을 들었다고 생각했다. 그녀가 재빨리 몸을 돌려 보니 군구신을 관통한 건명검이 투명해진 것이 보였다.

이건 어찌 된 일일까?

고운원도 화가 났다

건명검이 언제라도 사라질 것처럼 투명해지고 있었다.

비연은 그제야 군구신이 피를 흘리지 않는다는 걸 발견했다. 다급하게 돌아가 그 앞에 앉았다. 그녀는 놀랍고 기뻤으나 동시에 긴장하고 있었다. 무심결에 손을 내밀었다가 결국은 허공에서 멈추고 말았다. 자신이 무엇을 할 수 있는지 도무지 알 수 없었던 것이다.

"군구신……."

그녀가 조심스럽게 중얼거렸다. 감히 큰 소리로 부를 엄두조차 낼 수 없었다.

순간, 군구신이 천천히 고개를 들어 그녀를 바라보았다. 지금까지 그의 날카롭고 차가운 두 눈이 이렇게 빛을 잃은 걸 본 적이 없었다. 그는 제 몸에 꽂힌 검에 대해서도, 자신이 처한 상황에 대해서도 연유를 모를 뿐 아니라 어찌해야 할지도 모르는 듯했다.

비연의 눈에서 순식간에 눈물이 터져 나왔다. 그녀는 입을 막은 채 울고 또 웃었다. 군구신의 눈빛이 어떠하건 그가 살아 있기만 하다면…… 그가 그녀를 바라보기만 한다면 그녀는 만족할 수 있었다!

"괜찮아? 그……."

그녀는 울먹이고 있었다.

군구신이 천천히 미간을 찌푸렸다.

"연아, 그러지 마……. 울지 마. 나, 나는……."

말을 채 끝내지도 못한 채 그는 눈을 감더니 옆으로 쓰러졌다. 그를 관통했던 건명검이 순식간에 사라져 보이지 않게 되었다.

비연이 서둘러 그를 부축해, 어쩔 줄 몰라 하며 품에 안았다. 그녀는 머뭇머뭇하면서도 덜덜 떨리는 손을 그의 코 아래에 가져다 댔다. 바로 이때 망중과 진묵이 문을 열고 들어왔다.

그들 두 사람은 오늘 밤 보초 근무를 서지 않았다. 대신 보초를 서고 있던 시위가 비연의 비명을 듣고 문을 두드렸으나 아무도 대답하지 않았다. 시위들은 감히 함부로 들어올 수도 없어 그들을 불러왔던 것이다.

비연이 군구신의 숨을 확인하는 모습을 보고 진묵과 망중이 경악했다. 비연은 이미 군구신의 호흡이 정상이라는 사실을 확인한 참이었다. 그녀가 눈물 가득한 얼굴로 아이처럼 미소 지었다.

"살아 있어!"

진묵과 망중도 겨우 정신을 차렸다. 망중이 재빨리 군구신을 침상에 눕히는 동안 진묵은 침상 쪽에 있던 남자 옷을 가져와 비연을 덮어 주었다. 그녀는 아주 얇은 속옷만 입고 있었고, 옷차림도 조금 흐트러진 상태였다.

그러나 비연은 그런 것은 상관없다는 듯 진묵이 입혀 준 옷을 대강 여미고는 아금을 어서 데려오라고 했다. 망중이 참지 못하고 질문했다.

"왕비마마, 전하께서는 대체 어찌 되신 겁니까? 방금 무슨 일이 있으셨던 건가요?"

군구신의 몸에는 상처가 없었고 호흡도 정상이었다. 안색이 피로해 보이는 것 외에는 아무 문제가 없는 듯했지만, 비연이 방금 그의 숨을 확인하고 있었던 걸 생각하면 놀라지 않을 도리가 없었다.

비연이 말했다.

"방금 건명력이 건명검으로 돌아갔어……."

"뭐라고요?"

문밖에서 아금의 목소리가 들리더니 곧 그와 목연이 들어왔다. 전다다는 이미 깊이 잠들어 있었지만, 이 두 사람은 잠을 이루지 못하고 있어 소식을 듣자마자 바로 달려왔던 것이다.

비연이 방금 벌어진 일을 이야기했다. 모두 의아해하는 가운데 아금이 직접 군구신을 살펴보았다. 그러나 내상을 입은 것 같지는 않았다.

아금이 다시 의원을 불러왔지만, 의원 역시 별다른 이상을 발견하지 못했다. 군구신은 그저 피로에 지쳐 잠든 것 같아 보였다. 그러나 이렇게 큰일이 벌어진 이상 그 누구도 안심할 수 없었다.

비연은 잠시 침묵하다가 갑자기 몸을 일으켜 문밖을 향해 달리기 시작했다. 진묵이 가장 먼저 쫓아갔다.

"주인님!"

비연은 그를 상대하지 않고 객실을 향해 달려갔다. 진묵은 마음에 짚이는 게 있었지만 그래도 계속 쫓아갔다.

곧 비연이 고운원을 끌고 나왔다. 고운원의 옷차림은 흐트러진 상태였고, 머리도 엉망인 데다 눈도 졸음에 잠겨 있었다.

비연은 돌아오는 길에 군구신의 상황을 간단하게 설명했으나, 고운원이 들었는지 말았는지는 알 수 없었다.

비연은 침상 앞에 와서야 그를 놓아주고는 숨을 몰아쉬며 말했다.

"그를 살펴봐 줘요. 제발."

고운원의 눈가에 안타까운 빛이 스쳐 갔지만 그는 여전히 긴장한 듯 화가 난 듯, 옷차림이며 머리를 정리하면서 말했다.

"일국의 공주인 동시에 일국의 왕비가 되어서, 어찌 이리 무례하십니까!"

예전이었다면 비연도 분명 화를 냈을 것이다. 그러나 이 순간에는 유달리 고요한 모습으로 고운원을 바라보고 있었다.

고운원은 그런 그녀의 모습을 견딜 수 없다는 듯 시선을 피하며 한탄하듯 말했다.

"저를 보신들 소용없습니다. 왕비마마께서는 금침 세 개를 이미 모두 사용하셨습니다. 저는 규칙을 깰 수 없으니, 이 이상 도와 드릴 수 없습니다."

비연은 아무 말 없이 계속 그를 응시하고 있었다. 어린 시절에, 어리광이 통하지 않으면 이런 식으로 사흘이고 나흘이고 그를 바라보기만 했던 것처럼.

고운원이 다시 피했지만 비연이 계속 응시하며 그를 쫓아갔
다. 고운원은 이제 피하지 않고 고개를 숙였다. 비연은 바로 그
의 앞에 무릎을 꿇고 고개를 들어 그를 바라보았다. 고운원이
재빨리 몸을 돌리자 비연은 그의 다리를 끌어안고 계속 바라보
았다.

아금은 불만스러운 듯 주먹을 쥐었다. 대진국 공주가 어찌
저리 애걸할 수 있단 말인가?

진묵의 담담한 눈동자에도 분노가 어렸다.

망중은 더 말할 것도 없이 얼굴 전체가 분개하고 있었다.

그러나 비연은 이런 행동이 조금도 치욕스럽지 않았다. 그저
어린 시절로 돌아간 것만 같았다.

착각일까? 그녀는 뜻밖에도 고운원의 눈매가 붉어진 걸 본
것만 같았다. 그녀가 다시 제대로 보려 하자 고운원이 갑자기
고개를 돌리더니 한숨을 깊이 쉬고 말했다.

"정왕 전하의 안색을 보니 별문제 없을 것 같습니다. 그저 너
무 피곤하신 듯하니, 기껏해야 사흘 정도 정신을 잃고 계실 겁
니다. 왕비마마께서는 스스로에게나 신경 쓰시지요. 피를 토하
셨으니, 내상이 절대 가볍지 않으실 텐데요!"

비연은 무척 기쁜 표정이었다. 고운원이 뒤에 한 말은 아예
마음에 담아 두지도 않고 바로 군구신에게로 달려갔다. 그리고
침상 가에 앉아 군구신의 손을 꽉 잡았다.

고운원의 시선이 그녀의 입가에 남은 핏자국에 닿았다. 그의

눈매에 언뜻 분노가 떠올랐다. 그는 잠시 바라보다가 곧 소매를 떨치고 가 버렸다.

모든 이들이 고운원이 아직 연극을 하고 있노라고, 일부러 불쾌한 척한다고 생각했다. 그러나 고운원은 문가에 도착하자마자 갑자기 발걸음을 멈췄다.

그는 연극을 하는 게 아니었다. 정말로 화가 났다. 그는 한 손을 심장께에 얹고 있었다. 그 자신조차도 화가 났다는 사실을 이제야 깨달았던 것이다. 고운원은 고개를 돌리려다 갑자기 멈추고, 입 안에 감춘 사탕을 하나 넣고서야 그 자리를 떠났다.

비연의 상처를 걱정하는 건 고운원만이 아니었다. 아금은 직접 비연의 상처를 치료하느라 한참 속을 끓였다.

마침내 날이 밝아 왔다. 망중과 진묵이 군구신을 지키려 했지만 비연이 그들을 쫓아냈다. 그녀도 몹시 피로했지만 직접 군구신의 곁을 지키고 싶었다.

하마터면 그를 잃을 뻔했다…….

그녀의 마음속에는 아직도 두려움이 남아 있었다. 도저히 그를 떠날 수 없었다.

사실 군구신은 혼수상태에 빠진 게 아니었다. 전날 밤 쓰러진 후 그의 의식은 건명검 안에 들어와 있었다.

어둠 속에서 그는 활활 타오르는 불꽃을 발견했다. 약왕정의 8품 신화보다 더 뜨거웠지만 그는 견뎌 낼 수 있었다. 아니, 사실 어떤 불편함도 느껴지지 않았다.

그는 이 모든 것이 환각인지 사실인지 구분할 수 없었다. 다만 꿈속을 걷고 있는 것 같을 뿐이었다.

군구신은 거대한 불꽃을 바라보고 또 바라보았다. 시선이 흐릿해지더니 그 불덩이가 그의 눈을 가득 채웠다. 그는 이제 자신의 눈에 불이 일고 있는 건지, 아니면 이 어두운 세계에 불이 타오르는 건지 구분할 수 없었다.

갑자기 불길이 크게 일었다! 그는 무심결에 물러났으나, 주변의 불길이 작디작은 불꽃으로 변해 그의 주위를 빽빽하게 둘러쌌다. 그리고 곧 그것들은 불타오르는 문자로 변했다. 고묘의 벽화에서 본 것과 같은 옛 글자들이었다.

그는 두어 줄 읽자마자 놀라며, 기뻐할 수밖에 없었다…….

입을 맞춰 본 적이 없는 것도 아닌데

군구신은 두어 줄 읽어 보고 이것이 바로 검보라는 사실을 알 수 있었다! 그리고 이 검보는 건명력을 장악하는 일과 관계가 있을 가능성이 매우 높았다.

주변을 둘러본 그는 곧 '건명검보'라는 네 글자를 발견했다. 그의 추측이 옳았던 것이다. 그는 곧 문자들을 읽으며 암기하기 시작했다.

건명검과 계약하면 건명검보를 얻을 수 있고, 건명력을 장악할 수 있는 것이었다! 사람과 검이 하나가 되는 경지에 이르기 위해서는 일단 건명검보를 익혀야 했다.

건명검보는 크게 세 개의 경지로 이루어져 있었다.

첫째, 내가 있고 검이 있는 유아유검.

둘째, 내가 없고 검이 있는 무아유검.

셋째, 내가 없고 검도 없는 무아무검.

매 경지마다 그에 맞는 검보가 있었다.

단순히 초식만을 이야기하자면 군구신은 한번 보는 것만으로도 모두 이해할 수 있었다. 그러나 진정한 검술이란 초식만 익힌다고 이룰 수 있는 게 아니었다. 매 경지마다 깊은 깨달음을 얻어야 하는 것이다.

군구신은 지금 뭔가를 깨닫거나 할 여유가 없었다. 모든 글자를 외우는 것이 가장 중요했으니까. 후에 이 검보를 다시 볼 수 있을지 장담할 수 없으니 지금 한 글자도 빼놓지 않고 모두 외워야 했다.

글자들이 그를 둘러싸고 있었다. 군구신은 화염과도 같은 그 글자들을 계속 바라보며, 시간도 자신도 잊은 채 그것들을 외웠다. 잠깐인 것 같았지만 사흘이 지나갔다.

군구신이 눈을 뜨니 비연이 곁에 앉아 있는 게 보였다. 언제나 맑고 아름다운 그녀의 눈에 핏발이 가득했고, 놀라울 정도로 붉어져 있었다.

찰나의 순간, 두 사람의 눈이 부딪치고 동시에 입을 열었다.

"연아."

"아아……."

비연이 군구신의 품으로 뛰어들었다. 사흘 동안 그녀는 마음을 도저히 가라앉힐 수 없었다. 그녀는 아마 평생, 그를 잃을지 모른다 생각했던 순간의 공포심을 잊지 못할 것이다.

그녀가 군구신을 단단히 끌어안고 울먹였다.

"나를 버려두고 가면 안 돼. 다시는 그러지 마."

군구신은 아무 말도 하지 않았다. 이 순간 최고의 위로는 말이 아니라 그녀를 품에 안아 주는 것이었다.

군구신은 그녀를 끌어안은 채 그녀가 울면서 마음을 털어 내도록 내버려 두었다. 그는 간간이 그녀의 이마에 쪼듯이 입을 맞추고, 가볍게 그녀의 눈물을 핥았다.

비연이 곧 스스로 그의 입술에 입을 맞추기 시작했다. 애정에 가득 찬, 스스로를 잊은 듯한 입맞춤이었다. 이런 친밀한 행동만이 군구신이 이 세상에 살아 있다는 것을 느끼게 하고, 그녀의 공포심을 몰아내 줄 수 있었다.

진묵 일행은 모두 밖에서 지키고 있었다. 방 안에서 기척이 들리자 전다다가 먼저 자청했다.

"내가 들어가 보고 올게."

사건이 벌어진 그날 밤, 그녀는 푹 잠들어 있어 바로 달려오지 못했기에 마음속에 부끄러움이 남아 있었다. 때문에 이 사흘 동안 전다다는 단 한 걸음도 떠나지 않고 밖을 지켰다. 그리고 방 안에서 기척이 들리자 바로 들어갔다. 어쨌든 그녀는 여자였으니 눈치를 볼 일이 없었다.

그러나 방 안으로 들어가자마자 보게 된 것은 군구신과 비연이 서로 끌어안은 채 격렬하게 입을 맞추고 있는 모습이었다. 입술과 입술이 뒤얽히는 모습은 마치…… 서로를 먹어 버리려는 것 같았다.

전다다와 당정은 현공대륙 강호를 떠돌며 자란, 여자 무뢰한이라 할 수 있었다. 전다다는 당정과 음담패설도 쉽게 나누곤 했지만 이런 격렬한 모습을 직접 보게 되니 그야말로 머리가 다 멍해지고 말았다. 그녀는 그대로 멈춘 채 비명을 질렀다.

"꺅!"

전다다가 제때 입을 틀어막기는 했지만, 군구신이 입맞춤을 멈추고 고개를 들었다. 그와 동시에 문밖에 있던 사람들이 들어왔다. 무슨 일이라도 벌어진 줄 알았던 것이다.

"무슨 일입니까? 왕비마……."

아금은 말을 끝내기도 전에 군구신이 이미 깨어난 걸 보고 무척 기뻐했다. 물론 그 뒤에 있던 이들 모두 기뻐했다.

전다다는 고개를 숙여 군구신의 시선을 피했다. 그리고 모두가 잇달아 들어오는 걸 보며 속으로 생각했다. 이 사람들은 아무것도 보지 못했으니, 나도 방금 아무것도 보지 못한 척해야겠다! 담담하게! 정왕 전하가 깨어난 걸 보고 기뻐하며 비명을 지르는 것쯤이야 아주 정상적인 일이니까!

전다다는 마음의 준비를 하고 다시 고개를 들었다. 그러나 이게 웬일인가. 모두에게서 등을 돌린 채 앉아 있던 비연이 갑자기 군구신의 목을 끌어안더니 입을 맞추기 시작했다. 그러자 군구신도 다른 이들의 이목을 신경 쓰지 않고, 그녀를 안은 채 격렬하게 화답하기 시작했다!

전다다는 말할 것도 없고 그 자리의 남자들도 모두 굳어 버렸다. 그러나 곧 정신을 차리고 매우 지각 있는 태도로 물러 나가기 시작했다.

전다다는 눈을 휘둥그렇게 떴다. 그녀는 비연이 지금 어떤 마음인지 알지 못했으나…… 마음속에 숭배의 감정이 싹텄다. '운치가 넘치고 호방한' 면에서는 비연이 당정보다 한참 위인 것 같았다!

전다다는 아버지가 제 눈을 가렸을 때에야 겨우 정신을 차렸다.

아금이 속삭였다.

"계속 볼 테냐?"

의심할 바 없었다. 아버지는 방금 전다다가 무엇 때문에 비명을 질렀는지 알고 계신 것이다. 아무리 아버지 앞이라 해도 전다다는 난처한 기분이 들었다. 그녀는 아버지의 손을 밀쳐 내고는 재빨리 몸을 돌려 달리기 시작했다.

허둥대던 그녀는 방에서 나오는 순간 목연과 부딪치게 되었다. 그가 재빨리 그녀의 두 팔을 잡고 부축해 주었다. 그게 아니었다면 두 사람은 함께 나동그라지고 말았을 것이다.

전다다는 목연을 보자 왠지 모르게 멍한 표정이 되더니, 안 그래도 붉어졌던 얼굴이 더욱 달아올랐다.

목연이 물었다.

"왜 그렇게 달린 거야?"

"나, 나는……."

전다다는 다시 말문이 막혔다. 그녀가 왜 달렸는지 그는 모른단 말인가? 방금 자기도 이미 다 봤으면서!

그녀는 대답하지 않고 그의 손에서 빠져나왔다.

목연은 분명 그녀를 상대하고 싶지 않았지만, 또 왜인지 모르게 중얼거렸다.

"그런 하찮은 일에 그렇게 놀라다니."

전다다는 귀가 밝았고, 당연히 그의 말을 들었다. 그녀는 부끄러웠지만, 그대로 넘어가는 것도 내키지 않아 고개를 돌리고 말했다.

"입술을 맞춰 본 적 없는 것도 아닌데 내가 그런 일에 놀랐을

리 없잖아? 나는 그저 정왕 전하께서 깨어나신 걸 보고 기뻐서 놀란 거라고! 그럼 안 돼?"

목연이 무표정하게 말했다.

"이미 입을 맞춰 보았다니, 다음에 요행히 내가 다시 너를 구할 일이 생기면, 그때는 너무 놀라지 말기를 바란다."

그는 분명 그녀를 믿고 있지 않았다. 오히려 지난번 일로 그녀를 놀리고 있었다. 전다다는 화가 나서 반박했다.

"마음에 둔 사람과 입을 맞추는 거랑, 싫어하는 사람에게 입맞춤을 당하는 건 완전 다른 일이라고!"

목연이 바로 그녀의 말을 정정했다.

"나는 너에게 입을 맞춘 적 없으니, 너무 다정한 표현은 삼가도록 해."

전다다는 또다시 반박할 말을 잃었다. 그녀는 가볍게 코웃음을 친 후 일부러 우아하게 몸을 돌렸지만, 실제로는 낭패한 마음으로 도망치는 중이었다.

그녀의 뒷모습을 바라보는 목연의 텅 빈 눈에 복잡한 빛이 떠올랐다. 저 계집애가…… 마음에 둔 사람이 있다고? 입도 맞춰 보았다고?

이때, 아금도 한옆에서 모든 것을 지켜보고 있었다. 그의 눈에 떠오른 복잡한 빛은 결코 목연에게 뒤지지 않았다!

군구신이 그렇게 패기 있게 아내에게 입을 맞추는 걸 보면 분명 별문제 없을 것이다. 아금은 잠시 서 있다가 모두에게 휴식을 취하러 가라고 명했다.

방 안에서는 비연과 군구신이 막 입맞춤을 끝내고 조용히 서로를 끌어안고 있었다. 군구신은 그녀에게 모든 것을 얘기하고 싶은 마음을 참고, 인내심 있게 그녀의 마음이 진정되기를 기다렸다.

마음이 고요해지자 비연은 현기증이 계속 밀려옴을 느꼈다. 그녀는 입을 열 힘도 없어 점차 눈을 감았다. 그리고 너무나 피곤해서인지 곧 혼수상태에 빠지듯 잠이 들었다.

비연은 하루 낮과 밤을 꼬박 잤다. 그녀가 깨어났을 때 군구신은 이미 건명검보를 모두 적은 다음이었다.

그녀가 일어나 앉자 군구신이 직접 물을 떠다 주고는 진지하게 말했다.

"내상이 아직 치유되지 않았고, 피로가 심하게 쌓였다는군. 우리 며칠 더 쉰 다음에 가는 게 좋겠어."

비연은 여전히 어지러웠지만 피곤해서라 여기고 마음에 담아 두지 않았다. 물론 군구신에게도 이야기하지 않았다. 그녀는 이미 상당히 냉정을 되찾은 다음이었다.

비연은 방 안을 한 바퀴 둘러본 후, 마지막으로 군구신의 심장께를 바라보며 물었다.

"건명검은?"

무심결에 현묘함을 이야기하다

건명검은?

비연의 긴장한 모습을 보자 군구신의 눈매가 다정해졌다.

그가 바라보기만 할 뿐 바로 대답하지 않자 비연은 더욱 긴장했다. 그녀는 건명보검이 다시 나타나 군구신의 심장을 찌를까 봐 두려워하고 있었다.

"아직 나타나지 않은 거야?"

군구신이 그녀의 코를 문지르며 미소 지었다.

"바보."

비연은 여전히 조급해하고 있었다.

군구신이 곁에 있는 탁자로 걸어갔다. 그는 이제 기쁜 가운데 조금 부끄러워하며 환하게 웃고 있었다. 생각했던 것보다 그녀가 훨씬 더 그를 신경 쓰고 있다는 걸 깨달았기 때문이다.

군구신이 건명보검과 검보를 가져왔다. 건명보검은 그가 검보를 다 쓴 지 얼마 지나지 않아 그의 손에서 나타났다.

상황을 이해한 비연은 겨우 두근거리던 심장을 가라앉힐 수 있었다. 그녀는 검보를 읽어 보았지만 전혀 이해할 수 없었다. 그러나 그녀는 아주 중요한 질문을 던졌다.

"건명력이 전부 건명검으로 돌아간 거야?"

군구신이 고개를 저었다. 이 일은 그도 온전히 알지 못했다.

검보에 기록된 바에 따르면 건명력과 건명검은 하나라 했다. 세 경지를 모두 수련하고 나면 사람과 검이 하나가 되고, 그가 건명력을 소환하여 마음대로 부릴 수 있다고도 적혀 있었다.

그러나 지금 건명력의 절반만이 건명검으로 돌아갔고, 남은 절반은 여전히 그의 몸 안에 머물러 있었다. 이 일은 분명 건명력이 건명검을 떠나 북해에 봉인되었던 것과 관계가 있을 것이다.

비연이 의심스럽게 물었다.

"설마 그때 누군가가 검과 사람이 하나가 되는 경지까지 익혀, 건명력으로 정말 천살을 극복했던 걸까? 그 사람이 구려족 사람인 건 아니겠지?"

"천살을 극복했다면, 몽족이 무엇 때문에 결계를 펼쳐 건명력을 봉인했겠어?"

군구신이 생각에 잠기더니 곧 덧붙였다.

"몽족의 결계가 건명력이 건명검으로 돌아가는 걸 막고 있었던 것 같아."

비연이 깜짝 놀라서 말했다.

"만약 그렇다면…… 구려족이 적령석으로 건명검을 봉인한 것도 같은 목적 때문일지도 몰라!"

두 사람은 비록 단서를 잡은 듯했지만 여전히 이해할 수 없었다. 건명력이 결계를 깨고 나온 후에 무엇 때문에 군구신을 선택한 걸까? 심지어 지금 건명력의 절반만이 건명검으로 돌아간 상태였다. 이 안에는 그들이 이해할 수 없는 비밀이 숨겨져 있을 것이다.

두 사람이 서로의 얼굴을 바라보다가 곧 이구동성으로 외쳤다.

"설마……?"

비연이 봉황력으로 건명력이 돌아가는 걸 막았고, 그로 인해 건명검의 살기를 불러냈다. 군구신은 제압당해 움직일 수 없는 상태에서 두 힘을 뚫고 비연을 구했다.

비연이 막지 않았다면 건명력이 완전히 돌아간 후 군구신이 순조롭게 건명검보를 얻을 수 있었을까? 군구신이 제압에서 벗어나지 못했다면 무슨 일이 벌어졌을까?

명확한 답이 없는 상태였지만 두 사람은 서로를 바라보며 웃었다. 어쨌든 두 사람 모두 아무 문제 없이 건명검보도 얻었으니 수확이 상당한 편이었다.

비연이 진지하게 말했다.

"오늘부터 무술을 배우기 시작할 거야. 봉황력은 내 마음을 보고 나타나는 것 같아. 도저히 믿을 수가 없어!"

군구신도 진지해졌다.

"마음을 보고 나타난다……. 설마 마음이 힘을 발동시키는 걸까?"

이 말을 들은 비연이 당황했다. 무심결에 봉황력의 현묘한 이치를 말해 버렸음을 깨달았기 때문이다!

모후의 봉황력은 무술을 통해 1품씩 소환해 낸 것이었다. 그러나 비연 그녀는 바로 10품을 폭발시켰다. 그녀와 모후는 봉황력을 소환하는 방법이 다른 게 분명했다.

정말로 마음이 힘을 발동시키는 거라면, 마음을 수련해야 하는 것 아닐까?

약왕정의 수련이 바로 그런 방식이었고, 비연 입장에서는 어렵지 않은 방식이었다.

비연의 눈동자가 점차 밝아지더니 기쁜 목소리로 말했다.

"시험해 봐야겠어!"

군구신이 고개를 끄덕이며 말했다.

"지금 네 몸은 무술을 익히기에 적당하지 않아. 일단 마음을 수련해 보도록 해. 몸이 좀 건강해지면 내가 다시 검술을 가르쳐 줄 테니까."

설사 비연이 봉황력을 장악했다 해도 그녀는 여전히 무기가 필요했다. 무기가 있어야만 봉황력이 최고의 힘을 발휘할 수 있었다.

그녀의 무기라면 당연히 부황이 그녀에게 준 현한보검이어야 했다. 군구신이 직접 만진국 전장으로 가려 하는 이유는, 병사들의 사기 진작은 물론, 대황숙에게서 그 보검을 되찾기 위해서기도 했다.

군구신이 검을 쓰니 비연도 자연스럽게 검술을 좋아하게 되었다.

그녀는 군구신과 어깨를 나란히 하고 전투를 벌일 날을, 두 사람의 검이 서로 어울릴 날을 기대하고 있었다.

생각이 여기까지 이르자 비연은 조급한 마음에 바로 가부좌를 틀고 마음 수련을 시작하려 했다.

그러나 군구신이 제지하며 말했다.

"쉬도록 해! 장작을 패기 전에 칼을 갈아야 하는 법이니까. 미리 준비를 해야 더 빠르게 일을 해낼 수 있지."

비연은 자신이 너무 오래 자서 현기증이 오는 건 아닌가 의심하고 있었다. 좀 더 쉬면 더 어지러울 것 같기도 했다.

물론 그녀는 군구신과 다투지 않고 유달리 온순하게 고개를 끄덕였다.

"명을 받들겠습니다, 전하!"

군구신이 만족스럽지 않은 듯 몸을 굽혀 그녀의 얼굴 가까이 다가왔다.

"틀렸어."

그가 신경 쓰는 것은 '부군'과 '전하'라는 두 호칭이었다. 그는 물론 전자를 더 좋아했다.

비연은 입술을 깨물고 웃으며 그를 부군이라 불러 주지 않았다. 분명 사적으로는 그를 부군이라 부르겠다고 했지만, 뭔가 바라는 게 있을 때가 아니면 그렇게 부르지 않았다.

군구신은 미간을 살짝 찌푸린 채 기다렸지만 비연은 오히려 그를 재촉했다.

"어서 가 봐."

군구신은 어쩔 방법이 없어, 사랑스럽다는 듯 그녀의 코를 문지르고는 자리를 떠났다.

비연은 장난스럽게 그의 뒷모습을 향해 외쳤다.

"부군, 부군······. 부군······."

그가 지닌 모든 신분 중에서 '부군'이라는 신분만큼 그녀를 순수하고 행복하게 만들어 주는 건 없었다.

군구신이 떠나고 조금 있다가 비연이 다시 가부좌를 틀었다. 그러나 얼마 지나지 않아 전다다가 슬며시 미끄러져 들어왔다. 그녀는 방문을 닫고 비연을 침상 위로 잡아끈 다음 은근하게 말했다.

"왕비마마, 앉으시와요, 네?"

비연은 좀 전의 일을 기억하지 못했다. 아니, 정확히 말하면 그녀는 당시 기쁨과 공포가 교차하는 가운데에 있어서 전다다와 사람들이 방에 들어왔다는 것을 아예 눈치채지 못했다. 때문에 그녀는 지금 전다다가 헤실헤실 웃는 이유를 몰라 고개를 갸웃했다.

"아무 일 없이 찾아온 건 아닐 텐데. 본론부터 말해 봐."

"왕비마마, 마마와 정왕 전하께서는 기억을 회복하시기 전에······ 누가 먼저 사랑을 느끼셨어요?"

비연은 더욱 이해할 수 없었다.

"그건 왜 묻는 거야?"

전다다는 비연의 '거사'를 보았고, 비연이 이 방면의 '고수'니 모든 것을 알 거라 믿었다. 요 며칠 내내 근심에 싸여 있었던 전다다는 비연에게서 답을 찾고 싶어 온 참이었다.

전다다가 진지하게 말했다.

"언니의 경험에서 좀 배우고 싶어서."

비연은 몹시 즐거워졌다.

"마음에 든 사람이라도 있어?"

전다다가 바로 고개를 저었다.

"아니."

"그럼 나중에 좋아하는 사람이 생기면 다시 이야기하자."

비연의 말에 전다다가 재빨리 덧붙였다.

"나는 그저……. 언니, 사람을 사랑하게 되면 어떤 느낌이야?"

비연은 더더욱 의심스럽게 물었다.

"누구를 사랑하게 된 거야?"

전다다가 즉시 부정했다.

"아니라니까!"

비연이 몹시 의외라 생각하며 재촉했다.

"누구야?"

전다다가 다급하게 말했다.

"정말 아니라니까! 나는 언니랑 정왕 전하가 서로 그렇게 사
랑하는 걸 보고 궁금해서! 말하고 싶지 않으면 그만둬!"

비연은 사실 이 문제를 깊이 생각해 본 적 없었다.

한참 생각하다가 진지하게 말했다.

"사랑이라……. 그와 함께 계속 살아가고 싶은 마음이겠지?
하지만 그와 함께 죽는다고 해도 두렵지 않은 그런 마음."

전다다가 이해할 수 없다는 듯 중얼거렸다.

"그건 그러니까 무슨 필사적으로……. 그런 거 아닌가?"

비연이 피식 웃으며 말했다.

"맞아, 사랑은 필사적인 거야!"

전다다가 가슴을 두드리며 속으로 중얼거렸다.

'다행이다, 다행이야…….'

고운원의 설명

전다다가 이 며칠 동안 근심에 싸여 있었던 이유는 바로 목연 때문이었다.

며칠 내내 그녀는 계속 목연을 저도 모르게 떠올렸다. 심지어 그가 무엇을 하고 있는지도 궁금했다.

처음에는 신경 쓰지 않으려 했지만 어제 그에게 괴롭힘을 당한 후엔 뜻밖에도 밤새 잠을 이루지 못했다. 머릿속이 온통 그의 생각으로, 터무니없는 생각으로 가득 차 있었던 것이다.

그녀는 이제 담담할 수 없었다. 예전에 당정에게서 '사랑을 하게 되면 잠을 이룰 수 없다'는 이야기를 들은 걸 기억하고 있었던 것이다.

그러나 지금 비연의 말을 들으니 마음속에 얹혀 있던 거대한 바위가 내려간 것 같았다. 전다다는 몰래 안도의 한숨을 내쉬고 속으로 중얼거렸다.

'내가 너를 위해 필사적이 될 것 같아? 흥, 그럴 리 없지!'

전다다는 명랑한 기분이 되어, 비연과 한참 수다를 떨다가 떠났다.

비연은 군구신의 압박에 못 이겨 사흘을 쉬었다. 그동안 문밖으로 나가지 않고 방 안에서 몰래 마음을 수련하며 봉황력의 존재를 감지해 보려 했다. 약왕정은 잠시 내버려 두기로 했다.

약왕정의 신화는 이미 8품에 달해 있으니, 그녀로서도 적응할 시간이 필요했다.

군구신은 이레 동안 직접 비연에게 탕을 먹이는 것 외 대부분의 시간은 검을 연습했다.

건명검술의 제1 경지인 '유아유검'은 기본적인 초식으로 이루어져 있었다.

군구신의 자질이 뛰어났기 때문에 연습은 매우 순조로웠다. 설사 건명력이 없다 해도, 이 치명적인 검법만으로도 그의 무공을 한 단계 크게 올려 주기에 충분했다.

고운원은 여전했다. 그는 방 안에 숨어 의서를 읽었다. 누군가가 그를 부를 때가 아니면 문밖으로 나서지 않았다. 단 한 번 누각에 서서, 오후 내내 검을 연습하는 군구신을 본 적이 있었다.

목연은 항상 아금과 중앙 숲과 관련한 일을 의논했다.

비연의 부탁을 받은 전다다는 대설을 데리고 숲속을 다니며, 야수들에게 도전하게 하여 담력을 키워 주었다. 그녀는 일부러 목연을 피한 건 아니었지만 어쩌다 보니 이레 동안이나 그와 마주치지 못했다.

이날 새벽, 비연과 군구신이 마차에 올라 떠날 준비를 했다. 고운원이 짐을 짊어지고 나오는 걸 보고 비연이 머뭇거리며 물었다.

"고 의원, 우리는 만진국으로 갈 거예요. 함께 가시겠어요?"

고운원이 당황하더니 곧 기쁜 표정으로 말했다.

"왕비마마의 뜻은, 제가 가지 않아도 된다는 것인가요?"

비연은 이미 단념한 상태였다. 당초 고운원을 억지로 곁에 남긴 주요한 목적은 바로 그를 경계하고 시험하기 위해서였다. 그러나 고묘의 벽화를 본 후엔 모든 의심을 거두었다. 비록 그와 함께 가고는 싶었지만, 비연은 여전히 그의 연극에 동참하며 말했다.

"고 의원은 확실히 별 도움이 되지 않더군요. 나만 금침 하나를 낭비한 셈이에요. 목숨 하나를 구할 수 있었던 금침인데!"

고운원이 가볍게 탄식하더니 망설이는 표정을 지었다. 그 모습을 본 비연은 무척이나 즐거워졌다. 그러나 이게 웬일일까. 고운원은 그들과 함께 갈 생각은 없는 듯, 그러나 갑자기 금침 하나를 내밀며 의미심장하게 말했다.

"왕비마마, 빙해영경을 찾으실 때 제가 도움을 드린 바 없으니 이 금침은 돌려 드리겠습니다. 다음번에는 후회하셔도 소용 없을 테니, 허투루 쓰지 말고 잘 생각한 후에 쓰도록 하십시오."

고운원의 그 진지한 미간을 보자 비연은 순간적으로 그가 지금 연극을 하는 건지 아니면 진실을 말하고 있는 건지 구분할 수 없었다.

기억 속의 백의 사부는 항상 담담하고 활달했으며 잔잔하게 웃고 있었다. 이렇게 진지한 표정으로 그녀에게 이야기한 적이 없었다.

비연이 계속 그 금침을 받지 않고 고운원에게 물었다.

"어디로 가실 건가요?"

"떠나온 곳으로 돌아가야지요. 왕비마마께서 저를 찾을 일이 있으시면 연운간으로 오십시오."

비연이 마침내 금침을 받아 들었다. 마음속 가득한 말이 입가까지 올라와 있었지만, 겨우 건강하라는 말만을 할 수 있었다.

고운원은 홀로 북쪽으로 가고 비연 일행은 동쪽으로 향했다. 마차가 두 길로 나뉘어 서서히 움직이기 시작했다. 흑삼림에는 아금, 전다다, 목연, 세 사람이 남았다.

전다다는 그날 깨달은 후로 이레 동안 잠을 이루지 못하고 있었다. 그녀는 목연을 흘깃 본 뒤, 여전한 모습으로 코웃음을 쳤다. 그리고 아금을 향해 말했다.

"아버지, 당정 언니가 실종된 지 너무 오래됐어요. 신농곡에 가 있는 게 분명해요. 제가 한번 가 볼까 해요."

"승 숙부가 이미 안배해 두었다 하더구나. 우리 쪽에 사람이 부족하니, 너는 여기 남아 있도록 해라."

아금의 말에 전다다는 눈알을 굴린 다음 입을 열었다.

"그것도 좋죠. 맞아! 어머니가 저를 그리워하신다는데, 제가 가서 어머니를 모셔 와 이곳에서 며칠 머무시게 해야 할 것 같아요. 어쨌든 뭐 우리 집이니까 편하게……."

아금이 무표정하게 물었다.

"얼마나 필요하지?"

이 질문은 물론 금원보를 묻는 것이었다.

전다다가 뜻밖에도 외쳤다.

"어머니와 함께하는 시간은 돈으로 따질 수가 없어요!"

아금은 점점 더 이상하다는 생각이 들었다. 설마 딸이 일부러 목연을 피하려 하는 걸까?

그는 잠시 망설이다가 진지하게 말했다.

"너도 이제 다 컸구나. 어머니가 너의 이런 마음을 안다면 분명 기뻐하실 거다. 좋다, 사람을 보내 어머니를 맞이해 오마."

전다다는 결국 아직 서툴렀다. 그녀야말로 제 아버지보다 훨씬 더, 모친이 와서 '남편을 돕고 딸을 훈육'하지 않기를 바라고 있었기 때문에 깜짝 놀랐다.

전다다가 재빨리 말했다.

"길이 너무 멀어요. 마차를 오래 타면 몸이 상하는걸요. 그러니 모셔 오지 않는 게 낫겠어요. 아버지는 안심하시고 목 공자와 일을 보세요. 능씨 가문은, 딸이 잘 지키겠습니다!"

아금이 상당히 만족한 듯 말했다.

"그래, 아비는 일을 보고 갈 테니 목연과 먼저 들어가거라."

아금이 떠나고 나니 남은 것은 전다다와 목연 두 사람뿐이었다.

목연은 조용히 선 채 아금과 전다다의 대화를 전부 다 들었다. 그는 점점 더 전다다 이 계집애가 겉으로는 자기가 놀라는 척하며 실제로는 다른 사람들을 놀라게 한다고 생각하게 되었다. 그는 한마디 하려다가 말고, 미간을 살짝 찌푸리고는 빠르게 앞을 향해 걷기 시작했다. 전다다가 전혀 신경 쓰이지 않는다는 듯.

전다다는 아금의 뒷모습을 향해 혀를 내밀고는 곧 목연을 따라가기 시작했다. 그녀는 일부러 발걸음을 늦춰 계속 그의 뒤에서 걸어갔다. 덕분에 두 사람 사이에 보기 드물게 평화로운 분위기가 흐르고 있었다.

그러나 아금이 보기에 이 장면은 절대로 평화로운 분위기가 아니었다. 그는 사실 떠나지 않고 몰래 그들의 뒤를 밟고 있었다.

목연과 전다다가 서로를 상대하지 않는 걸 보니, 일이 점점 더 커지고 있는 것 같았다. 그는 그들 두 사람끼리만 있을 기회를 만든 다음, 대체 둘의 사이가 어떤지 시험해 봐야겠다고 생각했다!

아금의 뒤를 따르던 시위들은 항상 고상하고 냉정하던 주인의 이런 모습을 보고 혀를 내두르며 의아한 표정을 지었다.

그리고 바로 이날, 아금만큼이나 다른 이들을 의아하게 만드는 한 아버지가 운공대륙에서 천 리 길을 마다하지 않고 달려와 정역비의 군영에 도착했다. 이 아버지는 바로 운공대륙 당씨 가문의 가주, 당정의 부친인 당리였다! 그리고 그와 함께 온 사람은 승 회장의 여동생이자 당정의 모친인 영정이었다.

정역비는 막 만진국 중부의 문안성을 얻은 참이었다. 그는 백성들을 괴롭히지 않고 군대의 병기와 양식만 빼앗은 후 항복한 병사들을 받아들였다. 그런 다음 정예병 한 부대만을 문안성 내에 주둔시키고, 대부분의 병사들은 성 밖에 머물게 했다. 정역비 자신도 성 밖에 있었다.

최근 그가 전장에 나갈 때면 당정도 항상 곁에서 함께 전투를 치렀다. 물론 그녀는 필요한 말 외에는 단 한 마디도 하지 않았고, 정역비는 더더욱 과묵했다.

시간이 흐르면서 두 사람 사이에 묵계가 생긴 듯했다. 분명
별다른 교류가 없음에도 불구하고 두 사람은 전장에서 점점 더
마음 맞는 전우가 되어 가고 있었다. 당정에게 불만을 품은 주
부장조차 마음속으로는 그녀를 인정할 정도였다.

정역비가 막 막사로 돌아와 약을 바꿀 준비를 하고 있을 때
였다.

사실 그의 가슴 상처는 이미 좋아진 지 오래였다. 그러나 여
전히 이틀마다 군의를 불러 약을 갈게 했다. 물론 당정에게 보
여 주기 위해 하는 행동이었다.

정역비는 당정이 질문을 하지는 않지만 계속 자신을 주의 깊
게 살피고 있다는 걸 알고 있었다. 그녀는 그의 상처가 나으면
떠나겠다고 했다. 그는 계속 시간을 끌며 그녀의 부모가 오기
를 기다리고 있었다.

정역비가 막 상의를 벗었을 때, 당정이 갑자기 난입해 들어
오더니 외쳤다.

"정역비, 도망쳐!"

그녀는 막 군영 밖에서 부모를 발견했다. 그들이 어떻게 이
렇게 빨리 이리로 찾아왔는지 심사숙고할 겨를도 없이, 바로
도망쳐 정역비의 막사로 달려온 참이었다…….

자상, 계속하려무나

어서 도망치라고?

당정의 황망한 모습에 정역비와 군의관은 영문을 몰라 하고 있었다. 정역비가 묻기도 전에 당정이 다급하게 외쳤다.

"우리 부모님이 오셨다고! 어서 도망쳐야 해! 어서!"

정역비는 마음에 짚이는 게 있어 바로 군의관을 밖으로 내보냈다.

당정은 자신이 어떤 모습인지도 의식하지 못하고 직접 정역비의 손을 잡아끌었다.

"우리 어서 가야 해!"

우리?

정역비가 조금 복잡한 눈길로 가볍게 그녀의 손을 밀어내고는 상의를 입으며 말했다.

"오셨으니 잘된 겁니다. 조만간 그분들께도 말씀드려야 하니까요."

당정은 다급해 죽을 지경이었다.

"말씀은 무슨! 누가 당신에게 뭐 말해 달랬어? 갈 거야, 말 거야?"

정역비가 평온하게 말했다.

"본 장군에게 도망치라는 말입니까?"

당정은 이제 다른 생각을 할 여유가 없어 한 글자 한 글자 똑바로 말했다.

"우리 아버지가 당신을 죽일 거라고! 잠깐만 피하라는 건데, 못 하겠다는 거야?"

"해야 할 일을 할 뿐입니다."

당정은 화가 나서 그를 걷어차고 싶었다. 그녀가 심호흡 후에 진지하게 말했다.

"정역비, 죽음이 두렵지 않다는 건 알겠는데, 그렇다면 데릴사위가 되는 건 어때? 미리 이야기해 주지 않았다고 탓할 생각은 하지 마. 당씨 가문의 딸들은 시집을 가지 않아. 우리 아버지가 그쪽을 죽이지 않는다면 당신을 우리 당씨 가문의 데릴사위로 받아들이려 할 거야! 도망치지 않겠다면 데릴사위로 들어올 날이나 여기서 기다리고 있든가!"

정역비는 당황했다. 이런 일일 거라고는 생각지 못했던 것이다. 바로 이때 문밖에서 시위의 목소리가 들려왔다.

"장군께서는 아니 계십니다! 장군께서는 안에 계시지 않습니다!"

무척 큰 목소리였다. 정역비에게 들으라고 일부러 소리를 지르고 있는 게 분명했다.

부모가 온 것이다!

당정은 마음이 서늘해졌다. 그녀는 제 부모의 성격을 아주 잘 알고 있었다. 그녀의 아버지가 그녀를 찾지 않고 바로 군영으로 온 걸 보면 분명 화가 나서 미칠 지경인 것이다. 어쩌면 아버지는 정역비에게 데릴사위가 될 기회조차 주지 않고 일단 죽여 버릴 생각인지도 모른다.

이제 도망칠 수도 없으니 어떻게 하지? 어떻게……!

"들어가시면 안 됩니다! 잠시만……."

시위의 고함이 다시 들려왔다. 역시 정역비에게 뭔가를 일깨 우려는 듯 일부러 지르는 소리였다.

정역비는 갑자기 의심스러운 마음이 들었다. 당정의 부모가 오면 직접 안내하라고 미리 이야기해 두었으니 그 누구도 막을 리 없었다. 그런데 시위가 저렇게 소리를 지르는 건 대체 뭐 때문일까? 대체 누가 온 걸까?

당정이 그런 일을 알 리 만무했다. 그녀는 솥 위의 개미처럼 조급한 상태였다. 그녀는 발 사이를 흘깃 바라보다가 마음을 모질게 먹고 사납게 정역비를 밀쳤다.

정역비는 아무 저항도 못 하고 뒤의 침상으로 쓰러졌다. 당정은 그에게 반응할 시간도 주지 않고 바로 그의 다리 위에 걸터앉았다. 정역비가 미간을 찌푸리며 물었다.

"뭘 하시는 겁니까?"

당정이 못마땅한 표정으로, 일단 시작한 바에는 철저히 하겠다는 듯 옷의 띠를 풀고 상의를 벗었다. 분홍 비단으로 만든 속옷이 새하얀 피부를 빈틈없이 감싸고 있었다.

정역비는 깜짝 놀라면서도 시선이 저도 모르는 사이에 아래로 내려가고 있었다. 그리고 마침내 당정이 자랑스러워하는 그 풍만한 가슴에 눈길이 닿은 순간, 그만 굳어 버렸다.

이미 당정과 친밀한 관계를 맺은 적 있다 하나 기억이 전혀 남아 있지 않았다. 당정의 남자 옷 아래에 이렇게 아름다운 몸이 숨어 있을 줄은 몰랐던 것이다.

정역비가 정신을 차리기도 전에 당정이 그의 머리를 끌어안더니, 제 자랑스러운 가슴 사이로 힘주어 끌어당겼다.

그녀는 도망칠 수 없다면 차라리 아버지에게 제대로 보여 주자고 생각했다!

정역비가 그녀를 억지로 어떻게 한 게 아니라, 그녀가 그가 아니면 안 되기에 그런 행동을 한 것이라 믿게 한다면…… 어쩌면 여지가 있을지도 모른다!

정역비의 머리가 당정의 가슴에 묻히는 순간 막사의 발이 올라가더니, 문밖에 있던 사람이 들어왔다!

당정은 사람이 들어오는 소리를 듣고 눈을 감았다. 심장이 세차게 뛰고 있었다. 그러나 들어온 사람은 당정의 부모가 아니라 정역비의 모친 임 노부인이었다!

눈앞의 장면을 본 임 노부인이 깜짝 놀라 멈춰 섰다. 그녀가 있는 각도에서는 자신의 귀한 아들이 당정에게 압박당하고 있는 건 보이지 않았다. 그녀의 눈에 비친 것은 제 귀한 아들이 당정의 가슴에 얼굴을 묻고 마치 탐욕스럽게 빨아들이고 있는 것 같은 모습이었다. 그리고 당정은 쾌락의 절정에 달한 듯, 제 마음을 어쩔 수 없다는 듯 정역비를 꽉 끌어안고 있는 것처럼 보였다.

당정의 흐트러진 옷 사이로 눈처럼 새하얀 피부가 드러나 있었고, 정역비는 건장한 상반신을 드러내고 있었다. 그야말로 색과 향이 진하게 살아 있는 장면이었다!

정역비가 당정의 팔에서 빠져나와 고개를 돌렸다. 어머니를 보는 순간, 그 역시 깜짝 놀라 저도 모르게 외쳤다.

"어머니!"

어머니?

당정이 경악하여 몸을 돌렸다. 그녀는 눈을 휘둥그렇게 떴다. 이, 이게 어찌 된 일이지?

임 노부인은 당정을 본 적 없었다. 그래서 눈앞의 이 여자가 제 귀한 아들에게 피해를 입힌 당정인지 알지 못했다. 임 노부인은 정신을 차리자마자 자상한 미소를 띤 채 말했다.

"계속…… 그래, 계속하려무나!"

임 노부인은 전혀 부끄럽거나 난감하지 않았다. 그녀는 너무나 기쁜 얼굴로 재빨리 몸을 돌려 막사에서 나왔다.

드디어 아들이 정신을 차렸다! 더는 당정에게 목을 매지 않는 모양이니 이제 됐다! 막사 안에 있던 아가씨가 남자 옷을 입고 있는 걸 보면, 아마 신분을 숨긴 채 군에 오래 머문 것이 틀림없었다. 여자가 군대에서 저리도 방종하게 굴게 하는 걸 보면…… 분명 아내로 맞이할 생각일 터였다!

그녀는 자신을 막던 시위를 흘깃 보며 한마디 했다.

"이런 일을 본 부인에게 숨긴들 무엇 한다고? 어서 말해라. 장군이 몰래 미녀를 숨겨 두고 계신 지 얼마나 된 거냐? 저 아가씨는 어느 가문 소저지? 이름은 무엇이고?"

시위는 예전 일은 물론 군영의 사정도 알지 못했다. 아는 것은 그저 장군이 계속 노부인에게 이 사실을 숨겨 왔고, 노부인이 군대에 오는 것을 몇 번이나 거절했다는 것뿐이었다.

시위가 솔직하게 대답했다.

"말씀드립니다. 막사 안 아가씨는 정왕비마마의 친우시며 신농곡 경매장의 경매사로, 이름은 당정이라고 합니다. 지난달부터……."

그의 말이 끝나기도 전에 임 노부인이 갑자기 날카롭게 외쳤다.

"뭐라고!"

시위가 깜짝 놀라 말을 잇지 못했다.

임 노부인이 다시 말했다.

"저 여자가 당정이라고?"

시위가 고개를 끄덕이며 그 이상 아무 말도 하지 않았다.

임 노부인의 얼굴이 구겨졌다. 그녀가 몸을 돌려 다시 막사 안으로 난입했다.

막사 안에서는 당정과 정역비가 바쁘게 옷을 챙겨 입은 뒤였다. 당정은 귀까지 새빨갛게 달아오른 채 절망스러운 표정으로 앉아 있었다. 정역비는 미간을 찌푸린 채 서 있었는데, 엄숙해 보이기도 하고 분노한 것 같기도 했다.

당정이 설명하기도 전에, 그리고 정역비가 묻기도 전에 임 노부인이 들어왔다. 그녀의 태도는 방금과 하늘과 땅 차이였다. 눈을 가늘게 뜨고 당정을 바라보는가 싶더니 입을 벌려 욕하기 시작했다.

"이 요망한 계집, 수치도 모르고! 너……."

"어머니!"

정역비가 임 노부인의 말을 끊고 시위를 불렀다.

"마님을 쉬실 곳으로 모셔다드려라!"

임 노부인이 시위를 밀쳐 내고 당정에게 달려가며 정역비에게 말했다.

"오늘도 저 계집을 비호한다면, 내가 가법에 따라 행동한다 해도 원망하지는 마라!"

정역비가 즉시 당정 앞을 막아서며, 번잡한 마음을 억누르면서 말했다.

"어머니, 아들의 사생활입니다. 그러니……."

임 노부인이 그의 말을 잘랐다.

"사생활? 저 요망한 계집이 시집올 것도 아니면서 무엇 때문에 네 옆에서 치근덕거리느냐 말이다. 아주 온 힘을 다해 너를 망치려 하고 있잖니! 저 계집이 우리 정씨 가문의 대를 끊어 놓으려는 게야! 오늘 내가 저 계집을 제대로 손봐 주지 않는다면 어찌 고개를 들고 네 부친을 뵙겠느냐. 우리 정씨 가문의 조상들은 어찌 보고!"

정역비는 정말로 괴로웠다. 그가 상황을 밝히려 하지 않는 것도 아니었다. 하지만 그가 뭐라 하건 임 노부인은 믿지 않을 터였다. 그는 당정의 손을 잡고 그 자리를 피하려 했다.

당정 역시 쓸데없는 소리를 하고 싶지 않아 그 자리를 피하고 싶었다. 그러나 그때 임 노부인이 말했다.

"원래 저 계집의 부모를 한번 만나 보려 했지만, 지금 보니 그럴 필요 없겠다. 저런 물건을 키운 부모라면, 역시 괜찮은 물건일 리 없지!"

당정이 발걸음을 멈추더니 정역비의 손을 사납게 뿌리쳐 내고 노한 눈으로 임 노부인을 바라보았다. 자신을 욕하는 건 참을 수 있었지만 부모를 욕하는 건 참을 수 없었다. 절대로!

당정이 차가운 목소리로 말했다.

"지금 그 말, 당장 취소하시죠!"

마침내 가장을 만났다

계속 고개를 숙이고 침묵하고 있던 당정이 갑자기 이렇게 화를 내자, 임 노부인이 놀라서 펄쩍 뛰었다. 그러나 곧 정신을 차리고 더욱 분노했다. 그녀에게 이렇게 큰 소리를 낸 젊은이는 비연을 제외하면 당정이 처음이었다.

임 노부인이 탁자를 치며 자리에서 일어났다.

"방자하다! 감히 본 부인에게 그리 말을 하다니! 수치도 모르고, 예의도 모르고…… 네 부모는 대체 너를 어찌 가르친 것이냐?"

당정이 대답하기도 전에 문밖에서 갑자기 분노한 목소리가 들려왔다.

"본 문주가 딸을 어찌 가르쳤는지는 당신이 방귀를 뀔 일이 아니지!"

모두 돌아보았다. 발이 다시 들리더니 부부 한 쌍이 들어왔다. 젊은 나이는 아니었지만 관리가 잘되어 있어 나이를 알아보기 어려웠다.

키가 큰 남자는 흰옷을 입고 옥관으로 머리를 묶고 있었는데 기질이 비범해 보였다. 얼핏 보기에도 신선처럼 맑고 탈속한 느낌을 주었다. 그러나 이 순간 그의 얼굴에는 무시무시한 분노가 가득해 마치 염라대왕과도 끝장을 볼 기세였다.

여자는 남자 옷을 입고 있었는데, 숱 많은 머리카락을 한 올도 남김없이 뒤로 빗어 넘겨 남자보다도 더 간소한 차림 같아 보였다. 그러나 아름다운 얼굴을 보면 그 누구라도 한눈에 그녀가 여자임을 알 수밖에 없었다.

그녀는 남편처럼 그렇게까지 분노한 것 같지는 않았지만 그 봉황을 닮은 눈에서 드러나는 차갑고 노련한 기색은 다른 이들을 뒷걸음질 치게 하기에 충분했다.

이 두 사람은 바로 당정의 부모로, 당씨 가문 가주인 당리와 그의 부인 영정이었다.

두 사람은 들어오자마자 당정과 정역비를 흘깃 본 후 바로 임 노부인을 바라보았다. 임 노부인이 당정을 욕하던 말을 문가에서 모두 들었던 것이다.

임 노부인은 의외라 생각했다. 당정이 남경의 대부호 가문 출신일 거라 생각하기는 했지만, 이 두 사람을 보니 당씨 가문은 보통 대부호가 아닌 듯했다. 그러나 그녀는 거리낌 없이, 담담하게 당씨 부부와 마주 보았다. 그녀는 당리가 방금 저속하게 '방귀' 운운했던 것을 떠올리고 경멸스럽다는 눈빛을 보냈다.

이런 진퇴양난의 상황에서 부모를 보게 된 당정은 그저 울고만 싶었다. 그러나 그래서는 안 된다는 걸 잘 알고 있었다. 그녀가 일단 울면 정역비가 아주 처참한 상황에 처하게 될 테니까!

당정은 의기양양하게 정역비를 노려보며 나지막하게 중얼거렸다.

"개자식, 이제는 도망칠 수도 없다!"

정역비는 원래 마음이 번잡하던 차였으나 지금은 오히려 냉정을 되찾고 있었다. 당정의 부모가 왔고 자신의 모친도 왔으니, 오늘은 이 일을 완전히 끝내야겠다 싶었던 것이다. 그는 바로 앞으로 걸어 나가 두 손을 모으고 읍했다.

"후배 정역비가 인사 올립니다."

그는 자연스럽고 의젓해 보이는 동시에 겸손해 보이기도 했다. 목소리도 크지는 않았지만 맑고 힘이 있었다. 그러나 당씨 부부는 아예 보이지도 들리지도 않는다는 표정이었다.

당 문주는 눈을 가늘게 뜨고 임 노부인을 보고 있었다. 영 부인은 제 딸을 위아래로 훑어보았다. 혹시라도 제 딸 털끝 하나라도 상한 곳은 없는지 살펴보듯이.

정역비는 오만불손한 성격이지만 지금은 인내심을 발휘하고 있었다. 그가 다시 한번 읍하며 말했다.

"후배 정역비, 인사 올립니다."

그러나 안타깝게도 당씨 부부는 여전히 그를 공기 취급하고 있었다.

이때, 임 노부인이 먼저 입을 열었다.

"어디서 온 망나니에 시골뜨기인지, 사리 구분도 못하는 걸 보라지! 얘야, 저리 가거라. 어미가 저들에게 딸을 어떻게 가르쳐야 하는지 가르쳐 줘야겠다."

정역비가 다급하게 말했다.

"어머니, 제발 저에게⋯⋯."

그러나 그의 말이 끝나기도 전에 당 문주가 입을 열었다.

"좋아! 한번 가르쳐 보시지! 우리 가문의 귀한 딸에게 대체 어떻게 하면 불량배 아들을 낳을 수 있는지 잘 가르쳐 보라고. 술에 취해 정신을 잃고 죄가 없는 사람을 욕보이지 않나, 책임을 질 생각 따위는 하지도 않고. 아, 우리 딸에게 어떻게 하면 시시비비를 바꿔 놓을 수 있는지도 가르쳐 주면 좋겠군. 악인이 먼저 고발을 하고, 미친개가 먼저 사람을 무는 법이라고 말이야. 나쁜 짓을 한 아들을 어떻게 감싸는지도 가르치고. 그래, 나이를 내세워 거만하게 굴면서 예의를 아는 척하며 다른 사람의 부모 욕이나 하고, 그러면서 자기는……."

당 문주는 원래 정역비를 보러 온 거였지 임 노부인을 만나러 온 게 아니었다. 그러나 일단 임 노부인부터 손본 다음 다시 정역비를 손봐도 상관없었다!

그는 젊은 시절 독설로 이름이 나 있었던 데다 말수가 원래 많았다. 그가 한번 입을 연 이상, 임 노부인에게 끼어들 기회를 줄 생각이 없었다.

임 노부인은 말할 것도 없고 정역비도 눈을 휘둥그렇게 떴다. 이렇게 맑은 기운을 풍기는 사람이 저런 독설을 내뱉다니!

한참 후 당 문주가 하고 싶은 말을 끝냈을 때 임 노부인은 얼이 빠져 있었다. 그가 다시 말했다.

"본 문주가 너무 많이 말해서 아무래도 다 기억하지 못할 듯하니 간단하게 요약해 주지. 바로 그쪽 꼴 그대로 가르치라고! 알겠어?"

겨우 정신이 든 임 노부인이 차가운 숨을 들이마셨다.

"그쪽!"

당 문주가 다시 말했다.

"맞아, 본 문주가 잊고 있었군. 바로 당신처럼 제 분수도 모르는 간사한 늙은 여자는 자신이 어떤 사람인지도 모를 거라는 사실을 말이야! 본 문주가 적어 줄 테니 제대로 읽어 보고, 일단 자신의 행동을 돌아본 다음 다시 다른 사람을 가르쳐도 늦지 않을 거야!"

말을 마치자마자 당 문주는 탁자 쪽으로 걸어가더니 붓을 들어 적으려 했다.

당정은 이제 이마만 짚고 있을 수 없었다. 영 부인의 시선이 정역비에게로 향하고 있었던 것이다. 그녀는 여전히 담담하고 냉정해 보였다. 얼핏 보기에는 대체 그녀가 어떻게 당 문주와 한 쌍이 되었는지 상상조차 할 수 없었다.

당 문주가 정말 글을 쓰고 있는 걸 보고 임 노부인은 화가 나서 하마터면 피를 토할 뻔했다.

"너, 너…… 멈추지 못해!"

그녀도 더 이상 가만있지 않고 욕설을 내뱉기 시작했다.

"체면이라고는 없는 물건 같으니! 딸을 저렇게 가르친 것도 이상한 일이 아니었어! 정말이지 윗물이 맑아야 아랫물이 맑다더니. 내 오늘 그쪽과 끝장을 보겠다!"

이렇게 당 문주와 임 노부인은 한마디씩 하며 말다툼을 시작했다.

정역비도 가만히 있을 수만은 없었지만 대체 이 두 사람의 욕설이 언제 끝날지, 당 문주를 어떻게 응대해야 할지 알 수 없어 당황스러웠다. 그는 문득 후회하기 시작했다. 당정의 말을 듣고 피했어야 하는 것이다.

이때, 당정이 그의 옷자락을 잡아당겼다. 정역비가 고개를 돌려 보니 그녀가 문 쪽을 가리켰다. 정역비는 그제야 영 부인이 문가에 서서 발을 걷어 올리고 있는 걸 발견했다. 그녀는 눈썹을 치켜올린 채 그와 당정을 바라보고 있었다. 따라 나오라는 뜻이었다.

정역비는 계속 당 문주에게 시선을 빼앗겨 영 부인에게는 신경 쓰지 못하고 있었다. 그런데 지금 그녀의 차가운 눈이며 노련한 태도를 보니 저도 모르게 겁이 났다. 어른 앞에서 이리 겁이 나는 것은 처음이었다. 이 고요해 보이는 영 부인이야말로 당씨 가문의 진정한 주인이라는 사실을 직감할 수 있었다.

정역비는 격렬하게 말다툼을 벌이고 있는 어머니와 당 문주를 한번 바라본 후 당정과 함께 소리 없이, 빠르게 막사 밖으로 나왔다.

비록 두 번 무시당하기는 했지만, 문밖으로 나온 정역비는 다시 읍하며 말했다.

"후배 정역비, 인사 올립니다."

영 부인이 무표정한 얼굴로 고개를 끄덕이며 말했다.

"본 부인이 꽤 먼 길을 왔는데, 정씨 가문의 손님 대접은 이런 식인가?"

정역비가 재빨리 수하에게 막사를 하나 정리하고 좋은 차를 내오라 시킨 다음 말했다.

"이쪽으로 드시지요."

그가 영 부인과 어깨를 나란히 하고 길을 안내했다. 당정은 열 손가락을 부러지기 직전까지 비틀며 뒤에서 따라갔다. 그녀는 마침내 다급한 가운데 냉정을 되찾았다. 그리고 자신이 방금 정역비 걱정을 하느라 자신의 상황을 잊고 있었음을 깨달았다.

아버지 혼자 오셨다면 그녀는 아무 문제도 없었을 터였다. 그러나 어머니가 오신 이상 그녀에게도 재난일 수밖에 없었다.

어머니는 아버지처럼 그렇게 충동적으로 사람을 죽이는 이는 아니었다. 그러나 어머니야말로 진정으로 상대하기 힘든 사람이었다!

칭찬을 아끼지 않다

정역비는 영 부인과 당정을 조용한 막사로 안내해, 군영에 있는 가장 좋은 차를 대접했다.

영 부인이 가부좌를 틀고 앉은 채 침착하게 차를 마셨다. 태연자약한 모습이 마치 차를 마시러 온 사람 같았다. 불쾌한 일은 벌어진 적도 없다는 듯한 태도였다. 정역비는 감히 그녀의 생각을 짐작할 수도 없어 당정에게 묻는 듯한 눈빛을 던졌다.

당정 역시 자신의 모친이 대체 왜 왔는지 알 수 없기는 마찬가지였다. 그녀는 정역비가 자신을 바라보는 걸 보고 바로 노려보았다. 자신이 도망가자고 했을 때 가지 않았으니 지금 그는 긴장해야 마땅했다.

정역비는 바로 시선을 피하고 영 부인에게 차를 더 따라 주었다. 그런 다음 제 찻잔을 들었다.

그는 앉아서 죽기를 기다리는 사람이 아니었다. 영 부인이 말을 하지 않는다면 그가 먼저 말을 하면 된다.

"제 모친께서는 당 소저에게 오해가 깊으십니다. 그러다 보니 말을 가리지 못하시고 화풀이를 하신 겁니다. 후배가 차로 술을 대신하여 사죄드리니, 넓은 아량으로 이해해 주십시오."

영 부인은 차를 마시기만 할 뿐 용서니 뭐니 하며 대꾸하지 않았다. 그녀는 정역비를 한참 바라보다가 물었다.

"듣기에, 4년 전에 자네 부친께서 전사하셨고, 자네는 젊은 나이에 천염국 병력의 3할을 장악하고 있다면서?"

정역비는 영 부인이 이런 말을 할 줄은 생각도 못 하던 차였다. 그는 과거의 원한을 이야기하고 싶지 않아 그저 고개만 끄덕였다. 그러나 이게 웬일일까. 영 부인이 다시 말했다.

"자네 부친께서 기씨 가문의 모해에 당하셨고, 천염국의 선제는 기씨 가문을 비호하였다 들었네만?"

정역비의 눈빛이 차갑게 빛나더니 곧 명쾌하게 대답했다.

"그렇습니다."

영 부인이 평온하게 말했다.

"자네는 한마음으로 효도에 힘쓰는 사람은 아니지만 충신이군. 지금까지도 천염국을 위해 목숨을 바치고 있다니."

정역비는 다시 한번 놀랐다. 당씨 가문과 비연의 관계를 알지 못했다면 그는 분명 영 부인이 도발하거나 이간질을 하고 있다고 생각했을 것이다.

당정도 의심스러운 눈길로 모친을 바라보았다. 그녀는 이런 말을 좋아하지 않았지만 감히 입을 열지 못하고 있었다.

정역비가 한참 동안 대답하지 않자 영 부인이 미소 지으며 말했다.

"보아하니 본 부인의 말이 적중한 모양이야."

"아닙니다!"

정역비가 진지하게 말하기 시작했다.

"그 말씀은 틀렸습니다. 4년 전에 정씨 가문이 반란을 일으

컸다 해도 기씨 가문이 오늘과 같지는 않았을 겁니다. 필부의 용기로 반란을 일으키느니, 와신상담하며 기회를 봐 움직이는 편이 낫겠다고 생각했습니다. 후배가 정왕 전하와 왕비마마께 충성을 다하는 것은 은혜를 갚기 위함이고, 정왕 전하께서 태자 전하를 제위에 올리고 만진국을 정벌하며 기씨 가문의 반란병을 추살하심을 돕는 것은 원수를 갚기 위함입니다. 은혜와 원수를 동시에 갚을 수 있으니, 어찌 충성을 다하지 않겠습니까? 지금 후배는 이제 기세명을 베어 부친의 영전에 올려 위로할 날만을 남겨 두고 있습니다."

정역비는 무척이나 진지하고 엄숙했다. 그는 전장에서 적을 죽일 때의 강한 모습과는 달리 침착한 남자의 매력을 드러내고 있었다.

당정은 그의 이런 표정을 본 적이 없었다. 그녀는 홀연히, 자신이 사실 이 남자를 이해하지 못하고 있었다는 걸 깨달았다.

처음에는 그를 양심이라고는 없는 뻔뻔한 건달 정도로 생각했다. 술에 취해 일을 치른 후로는 그가 그렇게 양심이 없는 건 아니고, 그녀가 상상하던 것보다 책임감과 원칙이 있는 남자라는 걸 알게 되었다. 그리고 지금, 그녀는 그의 마음속에 숨어 있는 것이 그녀의 상상보다 훨씬 많다는 것을 발견했다.

그녀는 뜻밖에도 호기심이 차오르는 걸 참을 수 없었다. 언젠가 그가 여자에게 다시 마음의 문을 여는 날이 온다면 그는 그 여자를 어떻게 대할까? 예전에 연아를 대할 때보다 진지하게 대할 수 있을까? 아니면 지금처럼 진지하고 엄숙한 모습일까?

"은혜와 원수를 동시에 갚다니, 좋구나!"

영 부인이 뜻밖에도 칭찬을 아끼지 않고 진지하게 말했다.

"올해 스물하나라지? 젊은 사람이 가장 배우기 힘든 게 인내인데, 그 나이에 벌써 주도면밀하게 생각하고, 대국을 보며 몸을 굽힐 줄 알다니! 쉽지 않은 일이야!"

정역비는 그제야 영 부인이 자신을 시험하고 있었음을 깨닫고, 안도의 한숨을 쉬며 대답했다.

"과찬이십니다."

당정 역시 안도의 한숨을 내쉬면서 입가에 웃음을 빼어 물었다. 그녀는 저도 모르는 사이에 무척 기뻐하고 있었다.

영 부인의 시선이 슬며시 당정에게로 향하더니, 이 모든 것을 담아 두면서도 내색하지 않았다.

이때였다. 임 노부인이 갑자기 막사 안으로 들어왔다. 안색이 파랗게 질린 그녀는 빠른 걸음으로 정역비에게 다가와 숨을 몰아쉬었다. 그러나 너무 빨리 걸어와 숨을 헐떡이는 건지, 아니면 화가 나서인지는 알 수 없었다.

미간을 찌푸린 정역비가 그녀를 부축해 앉히고 물을 따라 주었다. 임 노부인은 물을 마신 다음에도 계속 가슴을 문지르며 한참 동안 아무 말도 하지 못했다.

정역비가 근심스럽게 물었다.

"어머니, 왜…… 그러시는지요? 괜찮으십니까?"

그의 질문이 끝나자마자 당 문주가 난입해 들어왔다. 그 모습을 보고 임 노부인이 허겁지겁 정역비 뒤로 숨더니 귀를 막은 채 숨을 헐떡였다.

"애야, 어서…… 어서 저자를 내보내! 저자의 입을 막아 버려! 어미는 이 이상 견딜 수 없다! 어서 내보내라고! 어서! 어미는 다시는 저자의 목소리를 듣고 싶지 않아!"

그녀는 너무나 무서워하고 있었다!

당 문주는 독설에 능할 뿐 아니라 말수가 원체 많았다. 처음에는 임 노부인과 한마디씩 주고받으며 입씨름을 벌이던 그가 몇 마디 주고받은 후로는 독설 대신 인간의 도리에 관해 설명하기 시작했다. 끊임없이, 한 구절이 끝나면 바로 다시 한 구절을 말해 임 노부인에게 끼어들 기회를 아예 주지 않았다.

아니, 그녀에게 귀를 막고 쉴 기회조차 주지 않았다. 임 노부인이 도망치자 계속 쫓아오며 인간의 도리를 이야기하는 바람에 그녀는 정신이 붕괴할 지경이었다.

정역비는 의혹에 가득 찬 눈으로 바라보았고 당정은 속으로 기뻐하고 있었다. 그녀는 제 부친의 입이 얼마나 대단한지 당연히 알고 있었다.

당 문주는 차가운 눈으로 임 노부인을 보더니 더 다가가지 않고, 제멋대로 차를 한 잔 따라 목을 적셨다. 그리고 다시 입을 열었다.

"본 문주가 마지막으로 묻겠다! 잘못을 인정하겠느냐!"

임 노부인은 거의 무너져 내릴 지경이었다. 그녀가 정역비를 밀어내며 말했다.

"이 일은 어미와 상관없는 일이다! 네가 저지른 짓이니 네가 수습하도록 해라! 다만, 어미는 정씨 가문의 대를 끊을지언정 당정을 우리 정씨 가문 안으로는 들일 수 없다! 절대로!"

말을 마친 후 임 노부인이 도망치려 하자 당 문주가 큰 소리로 웃기 시작했다.

"우리 당씨 가문의 딸은 남편을 맞이할 뿐, 다른 가문으로 시집가는 법은 없지! 정씨 가문은 대가 끊기기를 기다리고 있으면 되겠군!"

임 노부인이 바로 발걸음을 멈췄다. 그녀는 화가 난 나머지 눈이 붉어져 있었다.

"데릴사위? 말도 안 되는 소리!"

당 문주의 눈에 이미 핏발이 가득 서 있었다.

"아아, 오해할 필요는 없지. 그쪽 아들이 데릴사위로 들어오고 싶다 해도 본 문주가 허락하지 않을 테니까. 본 문주가 지금 여기 온 것은 직접 정씨 가문의 대를 끊어 주기 위해서거든!"

그러면서 소매 속에서 비수를 꺼내 사납게 탁자 위에 내려놓았다. 그리고 마침내 정역비에게로 눈을 돌리더니 말했다.

"감히 나, 당리의 딸을 건드렸겠다. 내가 오늘 너를 거세해 주겠다!"

이 말이 떨어지는 순간 공기마저 갑자기 고요해진 것 같았다. 그저 임 노부인이 숨을 헐떡이는 소리만이 들릴 뿐이었다.

반짝반짝 빛나는 칼날을 바라보고, 다시 분노한 당 문주를 바라본 정역비는 그만 목이 메고 말았다. 방금까지 당정의 말을 듣지 않은 걸 조금 후회하고 있었다면, 이 순간 그의 마음을 가득 채운 것은 회한이었다. 그가 자기 자신을 높이 평가한 게 아니었다. 딸을 지키려는 당 문주의 마음을 너무 낮게 평가한 것이었다!

정역비는 데릴사위가 될 생각이 없었지만, 상대도 그를 데릴사위로 맞이할 생각이 없었고 그에게 단 하나의 선택지만을 남겨 주었다. 이 일은 어떻게 해결할 수가 없는 것 같았다!

당정은 비록 일이 이리되리라는 걸 미리 알고 있었지만, 부친이 이렇게 화를 내는 걸 보니 마음이 서늘해졌다. 모친을 흘깃 보았지만 모친은 여전히 여유만만하게 차를 마시고 있었다. 당정이 절망한 표정으로 앞으로 나섰다.

"아버지, 사실……."

웃음을 참을 수 없다

당정이 입을 열자 임 노부인이 재빨리 정역비를 제 등 뒤로 잡아끌더니 역시 비수를 하나 꺼냈다.

"오늘 누구건 내 아들을 건드리려면, 내 시신부터 밟고 가야 할 거다!"

당 문주가 가볍게 코웃음을 쳤다.

"본 문주를 위협하려는 건가?"

임 노부인 역시 코웃음을 쳤다.

"시험해 보든가!"

마침내 영 부인이 귀찮다는 표정으로 담담하게 말했다.

"그만, 당리. 일단 앉아서 상황부터 알아보자."

당 문주가 미간을 찌푸렸다. 그러나 여전히 양보할 뜻이 없는 듯 임 노부인과 정역비를 노려보았다. 그러자 영 부인이 힘차게 찻잔을 내려놓았는데, 그 소리가 유달리 크게 들렸다.

당 문주는 그제야 고개를 돌리더니, 잠시 머뭇거리다가 비수를 거둬들이고 영 부인 곁에 앉았다. 물론 얼굴은 계속 굳은 채였다.

영 부인이 눈썹을 치켜세우고 그를 보자 당 문주는 시선을 피해 고개를 돌리고는 힘차게 한숨을 쉬었다. 분명 달갑지는 않지만 부인의 말을 거역할 엄두를 내지 못하겠다는 태도였다.

그 모습을 본 정역비와 임 노부인은 깜짝 놀랐다. 그리도 강하게 나오던 당 문주가 영 부인의 한마디에 물러서다니!

그들은 당 문주가 수다쟁이일 뿐 아니라 공처가라는 사실을, 그래서 영 부인에게는 절대적으로 복종한다는 사실을 알지 못했다. 보통 상황에서라면 영 부인이 눈썹을 치켜세우는 것만으로도 온순해졌다. 영 부인이 탁자를 치면 화들짝 놀라기 마련이었다. 그러나 귀한 딸과 관련된 문제다 보니 이렇게 승복하지 못하고 있는 중이었다.

영 부인은 남편에게는 신경 쓰지 않고 임 노부인에게 앉으라는 눈빛을 보냈다.

임 노부인은 만약 자신이 앉는다면 영 부인의 체면을 세워주는 거라 생각했다. 하지만 무엇 때문에 그래야 할까? 임 노부인은 계속 움직이지 않았다.

그런데 이게 웬일일까. 영 부인이 갑자기 탁자 위의 비수를 뽑더니 사납게 던졌다. 비수는 바로 임 노부인의 발아래 떨어졌다.

영 부인이 얼음처럼 차가운 목소리로 물었다.

"앉지 않으실 건가요?"

임 노부인이 깜짝 놀라 뒤로 두어 걸음 물러서다가 저도 모르게 엉덩이를 의자 위에 걸쳤다. 정역비가 꽤 눈치 있게, 바로 임 노부인 곁에 앉았다. 이렇게 모두 조용해졌다.

모두들 영 부인이 직접 정역비를 심문하기를 기다리는데, 이게 또 웬일일까. 영 부인이 제 딸을 보며 엄한 목소리로 물었다.

"말해 보거라. 너희가 술에 취했던 그 밤에 무슨 일이 있었던 것이지?"

당씨 부부가 들은 소식은, 임 노부인이 신농곡 노집사를 찾아와 상황을 주도해 달라고 했다는 것이었다. 물론 당정과 정역비 사이에 있어서는 안 될 일이 벌어졌으나 당정이 정역비에게 시집가기를 원하지 않는다는 이야기도 들었다. 정역비는 당정을 책임지려 했으나, 당정이 혼례를 치를 마음이 없다고 했노라고.

임 노부인이 노집사에게 당정을 헐뜯은 것은 아니었으나, 상황을 모르는 사람이 보기에는 당정의 사람됨을 오해할 수밖에 없는 상황이었다.

당씨 부부 입장에서는 당연히 당정이 억울해 보였다. 당 문주는 심지어 정역비가 핍박하여 당정을 계략에 빠트린 건 아닌지 의심했다. 그는 화가 나서 미칠 지경이었다.

영 부인은 그래도 이성을 유지하며, 직접 정역비에 대해 알아보고자 했다. 그리고 지금 막 정역비가 꽤 괜찮다는 걸 발견한 참이었다.

모친의 질문을 받은 당정이 고개를 숙였다. 그리고 솔직하게 대답했다.

"내가…… 같이 술을 마시고…… 그리고 깨어 보니 객잔이었는데…… 그런데…….."

당정이 그 이상 말하기 부끄러워하자 영 부인이 추궁했다.

"네가 그에게 술을 마시자고 했니, 아니면 그가 너에게 술을 마시자고 했니?"

당정은 고민하기 시작했다. 정역비 역시 고개를 숙인 채 기억을 더듬어 보았다.

그날 밤은 정왕의 혼례 날이었다. 연회에서 잔뜩 취한 두 사람이 정왕부 뒤편에서 만난 후 입씨름을 시작했고, 어찌 된 일인지 모르지만 같이 술을 마시러 가게 되었다. 대체 누가 술을 마시자고 했는지는 정말 기억이 나지 않았다.

갑자기 당정이 대답했다.

"내가 술이 모자라다고…… 술집에 가서 계속 마시자고 했어요."

정역비가 바로 눈을 들었다. 당정은 그가 자신을 보고 있는 걸 알면서도 시선을 피했다.

이 대답을 들은 임 노부인의 입가에 경멸 어린 미소가 떠올랐다. 그러나 당 문주는 마치 큰일 아니라는 듯 아무 반응도 없었다. 영 부인도 침착하게 계속 물었다.

"그럼 어떻게 객잔에 가게 된 거지?"

당정은 전혀 기억하고 있지 않았다. 그녀는 망설임 없이 거짓말을 했다.

"내가 데려갔어요. 너무 많이 마셔서 객잔을 잘못 찾았어요. 원래 외숙, 외숙모와 같은 객잔에 있었거든요."

정역비는 계속 당정을 바라보고 있었다. 그 칠흑과 같이 검은 눈동자가 깊어지더니 눈빛이 복잡해졌다.

임 노부인이 다시 코웃음을 쳤다.

당 문주는 계속 이 일을 딸의 책임이라 여기지 않았지만, 임 노부인의 코웃음 소리를 듣자 바로 노려보았다.

영 부인이 계속 물었다.

"그런 다음에는?"

당정이 여전히 고개를 숙인 채 대답했다.

"그가 저를 책임지고 아내로 맞이하겠다고 했어요. 저는 거절했고요! 그는 자신은 전쟁터에 나가기 때문에 모친에게 모든 것을 설명했다고도 했어요. 제가 생각을 바꿔 그의 아내가 되고 싶으면 모친을 찾아가라고요. 언제라도 저를 아내로 맞이하겠다고 했어요."

이 말은 사실이었다.

처음에 정역비에게서 이 말을 들었을 때 그녀는 번잡하다고 만 여겼다. 그러나 지금 스스로 그 말을 옮겨 말하고 있노라니 마음에 낯선 감정이 일어나기 시작했다. 당정은 저도 모르게 고개를 들어 정역비를 바라보았다.

정역비는 계속 그녀를 보고 있다가 시선이 마주치는 순간 미간을 찌푸렸다. 그러자 당정이 바로 혀를 쏙 내밀어 보이고는 고개를 숙였다. 다른 사람에게 그 장면을 들키고 싶지도, 그에게 반격할 기회를 주고 싶지도 않았던 것이다.

마음이 무겁던 정역비는 저도 모르게 웃음을 참을 수 없었다. 술을 마신 그날 이후 처음으로 당정을 보며 웃는 거였다. 안타깝게도 아주 짧은 순간의 일인지라 당정으로서는 볼 수 없었지만.

임 노부인은 점점 더 제 아들이 이치에 맞는다고 생각하고 허리를 펴기 시작했다. 얼굴도 정의로운 표정으로 변해 있었다.

당 문주는 마침내 담담하게 있을 수 없어 끼어들었다.

"우리 딸, 아빠가 여기 있잖니. 무서워할 필요 없다. 솔직하게 말해라! 저 짐승 같은 놈이 너를 핍박한 것 아니냐? 널 위협했지?"

"아버지, 제 말은 모두 사실이에요. 제가 화가 난 건, 저 사람이 제멋대로 이 일을 자기 모친에게 말했다는 거예요. 다른 것은 탓하고 싶지 않아요."

당정의 말에 당 문주가 다급하게 입을 열었다.

"얘야! 어찌 이리 바보같이 구느냐!"

임 노부인도 다급한 마음에 목소리를 높였다.

"이렇게 큰일인데, 어찌 어미인 내게 말하지 않을 수 있단 말이냐? 게다가 내 아들이 이 일을 나에게 이야기한 것은 다 너를 위해서 한 일 아니냐! 알다시피, 본 부인은 이 일을 안 다음 비록 불만스러웠지만 즉시 사람을 보내 일을 해결하려 했다. 네가 본 부인을 찾아오면 길일을 잡고 혼례를 치러 주려고 말이다. 그런데 너는…… 내 아들이 네가 아니면 아내를 맞이하지 않겠다고 한 걸 알면서도 시집오려 하지 않다니! 말해 봐라. 아가씨의 몸으로 순결을 잃었는데 세상 누가 너를 아내로 맞이하고 싶어 하겠느냐? 그런데 조급해하지도, 수치로 여기지도 않으니, 너는…… 너는…… 정조를 소중히 여기지 않는 그런 여자가 아니라면 또 무엇이란 말이냐?"

임 노부인은 한참 전부터 이 말을 당씨 부부에게 해 주고 싶었다. 지금까지 기회가 없었을 뿐. 그러나 이게 또 웬일일까. 당 문주가 탁자를 내려치더니 말했다.

"사고일 뿐인데, 순결을 잃었으면 그게 또 무슨 문제지? 내 딸을 아내로 맞이하고 싶어 하는 사람은 여기서 운공성까지 줄을 설 텐데. 저 늙고 간교한 여자의 입을 좀 깨끗하게 씻어 주든가 해야겠다. 본 문주가 말해 두겠는데, 내 딸은 정조를 소중히 여기지 않는 게 아니라 네 아들을 눈에 들어 하지 않는 것이다! 흥!"

임 노부인이 큰 소리로 웃기 시작했다.

"눈에 들어 하지 않는다고? 하하! 그럼 그쪽 딸에게 물어보든가. 대체 우리 정가군에 와서 무엇을 하고 있었는지?"

이 말에 당 문주와 영 부인 모두 당정을 바라보았다. 그들이 받은 소식은 영승이 보낸 것이었고, 영승 역시 신농곡에서 받은 소식을 전달한 것이었다. 영 부인이 안 그래도 이어 물으려 했던 것이 바로 이 질문이었다.

당 문주도 이제야 이 의문을 떠올리고 갑자기 조금 불안해졌다.

당정이 대답하기 전에 임 노부인이 한마디 덧붙였다.

"당 문주, 하나 더 물어보시지. 당신 딸이 방금 내 아들 막사에서, 무슨 남이 보면 안 될 짓을 벌이고 있었는지!"

당정, 어찌 된 거야

당정이 정역비의 막사에서 남이 보면 안 될 짓을 벌이고 있었다고?

당 문주는 물론이고 영 부인마저 놀라고 말았다!

두 부부는 당정이 입을 열기를 기다리고 있었지만 당정은 계속 고개를 숙인 채 침묵했다.

임 노부인은 너무 오래 참았다 싶었는지 재빨리 계속 말했다.

"흥! 본 부인에게 현장을 잡히지 않았다면 지금도 변덕을 부리며, 세월 가는 줄 모르고 내 아들과 뒹굴고 있었겠지!"

그녀는 자신이 보았던 장면을 떠올리고 당정 대신 얼굴을 붉혔다.

당 문주는 '내 아들과 뒹굴고 있었겠지'라는 말에 헉, 소리를 내더니 분노하여 외쳤다.

"허튼소리!"

임 노부인이 당정을 바라보며 말했다.

"본 부인이 직접 본 것을! 너희 두 사람 앞에서 내가 거짓말을 하고 있느냐? 응?"

그리고 정역비를 슬쩍 밀며 다시 말했다.

"애야, 설마 저 천박한 계집에게 마음을 빼앗긴 건 아니겠지? 당정이 너에게 시집올 생각이 없다는 걸 알면서 무엇 때문에 군대에 남겨 둔 거니, 응? 그리고 무엇 때문에 당정과 아직도 얽히고 있는 게냐? 당정이 너와 사통하려 하는 게 분명한데. 아무래도 전부 다 당정의 잘못이다. 봐라, 당정의 부모가 찾아온 것을. 너는……."

그때, 당 문주가 정역비를 향해 분노한 목소리로 외쳤다.

"정역비, 내 딸을 핍박한 건 아니겠지? 내 딸을 가두었던 건 아니냐는 말이다! 말해라! 어서 제대로 말하라고!"

임 노부인도 지지 않았다.

"당 문주, 양심 좀 챙기고 말하시지! 그쪽 딸은 신농곡 사람이고 정왕비마마의 친구인데, 내 아들이 어디서 그런 배짱이 생겨 그쪽 딸을 가두냔 말이야! 내 아들을 대체 어떤 사람으로 만들려는 거야?"

당 문주가 그녀를 상대하지 않고 갑자기 몸을 돌리더니 정역비 앞으로 다가왔다. 그 순간, 당정이 사납게 탁자를 내려쳤다.

"그만! 이제 모두 그만해요!"

당정의 이 기세는 결코 영 부인에게 뒤지지 않았다. 당 문주와 임 노부인 모두 얼어붙었다. 분위기가 다시 한번 유달리 고요해졌고, 모두 당정을 바라보며 해명을 기다렸다. 정역비만이 고개를 숙인 채 미간을 찌푸리고 있었다. 둘 사이에 무슨 일이 있었는지 그가 제일 잘 알고 있었으니까.

여자 때문에 이렇게 어찌해야 할지 모르는 상태가 된 것은 처음이었다. 과거 좋아했던 약녀를 앞에 두고도 이렇게 무력하게 느낀 적은 없었다.

그때 그가 느낀 것은 감탄과 안타까움, 그리고 열정이었다. 그는 수많은 방법으로 약녀의 환심을 사려 했고, 그녀에게 잘 대해 주었다.

그러나 이 순간에는 당정을 어찌 대해야 할지 전혀 알 수 없었다. 자신이 무엇을 해야 할지도 알 수 없었다. 그는 끝까지 침묵할 수밖에 없었다. 당정의 뜻에 따라, 모든 일을 그녀가 주도하도록 할 것이다.

고요한 가운데 당정이 고개를 들었다. 그녀는 자신의 부모 대신 임 노부인을 바라보며 말했다.

"당신 아들과 군대에서 서로 마음을 나눈 지 한 달이 넘었어요. 예전에 시집가고 싶지 않다고 한 건 그를 시험한 것에 지나지 않아요. 지금은 시집가고 싶어요!"

임 노부인은 경악했다. 그녀는 당정이 정말로 정역비를 마음에 두고 있는 건지, 아니면 자신 때문에 드러나게 된 수치스러운 일을 감추기 위해 하는 말인지 도무지 구분할 수 없었다.

정역비는 비록 사실을 알고 있었지만 고개를 들어 당정을 바라보았다. 그녀는 두 가문의 어른들 앞에서 이 말을 했다. 절대 아무렇게나 한 말일 수 없었다!

이 중에서 당 문주가 가장 의아해하고 있었다. 그는 당정의 두 어깨를 끌어안더니 한참 후에야 겨우 말을 이었다.

"얘야, 얘야…… 어째서……."

그는 대체 무슨 말을 해야 할지 알 수 없었다. 너무나 답답했다. 안타깝고 달갑지 않았으며 화가 났다. 그는 이게 대체 어

떤 기분인지도 알 수 없었지만 몹시도 불쾌하다는 것만은 확실
했다.

딸이 정역비에게 괴롭힘을 당한 걸 알았을 때도 이렇게 강한
느낌을 받지 않았다.

그러나 딸이 정역비를 인정하는 순간, 그는 자신이 조심스럽
게 심어 열심히 키운 예쁜 배추가 갑자기 난입해 들어온 돼지
에게 먹혀 버린 것 같은 느낌을 받았다. 뿌리조차 남기지 않고
전부 다 빼앗겨 버린 느낌을!

그의 눈가가 젖어 들고 있었다.

"애야, 혼인은 장난이 아니란다. 절대 급하지 않으니 잘 생
각해 보고 다시 말하거라."

당씨 가문의 딸들은 시집가지 않는다는 규칙은 그가 항시 입
에 달고 있던 것이었다. 그러나 이 순간, 그는 그 규칙조차 잊
었다. 그가 신경 쓰는 것은 딸일 뿐, 규칙이 아니었다. 딸이 정
말 행복하다면 그깟 규칙은 개나 주라지!

당정이 대답하려 하자 영 부인이 끼어들었다. 그녀는 갑자기
매우 진지하게, 심지어 엄격하게 말했다.

"당홍두, 당씨 가문의 외동딸로서 너는 시집을 가고 싶다고
갈 수 있는 몸이 아니다! 정말로 정역비가 마음에 든다면 데릴
사위로 들어오도록 설득하거라. 그럴 수 없다면 둘이 알아서 해
결거나!"

당 문주가 고개를 돌렸다. 하고픈 말이 있는 듯했지만 영 부
인이 노려보자 바로 입을 다물어 버렸다.

당정은 감히 영 부인을 쳐다보지도 못하고 있었다. 진퇴양난이었다. 그녀는 머리끝까지 쭈뼛해 일부러 정역비에게 묻는 듯한 시선을 던졌다.

정역비가 입을 열기도 전에 임 노부인이 나섰다.

"꿈도 꾸지 마라!"

그녀는 정역비에게도 경고를 던졌다.

"네가 승낙한다면 나를 어미로 볼 생각도 하지 마라. 그리고 그때부터 너는 우리 정씨 가문 사람이 아니다!"

말을 마친 그녀는 당정을 노려보고는 소매를 떨치고 가 버렸다.

"당홍두, 연 공주마마께서 오시는 길이라 하니, 네 아버지와 여기서 며칠 더 머물며 기다릴 작정이다. 그때까지 너도 잘 생각해 봐라. 나와 네 아버지가 가기 전에 명쾌한 답을 내주면 좋겠구나."

말을 마친 영 부인은 당 문주의 손을 잡아끌고 역시 성큼성큼 나섰다.

이제 막사 안에는 당정과 정역비만이 남았다. 두 사람이 서로를 마주 보았다. 그러다 당정이 먼저 정역비의 시선을 피했다.

"하필……."

정역비가 막 입을 떼자 당정이 그를 바라보더니, 초조한 마음에 마구 쏟아 내기 시작했다.

"네 어머니는! 도망가라고 할 때 가지 않더니, 지금 아주 잘됐네! 만족해? 그래서 당씨 가문에 데릴사위로 들어올 거야?"

지금의 당정과 혀를 쏙 내밀던 당정은 아주 다른 사람 같았다. 정역비는 그녀의 뾰로통한 모습을 보고 저도 모르게 입꼬리를 들어 올렸다. 물론 이번에는 자조의 미소였다.

그 모습을 보고 당정은 더욱 분노했다.

"왜 웃는 거야?"

정역비는 갑자기 진지해졌다.

"당정, 당신이 군에 있다는 소식을 퍼뜨려 부모님을 오시게 한 것은 저입니다. 제 상처도 이미 예전에 나았습니다."

당정이 당황했다. 정역비가 갑자기 그녀에게 몸을 굽히더니 진지한 눈빛으로 물었다.

"당정, 어째서 혼자 도망치지 않았습니까? 왜 나에게 신경을 써 준 거지요? 하필 이런 방식으로 자신을 희생하는 이유는 뭡니까?"

"나, 나는……."

당정이 저도 모르게 뒷걸음질을 쳤다. 그녀는 정역비의 눈을 똑바로 보지도 못한 채 말했다.

"나, 나는…… 나는 연아를 힘들게 하고 싶지 않아서! 그리고 우리 아버지가 나 때문에 화를 자초하게 하고 싶지도 않았어! 곧 광안성을 손에 넣을 텐데, 너에게 무슨 일이라도 벌어지면 군대의 모든 공로가 헛수고가 되는 거잖아? 나, 나는 정말 화근이 되고 싶지 않았어. 나는 그렇게까지 바보가 아니라고!"

그녀는 정역비가 믿지 못할까 봐 걱정된다는 듯 다급하게 덧붙였다.

"다정한 척하지 마. 너를 구한 건 절대 너를 위해서가 아니니까! 네가 우리 아버지에게 거세당하기를 바라고 있다고! 방금 그런 말을 한 건 그냥 연극을 한 것뿐이야! 진짜라 여긴다면, 내가 비웃어 주지!"

정역비는 고요한 태도로 한마디도 끼어들지 않다가 당정의 말이 끝나자마자 담담하게 말했다.

"알았습니다."

"아, 알았으면 됐어!"

당정은 몸을 돌려 걸어 나왔다. 정확히 말하자면 도망쳤다. 그녀는 이제야 초조한 가운데 정신을 차린 것 같았다. 막사에 난입해 정역비에게 도망치자고 재촉했던 순간부터 그녀는 이성을 잃고 있었다!

신농곡의 일이라면, 그녀는 사실 한참 전부터 그를 탓하고 있지 않았다. 오히려 그를 걱정하고 있었다. 아주 걱정하고, 또 몹시 걱정하고, 걱정하고…….

그녀는…… 그녀가 대체 어찌 된 걸까!

군영을 한 바퀴 돌아 저도 모르는 사이에 자신의 막사에 도착했다. 안에 들어서자마자 영 부인 홀로 그녀를 기다리고 있는 게 보였다.

"어머니……."

기회를 주십시오

어머니가 기다리고 있는 걸 본 당정의 심장이 고동치기 시작했다.

그녀는 자신의 어머니가 결코 어리석은 사람이 아니라는 걸 알고 있었다. 어머니가 방금 다른 이들 앞에서 당씨 가문의 딸은 시집가지 않는다는 규칙을 언급하는 걸 듣고 그녀는 어머니가 자신을 의심하고 있음을 깨달았다.

당정이 영 부인 곁에 앉아 물을 따라 주며 물었다.

"어머니, 아버지는요?"

영 부인은 바로 본론으로 들어갔다.

"왜? 아버지가 오셔서 구해 주셨으면 싶니?"

당정은 바로 고개를 숙인 채 물도 따르지 못했다.

영 부인이 차가운 목소리로 말했다.

"말해 봐라."

말해 보라고? 무엇을!

당정이 쭈뼛거리며 말했다.

"어머니, 잘못했어요. 그렇게 마음대로 굴어서는 안 되는 거였는데……. 어머니와 아버지께 걱정을 끼쳐 드렸어요."

영 부인이 탁자를 내려쳤다. 당정은 흠칫 몸을 떨더니 바로 일어나 외쳤다.

"정말로 정역비를 좋아해요! 속인 게 아니에요!"

영 부인은 차가운 눈으로 그녀를 노려보았다. 얼마나 진지한지 무서울 정도였다! 당정은 감히 그녀를 제대로 쳐다보지도 못한 채 진지한 얼굴로 말했다.

"그렇게 보지 마세요. 제가 좋아한다면 좋아하는 거예요."

영 부인이 차갑게 물었다.

"그도 너를 좋아하고?"

당정은 망설임 없이 대답했다.

"물론이죠!"

영 부인이 다시 물었다.

"그럼 연아는? 그 녀석이 병부를 가져가 연아에게 구혼했었다는 건 모두가 아는 사실이다. 너도 그 자리에 있었다며?"

당정이 마침내 고개를 돌리더니 목소리를 키워 말했다.

"그게 뭐 어때서요?"

영 부인이 여전한 말투로 물었다.

"어떠한지는, 네 마음이 가장 잘 알고 있겠지!"

당정이 진지하게 말하기 시작했다.

"그가 아직도 연아에게 마음이 있다면 천염국에 남아 있지 않겠지요!"

영 부인이 냉소했다.

"꽤 명확하게 보고 있구나."

당정이 다시 말했다.

"정왕 전하와 연아가 더 명확하게 보고 있을걸요. 그게 아니라면 정역비를 곁에 남겨 두지 않았을 테니까! 어머니와 아버지, 이런 쓸데없는 일은 따지지 마세요! 너무 창피한 일이라고요!"

영 부인이 고개를 끄덕였다.

"아주 좋구나!"

당정이 바로 말했다.

"내 마음에 든 사람이니, 당연히 아주 좋지요!"

영 부인이 여전히 냉소하며 말했다.

"축하한다!"

당정은 한 걸음도 물러서지 않았다.

"감사해요!"

영 부인이 다시 말했다.

"일이 이리된 이상 한걸음 양보하마. 일단 그들 모자를 찾아오너라. 오늘 밤 혼사를 정하도록 하자. 정역비에게 길일을 택해, 우리 당씨 가문에 와서 너를 아내로 맞아 가라 해야겠다!"

이 말에 당정이 당황했다. 그녀는 이제야 모친이 자신을 압박하고 있었음을 깨달았다. 그렇지 않다면 어머니처럼 명쾌한 사람이 정역비의 과거를 이야기할 리 없었다. 어머니는 방금 정역비 앞에서 그런 일은 아예 언급하지도 않았다.

영 부인은 당정에게 시간을 주지 않으려는 듯 사나운 말투로 재촉했다.

"움직이지 않고 뭘 하고 있니? 다녀오너라!"

당정은 당황한 가운데 어찌해야 할지 알 수 없었다. 불현듯

두 눈이 젖어 들기 시작했지만 영 부인은 미동도 하지 않았다.

"네가 가지 않겠다면 어미가 다녀오마!"

영 부인은 당장이라도 정역비를 찾아갈 태세였다.

마침내 당정이 참을 수 없어 큰 소리로 물었다.

"어머니, 이러시는 게 재미있으세요?"

영 부인이 대답하지 않자 당정이 쫓아가 막아섰다.

"가면 안 돼요!"

영 부인이 날카롭게 외쳤다.

"비키거라!"

당정은 꼼짝도 하지 않았다. 영 부인이 직접 손을 올리더니 가볍게 그녀를 밀쳤다.

당정이 결국 제 마음을 숨기지 못하고 다급하게 말했다.

"말할게요, 솔직하게 다 말할게요! 군대에는 그와 계산을 끝내러 왔어요. 무슨 사랑을 나누러 온 게 아니고요! 그는 연아를 좋아하지 않지만 나를 좋아하지도 않아요. 마음이…… 마음이 텅 비어 버렸다고 했어요! 비어 버렸다고! 그가 일부러 나에게 그런 짓을 한 건 아니에요. 그의 어머니가 신농곡에 간 일은 그도 몰랐대요. 그러니까…… 그를 놔줘요. 제발 부탁이에요!"

영 부인은 그제야 고개를 돌렸고, 딸의 눈가가 붉어진 것을 보고 마침내 누그러졌다. 그녀는 당정의 머리를 쓰다듬으며 가볍게 탄식했다.

"우리 딸, 그런 건 중요한 게 아니야. 나와 네 아빠에게 있어서는 네 마음이 어떠한지가 가장 중요하단다. 네가 그를 이리도 신경 쓰는 건…… 정말로 그를 좋아하는 거니?"

어머니만큼 딸의 됨됨이를 잘 아는 사람은 없는 법, 영 부인은 두 아이와 차를 마시는 동안 이미 파악한 바가 있었다.

당정은 무의식적으로 뒷걸음질을 쳤다. 그녀는 제 어머니를 바라보며 오래도록 아무 말도 하지 않았다. 영 부인이 당정을 품에 안으며 속삭였다.

"우리 딸, 그 녀석이 아직 마음을 두고 있고 아니고는 그 녀석 문제고, 네가 마음을 두고 있는지 아닌지가 가장 중요한 거란다. 네가 마음에 두고 있다면, 그가 어떠하건 너는 계속 마음에 걸려 하겠지. 네가 마음에 두고 있지 않다면, 그 녀석이 어떠하건 너는 아무래도 좋을 테고 말이다. 네 마음이 가장 중요한 거야. 엄마와 아빠는 네가 나중에 후회하지 않기를 바라. 우리는 절대로 너를 핍박하지 않을 거다. 그러니 네 마음에 대고 잘 물어보거라."

말을 마친 영 부인은 당정의 어깨를 두드려 준 후 막사를 떠났다.

당정은 멍한 표정으로 자리에 앉았다. 그녀는 고통스러운 얼굴로 머리를 감싸고 고민하기 시작했다. 지금의 자신이 싫어서 견딜 수 없었다!

예전의 그녀는 이렇게 정에 사로잡힌 여자를 몹시도 무시했었다. 그러나 지금 자신이 그 처지가 되고 나니, 이제야 진정한 해탈이 얼마나 어려운지 알게 되었다.

너무 진지하게 좋아하기 때문에 그의 과거마저 마음에 걸려

하는 것과, 너무 깊이 좋아하는 것은 아니라 그의 과거조차 근심할 방법이 없는 것……. 그녀는 도무지 분간할 수 없었다.

당정은 밤새 잠을 이루지 못했다. 다음 날 날이 밝아 왔을 때 그녀는 짐을 꾸려 정역비의 막사로 향했다. 정역비는 직접 부근의 지형을 살피러 갈 준비를 하던 중이었다.

정역비는 일단 부장들을 모두 물러가게 했다. 그리고 당정의 짐을 보고는 깜짝 놀라 물었다.

"떠날 생각입니까?"

"우리 부모님까지 오신 이상, 굳이 내가 여기 있을 필요가 없잖아?"

정역비가 다가오더니 진지하게 물었다.

"그렇다면 당신 부모님이 양보하신 거군요. 그게 아니면, 이제는 제가 당신 아버지에게 거세당해 전쟁에 영향을 끼치지 않을까 걱정되지 않는 겁니까?"

당정이 그를 노려보며 말했다.

"모두 아니야!"

정역비가 물었다.

"그렇다면 무엇 때문입니까?"

당정이 갑자기 발끝을 들더니 정역비의 귀에 대고 속삭였다.

"내가 당신을 좋아하니까."

정역비는 여전히 평온한 표정이었다. 당정이 그의 부상 때문에 초조해하고 있을 때 이미 눈치챘던 것이다. 그리고 어제 그는 확신했다. 그렇지 않았다면 어젯밤 그렇게 그녀에게 질문을 던지지 않았을 것이다.

정역비가 살짝 고개를 기울여 당정의 귓가에 대고 속삭였다.

"당신이 나에게 이리 말했는데, 내가 어떻게 해야 할까요?"

당정이 잠시 당황하더니 곧 웃기 시작했다. 그녀가 목소리를 더욱 죽이고 말했다.

"당신의 마음 빈 곳에 나를 들여 줘! 그러고 싶어? 그러고 싶다면 남을게."

정역비가 그렇게 할 수 있었다면 그녀에게 자신이 어떻게 해야 할지 묻지도 않았을 것이다! 그러나 그는 한 치의 망설임도 없이 거짓말을 했다.

"좋습니다. 노력해 보지요."

그가 망설이지 않은 이유는 어젯밤에 생각을 끝냈기 때문이었다. 그가 거짓말을 해서 그녀가 기쁘다면 그것도 책임을 지는 거라 할 수 있다. 그가 평생 거짓말을 할 수 있다면 평생 책임지는 셈이 된다.

당정은 정역비가 거짓말을 하고 있다는 걸 알아채지 못하고 그대로 굳어 버렸다.

그녀는 그가 바라지 않을 것을 분명히 알고 있었다. 그렇기에 일부러 그렇게 물었다.

그녀가 이곳에 온 것은 고백과 작별을 위해서였다. 밤새도록 생각한 후에 그에게 솔직하게 고백하기로 마음먹었던 것이다.

그녀는 정역비를 좋아한다. 그러나 그녀에게는 이 고비를 넘을 시간이 필요했다. 고비를 넘긴다면 그녀는 다시 그를 찾아올 것이다. 하지만 넘지 못한다면 영원히 그를 보지 않을 생각이었다.

정역비가 한 뜻밖의 대답에 그녀의 심장이 **빠르게 뛰기** 시작했다. 견딜 수 없이 가슴이 떨려 왔다.

정역비는 망설임 없이 당정의 손을 잡고 진지하게 말했다.

"남아 계십시오. 저에게 기회를 주십시오."

당정이 겨우 정신을 차리고 다급하게 고개를 돌렸다. 자꾸만 웃음이 새어 나왔다. 마음에 둔 사람에게서 '그러고 싶다'는 말을 들었는데 어찌 웃지 않을 수 있을까?

그런 당정의 모습을 보자 정역비의 마음을 억누르고 있던 거대한 바위가 마침내 사라졌다. 그는 직접 당정의 짐을 받아 들고 말했다.

"걱정하지 마십시오. 어머니께서는 당신을 힘들게 하지 못하실 겁니다. 당씨 가문의 규칙은…… 일단 잘 생각해 보도록 하지요."

당정은 그를 바라보며 웃기만 할 뿐 한참 동안 아무 말도 하지 않았다.

정역비가 다시 말했다.

"오늘부터 제 막사 옆으로 옮겨 오십시오. 우리……."

그의 말이 끝나기도 전에 당정이 그의 말을 잘랐다.

"정역비, 정말로 원하는 거라면 나에게 입을 맞춰 줘!"

말을 마친 그녀는 살며시 주먹을 쥔 채 눈을 감았다…….

그렇다면 어떻게 하고 싶은 것인지

당정의 요구에 정역비는 당황하고 말았다. 그녀가 의심할 수 있다는 생각은 했지만 이런 방식으로 그를 시험하려 들지는 몰랐던 것이다!

그러나 그는 생각을 바꿨다. 입가에 어쩔 수 없다는 듯한 미소가 떠올랐다. 아내로 맞아 평생 속이기로 한 이상 아주 많은 일을 피할 수 없을 것이다. 그녀가 바라는 것을 그가 주고, 그녀가 기쁘면 된다.

당정은 본래 명랑하고 잘 웃는 여자였는데, 군대에 와 있는 동안 사람이 변한 것처럼 항상 말이 없었다. 그는 그런 그녀를 지켜보는 게 힘들었다.

당정이 기다리고 있었다. 정역비는 한마디 말도 없이 그녀의 뒤통수를 잡은 채, 시선을 그녀의 예쁘장한 입술로 살짝 떨어뜨렸다.

그의 입술이 천천히 그녀의 입술로 다가갔다. 그리고 입술이 부딪치는 순간 멈춰 버렸다!

두 사람은 예전에 서로에게 속한 적이 있었으나 이 순간 처음으로 친밀한 행위를 진짜로 느끼고 있었다. 두 사람의 입술이 부딪친 순간 얼음처럼 서늘한 기분과 부드러운 느낌이 동시에 공존했다.

서로의 숨이 함께 뒤엉키는 순간에 둘 중 그 누구도 움직이지 않았다. 마치 시간도 멈춰 버린 채 그들이 계속하기를 기다리고 있는 것 같았다.

　당정이 긴장하여 소매 속에 숨어 있던 주먹을 더욱 꽉 쥐었다. 그녀는 정역비가 여기서 그만둘지, 아니면 계속할 생각인지 알 수가 없었다. 호기심이 스멀스멀 올라오기 시작했다.

　지난번에도 그녀에게 입을 맞췄을까? 어떤 입맞춤이었을까? 따뜻했을까, 아니면 격렬했을까? 취한 후의 그는 패기가 넘쳤을까? 아니면 혹시 건달처럼 무례했을까?

　그녀는 이제 심지어 그 이상도 궁금해졌다.

　부부간의 일을 할 때 그가 패기에 넘친다면 어떨까? 또 무례하게 굴기 시작하면 어떤 모습일까?

　누군가를 좋아한다는 걸 인정하면 그의 모든 것을 알고 싶은 갈망이 생기는 법이었다. 그의 모든 것, 다른 이들이 알지 못하는 모든 것을 보고 싶었다.

　이미 그와 밤을 보냈는데 어째서 아무것도 기억하지 못하는 걸까? 어째서 아무것도 보지 못한 것과 같을까?

　생각하고 생각하노라니 달갑지 않은 마음이 들었다. 그때 정역비가 갑자기 그녀를 놓아주더니 그 이상 계속하지 않았다.

　당정이 눈을 들고는 저도 모르게 입술을 깨물었다. 부끄러움 절반에 불만스러움 절반……. 그녀가 막 입을 열려고 했을 때 정역비가 뜻밖에도 다시 입을 맞춰 왔다.

　이번에는 그가 당정의 입술을 열고 침입해 왔다. 강하게, 패기 있게. 당정은 순간적으로 견딜 수 없어 그를 밀어내려 했다.

정역비가 바로 그녀의 두 손을 잡더니 제 허리를 안게 했다. 그리고 자신도 그녀의 허리를 안았다. 그의 입맞춤이 점점 더 깊어지더니 곧 격렬하게 뒤엉키기 시작했다. 그만두려 해도 그만둘 수 없는 것처럼.

당정은 계속 견디고 있었다. 견디고 또 견디고…….. 그녀는 마침내 참지 못하고 정역비에게 입맞춤을 되돌리기 위해 스스로 그의 입술을 물었다.

그 찰나의 순간, 정역비가 움직임을 멈추고 눈을 크게 떴다. 그러나 당정은 점점 더 대담하게 그의 입 안으로 침입해 들어갔다.

정역비라고 가만히 앉아 기다리기만 할 성격은 아니었다. 그는 정신을 차리자마자 바로 주도권을 다시 빼앗으려 했다.

그러자 당정도 가만히 있지 않았다. 그녀 역시 그와 다투고 있었다. 두 사람은 한 치의 양보 없이 오가며 제 약한 모습을 드러내려 하지 않았다.

마지막에는 결국 서로를 먹어 버릴 듯 격렬하게 뒤엉켰다. 당정은 정역비의 열정을 흠뻑 누리고 있었고, 정역비는 자신이 당정을 기쁘게 하려고 이러는 건지 아니면 스스로 자제할 수 없어 이러는 건지 구분하지 못하고 있었다.

입맞춤을 끝낸 후, 당정은 숨을 헐떡이며 제 심장이 금방이라도 튀어나올 듯 뛰는 걸 느끼고 있었다. 정역비 역시 거칠게 숨을 몰아쉬고 있었다.

고요한 막사 안에 남은 것은 서로의 숨소리뿐이었다. 정역비가 당정의 허리를 놓아준 후에 속삭였다.

"당정, 이제 믿겠어?"

당정이 숨을 몰아쉬며 그를 바라보았다. 그녀는 그의 입맞춤이 너무나 좋았다. 그가 조금 더, 조금 더 패기 있게 몰아붙여 주기를 바랐다!

그녀의 눈에 점차 도전하는 듯한 웃음기가 어리기 시작했다.

"믿지 못하겠는데!"

정역비가 미간을 찌푸렸고, 당정이 도전하듯 말없이 그를 바라보았다.

정역비의 정복욕이 발동한 걸까, 아니면 이 연극에 너무 심취한 걸까. 그가 가볍게 웃더니 손가락으로 당정의 턱을 들어 올렸다. 그는 그녀의 입술을 바라보며 눈을 슬며시 가늘게 뜨고 입술을 핥았다. 그리고 한참 후에, 무례한 척 물었다.

"그럼, 어떻게 했으면 좋겠어?"

당정은 그의 무례한 모습을 보자 무어라 표현할 수 없이 즐거운 기분이 되었다. 처음 만났을 때로 되돌아간 것 같기도 하고, 그가 다른 누군가 때문에 변한 적 없이 계속 이렇게 제멋대로 구는 건달이었던 것 같기도 했다.

그녀는 지금까지 경박한 남자를 좋아한 적이 없었다. 그러나 문득, 자신이 그의 이런 모습을 가장 좋아한다는 걸 깨달았다. 특히 저 오만하게 웃는 모습을.

처음 그를 보았을 때는 왜 그리 싫어했을까? 정말로 싫어했던 걸까? 사실 마음에 두고도 자신이 몰랐던 건 아닐까?

당정은 점점 더 기쁜 마음에 눈을 가늘게 떴다. 그리고 단호하게 속삭였다.

"이리 와, 말해 줄게."

정역비는 이미 아주 가까이에 있었지만 조금 더 다가갔다. 그가 고개를 숙이자 당정이 바로 그의 귀에 대고 속삭였다.

"다시 한번 해 줘."

정역비의 눈빛이 순간 긴장하는 가운데 당정의 입매가 더욱 올라가고 있었다. 그녀는 그를 재촉하지 않고 계속 기다렸다.

마침내 정역비가 입을 열었다.

"정말?"

"확실하게. 왜…… 싫은 거야? 아니면 감히 못 하겠어?"

정역비는 젊은 아가씨인 당정의 입에서 이런 말이 나올 거라고는 생각지 못했다. 다른 여자가 이런 말을 했다면 분명 천박한 느낌이 들었을 거다. 그러나 지금 그녀는 전혀 천박해 보이지 않았고, 오히려 그 솔직한 모습이 뭐라 형용할 수 없이 매력적이었다.

좋아하는 감정 때문일까? 그래서 이렇게 솔직하게 마음이 가는 대로 따를 수 있는 걸까? 이것은 바로 그가 계속 지켜 왔던 규칙이 아닌가? 좋아하면 말하고, 원하면 다투어 얻고, 아무것도 속이지 않고, 명쾌하게, 과감하게!

정역비가 생각에 잠겨 있는 동안, 당정이 갑자기 뒷걸음질 치더니 눈썹을 치켜세웠다. 그녀는 반쯤 유혹하듯, 반쯤 도전하듯 말했다.

"거짓말쟁이."

정역비가 깊이 숨을 들이마시고 말했다.

"당정, 나는……."

당정이 미소 지었다.

"거짓말쟁이."

정역비가 미간을 찌푸리며 다시 말했다.

"당정, 나는……."

당정은 그대로였다.

"거짓말쟁이."

정역비는 아무 말도 하지 않았다.

당정이 몸을 돌리더니 손을 흔들었다.

"갈 거야!"

정역비가 갑자기 등 뒤에서 그녀를 끌어안았다. 당정은 순간 당황하여 몸이 굳었으나, 곧 입가에 살며시 웃음기가 떠올랐다.

정역비가 밖을 향해 외쳤다.

"여봐라! 본 장군은 오늘 휴식을 취할 예정이다! 그 누구도 방해하지 마라!"

그는 그녀의 옷을 벗기기 시작했다. 하나하나, 실 한 오라기 남기지 않고 모두. 그의 시선이 그녀의 옥처럼 매끄러운 등을 따라 점차 아래로 내려갔고, 그녀의 등이 그려 내는 곡선에 넋을 잃었다.

당정은 눈을 감은 채 미동도 하지 않았다. 몸을 적나라하게 드러낸 상태에서도 그녀의 모습은 우아해 보였다.

평소 남자 옷으로 숨기고 있던 그녀의 몸매가 드러났다. 몹시도 아름다웠다. 풍만한 가슴과 엉덩이, 날씬하고 유연한 허리, 그야말로 들어갈 곳은 들어가고 풍만할 곳은 풍만한 몸이었다. 그리고 그녀는 무슨 생각을 하는지 계속 웃고 있었다.

한참을 기다려도 등 뒤에서는 아무 기척도 들리지 않았다. 당정이 겨우 입을 열었다.

"정역비, 눈이 멀기라도 한 거야?"

등 뒤에서는 여전히 아무 소리도 들리지 않았다. 그녀가 몸을 돌리려 했을 때, 정역비가 갑자기 그녀를 등 뒤에서 끌어안았다. 몸과 몸이 닿는 순간, 당정은 그 역시 아무것도 입지 않은 상태라는 걸 알아차렸다.

그녀는 마침내 긴장하고 말았다. 심장이 빠르게 뛰기 시작했다. 아니, 심지어 조금 허둥지둥하고 있었다.

그때, 정역비의 두 손이 그녀의 가슴을 덮어 왔다…….

모든 계산이 끝난 거야, 그렇잖아

옥향로 옆 시원한 대자리에 원앙침

지분이 녹아 향기로운 땀이 베개에 흐르고

이 생을 버리는 한이 있더라도

그대와 함께 오늘을 즐기겠어요!

— 오대 시기 우교牛嶠의 시구

끝까지 속이겠노라고, 평생 책임지겠노라 결심했기 때문에, 당정의 도전적인 눈빛에 화가 났기 때문에, 그도 아니라면 그저 몸의 열정으로 인해 자제력을 잃었기 때문에…… 정역비는 사나운 기세로 당정을 원하고 있었다.

그는 당정을 안고 전투 지도가 펼쳐진 긴 탁자 위에 앉았다.

당정을 거대한 무기 받침대 위에 올려 호랑이 가죽으로 만든 깔개 위에 눕혔다.

그리고 마침내 그녀를 침상에 쓰러뜨렸다…….

그는 그렇게 그녀를 조금씩 맛보고 그녀를 가졌다. 그와 그녀는 그렇게 형용할 수 없는 격렬함 속에서 서로 어울리고 있었다.

전 과정 내내 그는 한마디도 하지 않았다. 당정 역시 아무 말 없이, 그저 자신도 모르게 신음 소리를 낼 뿐이었다.

뜨거운 기운을 당정의 몸속에 쏟아 낸 정역비는 마침내 길게 숨을 내쉬며 움직임을 멈췄다. 그러나 여전히 그녀를 떠나고 싶지 않았다. 그는 두 팔 안에 그녀를 가둔 채 숨을 헐떡이며 바라보았다.

그의 눈동자는 비할 데 없이 맑게 빛나고 있었다. 그는 그렇게 그녀를 바라보며 오래도록 아무 말도 하지 않았다.

당정의 호흡 역시 정역비만큼이나 흐트러져 있었고, 그녀 역시 그를 바라보았다. 그는 그녀의 등 뒤에서 그녀를 두 번 안았다. 그러나 역시 그가 이렇게 자신을 내려다보는 자세를 취하는 게 제일 좋았다. 그래야만 그의 영웅적이고 당당한 얼굴을 볼 수 있으니까. 그리고 그래야만 제 몸을 바라보는 그의 눈동자를 볼 수 있으니까.

그가 맹렬하게 그녀를 원할 때의 그 시선은, 그 패기 있고 강렬한 그 시선은…… 남성의 매력이 너무나도 명료했고, 그녀에게 착각을 불러일으켰다. 마치 그가 그녀를 아주아주 많이 사랑하고 있는 것 같은.

술에 취했던 그 밤도 이러했을까. 당정으로서는 알 수 없는 일이었고, 이젠 관심을 둘 일도 아니었다. 오늘, 평생 잊지 못할 기억을 얻었으니까.

지금 정역비는 정신이 맑은 상태였고 그녀는 더욱 그러했다. 오늘의 정역비는 완벽하게 그녀의 것이었고, 그녀 역시 완벽하게 정역비의 것이었다. 두 사람은 서로를 기쁘게 원하고 있었다. 너무나 기뻤다! 그녀는 만족스러웠다.

두 사람은 이렇게 한 사람은 아래에, 한 사람은 위에 있는 상태로 서로를 한참 동안 바라보았다. 당정이 먼저 참지 못하고 웃기 시작했다. 그녀의 두 볼이 붉게 물들고 눈이 찬란하게 빛나고 있었다.

그녀의 아름다운 미소를 본 순간, 정역비의 얼굴에서 용맹스러운 표정은 점차 사라지고 대신 오만한 웃음이 떠오르기 시작했다. 그 자신도 깨닫지 못하고 있었지만.

그가 물었다.

"이제 믿겠어?"

당정이 여전히 지지 않고 말했다.

"아직 믿지 못하겠다면?"

정역비의 눈빛이 가라앉았다.

"그럼 계속해야겠지."

당정의 몸은 당장이라도 무너져 내릴 것 같았다. 그런데 어떻게 감히 계속하겠다고 할 수 있겠는가. 그녀가 재빨리 말했다.

"믿어, 믿는다고!"

그녀는 마음은 있으나 정말로 그럴 만한 힘이 없었다. 그의 좁은 등에 흐르는 땀이 보기 좋았던 게 아니었다면 그녀는 지금까지 버티지도 못했을 것이다. 그녀는 지쳐 죽을 지경이었다!

정역비는 그제야 그녀의 몸속에서 물러 나갔다. 침상에서 내려가려다가 또 무슨 생각을 했는지 슬며시 당정 곁에 누웠다. 그는 한숨을 쉬더니 겨우 진지한 모습을 회복하고 다시 물었다.

"그럼 이제 가지 않을 건가?"

당정은 온몸에 힘이 빠져 대답할 기력조차 남아 있지 않았다. 그녀는 그저 '응.'이라고만 대답한 후 슬며시 눈을 감았다.

정역비가 그런 그녀를 보고 있으려니, 그 어찌해야 할지 알 수 없는 감정이 다시 한번 떠올랐다. 한참 후, 그가 속삭였다.

"당정, 좋아?"

당정이 몽롱한 상태로 물었다.

"무엇을 좋아하냐고……?"

정역비가 대답하지 않자 당정이 다시 물었다.

"너를 좋아하냐고?"

정역비가 물은 건 이 질문 같기도 하고, 그들이 서로를 마음껏 풀어놓은 채 사랑을 나눈 것에 대한 질문 같기도 했다.

두 사람은 이 행위 때문에 난처하고 힘든 상황에 처하게 되었다는 걸 알면서도, 이렇게 중요한 때에 이리도 제멋대로 굴고 있었다. 그들은 어른들이 이 일을 알지 못하도록 조심해야 했다. 그렇지 않으면 그 결과는 그 누구도 수습할 수 없었다.

정역비의 대답을 기다리지 않고 당정이 중얼거렸다.

"당연히 좋아하지. 아주 좋아."

"좋았다면 됐어. 평생 네가 좋아하게 만들어 줄 테니까."

그의 이 말을 들었는지는 알 수 없었지만 당정은 웃으며 잠에 빠져들었다. 정역비도 밤새 잠을 이루지 못한 데다 격렬하게 움직였기에 역시 체력이 다한 상태였다. 그도 눈을 감았다. 본래 잠시 쉴 생각이었지만 얼마 지나지 않아 깊은 잠에 빠졌다.

문밖은 화창한 봄날이었고 군영의 모든 것은 질서 정연하게 돌아가고 있었다. 임 노부인은 화가 난 나머지, 군영을 떠나지는 않았지만 일단 정역비를 만나러 오지는 않았다.

당 문주는 전날 밤 부인과 함께 촛불을 밝히고 밤새 이야기한 끝에 결국 딸에게 일단 시간을 좀 주는 것에 찬성했다.

꿈속의 시간은 항상 무척 빠르게 흘러가는 법. 눈을 떠 보니 대낮이었다. 당정은 몽롱한 표정으로 눈을 떴다. 제 허리가 답답하다는 것을 느낀 그녀는 무심결에 더듬어 보았고, 커다란 손이 자신을 끌어안고 있다는 걸 알게 되었다.

마치 몇 달 전 그 객잔, 그 새벽으로 되돌아간 것만 같았다. 그러나 그녀는 그날 아침처럼 비명을 지르지 않았다. 바로 정신을 차리고 지금 어떤 상황인지 깨달았다. 이 모든 것은 그녀가 달갑게 바란 것이었다. 심지어 그녀가 일부러 자극하여 만들어 낸 결과기도 했다.

그녀는 조심스럽게 고개를 들어 정역비의 잠든 얼굴을 보았다. 그녀는 새삼 그가 정말 잘생겼다는 걸, 가까이에서 보니 더욱 잘생겼다는 걸 깨달았다. 그가 땀을 흘리며 그녀의 몸 위에서 힘을 쓰던 모습을 떠올린 당정은 금세 얼굴을 붉히고 말았다. 그러나 그녀의 입가에는 슬그머니 미소가 어리고 있었다.

그녀는 떠날 마음을 굳혔다. 그의 '노력하겠다'라는 말에 쉽게 생각을 바꿀 수는 없었다. 그를 좋아하지만, 그리고 그가 노력해 보겠다고 말했을 때 무척 기뻤지만, 그녀는 자신의 평생을 그가 이야기한 '노력'에 저당 잡힐 마음은 결코 없었다. 그녀는 자신의 진심을 꿰뚫어 보고, 마음속 고비를 직면할 시간이 필요했다.

그녀가 그를 자극한 건 그저 사랑하는 사람이 자신의 것이 되는 게 어떤 느낌인지 알고 싶어서였다. 술에 취했던 그때는 두 사람 모두 기억이 없었다. 한 사람이 책임을 지려 하는 것도, 또 한 사람이 오명을 쓰는 것도 모두 너무 억울한 일 아닌가. 그래서 차라리 더 강렬한 기억으로 덮어 버리고 싶었다. 그들의 결말이 어떠하건 최소한 이렇게 뼈에 새기도록, 영원히 잊을 수 없는 기억을 가져갈 수 있도록.

당정은 정역비의 이마에 가볍게 입을 맞추고, 곧 소리 없이 그의 품에서 빠져나왔다. 그리고 그를 바라보며 중얼거렸다.

"정역비, 나는 네가 좋아. 하지만 네가 아니면 절대로 안 되는 그런 건 아니야. 그러니 이만 갈게!"

그녀는 옷을 입고 짐을 들고 떠나려다 다시 돌아와 정역비에게 한마디 남겨 두었다.

정역비가 깨어난 것은 그로부터 반 시진이 지난 후였다. 그는 당정이 없다는 것을 깨닫고 재빨리 일어나 앉았다. 이마를 문지르며 주변을 둘러보았지만 당정의 그림자조차 보이지 않았다. 당정은?

그는 즉시 시위를 불러 물었다.

"당 소저는?"

시위가 대답했다.

"당 소저께서는 반 시진 전에 나가셨습니다."

정역비는 당정이 막사에서 나간 것으로 생각하고, 더 묻지 않고 시위를 내보냈다.

그는 다시 주변을 둘러보았다. 막사 안 여기저기가 난장판이 되어 있었다. 그의 머릿속에 자동으로 새벽의 그 장면 장면들이 떠오르기 시작했다.

그때 분명 정신이 맑은 상태였음에도 불구하고, 지금 다시 기억을 되짚어 보니 스스로의 방종함이 기이하게 느껴졌다. 그러나 그는 생각하고 또 생각하다가 찌푸렸던 미간을 폈다.

됐다! 연극 아닌가. 남은 생을 모두 걸 연극. 당정에게는 오늘부터 앞으로 살아가는 내내 가르침을 청하면 될 일이다.

정역비는 옷을 입은 후 탁자를 정리하다가 당정이 그에게 남긴 쪽지를 발견하고 소리 내어 읽었다.

"몸의 빚은 몸으로 갚았으니 책임을 질 필요 없고, 쌍방의 계산이 끝났다."

그는 홀연히 깨달을 수 있었다. 당정은 남을 생각이 아예 없었다. 그녀가 그를 속였다!

몸의 빚을 몸으로 갚았다고? 대체 이 말에는 무슨 뜻이 담겨 있는 걸까? 그녀는 그, 정역비를 뭐라 생각한 걸까? 하, 대담하기도 하지!

분노가 치밀어 올랐다. 정역비는 쪽지를 움켜쥔 채 밖으로 달려 나갔다…….

한 달 좀 넘었습니다

막사를 나온 정역비는 시위에게 당정이 사라진 방향을 묻고 는 바로 말 위에 올라탔다.

말이 길게 울더니 활을 떠난 화살처럼 군영을 질주했다. 그 모습을 본 병사들은 긴급한 군사 정보가 들어와 대장군이 놀란 건가 의아해했다.

영 부인과 당 문주는 마침 밖에서 돌아오던 참이었다. 정역 비는 그들에게 인사조차 하지 않고 곁을 지나쳐 달려갔다.

영 부인과 당 문주는 속으로 짚이는 게 있었다. 그들은 당정 이 군영을 떠날 때 마침 마주쳤고, 몰래 따라갔던 것이다. 그들 은 당정 몰래 한참을 배웅하다 돌아오던 참이었다.

물론 그들은 딸이 떠날 생각인 것만 알았지, 딸이 새벽에 정 역비의 막사에서 '좋은 일'을 했다는 것과, 딸이 그 '좋은 일'을 두고 몸의 빚은 몸으로 갚는다는 이론을 펼쳤다는 건 모르고 있었다.

당 문주는 비록 영 부인에게 설득당한 상태였지만 기분이 완 전히 가라앉은 것은 아니었다. 그는 여전히 무시하듯 말했다.

"짐승 같은 놈. 병사들을 내버리고 여자를 쫓아가다니, 저래 서 무슨 큰일을 하겠다고?"

영 부인이 그를 노려보며 말했다.

"정역비가 쫓아가지 않으면 당신에게는 정역비를 욕할 이유가 또 있었겠지요. 정말이지 당신들, 남자가 되는 것은 참 쉽지 않네. 남자가 남자를 그리 괴롭히니 말이에요?"

당 문주가 입을 비죽였지만 반박은 하지 않았다. 영 부인의 말이 옳았다. 정역비가 딸을 쫓아가지 않았으면 그는 분명 욕했을 것이다. 그것도 아주 독하게.

사실 정역비가 군대를 버리고 당정을 쫓아간 건 아니었다. 그는 단숨에 10리 넘게 추격하다가 갑자기 걸음을 멈췄다. 그리고 자신의 행동에 경악했다. 병사들에게 한마디 말도 없이 군영을 떠나다니, 정말이지 무책임한 행동이 아닐 수 없었다.

현재 전선은 매우 긴장된 상태였다. 그런데 대장군인 그가 어찌 이리 쉽게 군영을 떠난 걸까? 단 한마디도 하지 않고. 미치기라도 한 걸까? 지금 상황에서 무슨 돌발 상황이라도 발생하면 군영에는 결정을 내릴 사람이 없는 거나 마찬가지였다! 잠시의 태만함이 승기를 잃게 할 수도 있었다.

그는 언제나 제멋대로에 그 무엇에도 구속받지 않는 성격이었지만 군대에서는 절대적으로 신중하고 침착했으며, 그 어떤 이도 문제를 일으키도록 허락하지 않았다. 바로 그 자신을 포함해서. 전장을 파악하지 못하는 일도 없었다!

그러나 오늘 그는 처음으로 충동적으로 굴었다. 아마 당정에게서 '몸의 빚은 몸으로 갚는다'는 말을 들은 것에 철저히 분노했기 때문일 것이다. 아니면 다른 이유일지도 모른다.

어쨌든 깊이 생각할 여유가 없었다.

그가 아는 것은 단 하나, 몸의 빚을 몸으로 갚는다면 누가 누구에게 빚을 지고, 누가 누구에게 갚았는지 알아야만 했다!

정역비의 두 눈이 가늘어졌다. 한참 동안 드러나지 않던 그의 오만불손한 모습이 다시 드러나고 있었다. 그가 차갑게 중얼거렸다.

"당정, 본 장군이 너에게 양보할 수는 있지만 네가 이런 식으로 본 장군을 놀리는 것은 허락할 수 없다! 기다려라!"

말을 마친 그는 말 머리를 돌려 가능한 한 빠른 속도로 군영으로 되돌아왔다.

정역비는 군대로 돌아온 후 영 부인과 당 문주에게 사람을 보내 당정이 떠났다는 소식만 전하고 다른 이야기는 하지 않았다.

영 부인과 당 문주는 거짓으로 놀란 척하며, 눈앞에 전쟁이라는 큰일이 있으니 일단 정역비의 책임을 묻지 않겠노라 말했다. 그리고 그들 부부는 여전히 군영에서 머물기로 했다. 첫째는 비연과 군구신을 기다리기 위해서였고, 둘째는 이 기회에 정역비를 관찰하고 좀 더 이해해 보려는 생각이었다. 딸을 위한 점검이라 해도 좋았다.

임 노부인은 원래 아들을 상대하지 않고, 아들이 사과하러 오기를 기다릴 생각이었다. 그러나 당정이 떠났는데도 당씨 부부가 군영에 머문다는 소식을 듣자 도저히 앉아서 기다릴 수 없어, 한밤중에 아들의 막사로 달려왔다.

임 노부인이 문안으로 들어서며 물었다.

"얘야, 그 망할 계집애는 떠났다니?"

정역비는 지도를 보며 대답하지 않았다. 임 노부인이 가까이 다가가 다시 물었다.

"그 애가 떠났어? 그런데 그 애 부모는 왜 아직 가지 않고 있는 거야?"

임 노부인은 이것이 당씨 가문의 음모라고 의심하고 있는 게 분명했다.

정역비는 손가락으로 탁자를 가볍게 두드리며, 생각에 빠진 듯 지도를 보고 있었다. 임 노부인이 화가 나서, 손바닥을 지도 위에 놔 정역비의 시선을 가렸다. 정역비가 한숨을 쉬며 겨우 눈을 들고 말했다.

"당정은 중요한 임무가 있어 군대에 오래 머물기 힘듭니다."

"중요한 임무?"

임 노부인이 의아해하며 말했다.

"이 녀석, 네 어미가 늙었다 해도 아직 정신이 흐려지지 않았다. 그렇게 얼렁뚱땅 넘어갈 생각 마라!"

정역비가 시위들을 모두 물리고 임 노부인의 귀에 입을 가져갔다. 그리고 그 오만한 미소를 띤 채 속삭였다.

"당정이 제 아이를 가졌습니다. 손주를 안아 보고 싶으시면 이제 이 일은 상관하지 마시고, 진양성으로 돌아가 기다리고 계십시오. 아니면…… 평생 손주를 보기 어려우실 수도 있습니다. 믿지 못하겠다면 한번 시험해 보시든지요!"

"뭐, 뭐라고?"

임 노부인이 눈을 휘둥그렇게 떴다.

정역비가 소리쳤다.

"여봐라, 마님을 모셔다드려라!"

시위들이 들어오자 임 노부인은 겨우 정신을 차리고, 정역비의 팔을 잡고 속삭였다.

"몇 개월이나 되었지?"

정역비가 말했다.

"한 달 좀 넘었습니다."

이 순간, 임 노부인이 갑자기 환하게 웃기 시작했다. 그녀는 환희와 감동에 넘쳐 정역비의 손을 꽉 잡았다. 방금까지의 불쾌한 일들은 아예 일어나지 않았던 것 같았다.

정역비가 눈짓하자 시위가 말했다.

"노부인 마님, 가시지요."

임 노부인은 순식간에 타협했다. 그녀는 정역비의 다른 손을 잡고 속삭였다.

"그래, 좋다, 좋아. 어미는 상관하지 않으마. 더는 끼어들지 않을게. 어미는 지금 돌아갈 거다! 그리고 너는…… 당정을 잘 보살펴 줘라. 그리고 그 애에게 전해 주렴. 우리 정씨 가문의 아이를 낳아 주기만 하면, 이 어미는 무슨 일이건 그 애 말대로 할 거라고!"

정역비는 무표정했다. 임 노부인은 그 모습을 보고 재빨리 시위들과 떠났다.

정역비는 미간을 찌푸리며 재빨리 지도에 집중했다. 그는 본래 속전속결로 광안성을 취할 생각이었지만 지금은 더더욱 기다릴 수 없었다. 광안성을 얻는 즉시 직접 당정을 찾으러 갈 예정이었으니까!

당정이 함께 싸우지 않아도 정역비의 대군은 여전히 파죽지세의 기세로 만진국의 절반을 차지했다. 광안성 안 사람들은 모두 두려움에 떨고 있었지만, 광안성의 진정한 주인인 백리명천은 지금까지도 나타나지 않고 있었다.

다른 사람은 물론이고 해 장군도 백리명천이 죽었다고 믿고 있었다. 그리고 북해의 고칠소는 지금까지 기다리고 있었지만 백리명천은 나타나지 않았다.

밤이 깊자 북해는 칠흑처럼 어두워졌다. 마치 빛이라고는 없는 세계처럼. 얼굴에 부닥치는 뼈를 에는 듯한 바람만이, 이 세상의 끝 같은 이곳에서도 살아 있는 기운을 느끼게 해 주었다.

고칠소는 해변 바위 위에 앉아 있었다. 검은 외투에 검은 모자를 쓴 그는 어두운 밤 속에 녹아 들어간 듯, 가까운 거리에서도 유심히 보지 않으면 그의 존재를 알아채지 못할 정도였다.

가늘고 긴, 도화를 닮은 그의 눈에는 핏줄이 가득했다. 장시간 해면을 보고 있었던 탓이었다. 그는 이미 이곳에서 아주 오랫동안 기다리고 있었다.

10여 년 전, 그는 처음으로 백리명천을 만났다. 당시 어린아이였던 백리명천은 부주의하게 진정한 몸을 드러낸 후 물속에 숨어 나오지 못하고 있었다. 그때도 그는 이렇게 물가를 지켰고, 사흘 후 백리명천이 물속에서 나와 그에게 칼을 휘둘렀다.

고칠소는 지금 너무나 백리명천을 다시 보고 싶었다. 그러나 안타깝게도 그는 계속 나타나지 않았다.

　고칠소는 백리명천이 갔을 만한 곳을 두루 찾아보았지만 아무 흔적도 찾을 수 없었다. 그는 백리명천이 바다 속에 있으리라 확신했다. 그의 생사를 확신할 수는 없었지만.

　고칠소는 백리명천이 죽었을 가능성이 크다고 생각했다. 그러나 시체를 보기 전에는 결코 믿지 않을 작정이었다…….

너희 옥인어족에게 속한

고칠소는 평생 외롭게 지내며 자식을 두지 않았다. 그가 아끼고 사랑한 아이들은 모두 다른 이의 자식들이었고, 백리명천 역시 그러했다.

그러나 백리명천은 다른 아이들과 달랐다. 다른 아이들은 부모나 다른 어른들의 보호를 받았지만 백리명천에게는 아무도 없었다. 백리명천에게는 고칠소밖에 없었다.

고칠소의 애정이 다른 아이들에게는 비단에 꽃을 더한 것과 같은 것이라면, 백리명천에게는 눈 속에 갇힌 사람에게 숯을 주는 것이나 마찬가지였다.

당초 백리명천을 제자로 삼았을 때는 오늘의 대립이나 갈등은 예상하지 못했다. 순수하게 인연을 좇았을 뿐이었다. 그리고 지금까지도 그는 운한각의 어떤 사람에게도 그들의 사제 관계에 대해 깊은 이야기를 하지 않았다.

고칠소의 유년 시절 역시 불행했다. 존엄을 지키고 싶고, 상처를 가리면 그만이라는 심정을 그 역시 잘 알고 있었다.

본래 계속 기다릴 생각이었다. 그러나 안타깝게도 운한각에서 임무가 내려와 그는 가야만 했다. 집루가 다시 나타났으니 운공대륙 백리 가문의 행방을 찾아야 했다.

제자와 운한각, 둘 중에서 선택해야 한다면 고칠소는 망설임 없이 후자를 선택할 것이다. 그러나 제자와 운한각이 균형을 이룰 수 있기를 바라고 있었다. 설사 이게 억지라 하더라도!

고칠소는 열 명 남짓한 심복을 북해안에 남겨 두었다. 그는 이제 만진국으로 서신을 보내지 않았다. 그는 예전의 그곳으로 가서 백리명천에게 같은 물건을 남겨 두고, 남경으로 가서 승회장과 만날 생각이었다.

고칠소가 떠난 지 얼마 되지 않아 축운궁주와 수희가 북해안에 도착했다. 그녀들은 시위들을 보았지만 이들이 백리명천을 기다리고 있다고는 생각지 못하고, 그저 비연 일행이 남겨 둔 것이리라 생각했다.

그녀들이 이곳에 온 이유는 비연과 군구신 때문이었다. 축운궁주는 비연과 군구신이 건명검을 얻었으니 북해에 올 거라 예상했다. 비연 일행이 천호 고묘에 도착하기 전에 이미 건명력이 주인을 찾아갔다는 것을 몰랐기 때문이다. 축운궁주는 심지어 봉황력이 아직 백새빙천에 잠복 중이라 생각하고 있었다.

수희는 북해를 바라보며 경외심을 느끼고 있었다. 그녀는 인어족이었지만 이 바다와 하늘이 맞닿은 풍경에 감동을 느끼지 않을 수 없었다. 그리고 이 세계의 끝에 도착한 두려움과 호기심을 동시에 느끼고 있었다.

바다 아래는 어떤 느낌일까? 세계의 끝까지 헤엄쳐 갈 수 있을까? 세계의 끝은 어떤 느낌일까……? 백리명천이 함께 있었다면 그 역시 같은 느낌을 받았으리라. 수희는 홀리기라도 한 것처럼 검은 바다를 응시하고 있었다.

축운궁주는 주변의 백새빙천을 둘러보며 옛 기억에 빠진 듯 중얼거렸다.

"예전에는 이곳도 아주 아름다웠지. 그가 항상 오곤 했어. 그는 더위를 많이 타서, 이곳에서 여름을 보내는 걸 가장 좋아했지."

수희는 축운궁주가 무슨 말을 하는지 제대로 듣지 못한 상태에서, 자신에게 말을 건다고 생각하고 재빨리 공손하게 외쳤다.

"궁주님, 무슨 분부라도 있으신가요?"

축운궁주가 정신을 차리고 슬며시 미소 지으며 말했다.

"이곳, 무척 아름답지?"

수희가 축운궁주와 함께 이곳까지 오는 동안 그녀의 미소를 본 것은 처음이었다. 웃고 있는 축운궁주는 그렇게 날카로워 보이지 않았다. 비록 얼굴에 검은 가면을 쓰고 있었지만 그녀의 웃음소리는 무척이나 아름다운 느낌이었다. 수희는 감히 제 귀를 믿을 수 없을 정도였다.

수희는 이곳이 아름답다고 생각하지는 않았지만 재빨리 대답했다.

"예, 무척 아름다워요!"

축운궁주가 다시 웃었다. 그러나 이번에는 냉소였다.

"기억해 둬라. 본존은 아부하는 무리를 싫어한다. 본존이 너를 남겨 두는 것은 솔직한 말을 듣기 위해서다!"

수희가 재빨리 절하며 말했다.

"예, 삼가 가르침을 받들겠습니다!"

축운궁주가 다시 북해를 바라보며 말했다.

"들어가 보고 싶으냐?"

수희가 솔직하게 대답했다.

"예. 그러나 감히 그리할 수 없습니다."

축운궁주가 말했다.

"언젠가는 본존이 너를 바다에 들어가게 해 주마. 본존이 비밀을 하나 알려 주지. 이 바다 속에는 건명력만이 있는 게 아니라 다른 힘이……."

축운궁주는 여기까지 말한 후 잠시 멈췄다가 계속 말했다.

"다른 힘이 있지. 상고 신력에 지지 않는 힘, 그리고 너희 옥인어족에게 속한 힘이. 옥인어족이 바다에 들어가지 못하는 것은 몽족의 봉인 때문만은 아니다!"

수희는 깜짝 놀랐다. 그녀는 소 숙부와 능 호법이 아는 비밀이 끝이 아니리라고 생각지 못했던 것이다. 옥인어족이 바다에 들어가지 못하는 것에 다른 비밀이 있었다니! 그녀는 축운궁주에게 점점 더 호기심을 느끼는 동시에 경외심을 느꼈다.

상고 신력에 지지 않는 힘이라면 대체 어떤 힘일까? 어째서 건명력과 함께 북해 아래에 숨겨져 있는 걸까?

옥인어족에게 속해 있다고? 그건 또 무슨 의미일까? 오로지 그들 옥인어족만이 다룰 수 있는 힘이라는 걸까? 그렇다면 어떻게 다룰 수 있지? 축운궁주의 뜻은, 그 힘을 수희 그녀에게 주겠다는 걸까?

수희는 평소 아무리 큰 의혹을 느끼더라도 감히 질문을 던지

거나 하지 않았다. 그러나 이번만은 참을 수 없었다. 백리명천이 떠올랐기 때문이었다. 그녀는 재빨리 한쪽 무릎을 꿇고 말했다.

"궁주님, 그 기회를 삼전하께 베풀어 주시기를 바랍니다!"

고칠소를 제외하고, 이 세상에서 수희만이 백리명천이 아직 죽지 않았다고 고집스럽게 믿고 있었다. 그녀가 하는 모든 행동은 백리명천을 위한 것이었다.

그녀는 백리명천이 이 세상의 주인이 되기를 바라고 있었다. 그를 위해서라면 어떤 대가를 치르더라도 그녀는 후회하지 않을 것이다.

축운궁주가 갑자기 손을 내밀어 수희의 턱을 치켜들더니 미소 지었다.

"애야, 너는 정말이지 정이 너무나 깊구나. 본존도 궁금하다. 네가 이리도 계속 생각하는 남자는 대체 어떤 사람이냐?"

수희가 조금 부끄러워하며 입을 열었다.

"삼전하는…… 전하는…….."

축운궁주는 대단한 흥미 없이, 그저 한담을 나누듯 수희의 말을 잘랐다.

"안심하렴. 네가 본존을 만족시킨다면, 너희 옥인어족이 가져야 할 물건에는 본존이 절대 관여치 않을 것이다."

축운궁주는 잠시 해변에 서 있다가 다시 수희에게 말했다.

"본존을 따라오너라."

그녀는 수희와 함께 해안선을 걷다가 높이 솟아오른 빙산 옆에 멈춰 섰다.

"그들이 그렇게 빨리 오지는 못하겠지. 여기서 지키고 있거라. 본존은 피로하니 일단 좀 쉬어야겠다."

어디에서 쉴 생각이냐고 수희가 묻기도 전에, 축운궁주가 가볍게 손가락을 베더니 핏방울을 빙천 위에 떨어뜨렸다. 그리고 찰나의 순간, 그녀는 그대로 사라져 버렸다.

수희는 홀연히 깨달았다. 축운궁주는 결계 안으로 들어간 것이다. 동시에 수희는 축운궁주에게 대체 어떤 내력이 있는지 궁금해지기 시작했다.

백새빙천의 결계는 몽족이 남긴 것으로, 천 년의 역사가 있다. 축운궁주는 결계의 위치를 어떻게 이렇게 잘 알고 있을까? 게다가 쉽게 결계를 여는 방법까지 알고 있다니!

천 년 전, 인어족이 이 빙원과 어떤 관계가 있었던 걸까? 또 몽족과는 무슨 관계가 있었을까? 축운궁주는 이 모든 일과 무슨 관계가 있을까?

수희는 갑자기 자신의 피로도 이 결계를 열 수 있을지 시험해 보고 싶었다. 그러나 그녀는 한참 망설이다가 결국 참기로 했다.

그녀는 적당한 자리를 잡아 지키기 시작했다. 이번에는 군구신과 비연도 도망칠 수 없을 것이다. 그들이 여기에서 목숨을 잃는다면, 천염국의 어린 황제는 말할 것도 없고 정역비도 울겠지. 그때 다시 만진국으로 돌아가 반격해도 늦지 않다! 수희는 이렇게 기대에 차서 기다리고 있었다.

축운궁주는 때때로 백새빙천에서 직접 봉황력의 행방을 찾는 외 대부분의 시간을 결계 속에서 보냈다. 수희는 축운궁주가 결계 속에서 수양을 하는 게 아니라 다른 목적이 있는 건 아닌지 의심하기 시작했지만, 그렇다 해도 감히 물어볼 수는 없었다.

보름이 지났다. 축운궁주와 수희가 비연 일행이 북강에 도착하리라 생각한 시점이었다. 그러나 수희에게 해 장군의 서신이 도착했다. 비연과 군구신이 직접 전쟁터로 왔고, 천염국 대군의 사기가 크게 올라갔다는 내용이었다!

다급하다, 누가 그에게 가르쳐 주었는지

비연과 군구신이 북강에 오지 않고 전선으로 갔다고?

축운궁주와 수희는 놀라기보다는 의심을 품었다. 목연이 반란을 일으킨 이상, 옥인어족이 바다에 들어가서는 안 된다는 비밀이 이미 비연 일행에게 알려졌을 것이다. 그들이 만진국에서 옥인어족 병사를 잡는 것은 쉬운 일이니, 그들이 북해에 오지 않을 이유가 없다!

수희가 의심스럽게 말했다.

"궁주님, 설마 전선에 건명력보다 더 중요한 일이 있는 것일까요?"

축운궁주가 반문했다.

"네 보기에 건명력보다 더 중요한 일이 있을 성싶으냐?"

그녀의 어조에는 경멸이 배어 있었다.

그녀는 수희의 정보가 거짓이라 생각할지언정 비연 일행이 오지 않으리라고는 믿지 않았다. 그녀가 추측한 일이 틀리는 건 드물었을 뿐 아니라, 비연과 군구신이 구려족 고묘까지 위험을 무릅쓰고 찾아온 것으로 보아 신력을 얻으려 하고 있음이 분명했다. 신력을 찾는 자들에게 있어 속세의 다툼은 결코 가장 중요한 무엇이 아니었다.

수희가 잠시 머뭇거리다가 말했다.

"궁주님, 목연이 말씀드리지 않은 일이 있는 것 같습니다만……."

축운궁주가 바로 돌아보았다.

"무슨 일이냐?"

수희도 원래는 그렇게 많은 이야기를 할 생각이 없었다. 이 일은 백리명천과도 관계가 있었기 때문이다. 그러나 지금 비연과 군구신이 축운궁주의 생각대로 행동하지 않는 이상, 그녀도 사실을 털어놓을 수밖에 없었다.

"군구신의 신분에는 비밀이 있습니다."

수희의 말에 축운궁주가 매우 놀라며 차가운 목소리로 물었다.

"어째서 미리 본존에게 이야기하지 않았지?"

수희가 재빨리 변명했다.

"이 일이 대국에 영향을 끼치지 않으리라 생각했습니다. 그리고 저도 아직 완벽하게 조사하고 결론 내린 것이 아닌지라 감히 말씀드릴 수 없었습니다."

축운궁주는 말없이, 깊은 눈빛으로 수희를 바라보았다. 수희는 재빨리 천염국 대황숙에게서 알게 된 비밀을 털어놓았다.

축운궁주는 매우 놀라더니 바로 중요한 점을 알아차렸다.

"당시 군씨 가문은 은거 가문 중 우두머리였어. 군씨 가문의 적장자가 인신매매범에게 납치되다니, 분명 안에서 내응한 자가 있었던 거겠지. 그야말로 대단히 우스운 일이구나!"

수희는 이 비밀을 알게 된 후에도 이 점을 생각한 적이 없었다. 축운궁주의 말을 듣고 그녀는 갑자기 깨달은 듯 물었다.

"설마 그의 모친이 그를 군씨 가문에서 내보내려 한 걸까요?"

내응하는 자가 있다 해도 적장자를 몰래 군씨 가문 밖으로 데려가는 것은 지극히 어려운 일이다. 군씨 가문에서 권세 있는 사람이 아니라면 아마 행동에 옮기지 못했을 것이다. 군구신의 부친과 백부를 제외하면 군구신 모친의 혐의가 가장 짙었다.

수희가 경악하고 있노라니 축운궁주가 차갑게 말했다.

"이 일이 그들이 전장으로 간 일과 대체 무슨 관계가 있느냐?"

"군구신은 영술에 숙달했습니다……."

수희의 말이 끝나기도 전에 축운궁주가 갑자기 그녀의 손을 잡고 다급하게 물었다.

"뭐라고? 다시 한번 말해 봐!"

수희는 깜짝 놀라 그대로 굳어 버렸다. 축운궁주의 손이 너무나, 너무나 차가웠던 것이다. 수희는 살아 있는 사람의 손이 이렇게까지 차가울 수 있다고는 생각한 적 없었다. 어찌나 차가운지 모골이 송연해 오고, 마음속에 자꾸만 불길한 예감이 솟아올랐다.

손의 온도 외에도 수희는 축운궁주의 초조한 감정도 읽을 수 있었다. 건명검이 사라졌다는 것을 알았을 때에도 축운궁주는 분노했을 뿐 이렇게 다급하게 굴지는 않았다!

수희가 한참 동안 대답하지 않자 축운궁주는 초조한 나머지 화를 내며 소리쳤다.

"말해!"

수희가 재빨리 방금 했던 말을 되풀이했다.

"저, 저는, 군구신이 영술에 숙달했다고 말했습니다."

축운궁주가 수희의 손을 더욱더 강하게 잡고 진지하게 물었다.

"영술이란 것이 무엇이냐?"

"마치 번개처럼 빠르게 질주하고, 순식간에 위치를 옮깁니다. 제가 듣기로, 이 비술은 천 년 전 어떤 고수가 창안한 것인데, 이미 실전된 지 오래라고 하더군요."

"영술…… 영술……."

축운궁주가 중얼거렸다. 검은 가면 아래 두 눈동자가 넋이 나간 것만 같았다. 그녀는 한참 후에야 다시 수희를 바라보며 평온한 목소리로 물었다.

"누가 그를 가르쳤지?"

수희는 여전히 긴장하고 있었다. 특히 축운궁주에게 잡힌 손은 거의 뻣뻣하게 굳어 있었다. 그녀가 말했다.

"저도 아직 조사를 끝내지 못했습니다. 군구신의 영술에 관련한 일은 대황숙도 나중에 알게 되었다고 했습니다. 대황숙은 군구신을 빙해안에서 발견했고, 때문에 그를 맡아 키운 사람이 빙해를 노리고 있다고 의심하고 있습니다. 군구신은 분명 그를 키워 준 사람에게서 영술을 배웠을 거예요."

축운궁주는 고개를 끄덕이며 마침내 수희의 손을 놓아주었다. 수희가 안도의 한숨을 내쉬며 조심스럽게 말했다.

"궁주님, 남경의 현공상회, 승 회장을 아시나요?"

축운궁주는 점점 더 이해할 수 없었다.

"하고 싶은 말이 있으면 바로 본론으로 들어가라!"

수희는 그제야 승 회장이 백새빙천에 갇혔던 것과, 백리명천이 스승의 명을 받아 승 회장을 구하러 갔던 사정을 이야기했다.

"궁주님, 이 일에는 분명 뭔가가 있어요. 승 회장은 분명 비연, 군구신과 대립하고 있었는데 후에 고 영감이 서신을 보내 삼전하에게 비연과 적이 되어서는 안 된다고 했거든요. 비연이 삼전하에게 진 빚은 전부 자신이 갚겠다고 하면서요. 그걸 보면 비연과 고 영감은 교류가 있는 게 분명하고, 그 교류가 얕지도 않겠지요. 비연이 승 회장과 적인지 벗인지는 도무지 예측할 수가 없어요! 소 숙부에게도 물어보았지만, 그도 이 일에 대해서는 전혀 모른다더군요. 다만 지금 저도 그가 정말 몰랐던 건지, 아니면 모르는 척했던 건지는 확신하기 어렵습니다."

축운궁주가 생각에 빠진 것을 보고 수희가 다시 말했다.

"궁주님, 그들이 어떤 관계건, 그들도 봉황력을 찾고 있고, 빙해를 노리고 있어요. 일단 광안성을 지키지 못하면 천염국과 남경이 한패가 되어 버릴 가능성이 극히 높습니다. 제가 보기에, 비연과 군구신이 전장으로 간 목적은…… 사기를 올리는 것도 있겠지만 빙해를 노리기 때문인 것 같기도 합니다! 어쩌면 그들이 빙해에서 뭔가를 발견했을지도 모르지요."

축운궁주는 그제야 수희가 왜 그리 많은 말을 늘어놓았는지 이해하고, 고개를 끄덕이며 자못 인정한다는 듯 말했다.

"하하! 천하에 북해의 건명력과 비할 것이라면 빙해뿐이지. 다만 봉황력이 없다면 아무리 많은 것을 발견한들 헛수고일 거야!"

수희는 빙해에 대해서는 아는 것이 거의 없어 축운궁주의 말을 이해할 수 없었다. 다만 봉황력이 중요하다는 것만은 알 수 있었다.

지금 수희가 가장 관심을 두고 있는 것은 이런 비밀이 아니라 만진국의 안위였다. 북해에서 비연과 군구신을 만나지 못할 거라면 그녀는 어떻게든 빨리 만진국으로 돌아가야 했다. 건명력을 얻지 못하는 것은 상관이 없었지만, 만진국을 잃을 수는 없었다.

수희가 서둘러 말했다.

"궁주님, 군구신에게는 어린 시절부터 지니고 있던 보검이 하나 있습니다. 대황숙이 그 보검을 빼앗았고, 지금은 제 손에 들어왔지요. 바로 광안성 황궁 안에 있습니다. 제 어리석은 의견이지만, 궁주님께서 이곳을 지키시느니 저와 함께 전쟁터로 가셔서 보검을 미끼로 군구신을 끌어내는 게 좋을 것 같습니다!"

축운궁주가 잠시 생각하다가 물었다.

"그 보검이 군구신에게 그리도 소중한 물건이냐?"

"과거의 기억과 상관이 있는 물건이니 당연히 소중하겠지요!"

수희의 대답에 축운궁주가 매우 만족스러워하며 말했다.

"좋다. 가서 그를 북강으로 유인해 오너라. 본존은 피곤하니 어디도 가고 싶지 않다. 여기서 그들을 기다리마!"

수희는 도무지 이해할 수 없었다. 건명력이 북해에 있고, 군구신은 건명검을 얻었다. 축운궁주는 건명력이 군구신의 손에 들어가는 것조차 무섭지 않은 걸까? 혹시 축운궁주가 아직 그녀에게 말해 주지 않은 다른 비밀이 있는 걸까?

그러나 그녀는 감히 더 묻지 못하고 고개만 끄덕였다.

"예, 명을 받들겠습니다!"

축운궁주가 몸을 돌려 결계 안으로 들어가며 입에서 나오는 대로 물었다.

"그런데 그 검은 대체 무슨 검이지?"

"오래된 검이었습니다. 이름이 현한이었습니다."

수희의 말을 들은 축운궁주가 바로 발걸음을 멈췄다.

"뭐? 현한보검이라고?"

비연, 영문 모를 운수

현한보검!

이것은 운공대륙에 전해 내려오는 상고 시기의 보검이었다!

축운궁주는 아주 잘 기억하고 있었다. 운공대륙 천산검종의 지극한 보물이며, 운공대륙 3대 명검 중 하나인 현한보검.

그러나 축운궁주가 발걸음을 멈춘 것은 현한보검이 귀한 물건이라서가 아니라 현한보검의 소유자 때문이었다.

단목요는 운공대륙과 관련한 모든 일을, 물론 10년 전 빙해이변의 진상까지 축운궁주에게 이야기한 바 있었다. 현한보검의 주인이 누구인지도 그녀에게서 들었다.

보검의 전 주인은 운공대륙 천산검종의 제자이자 대진국의 황제이며, 서정력의 주인인 용비야였다. 후에 용비야와 그 황후는 간장과 막야보검을 얻었고, 현한보검은 딸에게 주었다고 했다.

축운궁주가 중얼거리기 시작했다.

"영술에 숙달했고, 현한보검을 지녔다……. 알겠다! 하하, 정말 대단한 우연이구나! 정말!"

수희가 영문을 알 수 없어 물었다.

"궁주님, 그 보검에 대해 알고 계십니까?"

축운궁주는 수희에게 가까이 오라 손짓했다. 수희는 약간 겁을 먹었지만 처음으로 축운궁주 가까이 다가갔다.

축운궁주는 수희의 귀에 작게 속삭이고는 뒤로 물러났다. 진상을 들은 수희가 눈을 휘둥그렇게 떴다.

"세, 세상에……! 그렇다면 그들은 한패일 가능성이 높군요!"

축운궁주가 고개를 끄덕였다.

"분명 그렇겠지!"

수희는 감히 믿지 못하고 한참 동안 생각에 잠겼다가 다급하게 말했다.

"궁주님, 설마 그들이 이미 봉황력을 얻었기에 북강으로 오지 않고 남하하려는 것은 아닐까요?"

축운궁주가 웃기 시작했다.

"헌원연은 이미 죽었다. 봉황력은 그렇게 쉽게 얻을 수 있는 게 아니야! 봉황력과 건명력은 주인이 죽으면 그 힘도 다한다. 백새빙천의 이 봉황력을 본존도 꿰뚫어 볼 수 없는데, 그들이야 말해 무엇할까?"

사실 축운궁주가 이곳 북강에 온 이유는 비연과 군구신 일행을 기다리기 위해서기도 했지만 봉황력을 찾기 위해서기도 했다.

건명력은 봉황력보다 강하고, 천살과 지살을 억제할 수 있으며, 그녀에게 대적할 수도 있다. 그러나 그녀에게 있어 가장 중요한 것은 아무래도 빙해에 숨겨져 있는 지살이었다.

수희는 저도 모르게 달갑지 않은 표정을 지으며 중얼거렸다.

"보아하니 고 영감도 운공대륙 출신인 듯합니다. 비연을 대신해 빚을 감당하겠다고 한 것도 이상한 일은 아닌 듯하고요. 비연, 그 천한 계집은 대체 무슨 운에 군구신의 환심을 사게 된 것일까요. 그녀가…… 대체 대진국 공주에게 비할 수나 있는 건지…….”

축운궁주는 이런 일을 이야기할 생각이 없었다. 그저 수희의 분노한 표정을 보고 홀연히 웃으며 말했다.

“대진국의 연 공주가 태부의 아들 고남신이 아니면 시집가지 않겠다고 했다는 건, 운공대륙 사람이라면 모두 아는 일이다. 이 일은 비연에게 행운이라기보다는 불운이야. 그렇게 박정한, 쉽게 배신하는 남자를 얻은 셈이잖아. 하하, 본존은 박정한 사람을 가장 증오하지!”

축운궁주의 말을 들으니 수희도 군구신이 남녀 사이에 빚을 꽤 지고 있다는 생각이 들었다. 수희가 가볍게 코웃음 쳤다.

“그렇다면…… 대진국의 그 충성스러운 개들이 눈이 먼 게 아니라면 어째서 군구신과 손을 잡은 걸까요? 분명 그들도 군구신에게 다른 생각을 하고 있겠군요!”

축운궁주가 말했다.

“네가 추측할 수 있는 일은 아닌 듯하구나. 그들을 유인해 와서 시험해 보면 알게 되겠지.”

그러자 수희가 축운궁주의 시선을 피하며 말했다.

“예. 현한보검을 숨겨 둔 곳은 저만이 알고 있으니, 제가 직접 다녀와야 합니다.”

축운궁주는 고개를 끄덕였을 뿐 별다른 말은 하지 않았다.

그녀는 백새빙천을 둘러본 후 결계가 있는 곳을 향해 걸어갔다.

축운궁주의 그림자가 높이 솟은 빙산 옆으로 사라지고 난 후에야 수희는 소매 속에 숨기고 있던 주먹에서 겨우 힘을 뺄 수 있었다. 그녀는 긴장한 나머지 하마터면 자신이 거짓말을 하고 있다는 사실을 들킬 뻔했다.

현한보검이 어디 있는지는 그녀의 심복 여럿이 알고 있었다. 그녀는 그저 만진국에 다녀오기 위해 궁주를 속였을 뿐이었다.

어찌 되었건 광안성은 잃을 수 없었다! 그녀는 반드시 돌아가 해 장군과 이야기를 나누어야 했다.

수희는 잠시도 지체하지 않고 비밀리에 백새빙천을 떠나, 수로를 통해 만진국 황도로 돌아갔다.

수희가 떠난 지 얼마 되지 않아 축운궁주가 결계 안에서 나오더니, 해안가 바위에 앉아 북해를 바라보았다. 가면 아래 날카롭던 눈이 점차 따뜻하게 물들어 가고 있었다. 그녀는 얼음처럼 차가운 북해의 물을 손으로 떠 잠시 들여다보다 웃기 시작했다.

"영술, 하하…… 내가 왜 이리 바보 같을까? 그에게 영술을 전수한 사람이 어떻게 당신일 수 있다고? 어떻게! 당신이……."

그녀는 한참 멈췄다가 결국은 말을 잇지 않았다. 대신 소중한 것을 잃어버린 듯 가볍게 미소 지었다. 미소 짓고 또 미소 짓다가 그녀는 갑자기 몸을 일으켜 북해로 뛰어들었다. 그리고 곧 검은 바다 속으로 사라져 보이지 않게 되었다.

축운궁주가 며칠만 일찍 북해로 뛰어들었다면 백리명천을 만날 수 있었을지도 모른다. 그러나 지금은 이미 늦은 상태였다. 이 순간 백리명천은 고요한 수면 위로 몸을 드러내고 있었다.

빛이 너무나 눈부셔서일까, 아니면 너무 피로해서일까. 그는 보기 좋은 두 눈을 계속 감고 있었다.

그는 막 깨어난 아름다운 여우 같았다. 비록 눈을 감고 있었으나 그 보기 좋은 얼굴은 몹시 사랑스러웠다. 그 누구라도 지금의 그를 보면 눈을 뜬 모습을 궁금해할 것이다.

분명 물속에서 올라왔으나 백리명천의 몸에는 물 한 방울 묻어 있지 않았다. 그는 한참을 조용히 있다가 천천히 눈을 뜨기 시작했다.

눈을 가늘게 뜨고 주변을 둘러본 그는 갑자기 물속에 머리를 넣었다. 그리고 다시 파도를 일으키며 고개를 들었다. 이번에는 그의 머리카락이며 얼굴이 온통 물투성이였다. 그는 정신을 차리려는 듯 제 얼굴의 물기를 닦아 냈다. 그러나 여전히 눈을 크게 뜨지는 않았다. 아무래도 너무 오래 자서 눈꺼풀이 무거운 모양이었다.

백리명천이 두 손으로 늘어져 있던 젖은 머리칼을 높이 들더니 다시 한번 물에 넣었다. 그리고 한참 후에야 겨우 고개를 들었다. 그는 다시 얼굴에서 물방울을 떨어뜨리며 마침내 정신을 차린 듯 눈을 크게 떴다.

그의 눈은 정말 보기 좋았다. 맑고 순수하여 잡스러운 것이라고는 전혀 섞이지 않은 듯한 눈이었다. 그러나 동시에 교활함과 방종도 느낄 수 있었다. 그야말로 아름다움과 사악함이

공존하는 눈이었다.

그는 정신을 차리고 주변을 다시 둘러본 후 크게 놀랐다. 주변에는 연잎이 가득, 세상을 푸르게 물들이고 있었고 해를 받은 연꽃은 유달리 붉었다. 연꽃이 피어 있는 이 연못은…… 바로 진양성 고씨 가문의 저택에 있는 그 연못이었다!

"고씨 저택! 연아의 영역이잖아?"

백리명천이 당황스럽다는 듯 중얼거렸다.

주변을 다시 둘러본 그의 입매가 갑자기 예쁘장한 각도를 그리며 올라가더니, 그의 눈에서도 웃음기가 흐르기 시작했다. 그의 웃음은 매력적이고도 신비로운 동시에 비할 데 없이 즐거워 보였다.

그러나 얼마 지나지 않아 그는 웃음을 멈추고 입을 비죽이기 시작했다. 이 즐거움이 불만스럽다는 듯이. 비연의 집에 왔다 한들 뭐가 그리 즐거울 일이라고? 지금 자신이 해야만 하는 일은 상황을 파악하는 일이었다. 대체 어떻게 여기에 오게 된 걸까?

백리명천은 미간을 찌푸리며 기억을 짚어 가기 시작했다. 군구신 일행에게 쫓겨 하는 수 없이 북해에 뛰어들었던 건 기억하고 있었다. 그러나 바다에 뛰어든 후로 무슨 일이 있었는지는 전혀 기억나지 않았다. 정신을 잃었던 것 같기도 하고, 잠들어 있었던 것 같기도 했다.

그는 어떻게 북해에서 고씨 저택의 연못으로 오게 된 걸까? 자신도 모르는 사이에 물의 흐름에 쓸려 오기라도 한 걸까? 그렇다면 너무 놀라운 일 아닌가! 그가 몽롱한 상태로 헤엄쳐 오기라도 한 걸까? 헤엄쳐 와서 무엇을 하고 싶었던 걸까?

그러나 백리명천이 지금 더욱 호기심을 느끼는 것은, 그가 북해에 뛰어들기 전 들었던 비밀과 그가 바다에 들어간 후의 결과였다.

그의 머릿속은 조금 혼란스러운 상태였고 기억도 정확하지 않았다. 그는 미간을 찌푸린 채 연못가로 걸어 나왔다.

그러나 연못에서 나왔을 때 그는 갑자기 멍한 표정을 지으며 멈춰 섰다. 그의 눈에 피처럼 붉은 빛이 반짝이고 있었다…….

그래, 분명 바보인 거야

요사스러운 붉은 빛이 백리명천의 눈을 스쳐 가자, 그는 차한 잔 마실 시간 동안 멍하니 굳어 있다가 겨우 정신을 차렸다.

그는 가볍게 제 눈가며 이마를 문질렀다. 뭔가 이상하다는 생각이 들었지만 마음에 두지는 않았다. 자신이 차 한 잔 마실 시간 동안 멍하니 서 있었다는 것도 알지 못한 채 그저 제 몸이 조금 이상하다는 생각만 했다. 그러나 어떻게 이상한지는 그로서도 말하기 어려웠다.

백리명천이 중얼거렸다.

"본 황자가 얼마나 잤던 거지? 온몸이 이상한데."

그는 다시 얼굴을 문지르며 연못에서 나왔다. 그리고 연못가에서 몸을 좀 움직여 보고는 다시 몸에 대단한 이상은 없다고 생각하게 되었다.

옥인어는 바다에 들어가지 않는다, 바다에 들어가면 곱게 죽지 못할 것이다……. 그러나 그는 지금 꽤 괜찮은 상태 아닌가? 그 저주도 결국은 사기에 불과했던 모양이었다!

백리명천은 조상이 무엇 때문에 이런 규칙을 세웠는지, 또 무엇 때문에 거짓된 전설을 만들어 냈는지 궁금해졌다. 이 일은 그로서도 이해할 수 없었다. 아무래도 광안성으로 돌아가 종족 노인들을 만나 봐야 할 것 같았다.

백리명천은 마치 무인지경을 가듯 비연의 요화각 쪽으로 대담하게 걸어갔다.

사실 고씨 저택 후원에는 정말로 사람이 없었다. 그는 대문으로 들어가지 않고 문가에서 공중제비를 넘어 바로 2층으로 올라갔다.

방 안에서 의자를 하나 꺼내 와 회랑에 놓고 앉았다. 긴 다리를 누각 난간에 걸치고 뒤로 기대어 고씨 저택을 바라보는 백리명천의 모습은 태연자약할 뿐 아니라 몹시도 느긋해 보였다. 상황을 모르는 사람이 보았다면 그가 바로 이 누각의 주인이라 생각했을 것이다.

백리명천은 저녁노을을 보고 있었다. 그 한가롭던 표정이 점차 진지해졌다. 그는 곧 기억을 더듬기 시작했다. 옥인어는 바다에 들어가면 안 된다는 비밀보다는 비연의 일에 더 신경 쓰였다.

그는 북해안에서 있었던 일 전부를 기억하고 있었다. 싸움에 참여했던 사람들과 그들이 했던 말을. 비연, 군구신, 현공상회의 승 회장 부부, 한가보의 소 부인, 그리고 신농곡의 경매사 당정……

그는 기억을 되살리다가 저도 모르게 중얼거렸다.

"봉황의 날개? 비연?"

절반 정도밖에 듣지 못했지만 대강의 내용을 짐작할 수 있었다. 봉황의 날개는 봉황력의 상징이고, 비연이 봉황력을 가지고 있다. 또한 비연은 승 회장 일행이 오래도록 찾던 사람이다…….

"그들이 그리웠다고? 집이 그립고?"

백리명천은 비연의 말을 되씹어 보았다. 점점 더 이상하다는 생각이 들었다. 비연의 집은 이곳, 고씨 저택이 아닌가?

고 영감이 그에게 승 회장을 구하라고 한 후 몇 번이나 서신을 보내, 비연을 괴롭히지 말고 이 일에 끼어들지 말라고 했다. 고 영감과 그들, 설마 모두 한집안 식구들인 걸까?

곧 백리명천의 머릿속에 한 가지 생각이 떠올라 저도 모르게 중얼거렸다.

"그렇다면 비연이…… 비연의 이름을 사칭하는 가짜란 건가? 하하, 재미있는걸! 군구신이 아는 거라면 본 황자도 반드시 알아야지! 자신이 진 빚은 자신이 갚아야 하는 법, 고 영감이 너 대신 빚을 갚을 생각은 하지 말아야 할 거다!"

그는 다시 한참 동안 생각에 잠겨 있다가 몸을 일으켜 나른하게 허리를 폈다. 그리고 자리를 떠나려다가 생각을 바꿔 다시 안으로 들어갔다. 비연의 규방 안에서 상자며 장롱 등을 뒤져 보았지만 옷가지 몇 벌 외에는 별다른 것을 찾지 못했다. 심지어 머리 장식 하나 보이지 않았다.

"시집을 갔으면 갔지, 전부 다 정왕부로 가져갔나?"

그는 불만스러운 말투로 중얼거리며 다시 한번 뒤져 본 후에야 마음을 죽였다.

방문 밖으로 나오는 순간, 그는 다시 멍하니 멈춰 섰다. 붉은 빛이 반짝이는가 싶더니 그의 웃음기 어린 매혹적인 눈이 피에 물든 것처럼 붉게 변했다. 빛나고는 있으나 넋이 나간 눈이었다. 마치 정신을 잃은, 걸어 다니는 시체처럼.

차 한 잔 마실 시간이 지난 후 백리명천이 정신을 차렸다. 그러나 그는 자신이 정신을 잃은 사실조차 알지 못했다. 어딘가 불편하고 현기증이 인다고, 눈이 찌르듯 아프다는 생각만 했다.

"이상하군. 본 황자가 대체 얼마나 오래 잔 거지?"

그는 미간을 찌푸리며 곧 요화각을 떠났다.

백리명천이 떠난 후, 계속 어두운 곳에 숨어 있던 사람이 걸어 나왔다. 바로 비연의 시중을 들던 전 어멈이었다!

그녀는 전혀 놀란 것 같지 않았다. 비연의 규방으로 들어가 조용히 물건을 정리한 후, 제가 있던 흔적을 남기지 않고 요화각을 떠났다.

백리명천은 식당에 들어가 직원에게 물어보고는 자신이 여러 달 잠들어 있었다는 것을 깨달았다. 심지어 한 해가 지나 있었다!

그를 가장 경악하게 한 소식은 천염국의 대군이 곧 광안성을 점령할 거라는 것과 군구신, 비연이 직접 전선에 가서 병사들을 독려하고 있다는 것이었다.

백리명천의 안색이 좋지 않은 것을 보고 직원이 남몰래, 속삭이듯 물었다.

"손님, 설마 만진국에서 오신 분은 아니시겠지요?"

백리명천이 눈썹을 치켜세우며 반문했다.

"본 공자가 그래 보이느냐?"

직원은 웃으며 그 이상 감히 말하지 못했다.

백리명천은 술을 한 잔 마시고 번잡한 마음을 억누른 채 말했다.

"말해 봐라. 네 보기에 만진 황족이 바보 같지 않으냐? 기씨와 소씨 가문의 투항을 받아들이다니. 그 두 가문처럼, 일을 제대로 성사시키기는커녕 망칠 게 분명한 폐물들을 데리고 뭘 한다고?"

직원이 연신 고개를 끄덕였다.

"그렇습니다! 소인이 듣기에, 만진국의 지금 황제는 유명무실하고 삼전하가 권력을 쥐고 있다더군요. 만진국 내란이 막 가라앉은 참이라 병사들도 제대로 없고, 양식도 제대로 없다니 다시 전쟁을 벌여서는 안 될 일이었지요. 그 삼전하가 미치기라도 한 건지, 자신을 너무 높이 평가한 모양입니다. 충언을 들으면 거슬려 하고, 신하들이 말해도 듣지 않고…… 오히려 소씨, 기씨 가문의 허무맹랑한 소리나 믿는다던데요. 계속 고집을 부려 전쟁을 시작하더니, 결국은 지금과 같은 상황에 떨어진 거지요!"

직원이 웃는 얼굴로 덧붙였다.

"손님, 이렇게 간단한 이치는 저 같은 무지렁이도 다 안답니다. 그런데 만진국의 그 삼전하가 어찌 모르겠습니까? 설마 정말 바보인지도 모르지요! 하하!"

술잔을 쥔 백리명천의 손이 바로 굳어 버렸다. 그는 천천히 고개를 들어 직원을 바라보았다. 그 가늘고 긴 눈을 더더욱 가늘게 뜬 백리명천이 싱긋 웃으며 말했다.

"그렇다. 그자가 바보인 게 분명하다."

직원은 이상한 점을 눈치채지 못하고 백리명천에게 술을 따라 주며 말했다.

"일단 천천히 드시고 계십시오. 소인은 가서 일을 좀 봐야겠습니다."

직원이 떠난 후, 백리명천은 식사도 하지 않고 그 자리를 바로 떠나 광안성으로 향했다.

만진국의 황제는 확실히 유명무실하다. 지금 권력을 잡고 있는 그의 수하는 바로 해 장군과 수희일 것이다. 그는 한번 보고 싶었다. 해 장군과 수희가 대체 어디서 그런 배짱이 나서 소씨, 기씨 가문과 손을 잡고 천염국과 전쟁을 벌였는지!

소씨, 기씨 가문은 야심은 많으나 지략이라고는 없는 자들이었다. 군구신과 비연에게 그런 꼴을 당하고 만진국까지 끌어들였단 말이지! 그들 두 가문이 아니었다면 만진국도 내란으로 그런 상황에 이르지 않았을 것이다! 백리명천이 정말로 손을 쓴다면 가장 먼저 소씨와 기씨 가문부터 수습했을 터였다!

그는 본래 전쟁에 관심이 없고 권세에도 흥미가 없었다. 그는 휴전과 화해를 갈망하고 있었다! 해 장군과 수희는 그에게 귀찮은 일을 더해 주었을 뿐 아니라 천하의 웃음거리로 만들었다!

백리명천은 가능한 한 빠른 속도로 광안성을 향해 움직였다. 수희는 이미 광안성에 도착해 있었고, 비연과 군구신도 전선에서 며칠이나 지내고 있던 참이었다.

정역비는 광안성 북부 원화성을 장장 열흘째 공격하고 있었다. 지금 원화성을 지키는 포 장군은 성을 나와 응전할 엄두도 내지 못하고 그저 방어만 하고 있을 뿐이었다.

원화성은 광안성의 마지막 방어선이라 할 수 있었다.

원화성을 얻는다면 사흘도 안 걸려 황도 광안성에 도착할 수 있었다!

평생 숨을 수 있다면

정역비가 막사 문 앞에서, 군구신과 비연이 지도를 보며 속삭이는 장면을 바라보았다.

군구신이 무슨 재미있는 이야기라도 했는지 비연이 활짝 웃었다. 군구신이 비연의 흐트러진 머리카락을 빗겨 주었다. 그 차가운 입매에 사랑스러워 못 견디겠다는 듯한 웃음기가 가득했다.

정역비가 기억하는 한 정왕 전하는 어떤 여자를 재미있게 해주려고 노력한 적도, 여자에게 이렇게 다정하게 대한 적도 없었다. 진양성을 뒤흔든 혼례를 떠올리고 다시 눈앞의 장면을 바라보며 정역비는 깊은 생각에 빠져들었다. 무엇을 생각했는지 모르지만, 그는 어깨를 으쓱한 후 갑자기 웃기 시작했다.

그가 웃으며 그들에게 다가가 두 손 모아 읍하며 말했다.

"정왕 전하와 왕비마마를 뵙습니다!"

비연은 어렴풋하게나마 정역비가 예전보다 훨씬 명랑해졌다는 걸 깨달았다. 당정과 당씨 부부가 군대에 온 일은 이미 소문으로 들은 바 있었다. 진상이 어떤지는 아직 모르지만, 정역비가 이렇게 기분 좋아 보이는 건 분명 당정과 관계있을 것 같았다. 속으로는 궁금해 미칠 지경이었지만 정역비 앞에서는 아무것도 모르는 척해야 했다. 그녀는 당씨 부부가 돌아와 자신에게 이야기해 주기를 기다리고 있었다.

수일 전에 당씨 부부가 성으로 들어가 비연은 아직 그들을 만나지 못했다. 하지만 며칠 내로 돌아올 것이다.

비연이 막 입을 떼려 하자 군구신이 일어나라고 했다. 정역비가 허리를 펴는 순간 등 뒤에서 당 문주의 분노한 목소리가 들려왔다.

"정역비, 거기 서! 설명해 봐라. 네 모친이 본 문주에게 이런 예물을 보낸 건 대체 무슨 뜻이냐?"

정역비가 바로 고개를 돌렸고, 비연과 군구신도 문밖을 내다보았지만 당 문주는 보이지 않았다. 사람이 도착하기 전에 목소리가 먼저 도착한 모양이었다.

세 사람이 잠시 기다린 후에야 당 문주가 성큼성큼 걸어 들어왔다.

"정역비, 네 모친이 고양이 쥐 생각하기라도 하는 모양인데, 결코 좋은 마음은 아니겠지!"

그러면서 손에 들고 있던 물건을 정역비의 발아래 내팽개쳤다. 당 문주는 가까이 있는 비연과 군구신은 아예 보지도 못한 것 같았다.

정역비는 바닥 가득 흩어진, 보양을 위한 약재 등을 보며 이해할 수 없다는 표정을 지었다. 모친은 이미 진양성으로 돌아가지 않았던가? 이건 또 뭐지?

"이것은……."

"네 모친이 사람을 시켜 보내온 모양이다. 이건 또 무슨 수작이냐? 무슨 뜻이냐고! 설마 잘못을 깨닫고 본 문주에게 사과라도 하려는 건가? 하하, 예물만 보내고 사과를 하지 않을 거라면 헛수고지! 이런 자질구레한 물건들은 본 문주 눈에 차지도 않는다!"

정역비는 바닥에 흩어진 물건을 보고 바로 모친의 뜻을 알아차렸다. 모친은 이 물건들을 당 문주에게 보낸 게 아니라 당정에게 보낸 게 분명했다. 모친은 아마 당씨 부부가 당정이 아이를 가졌다는 사실을 알고 있으리라 오해한 모양이었다.

정역비는 속으로 다행이라 생각했다. 모친이 만약 모친이 믿는 바를 털어놓았다면…….

정역비는 과감하게 결단하고 설명하기 시작했다.

"분노를 가라앉히십시오. 모친께서는 지난 며칠 내내 화가 나서 함부로 말씀하셨습니다. 이 이틀 동안 모친께서도 분명 깨달으신 바가 있었을 겁니다. 모친께서는 사실 그렇게 생트집을 잡는 사람이 아니라 시시비비를 명확히 가리는 분이십니다. 체면도 중요하게 여기시는 분이고요. 모친께서는 원래 잘못을 깨달으면 사과하는 대신 예물을 보내시는데, 예물을 한번 보내기 시작하면 끊이지 않게 보내십니다. 용서하고 싶지 않으시다면 이 물건들을 버리시면 그만이니, 너무 분노하지 마십시오."

당 문주는 정역비도 아직 완전히 용서하지 않은 상태였으니 임 노부인에 대해서는 말할 필요도 없었다. 그가 가볍게 코웃음을 쳤다.

"마음대로 보내 보라지. 보내는 족족 다 버릴 테니!"

정역비는 머리를 긁적이며 별다른 말을 하지 않았다. 당 문주가 몸을 돌려 막사에서 나가려다 문득 곁에 서 있던 비연과 군구신을 발견했다. 그는 진지하게 그들을 살펴본 후 바로 그대로 굳어 버렸다.

"너, 너희는, 너희가……."

비연과 군구신은 이미 그를 한참 동안 보고 있었다. 비연이 환희에 가득 차, 또한 어쩔 수 없다는 듯 웃었다. 그녀는 자신의 숙부가 전혀 변하지 않았다는 걸 깨달았다. 이 나이가 되도록 숙부는 전혀 자라지 않은 것 같았다.

숙부는 부황이 가장 아끼던 동생으로, 당연히 그녀에게도 가장 가까운 친척 어른이었다. 그녀는 당 문주가 자신을 알아보았는지 확신하지 못하는 상태로 앞으로 걸어 나갔다. 그리고 말없이, 그저 바보처럼 웃기만 했다.

당 문주의 분노는 이미 사라진 듯했다. 그는 그저 안타까운 눈으로 비연을 바라보고 있었다. 중년이 된 남자의 눈이 붉게 젖더니 눈물이 비쳤다. 입술을 꾹 깨문 당 문주는 금방이라도 울음을 터뜨릴 것 같았다.

예전에 그는 제 형이 보물처럼 아끼던 딸을 제 친딸과 마찬가지로 사랑했었다! 이 아이를 잃은 것은 그에게 있어 제 딸 홍두를 잃은 것과 진배없이 견디기 어려운 일이었다.

비연은 자신이 버틸 수 있으리라 생각했지만, 당 문주의 이런 모습을 보자 저도 모르게 눈가가 젖어 들었다. 그러나 그녀는 여전히 웃고 있었다. 그녀는 곧 어린 시절로 돌아가, 당 문주에게 혀를 쏙 내밀고 얄밉게 말했다.

"큰 수다쟁이."

당 문주가 멈칫하더니 곧 큰 소리로 웃기 시작했다. 그도 얄미운 표정으로 말했다.

"꼬마 수다쟁이."

비연이 바로 반박했다.

"우리 부황이 나는 아니랬어. 홍두 언니가 그렇댔어! 숙부네 집안은 전부 수다쟁이야!"

이 말이 끝나는 순간 문밖에서 가벼운 기침 소리가 들려왔다. 영 부인이었다. 막사 안으로 들어온 그녀는 아무 말 없이 눈썹을 치켜세운 채 비연을 바라보았다. 비연은 바로 군구신 등 뒤에 숨어 감히 나갈 생각을 하지 못했다.

10여 년 전에도 항상 벌어지던 일이었다. 당시 군구신은 어린 소년이었지만 항상 조그만 어른처럼 침착하고 노련하게 영 부인에게 읍한 후 비연 대신 사과했다. 그리고 '아이들은 말을 고르지 않는 법이니 부인께서는 탓하지 마십시오'라는 말을 덧붙이곤 했다.

시간이 흘러 이제 그는 성인 남자가 되었다. 영 부인이 다가오는 것을 보고 그는 두 손 모아 읍했다. 그러나 이번에는 '아이들은 말을 고르지 않는다'고 말하지 않았다.

"안사람이 순간적으로 말이 **빨랐습니다**. 절대 고의가 아니었으니 부인께서는 탓하지 마십시오."

영 부인이 군구신을 바라보더니 마침내 참지 못하고 웃음을 터뜨렸다. 그녀가 감개무량한 듯 말했다.

"너희 모두 다 컸구나! 모두 어른이 되었어!"

비연이 그제야 군구신의 등 뒤에서 빠져나와 소리쳤다.

"숙모!"

영 부인이 비연을 흘겨보았다.

"나와서 무엇 하려고? 어서 다시 숨거라. 그나저나 우리 꼬마 아가씨는 모후를 닮은 걸까, 아니면 부황을 닮은 걸까? 안목이 어쩜 이리 좋담. 어릴 때부터 평생 자기를 등 뒤에 숨겨 줄 사내를 찾아내다니."

비연은 뻔뻔하게 군구신의 손을 잡고 웃으며 말했다.

"태부의 안목이 좋지요. 태부가 마음에 들어 한 이상 결코 틀릴 리 없잖아요!"

영 부인 역시 비연을 친딸처럼 생각하고 있었기에 허물없이 흘겨보았다.

"부끄러운 줄도 모르고!"

비연은 부끄러워하지 않았고, 오히려 군구신이 민망해하며 고개를 돌렸다. 그러나 그의 입가에도 웃음기가 배어 나오고 있었다.

곁에 있던 정역비는 부끄러워하는 군구신을 보고 경악한 듯 눈을 휘둥그렇게 떴다.

그는 본래 다행이라고 생각하고 있었다. 비연이 다른 여자들처럼 짝사랑을 하지 않아도 되어서, 정왕 전하의 총애를 얻을 수 있어 정말 다행이라고. 그러나 이 상황을 보니 그는 그런 생각을 할 필요가 없었던 모양이다. 그들 두 사람은 분명 소꿉친구였고, 정왕 전하가 비연에게 품은 마음이 더 깊어 보였다.

영 부인은 비록 얄밉다는 표정을 지으면서도 비연을 끌어당겨 위아래로 살펴보았다. 그리고 마지막으로 군구신을 바라보며 말했다.

"너무 말랐다. 잘 보살펴 주도록 해라. 아니면 네 임무는 끝난 것이 아니다!"

군구신이 대답하기 전에 당 문주가 끼어들었다.

"아니, 토실토실 살찌운다 해도 끝나는 게 아니지!"

그러고는 군구신을 바라보며 물었다.

"안사람이라? 하하, 우리 형이 딸을 너에게 짝지어 주겠다고 승낙했더냐?"

중요한 것은 현한보검

당 문주도 군구신을 찾아 기쁘긴 했지만, 이 순간 그가 군구신을 보는 심정은 정역비를 보는 것과 마찬가지였다.

그가 계속 말했다.

"고북월이 너를 지켜 줄 거라 생각지 마라. 감히 일부터 저지르고 보다니. 말해 두는데, 이 일은 고북월은 물론이고 형수도 너를 비호하지 못할 것이다. 형은 결코……."

그가 말을 끝내기도 전에 영 부인이 그의 입을 막았다. 다른 사람은 어떤지 모르겠으나 영 부인은 아내 된 입장에서, 당 문주가 곱게 키운 배추를 빼앗기는 심정이 된 것을 참을 수 없었을 것이다.

영 부인이 말했다.

"세 사람이 군대의 일로 상의할 게 있는 모양이니 우리 둘은 방해하지 않도록 하죠. 연아, 한가해지면 숙모 있는 곳으로 오너라. 숙모와 얘기를 나눠야지."

말을 마친 그녀가 당 문주의 입을 막은 채 그의 팔을 잡아당겨 끌고 나갔다. 비연이 키득거리기 시작했다. 그녀는 군구신에게 정역비와 얘기 나누라 하고 그들을 쫓아 나갔다.

군구신은 코를 문지르며 침묵했다. 원래 조금 민망한 정도였으나 정역비의 이상하다는 눈빛을 받고는 마침내 난감해지고 말았다. 그는 바로 벽에 붙은 지도를 바라보며 화제를 돌렸다.

"원화성을 얻는 데 시일이 얼마나 필요할 것 같나?"

정역비가 바로 아무 일도 없었다는 듯 성큼성큼 걸어가 공손하게 대답했다.

"해 장군은 부상을 입었으니 광안성에 있을 겁니다. 지금 그의 수하에 대장으로는 포 장군만 남았습니다. 제가 보기에 해 장군은 온 힘을 다해 병력을 모으며 원화성을 지키려 할 것입니다. 동시에 서둘러 광안성을 떠나려 하겠지요. 어쩌면 이미 철수 중인지도 모릅니다. 우리가 원화성을 총공격하면 최대 한 달이면 점령할 수 있겠지만 만진국 황제를 잡기는 어려울 것 같습니다. 저는 원화성을 공격하는 척하면서 병사를 둘로 나눠 동서 양쪽에서 포위하고, 광안성에서 나오는 동서 양쪽의 길을 모두 끊어 버리고 싶습니다. 남쪽 길만을 열어 두면 그들을 남경으로 몰아넣을 수 있겠지요."

군구신이 만족스러운 표정을 지었다.

"계속 말하라."

정역비가 다시 말했다.

"그들을 남경으로 몰아넣을 수만 있다면 현공상회와 한가보가 그들이 쉽게 지나가도록 내버려 두지 않을 겁니다. 그러면 우리 병력을 아낄 수 있을 테니, 정식으로 서쪽에 방어선을 치면 됩니다. 전하, 백초국이 이미 꿈틀거리고 있습니다. 방어하지 않으면 안 됩니다!"

정역비는 백초국을 주시하고 있었다! 사실 정역비에게 있어 만진국과의 전투는 이미 끝난 것이나 마찬가지였다. 만진국이 망하는 것은 기정사실이니, 만진국의 패잔병들과 시간을 끄느라 서쪽 변경에 방어선을 구축할 가장 좋은 시기를 놓치고 싶지 않았다.

군구신도 정역비의 분석이 옳다고 인정했다. 그러나 지금 그에게 가장 중요한 것은 백초국이 아니라 대황숙의 손에 있는 현한보검이었다. 대황숙이 수희의 손에 떨어진 이상, 그는 대황숙을 살아 있는 채로 보지 못하면 시체라도 봐야 했다!

군구신이 지도를 보며 차갑게 말했다.

"정역비, 가서 준비를 해라. 사흘 후 본 왕이 직접 너와 함께 원화성을 공격할 것이다. 사흘 내로 원화성에 입성하고, 병사들을 이끌고 광안성으로 간다!"

정역비가 경악했다.

"전하……."

군구신이 눈썹을 치켜올렸다.

"반대하나?"

정역비가 바로 읍하며 말했다.

"감히 그럴 리가 있겠습니까!"

엿새. 엿새 만에 원화성을 공략하고 광안성까지 공격할 수 있다면 백리 황제와 해 장군 일행을 사로잡을 수 있을 것이다. 그렇게 되면 남하할 필요도 없이 일망타진할 수 있다!

정역비는 정왕과 함께 전장에 나가 본 적이 없었다. 그러나 그는 정왕 전하가 한번 말하면 반드시 지킨다는 걸 알고 있었다!

정왕 전하가 직접 병사들을 이끌고 전장에 나간다면, 그 결과는 분명 무척 아름다울 것이다! 정역비는 비할 데 없이 기대하고 있었다!

"명을 받들겠습니다!"

정역비는 잠시도 기다리지 않고 바로 물러나 준비하기 시작했다. 군구신은 비연을 찾으러 갈 생각이었으나 잠시 생각하고는 그만두었다. 그는 웃음이 새어 나와 견딜 수 없어, 잠시 군영에 앉아 있다가 문밖으로 나갔다. 그리고 적당한 장소를 찾아 건명검법을 연습하기 시작했다.

비록 잡스러운 일들이 많았지만, 그는 아무리 바빠도 매일 시간을 내어 검을 연습했다. 건명검보의 첫 단계는 그에게 있어 식은 죽 먹기였다. 그는 매우 순조롭게 실력이 늘어나는 중이었다. 며칠 후면 '유아유검' 경지 수련이 끝날 예정이었다.

이때 비연은 막사 안에서 영 부인과 얘기를 나누고 있었다. 영 부인은 탁 트인 성격으로, 정역비가 과거 비연을 좋아했었다는 걸 알면서도 숨김없이 비연에게 사실을 이야기해 주었다.

비연도 사소한 것에 구애받는 성격이 아니었다. 그녀는 명랑하게 웃으며 놀리듯 말했다.

"당정 언니가 정말 잘 떠났어요! 영원히 돌아오지 않는 게 좋을 것 같아. 나도 정역비, 그 녀석이 언니를 찾으러 가는지 한번 지켜봐야지!"

비연은 자신이 정역비를 꽤 잘 이해하고 있다고 자부했다. 다른 것은 말할 것도 없고, 정역비가 당정을 군대에 그리 오래 머물게 한 것만 봐도 당정에 대해 다른 마음을 품고 있는 게 분명했다! 그게 아니라면 정역비처럼 제멋대로 구는 성격에, 아무리 당정과 무슨 일이 있었다 해도 당정에게 끌려가기만 하지는 않았을 것이다!

그가 한번 받아들이지 않기로 마음먹으면, 그 누구도 억지로 받아들이게 할 수 없었다! 그게 그 자신일지라도!

영 부인은 당정이 몸의 빚은 몸으로 갚는 법이라 말해 정역비를 분노하게 했다는 사실을 알지 못해, 잠시 생각하다가 속삭였다.

"연아, 나중에 정왕에게 말해 두렴. 전쟁이 끝나면 정역비에게 휴가를 좀 주라고 말이다!"

비연이 키득거렸다.

"알겠어요. 꼭 그렇게 하겠어요!"

영 부인이 다시 말했다.

"정역비, 그 녀석은 꽤 괜찮은 녀석이야. 내 눈이 틀렸을 리 없지. 다만 마음속 고비를 넘고 자신을 볼 수 있을지는……. 어미로서는 당정이 너무 힘들지 않았으면 좋겠구나."

영 부인과 비연이 막 이야기를 끝냈을 때 당 문주가 들어왔다. 두 사람은 눈치 빠르게 당정 이야기를 그만두었다.

당 문주는 비연에게 걱정을 늘어놓기 시작했다. 영 부인은 답답했지만 비연은 그 잔소리가 달콤한 엿이라도 되는 것처럼 좋기만 했다. 어른이 이렇게 자신을 걱정하고 아껴 주는 것도 복이었다. 이 복은 그녀가 쌓은 것이 아니라 부황과 모후가 남겨 준 것이었다. 사실 세상에 자식으로 태어난 이 중에 이러지 않은 경우가 어디 있겠는가. 복은 모두 부모에게서 받는 것이다.

당 문주가 계속 분노를 가라앉히지 못하고 걱정을 늘어놓는 모습이며, 영 부인이 불만스러운 얼굴로 노려보는 모습을 보자 비연은 저도 모르게 부모를 떠올렸다. 부황과 모후는 그녀의 혼사에 대해 이런 반응을 보이지는 않을 것이다. 그러나 그들이 대체 어떤 반응을 보일지는 그녀도 상상할 수 없었다. 특히 부황은!

비연은 당씨 부부와 하루 종일 함께 있었다. 원래 좀 더 함께 있으려 했지만 당씨 부부가 먼저 작별을 고했다. 그들은 오래 머물 수 없는 상황이었지만 비연과 군구신을 만나기 위해 무리를 했다고 했다.

작별할 때가 되자 당 문주가 모두 앞에서 비연을 제 옆으로 끌어당겼다. 그리고 의미심장한 목소리로 말했다.

"연아, 아직 혼례에서 끝내지 않은 예절이 있다고 들었다. 이치대로라면 너는 저 녀석과 한 방에 들면 안 된다. 내가 너에게 일깨워 주지 않았다고 탓할 생각은 마라. 장래에 네 부황이 얼음을 깨고 나왔을 때 네가 저 녀석의 애를 안고 있으면 분명 분노할 것이다! 네 부황이 분노하면 네 모후도 두려워한다! 그때 네가 두려울지 두렵지 않을지 잘 생각해 보거라!"

비연이 입가를 실룩였다. 정말 뭐라 답해야 할지 알 수 없었다. 그러나 그녀는 무의식적으로 제 배를 쓰다듬고 있었다.

영 부인이 재촉하자 당 문주는 겨우 떠났고, 비연은 속으로 안도의 한숨을 쉬었다.

그들이 떠난 후 군구신이 물었다.

"당 문주가 방금 무슨 말을 한 거지?"

비연이 다시 저도 모르게 배를 어루만지며 말했다.

"별말 아니었어."

군구신은 지금까지 그녀를 압박한 적이 없었다. 비연이 말하지 않자 그도 그 이상 묻지 않았다.

당씨 부부가 떠난 후 비연도 마음을 가라앉히고 계속 마음을 수련하고 검을 연습했다. 군구신과 정역비는 전쟁의 마지막 준비를 하고 있었다.

만진국 황도에서는 수희가 해 장군 병상 옆에 홀로 앉아 있었다. 해 장군은 중상을 입은 데다 고질병까지 발작해 침상에서 내려오지 못하고 있었다.

수희는 방금 해 장군과 다툼을 벌였고, 해 장군은 눈을 감은 채 숨을 헐떡거렸다. 수희가 조용히 그런 그를 바라보았다. 그녀의 눈에 살의가 스쳐 가고 있었다…….

완벽한 계획이라 자부하다

해 장군은 중상을 입은 데다 고질병까지 발작하여 몸이 버티기 어려운 상황이었다. 게다가 전장에서 패했다는 소식이 계속 날아드는 바람에 울화마저 쌓여 자리에서 일어나지 못하고 있었다.

그러나 이 모든 것은 수희의 한마디가 준 타격에 비하면 별 것 아니었다. 수희는 해 장군의 전략을 지적하고, 만진국이 패한 책임을 전부 그에게 떠넘겼다.

고요한 방 안, 해 장군이 화가 나서 눈을 감고 있었다. 수희와 더는 말을 섞고 싶지 않은 것 같았다. 그가 축객령을 내렸지만 수희는 떠날 생각이 없는 듯 계속 앉아 있었다.

한참 후, 해 장군이 천천히 눈을 떴다. 수희가 갔다고 생각한 그는 길게 탄식한 후 일어나 앉았다. 그러나 몸을 돌리는 순간 자신을 응시하고 있는 수희를 보게 되었다.

"너!"

해 장군은 이유 없이 불안해졌다.

"어, 어째서 아직 가지 않고!"

그는 수희에게 대답할 기회도 주지 않고 큰 소리로 외쳤다.

"여봐라! 거기 누구 없느냐!"

수희는 평온한 표정으로 해 장군이 고함을 지르게 내버려 두었다. 해 장군이 안색이 변하더니 고함도 점차 작아졌다.

"너, 이 계집애, 이게 무슨……?"

이곳은 해 장군의 저택이었다. 그러나 그가 고함을 질러도 아무도 오지 않았다. 저택 전체가 제어당하고 있거나 이 저택 안 사람들이 모두 매수당했다는 의미였다.

어느 쪽이건 그에게는 의아한 일이었다. 막 돌아온 수희가 어찌 이리 빨리 손을 쓸 수 있단 말인가. 분명 예전부터 흑심을 품고 그의 병권을 앗을 생각을 하고 있었을 것이다.

수희가 살며시 미소 지으며 말했다.

"별 의미 없어요. 한참 생각해 보니 해 장군 말이 맞더군요. 이렇게 중요한 때에 누가 옳고 그른지 말한들 무슨 소용 있겠어요? 소를 잃었더라도 어서 외양간 고칠 방법을 생각해서 나라 잃은 백성이 되지 않는 게 낫겠지요."

예전이었다면 해 장군은 수희의 이 말을 듣고 무척 기뻐했을 것이다. 그러나 지금은 자리에서 일어날 수 없고, 고함을 치는 것조차 힘든 상황이었다. 여기에 수희의 말을 들으니 더욱더 두려워졌다. 그는 멍하니 수희를 바라보다 잠시 후 피를 토했다.

수희가 차가운 눈으로 바라보며 웃었다.

"어머, 어찌 그리 급하신지. 내가 말했잖아요. 장군님을 탓하지 않는다고."

해 장군이 고개를 저었다.

"수희, 어찌 이리 변한 게냐! 너, 그 건명검은 얻은 게야? 혁소해 그들은?"

수희의 눈가에 불쾌한 빛이 스쳐 갔다. 그녀는 대답하지 않고 바로 본론으로 들어갔다.

"해 숙부, 병부를 제게 주세요. 옥인어 12군을 움직여 광안성을 지키겠어요!"

이 말을 들은 해 장군이 격노했다.

"뭐라고!"

수희가 몸을 일으키더니 한 글자 한 글자 다시 말했다.

"해 숙부의 병부를 제게 주세요. 옥인어 12군을 움직여 광안성을 지킬 테니까!"

해 장군이 사납게 일어나 앉아 손가락으로 수희를 가리켰다. 그녀의 코를 찌를 기세였다.

"꿈도 꾸지 마라! 네 이미 만진국을 망쳐 놓지 않았느냐. 다시 우리 옥인어족까지 망칠 생각은 꿈도 꾸지 마라!"

옥인어 12군은 인어족 열두 부대로 이루어진 정예병으로, 한 부대에 서른 명, 모두 합해 300여 고수로 이루어져 있었다. 12군이 모두 출병하면 정예군을 상대할 수 있었다. 이 12군은 만진국뿐 아니라 옥인어 일족을 수호하기 때문에 호족군이라 불리고 있었다.

일족의 생사와 관련한 위기가 아니라면 절대로 이 12군을 움직여서는 안 된다는 게 불문율이었다. 일단 이들을 움직이면 온 천하에 옥인어족의 신분을 폭로하는 거나 마찬가지였기 때문이다.

옥인어가 만진국을 세운 지는 10년이 채 되지 않았다. 만진국을 잃는다 해도 옥인어 일족에게는 그저 세속의 권세를 잃는 것에 지나지 않았다. 설사 광안성이 함락된다 해도 옥인어 일족이 전부 도망칠 수 있는 한 옥인어 12군을 움직일 상황은 아니었다!

삼전하는 이 군대를 딱히 관리할 마음이 없어 선제에게서 병부를 빼앗은 후 둘로 나눠 그와 수희에게 나눠 주었다. 옥인어 12군은 바로 그 병부로만 움직일 수 있었다. 그가 가진 병부 반이 수희에게 넘어가면 수희는 정말 욕심대로 할 수 있을 것이다!

해 장군이 분노로 손까지 떨며 말했다.

"꿈도 꾸지 마라! 절대로! 설사…… 설사 삼전하께서 재난을 당하셨다 해도 우리 옥인어 일족이 네 몫이 되는 것은 아니야!"

그의 반응을 이미 예상하고 있던 수희는 여전히 웃고 있었다. 사랑스러운 얼굴에 떠오른 잔잔한 웃음기는 온갖 세상의 풍파를 담고 있었지만, 해 장군이 보기에는 그저 음험하고 잔인해 보이기만 했다.

수희가 입을 열었다.

"해 숙부, 삼전하께서는 절대 재난을 만나시지 않았어요. 전하께서 돌아오시기 전에 제가 대신 일을 처리하는 것뿐이에요. 어쨌든 제가 숙부보다 전하를 좀 더 잘 알고 있으니까요. 병부를 주시면 숙부는 천수를 누리실 수 있을 거예요. 병부를 주시지 않겠다면, 저도 대국을 위해 악인이 될 수밖에 없어요."

해 장군은 대답하지 않고, 이불에서 장검을 뽑아 수희에게 덤벼들었다. 그러나 그의 부상이 너무 심하고 병도 깊어 결국 제대로 찌르지 못했다.

수희는 한 손으로 그의 장검을 떨어뜨리고 다른 손으로 비수를 뽑아 바로 해 장군의 심장을 찌른 다음 사납게 뽑았다! 찰나의 순간, 선혈이 사방으로 튀어 오르며 침상이 온통 피로 젖었다.

해 장군은 자신의 죽음을 예감하고 있었으나 정말로 그 순간이 되자 경악했다. 그는 이해할 수 없다는 듯 수희를 바라보고 또 바라보다가 손을 늘어뜨렸다. 온몸의 힘이 빠지는가 싶더니 마지막까지 걸려 있던 숨마저 끊어졌다! 그는 숨을 쉬지 못하게 된 상황에서도 여전히 눈을 크게 뜬 채였다.

거대한 침실이 다시 조용해졌다. 수희의 얼굴에 있던 웃음기도 그대로 굳어 버렸다. 잠시 후 그녀가 정신을 차렸을 때, 그녀의 손에 들려 있던 비수가 홀연히 바닥으로 떨어졌다. 그녀는 자신이 해 장군을 죽일 거라는 사실을 알고 있었지만, 정말로 이 순간이 오니 두려웠던 것이다.

해 장군을 죽였다!

그녀가 몸을 돌리고 심호흡을 시작했다.

자, 이제 어떻게 해야 할까?

그녀는 생각하고 또 생각하다가 갑자기 웃기 시작했다.

생각은 무슨! 오기 전에 이미 생각해 두었으면서! 축운궁주에게 충성을 맹세한 이상, 그녀에게는 퇴로가 없었다. 퇴로가 없는 사람이 무엇을 두려워한단 말인가!

수희가 몸을 돌렸다. 해 장군의 시신을, 침상을, 그리고 방 안의 상자며 옷장까지 모두 뒤졌다. 마침내 옷장 안 숨겨진 공간에서 그녀가 바라던 물고기 꼬리 모양의 병부 절반을 얻었다!

그녀는 자신의 병부를 꺼내 맞추어 본 후, 진품임을 확인하고 기뻐했다. 이 병부가 있으면 옥인어 12군을 움직일 수 있었다. 옥인어 12군과 만진국에 남은 병력 전부를 이용해 광안성을 지키는 동시에, 현한보검을 가지고 북강으로 가서 비연과 군구신을 유인할 생각이었다.

군구신과 비연이 전장에서 북강까지 가는 데는 한 달 반 정도 걸릴 것이다. 옥인어 12군이 한 달 반만 버텨 준다면 그녀가 승리할 수 있었다! 축운궁주가 기다리고 있는 한 비연과 군구신은 돌아올 수 없을 것이다!

천염국의 어린 황제는 아무 쓸모가 없고, 정역비가 승복한 것도 비연과 군구신뿐이다. 비연과 군구신이 수희 그녀 손에 떨어지기만 하면 천염국의 대군을 천염국 영토 내로 철수하게 할 수 있을 것이다. 그녀는 만진국을 완벽한 상태로 삼전하께 돌려드릴 것이다!

수희는 자신의 완벽한 계획에 잠겨 있었다. 그녀는 심지어 삼전하가 자신에게 포상을 내리기를 기대하고 있었다. 그녀는 그가 내리는 다른 상은 원하지 않았다. 그저 그가 만족스러운 눈길로 웃어 준다면, 진심으로 만족해 주기만 한다면 다른 것은 아무래도 괜찮았다.

해 장군 저택은 예전부터 수희의 사람들로 가득 차 있었다. 그녀는 해 장군이 부끄러움을 이유로 자살한 것으로 위조하고, 전쟁 중이라는 이유로 장례를 간단히 치르기로 했다. 바로 다음 날 해 장군을 매장할 생각이었다.

군구신이 직접 대군을 이끌고 원화성을 공격하고 있다는 소식이 들어왔다. 수희는 병부를 지닌 채 황궁을 나가 직접 옥인어 12군을 모으려 했다.

그녀가 궁문 앞에 도착했을 때, 등 뒤에서 시위의 목소리가 들려왔다.

"수 장군, 발걸음을 멈추십시오! 삼전하께서 돌아오셨습니다!"

그가 중요하게 여기는 것

삼전하께서 돌아오셨다고?

수희가 발걸음을 멈추고 의아한 표정으로 돌아보았다. 그녀는 자신이 환청을 들었다고 생각했다. 그러나 시위가 빠른 걸음으로 쫓아오더니 숨을 헐떡이며 보고했다.

"수 장군, 삼전하께서 돌아오셨습니다. 지금 심화궁에서 기다리고 계십니다……."

수희가 재빨리 말을 끊고 기쁜 목소리로 물었다.

"그게 정말이냐!"

그녀는 기쁜 나머지 정신이 없어 이리 물었다. 시위가 감히 이런 일로 그녀를 속일 리 없다는 걸 잘 알면서도!

시위가 연신 고개를 끄덕였다.

"정말로 돌아오셨습니다. 제가 어찌 함부로 거짓을 고하겠습니까! 삼전하께서 방금 도착하셨고, 수 장군을 만나고 싶어 하십니다."

수희가 빠르게 정신을 차리고 다시 물었다.

"다른 말씀은 없으셨고?"

시위가 솔직하게 답했다.

"없었습니다."

그녀는 일단 많은 것을 생각할 여유가 없어 다급하게 물었다.

"안녕하시더냐?"

"겉으로 보기에는 안녕해 보이셨습니다. 다만 기분이 아주 좋지 않으신 듯하여…… 저는 감히 더 이상 여쭐 수 없었습니다."

"안녕하시다니 됐다, 됐어!"

수희는 너무 기뻐 다른 일에는 관심이 없었다. 그녀는 두말없이 심화궁을 향해 걷기 시작했다. 그녀는 삼전하가 수로를 통해 막 도착했고, 만진국의 사정에 대해서는 아직 알지 못하리라 생각했다.

그녀는 스스로 만진국의 강토를 되찾아 삼전하에게 기쁨을 안겨 주고 싶었으나, 그보다는 삼전하가 돌아와 직접 전장을 지휘할 수 있기를 바라고 있었다. 처한 상황이 어떠하건, 그가 하루라도 빨리 돌아온다면 그녀는 하루라도 더 그를 보는 행복을 누릴 수 있기 때문이었다.

예전에는 그와의 거리가 멀었지만, 지금은 그의 곁에 믿고 쓸 수 있는 수하라고는 그녀 한 명뿐이었다. 그녀는 이제 예전보다 훨씬 가치 있는 존재가 되었다.

수희는 총총히 걸어갔다. 당장이라도 마음에 둔 사람을 만나고 싶어 안절부절못하면서도 특별히 화장을 하고 예쁘게 꾸미는 것도 잊지 않았다.

그녀는 가슴까지 올라오는 붉은 치마를 입었다. 옷섶이 낮게 파여 한 쌍의 높은 봉우리가 슬며시 들여다보이는 게 무척 육감적이었다. 그 누구라도 지금 그녀를 본다면 온갖 생각이 모락모락 피어오를 것이다. 수희는 막 문밖으로 나오려다 거울을 한번 봤다. 그녀의 입매에 웃음기가 더욱 짙어졌다.

심화궁 안, 백리명천은 후원 온천에 몸을 담근 채 눈을 감고 있었다. 그는 온천 가에 두 팔을 양옆으로 펼치고 기댄 채 고개를 들고 있었다. 몸의 반은 물에 잠겨 있었지만 반은 드러나 있었다. 단단한 가슴과 정련된 배의 근육, 넓은 어깨와 좁은 허리…… 거기에 그 사악해 보일 정도로 아름다운 얼굴이 더해지니 그야말로 인간계의 걸출한 미남이었다. 여자는 말할 것도 없고 남자가 보더라도 혹할 수밖에 없을, 그런 매력적인 모습.

수희의 마음은 기쁨으로 가득 찼다. 그녀가 총총히 달려와 온천 옆에 멈춰 섰다. 시선은 백리명천의 육감적인 가슴에 못 박힌 채였다. 어느새 호흡마저 무거워지고 있었다.

희망이 생겼기 때문일까? 그래서 순식간에 터무니없는 생각을 하게 된 걸까? 그와 함께 오랜 세월을 보낸 만큼 그의 이런 모습을 몇 번이나 보았는지 셀 수도 없을 정도였지만, 지금 이 순간은 그 어느 때보다도 특별했다.

수희가 응시하는 가운데 백리명천이 그 가늘고 긴 눈을 떴다. 그의 눈빛에는 평소와 같이 나른한 미소가 어려 있었다. 그는 침착하게 허리를 세워 앉아 그 매력적인 허리선을 드러냈다.

그가 싱긋 웃으며 물었다.

"수 장군, 본 황자의 몸은 충분히 감상하셨나? 마음에 든 모양이지? 다른 부분도 보고 싶나?"

수희가 귀까지 새빨개진 채로, 그러나 여전히 요염하게 웃으며 말했다.

"삼전하께서 원하신다면 노비는 사양하지 않겠습니다."

백리명천은 아무 말도 하지 않았다. 그러나 그의 입가의 웃음기는 더욱 깊어지고 있었다. 그는 온천 가에 기댄 채 나른한 시선으로 그녀를 바라보았다.

수희는 온천으로 들어가 한 걸음 한 걸음 백리명천에게 다가갔다. 그리고 그의 앞에서 멈췄다.

수희는 삼전하의 이런 방탕한 태도에 익숙했다. 그녀는 그가 진심이 아니라는 걸 분명히 알면서도 마음속의 갈망을 참을 수 없었다. 사치스럽다는 걸 알면서도 단 한 번 특별한 뭔가를, 놀라운 기쁨을 원하고 있었다.

그녀는 물 아래에서 옷의 띠를 풀기 시작했다. 그러나 바로 그 순간, 백리명천이 갑자기 손을 뻗어 그녀의 목을 조르기 시작했다. 이제 그의 얼굴에 웃음기라고는 보이지 않았다. 대신 존재하는 것은 놀라울 정도로 차가운 잔혹함이었다. 그가 두 눈을 가늘게 뜨고 냉랭하게 말했다.

"대담하더구나! 해 장군을 죽이다니! 본 황자가 정말 바보로 보였던 모양이지?"

목을 조르는 힘이 너무나 셌기 때문에 수희는 아무 말도 할 수 없었다. 그래, 그는 바보가 아니었다.

수희는 경악했다. 그를 오래 속일 수 없다는 건 알았지만, 돌아오자마자 사실을 알게 되리라고는 생각지 못했던 것이다!

그녀는 계속 손짓하며 용서를 빌었다. 백리명천은 미동도 하지 않다가 수희의 숨이 끊어지기 직전에야 손을 놓았다. 수희의 몸 전체가 뒤로 나동그라지며 물에 빠졌다. 그녀가 인어족이 아니었다면 분명 물속에서 숨이 끊어졌을 것이다.

그녀는 한참 후에야 수면 위로 올라와, 여전히 헐떡거리며 말했다.

"삼전하, 노비가 해 장군을 죽인 것은 맞습니다. 하지만 노비에게도 그럴 만한 사정이 있었습니다! 삼전하, 제 변명을 들으신 후에도 계속 저를 죽이고 싶으시다면, 삼전하께서 손을 더럽히실 필요 없이 제 스스로 목숨을 끊겠습니다!"

백리명천의 얼굴은 놀라울 정도로 차가웠다. 그가 말했다.

"본 황자에게 솔직하게 털어놓는 게 좋을 거다. 그게 아니라면 본 황자가 너를 살아도 죽느니만 못하게 만들어 줄 테니 말이다!"

수희는 겨우 안도의 한숨을 내쉬었다. 영리한 그녀는 패전 책임을 해 장군에게 미루지 않았다. 대신 솔직하게 자신이 기씨, 소씨 가문과 협력한 진정한 목적과 군구신, 승 회장 일행의 진짜 신분이며 자신과 축운궁주의 관계를 이야기했다.

"삼전하, 노비가 천염국의 병력을 너무 낮춰 보는 실책을 저질렀습니다. 그러나 지금 저에게 현한보검이 있으니, 비연과 군구신을 북해로 유인하면 이 전쟁은 물론이고 전하와 그들 부부 사이의 빚도 갚고, 모두 전하께서 승리하시게 됩니다! 삼전하, 노비는 전하께서 결코 다른 이 아래 무릎 꿇으실 분이 아니라는 걸 알고 있습니다. 노비가 축운궁주에게 복종을 맹세한 것 역시 전하께서 신력을 얻으시도록 하기 위함입니다! 우리 옥인어족이 바다에 들어가지 않는 것은 북해 아래 건명력이 봉인되어 있기 때문만이 아니라, 옥인어족에게 속한 힘이 있기 때문입니다! 삼전하, 전하의 사부도 군구신 일행과 한패니 믿을 수 없습니다. 노비가 이미 계획을 세웠습니다. 부득이하게나마 옥인어 12군을 움직이려 했는데, 해 장군이……."

수희의 말이 계속 이어지는 가운데 백리명천은 침묵에 빠져들었다. 이 순간 그는 만진국이나 전쟁에는 관심이 없었고, 누가 잘못했는지 따질 생각도 없었다. 그는 심지어 옥인어가 바다에 들어가면 안 되는 진정한 원인이나 자신이 겪은 것에 대해서도 생각할 겨를이 없었다.

한참 후, 그가 중얼거리듯 말했다.

"……군구신이 운공대륙 대진국 태부의 양자고, 연 공주의 죽마고우라고?"

수희는 무척 놀랐다. 삼전하가 무엇 때문에 다른 모든 것을 제쳐 두고 이 일에 관심을 보이는지 알 수 없었던 것이다.

그녀가 살짝 멍한 표정으로 굳어 있는 걸 보고 백리명천이 다급하게 외쳤다.

"말하라!"

수희가 더욱 의아해하면서도 서둘러 대답했다.

"예! 축운궁주의 추측이 아마 틀리지 않을 겁니다. 그들은 분명 빙해의 비밀 때문에 왔을 테고, 고 영감도 그들의 동료입니다. 고 영감이 전하께 접근한 것도 분명 속임수가 있을 겁니다!"

백리명천이 수희를 바라보며 다시 물었다.

"그렇다면 비연은?"

수희는 여전히 영문을 모르면서도 재빨리 대답했다.

"정왕에게 시집간 걸 보면 그들의 신분을 아는 게 분명합니다. 진지하게 말씀드리자면, 정왕은 아주 박정한 남자입니다. 연 공주가 참혹하게 죽었는데, 그 원한을 갚기도 전에 새로 아내를 들이다니 말입니다."

백리명천은 더 이상 묻지 않았다. 그의 눈빛이 점차 복잡해졌다. 그는 자신이 북해안에서 들었던 말들을 떠올렸다. 비연이 두 눈 가득 눈물을 머금고 하던 그 말들을. 그는 이렇게 아무 예고도 없이 비연의 신분을 알게 된 것이다!

왠지는 알 수 없었지만 마음이 갑자기 답답해졌다. 백리명천은 한참 후에야 중얼거렸다.

"죽마고우면 뭐 어떻다고? 대진국 공주인 게 또 뭐 어때서? 고 영감이 비호한다 한들 그게 또 무슨 문제지? 본 황자에게 빚을 졌으면 똑같이 갚아야지! 본전은 물론이고 이자까지 모두 갚게 해 줄 테다!"

수희는 백리명천이 뭐라 중얼거리는지 알아들을 수 없어 조심스럽게 물었다.

"삼전하, 뭐라 하셨어요?"

백리명천은 눈썹을 치켜세운 채 오래도록 아무 말도 하지 않았다.

그가 무슨 말을 할 수 있을까?

그녀의 이름은

백리명천은 기본적으로 상황을 파악했다. 그러나 수희에게 알려 줄 마음은 없었다. 수희가 직접 해 장군을 죽였다는 사실을 알았을 때 그녀를 곁에 남기지 않기로 이미 마음먹었다.

이렇게 제멋대로 굴며 온 천하 사람들에게 그를 웃음거리로 만든 여자였다. 이제 그녀에게 눈길조차 한 번 더 줄 생각이 없었다. 수희가 축운궁주에 관련한 이야기를 하지 않았다면 이미 그녀를 죽였을 것이다.

수희의 질문에는 대답하지 않고 백리명천은 온천 가장자리에 나른하게 기댄 채 계속 물었다.

"대진국 공주가 이미 죽었다……. 그게 사실인가?"

수희는 본래 겁에 질려 있었지만, 주인의 이런 모습을 보자 어느 정도 안정을 되찾을 수 있었다. 그녀는 자신이 안전해졌을 뿐 아니라 주인이 그녀가 계획한 일에 상당히 관심을 보인다는 사실도 깨달았다. 어떤 사정이건 주인에게 흥미만 불러일으킬 수 있다면 모든 것은 다 잘될 것이다.

그녀는 재빨리 대답했다.

"확실합니다. 그들이 빙해의 그 힘 때문에 죽지 않았다 해도, 아마 독에 감염되어 죽었겠지요! 게다가 대진국 공주가 아직 살아 있다면 어찌 군구신이 다른 사람과 혼인하게 내버려 두었겠어요?"

백리명천이 생각에 잠긴 듯 고개를 끄덕이며 물었다.

"그녀의…… 이름은 무엇이지?"

수희는 순간적으로 백리명천이 누구를 이야기하는지 알아듣지 못했다.

"누구 말씀이신지요?"

"대진국 공주."

수희가 재빨리 대답했다.

"헌원연입니다!"

"헌원연…… 헌원연……."

백리명천은 몇 번이고 반복해 중얼거리다가 이어 말했다.

"소오는 이미 죽었고, 혁소해와 기욱은 지금 어디 있지?"

수희가 답했다.

"그날 도망쳤습니다. 다만, 그들 모두 비연의 독에 당했으니 분명 좋지 않은 상황일 가능성이 높습니다."

백리명천이 웃었다.

"군구신에게 있어 그 두 사람은, 죽었다면 시체라도 꼭 보아야 할 상대겠지? 맞아, 그 요 이모도 군구신의 손에 떨어졌다고?"

수희가 고개를 끄덕였다.

"예, 요 이모는 이미 축운궁주에게 버림받았습니다."

백리명천이 다시 말했다.

"기세명도 군구신에게 잡혔고……."

수희는 이 순간에야 백리명천이 자신과 얘기를 나누는 게 아니라 혼잣말을 하고 있음을 깨달았다. 그녀는 도무지 이해할 수 없었다. 대체 이런 일에는 왜 관심을 가지시는 걸까? 북해에 숨겨져 있는 그 힘이나 3대 신력, 축운궁주의 내력 같은 것에 좀 더 관심을 보이셔야 하는 것 아닌가?

백리명천이 그 이상 중얼거리지 않는 걸 보고 수희가 애틋하게 물었다.

"삼전하, 환해빙원에서는 어떻게 도망치신 건가요? 최근 어떻게 보내셨는지요? 어째서 돌아오지 않으셨어요? 저는 전하를 계속 찾았는데…… 전하께 무슨 일이 벌어진 건 아닌가 하고……."

그녀의 말이 끝나기도 전에 백리명천이 큰 소리로 웃더니 놀리듯 물었다.

"본 황자에게 무슨 일이 있었다면 너는 어찌했겠느냐?"

수희는 머뭇거리지 않고 대답했다.

"절대로 살아남지 않았을 겁니다!"

그녀는 거짓말을 하고 있지 않았다. 그녀가 백리명천에게 한 모든 말은 진심에서 우러나온 것이었다. 그러나 안타깝게도 그녀는 모르고 있었지만, 본래 그녀를 완전히 믿던 백리명천은 오늘부로 그 믿음을 전부 버린 상태였다.

"살아남지 않았을 것이라?"

백리명천은 싱긋 웃더니 수희의 턱을 들어 올려 그녀의 요염한 얼굴을 들여다보았다. 그리고 뭔가 다시 말하려는 듯하면서도 한참 동안 입을 떼지 않았다.

그의 시선을 받은 수희의 표정이 몹시 부드러워졌다. 그녀의 눈빛이 애처롭게 그와 마주 보았다. 이 아름다운 순간, 시간을 그대로 멈추고 그를 영원히 놓아주지 않을 수 없다는 것이 안타까운 눈빛이었다.

그녀는 평생 처음으로 그에게 어떤 충동을 느끼고 있었다. 그의 품에 기대고 싶은 충동, 그에게 입을 맞추고 싶은 충동……. 동시에 그녀는 자신의 충동에 경악하고 있었다. 과거에는 감히 상상조차 하지 못했던 감정이었기에.

그녀는 그가 풍류를 즐기는 것처럼 보여도 진짜로 여자와 접촉한 적은 없다는 걸 알고 있었다! 그녀는 그의 유일한 한 사람이 되고 싶은 사치스러운 욕망은 차마 품지 못했으나, 첫 번째가 되고 싶다는 망상은 품은 적이 있었다.

물안개 자욱한 가운데 한 쌍의 눈이 마주치며 공기마저 묘하게 흐르고 있었다. 그러나 백리명천의 한마디가 수희의 모든 환상을 깨트리고 말았다.

"내 부황마저 미혹될 정도로 이리도 아름다운데, 쉽게 죽는다면 그 어찌 아깝지 않을까?"

수희는 그제야 만진국 선제와의 그 참을 수 없는 나날을 떠올리고는 바로 눈빛이 어두워졌다. 그녀가 여릿한 목소리로 말했다.

"삼전하를 위해서라면 저는 어떤 것도 아깝지 않습니다."

백리명천이 갑자기 화제를 돌렸다.

"현한보검은?"

수희가 솔직하게 대답했다.

"제집 안에 있습니다."

백리명천이 매우 만족스럽게 말했다.

"그래, 바로 가져오도록. 그리고 병부도 가져오도록 해라."

수희가 무척 기뻐하며 물었다.

"삼전하, 그리 말씀하심은…… 축운궁주와 연맹을 맺으시겠다는 건가요?"

"물론이지!"

백리명천은 흥미롭다는 표정이었지만 또한 이렇게 말했다.

"그러나 이 전쟁에 축운궁주가 신경 쓸 필요는 없다. 본 황자가 천염국을 쓸어버린 후에 북해로 가도 늦지 않을 거다. 본 황자 대신 네가 가서 축운궁주에게 전하거라. 본 황자는 축운궁주의 아름다운 얼굴을 볼 날을 매우 기대하고 있다고!"

수희는 난감한 가운데 마침내 백리명천의 계획을 알아차렸다. 그녀는 감히 말을 얻지 못하고, 심지어 그에게 최근 어디에 있었는지조차 묻지 못하고 그저 웃으며 물러 나왔다.

수희가 떠난 후, 백리명천은 나른하던 몸을 쭉 펴고 일어났다. 그는 온몸에 실 한 오라기 걸치지 않고 있었다. 고동색 피부 위로 물방울이 맺힌 모습에서는 건강한 남성의 매력이 배어 나오고 있어, 그의 얼굴이 보여 주는 사악한 매력과는 완전히 달라 보였다.

그가 뭍으로 걸어 나가는 순간, 수희가 갑자기 되돌아왔다.

"삼전하……."

그녀의 목소리를 듣는 순간 백리명천은 바로 몸을 돌려 온천

속으로 뛰어들었다. 그 황망해하는 태도는 마치 부끄럼을 타는 아이가 다른 사람에게 몸을 보여 주고 싶지 않아 하는 것 같았다.

수희는 꽃 덤불 속에서 걸어 나오느라 방금 무슨 일이 있었는지 알지 못했다. 그녀가 되돌아온 것은 그에게 병부를 건네기 위해서였다. 그녀는 방금 자신이 병부를 지니고 있다는 사실조차 잊고 있었던 것이다.

그녀는 연못가에 꿇어앉아 두 손으로 병부를 바치며 말했다.

"삼전하, 일단 병부를 올리겠습니다. 잠시만 기다리시면 바로 현한보검을 가져오겠습니다."

백리명천은 수희를 등진 채 눈을 내리깔았다. 그의 눈빛이 음산하게 빛나고 있었다. 그는 대답 없이 손을 내저어 물러가라는 표시를 했다. 소리 없이 일그러진 입매를 보면 그는 지금 몹시 불쾌해하고 있었다.

수희가 병부를 온천 옆에 놓고 떠났다. 백리명천은 그녀가 정말 갔다는 사실을 확인한 후에야 물에서 나왔다. 그리고 실내로 들어가 사치스러운 보랏빛 옷을 입고 몸단장을 했다.

이 심화전 안을 가득 채운 물건들은 의자 하나, 탁자 하나는 물론이고 벽돌 하나까지도 모두 희귀한 보물이었다. 심지어 그의 시중을 드는 노예들까지도, 남녀를 막론하고 모두 아름다웠다.

예전에 그는 심화전에 돌아올 때마다 자신이 모아 둔 귀한 보물들을 감상하곤 했다. 그러나 이번에는 그 모든 것에 흥미를 잃은 것 같았다.

백리명천은 모든 이들을 물린 후 차를 마시며 늘 지니고 다니는 호두를 만지작거리기 시작했다. 그는 자신이 북해에 뛰어든 후의 일을 떠올리기 위해 노력했으나, 아무것도 생각나지 않았다. 그동안의 시간이 송두리째 뿌리 뽑혀 버린 것만 같았다.

진양성에서 돌아오는 길 내내 적지 않은 이야기를 들었으나, 북해에서 무슨 큰일이 벌어졌다는 이야기는 듣지 못했다.

군구신과 비연은 여전히 백새빙천을 삼엄하게 지키고 있었다. 보아하니 그들의 이런 행동은 그저 허울에 불과했다. 봉황력은 이미 주인인 비연에게로 돌아갔을 가능성이 높았다. 그렇다면 건명력과, 축운궁주가 이야기한 옥인어족에게 속한 힘은?

백리명천은 그날 화살에 맞아 상당한 피를 흘렸다. 만약 옥인어족의 피가 정말로 북해의 결계를 깨운다면 그날 그는 바다 속 결계를 파해했을 것이고, 건명력도 나타났을 것이다. 그럼 옥인어족에게 속한 힘도 함께 나타났어야 옳았다.

당시 군구신은 아직 건명보검을 얻기 전이었다. 그들에게 아무리 대단한 능력이 있다 해도 건명력을 버틸 수 없었을 것이다!

설마 건명력이, 봉황력이 전에 그랬던 것처럼 백새빙천을 배회하고 있을까? 그렇다면 옥인어에게 속한 힘은?

백리명천은 뭔가 이상하다는 생각은 들었지만, 문제가 무엇인지는 도무지 알 수 없었다…….

갚을 생각 없다

백리명천은 생각에 생각을 거듭하다가 축운궁주를 의심하기 시작했다.

축운궁주는 혁소해에게도 솔직하게 말하지 않았다. 그렇다면 수희에게도 그랬을 가능성이 높다. 그는 심지어 축운궁주가 이야기한 '옥인어족에게 속한 힘'도 수희를 속이기 위한 것일지 모른다고 생각했다.

축운궁주의 무공이 그리도 대단하건만, 계속 어두운 곳에 숨어 무엇을 꾀했던 걸까? 그녀에게는 어떤 내력이 있을까? 또 어떻게 그리도 많은 상고 시기의 비밀을 알고 있을까?

옥인어는 선조들이 구차하게 삶을 이어 주었기에 지금 살아 있을 수 있었다. 그렇다면 같은 인어족인 그녀는? 그녀의 일족은 어디에 있을까?

백리명천은 점점 더 수희를 잘 이용하여 축운궁주의 허와 실을 탐색하고, 옥인어족이 바다에 들어가서는 안 되는 진정한 비밀을 알아내야겠다고 생각했다.

그러나 이 일은 급하지 않았다. 그가 지금 가장 하고 싶은 일은 바로 군구신에게 반격을 가하는 것이었다. 그는 군구신 일행에게 그, 백리명천이 아직 죽지 않았다는 걸 알려 주고 싶었다!

백리명천은 다시 생각을 거듭하던 중에 손안에 든 호두 한

알을 바닥에 떨어뜨리고 말았다. 호두는 바닥에서 몇 번 통통 튀더니 침상 근처까지 굴러갔다.

이 호두는 고 영감이 직접 조각해 그에게 선물한 것이었다. 처음에는 옅은 누런빛이었으나, 그가 10여 년 동안 손에서 굴리다 보니 매우 진귀한 붉은빛으로 변해 있었다. 빛깔이 유혹적일 뿐 아니라 전체적으로 투명한 것이 마치 마노처럼 보였다.

백리명천은 무료할 때면 이 호두를 손에서 굴렸고, 생각할 일이 있을 때나 기분이 좋지 않을 때는 더더욱 손에서 떼지 않았다. 이 수년 동안 그가 담담한 기분을 유지할 수 없을 때, 이 호두를 만지작거리며 냉정을 되찾은 일이 얼마나 많았는지 셀 수 없을 정도였다.

예전이었다면 호두가 바닥에 떨어지는 게 아니라 가볍게 어딘가에 부닥치는 것만으로도 그는 안타까워했을 것이다. 그러나 이 순간 그는 침상 가의 호두를 바라보며 미동도 하지 않았다.

수희의 말 중 진실이 얼마나 되건, 고 영감이 승 회장과 동료인 것은 확실했다. 그들이 운공대륙에서 현공대륙으로 온 것은 빙해의 수수께끼를 풀기 위해서일 것이다. 이것만은 틀렸을 리 없었다.

그는 고 영감이 그에게 옥인어족에 대해 몇 번 물었던 걸 똑똑히 기억하고 있었다. 현공대륙의 인어족은 무엇 때문에 옥인어족만 남았는지, 옥인어족은 무엇 때문에 바다에 들어가면 안 되는지, 금인어족은 후손을 남기지 못했는지 등등.

그는 계속 고 영감이 호기심이 많다고 생각했다. 그러나 지금 보니 고 영감은 그렇게 단순한 사람이 아니었다. 처음의 만남도 우연이 아니라 그가 안배한 게 아니었을까?

고 영감은 자신이 비연을 대신해 빚을 갚겠다며 비연, 군구신과 적이 되지 말라고 했다. 그다음은? 그다음에는 그에게 어떤 명령을 내릴 생각이었을까? 고 영감은 비연과 군구신을 위해 정말로 백리명천 그와의 은의를 끊어 버릴 생각이었을까?

언제나 웃고 있던 백리명천의 눈빛이 이제 웃음기를 잃은 것 같았다. 그는 침상 가의 호두를 한참 동안 노려보았다. 마치 그것을 버려야 할지, 아니면 다시 주워야 할지 고민하는 것처럼.

그때 문밖에서 수희가 도착했다는 보고가 들렸다. 백리명천은 그제야 정신을 차리고, 성큼성큼 걸어가 침상 가의 호두를 발로 차 침상 아래로 넣었다. 그러나 손에 들려 있던 다른 한 알은 여전히 소매 속에 넣었다.

수희가 방 안으로 들어왔을 때 그는 이미 평소의 나른한 태도로 돌아와 있었다. 세상 그 어떤 일도 신경 쓰지 않는다는 듯 느릿느릿 차를 마시고 있었다.

수희가 직접 현한보검을 바쳤다. 그것은 무척 무거워 수희는 한 손으로는 오래 들고 있을 수도 없었다. 백리명천은 한 손으로 다룰 수 있었지만, 그렇다고 해서 원하는 대로 검을 움직일 수 있을 것 같지는 않았다.

그는 검집에서 검을 뽑아 몇 번 휘둘러 보고는, 생각보다 꽤 힘이 든다는 걸 발견했다. 그는 검을 사납게 벽에 꽂은 다음 살며시 검날을 쓰다듬었다. 점점 더 이 검을 손에서 떼어 놓고 싶지 않아졌다.

"좋은 물건이군. 본 황자가 검이라면 무수히 보았지만, 네가 그중에 제일이다!"

백리명천의 말이 끝나는 순간, 그의 손가락이 검날에 베이고 말았다. 핏방울이 검날에 떨어지는 순간, 곧 다시 바닥으로 방울져 떨어졌다. 의심할 바 없이 이 검날은 제게 피를 묻히지 않았다.

백리명천은 화가 나기는커녕 오히려 무척 기뻐하며 속으로 중얼거렸다.

'아주 고집이 세군! 이 정도 성격은 돼야 연아에게 어울리지. 하하, 군구신이 이 검을 보관할 능력이 없는 듯하니, 본 황자가 돌려주지 않는다고 탓하지 마라.'

백리명천은 현한보검을 받고 수희는 상대하지 않았다.

수희가 서둘러 앞으로 나와 권하듯 말했다.

"삼전하, 군구신이 직접 원화성을 공격하고 있는데, 그 전법이 몹시도 교활하고 강합니다. 포 장군은 아마 성을 지키기 어려울 듯합니다. 노비도 옥인어 12군을 움직이는 것이 커다란 금기인 줄은 알지만, 우리의 신분이 이미 상당수 사람에게 드러난 상황이니 더는 숨겨 봤자 의미가 없습니다. 삼전하께서 12군을 움직여 주십시오. 노비가 직접 그들을 통솔하겠습니다. 만진국을 위해, 그리고 전하를 위해 노비는 옥인어족 천고의 죄인이 되겠습니다!"

"천고의 죄인?"

백리명천이 웃기 시작했다.

"옥인어족의 비밀은 본 황자가 가장 먼저 폭로했지. 그렇다면 본 황자야말로 진정한 천고의 죄인이구나, 하하!"

수희가 재빨리 몸을 굽혔다.

"노비는 그런 의미가 아닙니다. 삼전하, 오해하지 마시어요!"

사실 백리명천은 그런 일에 신경 쓰지 않았다. 부황에게 오해받기 시작한 후로 수많은 것들이 그에게는 중요하지 않아졌던 것이다. 그는 수희를 상대하지 않고, 태연자약하게 생각한 바를 말하기 시작했다.

"부황께서 내가 옥인어족 전체를 팔아넘겼다는 걸 알게 되신다면 화가 나서 다시 살아나시려나? 하하, 하하하!"

수희의 눈에 안타까운 빛이 스쳐 갔다. 그녀는 속으로 자신의 실언을 자책했다. 그러나 백리명천은 바로 수희의 그런 감정까지 이미 계산에 넣고 있었다.

그가 말했다.

"가서 군씨네 대황숙을 성루로 끌고 가 공손하게 대접해 드려라! 그 늙은이랑 같이 군구신을 기다리란 말이다. 때가 되면 군구신에게 말해 주면 된다. 광안성의 문을 열고 싶으면 먼저 대황숙의 머리부터 받아야 할 거라고! 물론 그가 흔쾌히 비연을 내주기만 하면 본 황자는 대황숙을 풀어주는 것은 물론이고 이 광안성 전체도 그대로 넘기도록 하지!"

수희가 경악하여 저도 모르게 외쳤다.

"삼전하!"

백리명천은 즐거운 마음에 웃는 듯 마는 듯한 표정으로 물었다.

"왜, 그러면 안 될 이유라도?"

수희는 몹시 불만스러웠지만 결국은 감히 반대하지 못했다. 백리명천이 느긋하게 그녀에게 기대더니 그녀의 귀에 대고 속삭였다. 수희는 잠시 듣고 있다가 홀연히 깨달은 듯 기뻐하며 말했다.

"삼전하께서는 영명하십니다!"

그날 밤 수희는 대황숙을 광안성 북성문의 성루 위로 끌고 갔고, 백리명천은 비밀리에 옥인어 12군을 이끌고 수로를 통해 광안성을 떠났다. 물론 현한보검을 챙기는 것도 잊지 않았다.

수희와 심복 몇 명을 제외하면 백리명천이 광안성에 왔다는 사실을 아는 사람은 별로 없었다. 그리고 백리명천과 옥인어 12군이 어디로 갔는지는 수희만이 알고 있었다.

군구신은 제가 약속했던 대로, 사흘 만에 원화성에 주둔 중이던 포 장군을 직접 사로잡았다. 원화성을 점령한 그날 오후 그는 비연, 정역비와 함께 군사들을 이끌고 광안성으로 향했다. 그러나 그들이 광안성에서 10리쯤 떨어진 곳에 도착했을 때, 척후병이 다급하게 달려와 보고했다.

"정왕 전하, 왕비마마! 성을 지키는 사람은 수 장군입니다. 수 장군은 성을 닫고 병사들을 내보내지 않으면서…… 대황숙을 성루에 매달아 두었습니다!"

이 말을 들은 군구신 일행이 모두 깜짝 놀랐다. 그들은 수희가 해 장군을 대신해 자신들을 맞이할 줄은 상상하지도 못했던 것이다. 수희가 구려족 고묘를 탈출한 후, 무엇 때문에 계속 자신을 드러내지 않다가 마지막 순간에야 나타난 걸까?

그들이 더욱 예상하지 못했던 것은 수희의 방법이었다. 비연은 북강에서 이미 대황숙에게 매국이라는 죄명을 선언한 바 있었고, 수희도 이를 아주 잘 알고 있을 것이다. 대황숙을 인질로 삼은들 그들을 위협하지 못한다.

수희의 이런 행동은 대체 무엇 때문일까?

이 일은 내가 상대하겠어

얼마 전, 군구신과 운한각의 밀정이 같은 정보를 얻어 냈다. 백리명천이 실종된 후 해 장군과 수희가 만진국을 총괄하고 있지만 진정한 주인은 수희라는 것이었다.

천염국과 전쟁을 벌인 것은 말할 것도 없고 혁소해, 기씨, 소씨 가문과 결탁한 것도 모두 너무나 우둔한 일이었다. 그래서 군구신과 비연은 말할 것도 없고 정역비조차, 백리명천 수하의 이 수 장군은 일을 이루기에는 부족한 폐물이라고 여기고 있었다! 그런 수희가 이런 계략을 쓸 거라고는 생각지도 못해 정역비는 의아해하며 물었다.

"수 장군이 대황숙을 구실로 삼는 것은 설마…… 쥐도 궁지에 몰리면 고양이를 문다더니, 최후의 발악을 하는 게 아니겠습니까?"

비연이 차갑게 웃기 시작했다.

"수희가 무슨 구실을 가져다 붙이건, 본 왕비는 끝까지 어울려 줄 생각인 것을!"

정역비는 비연의 목소리를 듣는 순간 뭔가 이상하다는 생각이 들어 고개를 돌렸다. 비연의 미간에는 온통 잔혹한 기운이 어려 있었다. 그는 영문도 모른 채 깜짝 놀랐다.

군구신이 조용히 물병을 건넸으나 화가 난 비연은 받지 않았다. 그녀의 분노는 물론 수년 전 대황숙이 군구신에게 저지른 모든 일 때문이었다. 수단을 가리지 않고 한 사람의 의지를 꺾고 기억을 지우는 것만큼 잔인한 일이 이 세상에 또 있을까?

군구신이 직접 전쟁에 나선 가장 중요한 목적은 현한보검이었으나, 그녀의 목적은 대황숙이었다! 이번에는 절대로 대황숙이 도망치도록 하지 않을 것이다!

군구신은 여전히 말없이 물병을 비연의 입가에 가져다 댔고, 비연도 그제야 미간을 찌푸린 채 그를 바라보았다. 입 끝이 살짝 올라간 군구신은 다정한 표정이었다.

비연은 물병을 들어 바로 몇 모금 마셨다. 그러나 그녀는 여전히 분노한 채 군구신에게 진지한 목소리로 말했다.

"이 일은 내가 상대하겠어. 당신은 저들에게 쓸데없는 소리를 할 필요 없어!"

군구신이 고개를 끄덕였다. 그의 눈빛에는 어쩔 수 없다는 듯한, 사랑스러워 죽겠다는 듯한 기운이 어려 있었다. 비연이 그를 위해 이리도 분노하는 모습을 보니 그는 문득 모든 일이 아무렇지도 않았다. 심지어 수년 전 당한 고통조차도 가치가 있었다는 생각이 들었다.

자세한 상황을 알지 못하는 정역비는 비연의 진지하고도 패기 넘치는 모습을 보다 저도 모르게 고민하게 되었다. 비연과 당정이 대적하면 누가 이길까?

당정을 떠올린 순간, 담담하던 그의 마음이 다시 초조해지는 것을 견딜 수 없었다. 그는 제 머리를 흔들며 그 이상 생각하지 않으려 했다. 지금 상황에 영향을 받으면 안 될 테니까.

비연이 명령을 내리자 대군이 전진해 광안성을 향해 달려 갔다.

저녁 무렵, 비연과 군구신은 광안성 앞에 도착했다. 성문은 굳게 닫혀 있었고, 성루 위에서는 궁수들이 활을 당긴 채 기다리고 있었다. 수희 역시 직접 활을 든 채 성루 정중앙에 서 있었다.

수희는 오래 기다린 만큼 만반의 준비를 끝낸 상태였다. 그러나 새까맣게 몰려오는 대군을 보자 약간은 무서워지는 것도 어쩔 수 없었다. 그녀는 뒤쪽에 묶여 있는 대황숙을 바라본 다음에야 겨우 마음을 가라앉혔다.

대황숙은 계속 어두운 감옥 속에 갇혀 있었기에 지금의 상황에 대해서는 아무것도 몰랐다. 그러나 눈앞에 대군을 보자 만진국의 상황을 이해할 수 있었다. 다만, 아무리 그라 해도 수희가 대체 무슨 생각을 하는지는 알 수 없었다!

그는 발버둥을 치며 수희에게 몇 번이고 눈짓했다. 그러나 수희는 그를 전혀 상대하지 않았다.

입이 틀어막힌 그는 살려 달라고 애원하고 싶어도 말 한마디 입 밖으로 내뱉을 수 없었다. 대황숙은 결국 고개를 늘어뜨리고 절망했다. 일세의 영웅이었던 자신이 이런 결말을 맞게 되다니!

다른 이를 증오하지는 않았다. 그가 증오하는 이는 바로 단한 사람, 비연뿐이었다. 그래, 그녀였다. 그가 열심히 가르쳤던 군구신을 빼앗아 간 여자, 그들 군씨 가문의 적장자를 훔쳐 간 여자!

곧, 천염국 대군이 진열을 완성했다. 대군은 셋으로 나뉘어 광안성을 반원 모양으로 포위하고 있었다. 분명 강력한 공세를 펼치기 위한 진형이었다!

수희는 성루 위에서 내려다보며 열심히 군구신을 찾았다. 그녀는 전쟁을 시작할 생각이 없었다. 백리명천이 그녀에게 맡긴 임무는 바로 가능한 한 시간을 오래 끌라는 것이었으니까.

수희가 군구신을 찾기도 전에 기병과 보병들이 질서 정연하게 양옆으로 물러났다. 그리고 군구신과 정역비가 동시에 말을 달려 대군 앞 좌우로 나누어 섰다.

"저들은……."

군구신이 직접 전쟁터에 나온 이상 그가 주장인데, 저런 식으로 서는 것은 말이 되지 않았다! 수희가 의아해하고 있노라니 비연이 말을 타고 달려 나와, 군구신과 정역비 중간에 멈춰 섰다. 바로 주장 자리에!

그 모습을 본 수희는 멍한 표정을 지었다. 그저 약이나 연마할 줄 알지 사람을 죽여 본 적도 없는 젊은 여자가 감히 주장의 자리에 서다니! 더군다나 천염국에서 용맹하기로 소문난 정가군과 군구신이 연약한 여자가 최전방에 서는 것을 허락할 줄이야! 세상에, 이렇게 우스운 일이 또 있을까!

그들이 대체 무슨 생각으로 이런 행동을 하는지는 알 수 없었다. 그러나 이것은 만진국에게 모욕을 가하는 행위였다! 그들은 현공대륙의 첫 번째 여장군인 수희를, 그리고 수희의 통제를 받는 병사들을 무엇이라 생각하는 걸까? 수희가 군구신에게 준비했던 모욕의 말들을 내뱉기도 전에, 비연이 먼저 호된 맛을 보여 준 셈이었다.

설사 그녀의 임무가 시간을 끄는 것이라 해도, 수희는 이 기회를 틈타 비연을 죽일 생각이었다. 비연을 죽여서, 빚을 받겠다는 삼전하의 생각을 철저히 무너뜨릴 것이다! 수희는 이 이상 삼전하가 빚 얘기를 하는 걸 듣고 싶지 않았다!

비연이 발걸음을 멈춘 순간 수희가 차갑게 명령했다.

"여봐라, 형틀에 매달아라!"

말을 마친 그녀는 곁에 있던 시위에게 명령했다.

"잘 안배해 두었다가 기회를 보아 움직이도록. 화살을 전부 다 쏘는 한이 있더라도 비연만큼은 꼭 죽여라!"

시위가 경악해 재빨리 일깨워 주었다.

"장군, 삼전하의 뜻은 사로잡는 것이었습니다."

수희가 차가운 눈으로 노려보았다.

"삼전하께서 직접 너에게 하신 말씀인가?"

시위가 겁을 먹은 채 대답했다.

"아닙니다."

수희가 냉랭하게 말했다.

"그런데 아직 가지 않고 뭘 하는가!"

시위가 감히 거역하지 못하고 수희의 명에 따랐다. 그리고 이 순간, 형틀은 이미 성벽 가장자리로 옮겨져 있었다. 수희가 앞으로 걸어 나가 우아한 자세로 형틀에 기대섰다.

비연 일행이 고개를 들어 수희를 바라보았다. 모두 수희가 기대서 있는 형틀이 단두대라는 사실을 한눈에 알아볼 수 있었다. 비연은 별다른 주의를 기울이지 않고 큰 소리로 말했다.

"수 장군, 본 왕비가 기회를 주겠다! 무기를 내려놓고 항복한다면 본 왕비는 네 병졸을 단 한 명도 죽이지 않을 거다. 만약 그러지 않겠다면 그 결과는 스스로 감당해야 할 거다!"

수희가 큰 소리로 웃기 시작하더니, 예의라고는 찾아볼 수 없는 태도로 반문했다.

"네 마음대로? 세상에, 천염국에는 남자가 없는 모양이지? 너처럼 아무것도 모르는 계집이 나와서 농담이나 하는 걸 보면 말이야?"

이 말을 듣자 성루를 가득 채운 병사들이 모두 웃음을 터뜨렸다. 그러나 천염국의 사기에는 영향을 끼치지 않았다. 비연 곁에 있던 군구신과 정역비 역시 안색 하나 변하지 않았고, 등 뒤의 병사들도 매우 담담했다. 그들 앞에 서 있는 이 젊은 여자가 어떤 사람인지, 그들 모두 알고 있었기 때문이다.

비연은 더더욱 담담했다. 그녀는 자못 진지한 표정으로 외쳤다.

"수 장군의 말을 들어 보니, 아무래도 수 장군은 자신도 여자라는 걸 잊고 있는 모양이군! 만진국의 병사들은 아마 수 장군을 여자로 본 적이 없는 모양이지! 너처럼 남자인지 여자인지 구분도 안 가는 이를 상대하는데 무엇 때문에 우리 천염국의 대장부들에게 수고를 끼칠까? 본 왕비면 너를 상대하고도 남는다. 본 왕비는 약녀 출신이니, 아마 약으로 너를 치료해 줄 수 있을 것이다!"

이 말이 끝나자마자 비연의 등 뒤에 있던 수천 병사들이 모두 큰 소리로 웃었다. 정역비도 재미있다는 듯 웃었고, 군구신 역시 새어 나오는 웃음을 참지 못하고 있었다.

수희는 바로 분노했다. 그녀는 심지어 자신의 신분조차 잊고 사납게 발을 구르며 비연을 손가락질했다.

"고비연, 입 닥치지 못해!"

그런 그녀의 태도는 더 이상 우아하지 않았고, 여장군 특유의 시원스러운 기색도 없었다. 그저 교만하고 방종한 소녀의 모습일 뿐이었다. 그 모습을 본 비연이 다시 말했다.

"다들 보라고, 수 장군의 저런 모습이 얼마나 보기 좋은지. 이거야말로 여자지!"

이 말을 듣자 천염국 병사들은 물론이고 성루에 있던 만진국 병사들조차 새어 나오는 웃음을 간신히 참았다.

수희는 자신의 실수를 깨닫고 더욱 분노하여 외쳤다.

"여봐라, 군씨 대황숙을 끌고 오너라!"

과감하게, 불시에

대황숙은 자신이 인질이 되었다고 추측했다. 그러나 그는 군구신과 비연이 여기까지 직접 올 줄은, 그리고 그가 가장 증오하는 비연이 주장일 줄은 상상도 하지 못했다!

시위들에게 끌려 한 걸음 한 걸음 성벽 가장자리까지 다가갔다. 그는 일단 새까맣게 몰려온 대군을 본 다음 마지막으로 삼군 앞에 서 있는 비연을 발견했다.

무척 먼 거리에 성루도 높았기 때문에 비연의 얼굴을 똑똑히 볼 수는 없었다. 그러나 무엇 때문일까, 그는 비연이 자신을 노려보는 걸 의식할 수 있었다. 그것도 놀라울 정도의 살의였다. 일순간, 원망할 여유도 없이 불길한 예감을 느꼈다. 모골이 송연해 오는 것을 견딜 수 없었다.

이때였다. 수희가 직접 앞으로 나오더니 사납게 대황숙을 밀쳤다.

"엎드려!"

대황숙이 마침내 정신을 차렸다. 두 손을 몸 뒤로 결박당한 상태였기에 그는 수희가 미는 대로 단두대 위에 엎어졌다. 수희는 풀 길 없던 분노를 전부 그에게 쏟아붓고 있었다. 시위들이 도우려 했지만 그녀는 직접 손을 써서, 대황숙을 단두대의 홈으로 거칠게 밀어 넣었다.

이렇게 대황숙은 팔을 단두대의 날 홈에 펼치고, 머리는 성벽 밖으로 내밀어 비연 일행을, 그리고 천염국의 병사들을 마주 보게 되었다. 그저 낭패한 정도가 아니었다. 치욕이었다!

방금까지만 해도 그는 감상에 빠져 있을 수 있었다. 일세의 영웅인 자신이 평생에 걸친 영예를 잃고 인질로 전락하다니 하면서 말이다. 그러나 이 순간, 그의 입가에 자조가 어리고 있었다. 세상에 가장 낭패한 순간이라는 것은 없는 법이다. 더욱 낭패한 순간이 있기 마련이니까!

조금 전만 해도 그는 수희를 설득하여 군구신, 비연과 싸우게 할 마음을 죽이지 못하고 있었다. 그러나 지금 그는 군구신을 바라보며 후회하기 시작했다. 그때 군구신에게 마음을 열고 진실하게 대했더라면, 오늘 군구신과 함께 병사들 앞에 서 있는 것은 비연이 아니라 자신이었을 것이다!

이 순간, 군구신의 마음에는 별다른 감상이 없었다. 그는 몹시도 평온했다. 아니, 정확히 말하자면 냉정했다. 이 냉정함은 사실 뼈에 새겨진 잔인함의 한 종류라고 해도 옳았다. 다른 사람에게, 그리고 자기 자신에게 잔인한 그런 냉정함.

이 잔인함은 대황숙의 잔혹한 '교육'으로 인해 얻은 것이 아니라 양부인 고북월에게서 배운 것이었다. 그는 심지어 대황숙에게 신경조차 쓰고 있지 않았고, 자기 자신의 기분도 살피지 않았다. 그의 신경은 온통 주변 궁수들의 활에 얹힌 화살에 쏠려 있었다.

그는 이미 위기를 감지하고 있었다. 성루 위에서는 최소한 백 명이 넘는 궁수들이 비연을 겨누고 있었다. 저 화살들이 언제라도 날아올 것이다.

비연의 시선은 대황숙에게 못 박힌 채였다. 대황숙의 느낌이 옳았다. 그녀의 눈을 가득 채운 것은 무시무시한 살의였다.

정역비와 장수들 역시 대황숙을 노려보았다. 심지어 적지 않은 이들이 분노하고 있었다. 눈앞의 이 장면은 천염국의 치욕이었다! 거대한 전장은 적막에 잠겼고, 수희는 이제야 만족할 수 있었다. 그녀가 직접 칼을 들어 올렸다. 그녀는 이성적이었고, 백리명천의 말을 잊지 않고 있었다. 그녀는 비연을 상대하지 않고 군구신을 바라보며 외쳤다.

"정왕! 대황숙에게 나라를 팔고 적과 통했다는 오명을 뒤집어씌우고, 고비연과 결탁하여 부황을 독살한 자! 어리고 물정 모르는 동생을 이용해 권력을 손에 넣은 자! 손으로 하늘을 가리고 제멋대로 구는구나! 이 반년 동안 네 가장 큰 소원이 바로 대황숙을 죽여 입을 막는 것이었다지? 하하, 우리 삼전하께서 아주 기쁘게 너를 돕겠다고 말씀하셨다. 네가 성을 공격하기 전에 대황숙의 머리를 땅에 던져 주라 하셨지. 네 그 깨끗한 손을 근친의 피로 더럽히는 일이 없도록 말이다."

이 말에 천염군이 갑자기 웅성거리기 시작했다. 사람이 수천이나 되면 모두가 영리할 수는 없는 것이다!

정역비는 분노했고, 비연 역시 눈을 가늘게 떴다. 오로지 군구신만이 아무것도 듣지 못한 양 장검을 잡고 주변을 경계하고 있었다.

수희가 직접 대황숙의 입을 막고 있던 재갈을 풀어 주며 속삭였다.

"이봐, 늙은이. 당신은 어차피 죽어. 명예롭게 죽을지, 아니면 더러운 악명을 남길지는 알아서 선택해 보지 그래?"

이미 절망하고 있던 대황숙은 후다닥 정신이 들었다. 그는 순식간에 수희의 뜻을 이해했다. 수희에게 맞춰 준다면 최소한 자신의 명예는 보존할 수 있었다. 그러나 맞춰 주지 않는다면 나라를 팔아넘겼다는 죄를 쓴 채 죽게 된다. 그는 다시 한번 군구신을 바라보며 머뭇거렸다.

수희가 다시 큰 소리로 외치기 시작했다.

"오, 맞아, 정왕! 우리 삼황자께서는 이 말도 남기셨다. '정왕이 고비연을 내준다면 대황숙을 놓아줄 뿐 아니라 광안성도 즐겁게 넘겨주겠다!' 자고로 미인과 강산은 모두 가질 수 없는 법이지. 우리 삼전하께서는 정을 중요하게 여기시는 분이라, 강산보다는 미인을 원하신다!"

이 말에 모두 놀랐고, 비연의 마음도 서늘해졌다. 그녀는 수희의 이 말이 군구신에게 하는 말이 아니라 대황숙과 천염국 병사들에게 들려주기 위해 하는 말이라는 걸 바로 깨달았다! 수희가 대황숙을 끌고 나와 저런 말을 하는 것은 바로 군구신과 비연의 명예를 더럽히기 위함이었다!

군구신이 승낙하지 않는다면 대황숙은 분명 모든 것을 털어놓고 군구신을 비방할 것이다! 병사들이 믿고 믿지 않고를 떠나, 이렇게 수많은 병사 앞에서 그런 일이 벌어진다면 병사들의 사기에 결국은 영향을 끼치게 될 것이다. 그리고 그들이 한 마디씩 하게 되면 앞으로 소문도 끊이지 않을 것이다.

백리명천이 미인을 바라지 강산을 바라지 않는다고 한 것은 더 많은 소문을 만들어 내기 위한 게 분명했다. 사람들은 그녀와 백리명천 사이에 남들에게 말하지 못할 비밀이 있다고 오해할 것이다. 이 얼마나 음험하고 악랄한 수단인가. 수희 같은 폐물이 이런 방법을 생각해 낼 수 있을까? 설마 백리명천, 그 여우가 정말로 돌아온 걸까?

비연이 생각에 잠겨 있는 동안 대황숙은 이미 고개를 들어 다시 한번 군구신을 바라보았다. 그는 군구신의 답을 기다리고 있는 듯했다. 그래, 그는 군구신의 답을 듣고 결정을 내릴 생각이었다!

그 모습을 본 수희의 입가에 미소가 떠올랐다. 그녀는 남몰래 기대하는 심정으로 군구신을 바라보았다!

군구신이 마침내 수희를 바라보았다. 그는 분명 격노하고 있었다. 그 어떤 일을 당해도 냉정하던 그가, 비연과 관련한 일이 되자 이리 쉽게 이성을 잃은 것이다.

그가 큰 소리로 외치기 시작했다.

"수 장군, 본 왕을 대신해 백리명천에게……."

그의 말이 끝나기도 전에 비연이 강하게 그의 말을 끊었다. 그러나 그의 말을 끊은 것은 비연의 목소리가 아니라 암기였다!

비연의 손에서 폭우이화침이 순식간에 발사되더니, 번개와 같은 속도로 날아가 대황숙의 목을 맞혔다. 이 이화침의 힘이 어찌나 대단한지, 생생하게 대황숙의 목을 부쉈다.

이 순간 군구신을 포함해 모두가 그대로 굳어 버렸다. 그 누구도 비연이 이렇게 재빠르게 대황숙을 죽이리라고는 생각하지 못했던 것이다! 정말로 너무나 급작스러웠다!

온 천지가 적막에 잠기고, 바닥을 향해 수직 낙하하고 있는 대황숙의 머리만이 시간이 흐르고 있다는 것을, 이 모든 것이 사실이라는 걸 증명하고 있었다.

쿵!

선혈을 흩뿌리며 바닥에 떨어진 대황숙의 머리가 성을 둘러싼 하천 쪽으로 굴러갔다. 비연은 그 모습을 냉정하게 지켜보았다. 그녀는 대황숙이 눈도 감지 못한 것을, 대황숙이 경악한 표정을 짓고 있는 것을 보았다. 그녀의 화가 조금씩 가라앉았다.

그녀의 이 폭우이화침은 당씨 가문이 만든 최정상급 암기로, 당 문주가 10년을 들여 새로 만들어 낸 것이었다. 당 문주가 떠나기 전에, 영 부인도 모르게 비연에게 쥐여 주며 호신용으로 쓰라고 신신당부했었다.

그녀는 원래 이 암기를 쓸 생각이 없었다. 그러나 대황숙이 성루로 끌려 나온 것을 본 순간 마음을 바꿨다. 비연은 수희가 다른 이들을 납득시키기 전에, 불시에 일을 끝내는 편이 가장 좋다고 생각한 것이다!

적막 속에서 비연이 심호흡을 하고, 재빨리 고개를 들어 성루 위 수희를 바라보았다…….

담담하게, 서로에 대한 믿음

비연이 고개를 들자 경악하던 수희가 바로 정신을 차리고 본능적으로 뒷걸음질을 쳤다.

"여봐라!"

순식간에 열 명이 넘는 시위가 그녀 앞을 막아섰다. 수희는 하얗게 질려 있었다.

그녀가 대황숙을 끌어낼 수 있었던 것은 주도면밀하게 대비하고 있었기 때문이었다.

군구신이 대황숙을 빼앗아 가지도, 죽이지도 못할 거라는 자신이 있었다. 그러나 예상과는 달리 비연이 손을 썼다. 그것도 그리 빠르게!

암기 하나로 대황숙의 머리를 베다니! 군구신이나 삼전하와 같은 고수라 해도 이런 상황에서는 한 초식만으로 대황숙을 해치우는 건 불가능한 것을! 비연의 손에 숨겨져 있는 것은 대체 무슨 암기일까? 어떻게 저런 위력과 속도가 있을 수 있지? 방금 비연의 암기가 살짝만 빗나갔다면 그녀가 참사를 겪었을 수도 있었다!

수희의 반응을 본 비연이 냉소하더니 손을 들었다. 그리고 폭우이화침으로 수희 앞을 가로막은 시위들을 조준하며 외쳤다.

"수 장군! 내 이 암기가 열 사람으로 이루어진 벽을 뚫고, 그

속에 머리를 숨기고 있는 거북이를 맞힐 수 있다면, 믿을 수 있겠어?"

수희가 대답하기도 전에 정역비가 갑자기 장검을 들어 올리더니 고함쳤다.

"믿는다!"

그 말이 떨어지자 등 뒤의 수천 병사가 모두 함께 외쳤다.

"믿는다……!"

귀에 쟁쟁하게 울려 오는 함성 속에서 수희는 말할 것도 없고 만진국 병사들 모두 분노했다. 수희가 병사들을 밀치고 장검을 든 채 성큼성큼 앞으로 나와 외쳤다.

"고비연, 기습이 무슨 능력이라고? 능력이 있으면 혼자 힘으로 나와 붙어 보든가!"

"혼자 힘으로?"

비연이 큰 소리로 웃으며 외쳤다.

"본 왕비는 성을 점령하러 왔지, 너에게 도전하러 온 게 아니다. 스스로 너무 과대평가하지 마라!"

그리고 폭우이화침을 높이 들어 올리며 계속 말했다.

"본 왕비가 방금 너와 장난을 친 것뿐이다! 이 암기는 머리를 숨긴 거북이를 죽이기 위한 게 아니라, 머리를 숨긴 거북이를 시험하기 위한 것이지!"

말을 마친 그녀가 폭우이화침을 내던졌다. 그 무엇에도 구속받지 않는 소탈한 모습은, 평범한 복장임에도 불구하고 갑옷을 입은 수희보다 훨씬 씩씩하고 시원스러워 보였다.

그 모습을 보고 수희뿐만 아니라 비연의 편에 있는 병사들까지 모두 깜짝 놀랐다. 위력이 이리도 강한 암기를 어찌 저리 쉽게 버린단 말인가? 이 암기를 분명 다 쓴 게 분명했다. 바꿔 말하자면 비연이 수희를 놀린 것이다! 그녀가 말한 대로, 그녀는 그저 고개를 숨긴 거북이를 시험한 것이다.

군구신은 원래 백리명천의 말 때문에 화가 나 있던 참이었다. 그런데 비연이 이렇게 수희를 놀리는 걸 보자 저도 모르게 웃음이 새어 나왔다. 고개를 돌려 비연을 보자 웃음기가 더욱 짙어졌다.

비연 역시 고개를 돌려 군구신을 바라보았다. 그녀는 일부러 허리를 꼿꼿이 세운 채 오만한 표정을 지었다. 사실 그녀도 수희를 죽이고 싶었으나, 안타깝게도 당 문주가 그녀에게 준 폭우이화침은 단 하나뿐이었다. 그녀는 그저 기세를 타 수희를 놀라게 했을 뿐이다.

완벽한 폭우이화침은 모두 스물일곱 개의 침으로 이루어져 있는데, 도안은 이미 실전되었다 했다. 당 문주가 각고의 연구 끝에 이것을 만들어 낸 것만으로도 이미 쉬운 일이 아니었다.

의기양양한 비연의 모습을 보고 군구신은 더더욱 즐거워져 결국 큰 소리로 웃어 버렸다.

수희는 부끄러움으로 얼굴을 붉히며, 장검을 뽑아 비연을 겨눴다.

"개 같은 남녀! 본 장군이 오늘 반드시 너희들을 죽여 버릴 테다!"

비연은 듣지 못한 듯 말 머리를 돌려 성을 등진 채 병사들을 바라보았다. 그리고 외치기 시작했다.

"대황숙은 북강에서 적과 결탁하여 나라를 팔았다! 또한 설족 전 족장과 공모하여 설족의 규칙을 깨트리고 그들이 숭상하는 새인 백우웅을 죽였으며, 정왕 전하와 본 왕비를 죽이려 했다! 우리 천염국의 율법에는, 나라를 배반한 자는 오마분시 하는 것이 마땅하고, 설족의 규칙에 의거하더라도 백우웅을 죽인 자는 시신이 갈기갈기 찢겨야 한다! 오늘 본 왕비가 광안성 아래에서 그의 목을 베었다. 불복하는 자가 있는가?"

모두 침묵을 지켰다. 대황숙이 수희의 말을 뒷받침해 준 것도 아닌 이상 수희 말을 믿을 사람이 누가 있겠는가?

비연이 계속 말했다.

"정왕 전하는 군씨 가문의 적장자로, 군씨 가문을 중흥시켜야 한다는 사명을 짊어지고 계시다. 황상과는 수족과 같이 정이 깊으시니, 그 누구라도 그들 사이를 이간질할 수 없을 것이다! 백리명천은 신농곡의 약재를 훔치고, 세작을 매수하여 정 장군을 모해하려 했을 뿐 아니라, 본 왕비에게 그 계략이 간파당하자 지금까지도 원한을 품고 몇 번이나 본 왕비를 힘들게 하고 있다. 안타깝게도 그의 재주가 미약하여 지금도 뜻대로 하지 못하고 있으나……."

비연이 여기까지 말하자 수희는 더욱 분노했다. 그녀는 시위의 활을 빼앗아 들더니 비연을 매섭게 겨누며 소리쳤다.

"여봐라, 모두 활을 쏘아라! 그 누구건 저 망할 계집을 맞히는 자는 우리 만진국의 공신이 될 것이다!"

그 순간, 비연의 등을 향해 화살들이 쏟아졌다.

비연은 등 뒤에서 바람을 가르며 날아오는 화살 소리를 분명히 들었으나 미동도 하지 않았다. 그녀는 계속 큰 소리로 병사들에게 외치고 있었고, 군구신과 정역비가 동시에 손을 써서 그녀 등 뒤에서 화살 비를 막기 시작했다.

정역비는 말 위에 올라탄 채 두 손으로 활을 들어 성루 위 궁수들을 하나씩 맞히기 시작했다. 화살 하나하나 빗나가는 법이 없었다.

군구신은 검을 뽑아 들더니 비연과 정역비를 지키기 시작했다. 쓸어버리고, 벽력같이 베어 가고, 군구신은 그렇게 비 오듯 쏟아지는 화살들을 막아 냈다. 그 속도가 어찌나 빠른지, 제대로 볼 수조차 없었다.

처음에 그는 가까이 오는 화살만을 막았지만, 화살들이 점차 증가하자 직접 검망을 휘둘러 순식간에 화살 비를 모두 떨쳐 냈다.

모든 이들이 눈을 휘둥그렇게 떴다. 군구신의 힘, 그리고 군구신의 속도……. 모두 경악하지 않을 수 없었다.

수희는 굴복하지 않고 직접 화살을 몇 번 쏘았다. 그러나 충분히 힘을 실은 화살임에도 불구하고 결국은 비연 가까이 갈 수 없었다.

이렇게 격렬한 전투를 뒤로한 채 비연은 여전히 맑고 담담하게 외쳤다.

"백리명천은 조잡스러운 속임수 외에 남의 명예를 더럽히거나 죄를 뒤집어씌우는 데 능하다! 나라가 망하려 하는데도 얼굴 한번 드러내지 못하는 배짱으로, 아무것도 모르는 여장군을 성루에 내세워 연극이나 하게 하는 꼴이라니. 그가 무슨 사내란 말이냐! 본 왕비는 올바른 길을 걷고 단정하게 행동하였으니, 그가 본 왕비의 명예를 더럽히려 하는 행동을 두려워하지 않는다. 그가 뜻하는 대로 할 수 없으리라 믿는다!"

비연이 말을 마쳤다. 눈앞에 새까맣게 몰려 있는 대군은 이미 조용해져 있었다.

사실, 비연이 무슨 말을 했는지는 더 이상 중요하지 않았다! 중요한 것은 비연이 이리도 담담하다는 것이었고, 더욱 중요한 것은 군구신의 태도였다! 그는 한마디 말도 없이 화살 비를 막아 내며 비연이 말을 끝내도록, 수희의 모함에 하나하나 반격하도록 하고 있었다!

부부가 서로를 이리 신뢰하는데, 어찌 유언비어 같은 것이 저들을 폄훼할 수 있겠는가? 부부가 저리도 담담하고 침착한 것이야말로 천염국 병사들에게는 가장 큰 격려였다!

마침내, 비연이 패검을 뽑아 하늘을 가리키며 큰 소리로 외쳤다.

"병사들이여, 명령을 들어라! 성을 공격하라!"

병사들은 이미 기다릴 수 없을 지경이었다. 비연의 말이 떨어지자 북소리가 울리기 시작했다.

둥, 둥, 둥!

강하게 울려 퍼지는 북소리가 저녁의 적막을 깨트리며 사람들의 마음을 두드리고 있었다. 북소리는 점점 더 급하게 울려 퍼졌고, 병사들은 모두 화살 비를 맞으며 앞으로 달려 나갔다!

　제 곁을 끊임없이 스쳐 가는 병사들을 보며 비연의 입매가 예쁘게 올라갔다. 그녀는 처음으로 병사들을 이끌고 싸우러 나온 전장에서 자신이 꽤 잘해 냈다고 생각했다. 부황과 모후의 체면도 상하게 하지 않았고, 군구신의 체면도 떨어뜨리지 않았다!

　그녀가 말 머리를 돌려 병사들과 함께 싸우러 나가려는 순간이었다. 군구신이 등 뒤에서 공중으로 날아오르더니 그녀의 말 위로 옮겨 탔다. 그리고 뒤에서 그녀를 끌어안으며 속삭였다.

　"애비, 말을 몰아 주시지요. 본 왕이 적을 죽일 터이니. 어떠신지?"

질투, 괄목상대

어떠냐고?

군구신이 친밀하게 '애비'라 부르는 순간, 비연은 꿀이라도 먹은 것처럼 달콤하게 웃었다. 방금의 오만하고 씩씩하던 모습은 간데없이 그저 행복한 젊은 여자로만 보였다.

그녀는 보름 넘게 검술을 배웠고, 이 기회에 시험해 볼 작정이었다. 그러나 군구신의 말에 바로 생각을 바꿨다.

"예, 신첩이 전하를 위해 말을 몰겠사오니, 저들을 남기지 말고 죽여 주세요!"

천염국 대군이 성을 공격하자 광안성 주변 하천에 잠복해 있던 병사들이 모두 나타났다. 곧 격렬한 전투가 시작되었다.

실력이 현저하게 차이가 나는 상황에서, 수희에게 가장 현명한 선택은 상대의 주요 인물을 사로잡는 것이었다. 그러나 그녀는 실패했다. 천염국 대군의 강력한 공격에 수희는 점점 더 침착함을 잃고 있었다. 그녀는 활을 들고, 곁에 있는 부장에게 다급하게 말했다.

"성문을 열어라. 나가서 저들과 목숨을 걸고 싸워라!"

그러나 부장은 뜻밖에도 주저하며 입을 열었다.

"수 장군님, 도망치는 게 낫지 않겠습니까? 일단 성문을 열면 성을 지키기가 더 힘들어집니다!"

"뭐라고? 도망치자고?"

수희는 경악했다! 맹렬히 고개를 돌린 그녀는 곁의 부장뿐 아니라 다른 부장들이며 참모들도 고개를 숙인 채 가라앉은 표정을 짓고 있는 걸 발견했다. 심지어 누군가는 이미 절망한 표정을 짓고 있었다. 이건…….

수희는 이해할 수 없었다.

"고비연이 저렇게 본 장군을 모욕하고, 삼전하를 모욕했으며, 우리 만진국을 모욕했다! 너희는…… 그런데도 도망병이 되겠다는 것이냐?"

사실 이들은 모두 단단한 마음의 소유자들이었다. 그들은 죽기를 각오하고 광안성을 지키고자, 광안성과 생사를 같이하고자 했었다! 그러나 수희와 비연이 설전을 벌이는 걸 듣고, 또한 비연과 군구신의 기세와 박력을 보고는 결심이 흔들렸다. 그들 중에 누군가는 수희나 백리명천에게 불만을 품고 있었고, 누군가는 이로 인해 절망하여 이 이상 목숨을 걸고 싶지 않은 상태였다.

수희는 그들의 표정을 보고 더욱 분노해 외쳤다.

"대답하라!"

아무도 대답하지 않는 가운데 방금의 그 부장이 결국 참지 못하고 권했다.

"수 장군, 우리는 이미 체면을 잃었으니 한 번 더 잃는 것은 상관없습니다. 청산을 남겨 두면 땔나무 걱정을 하지 않는 법입니다. 지금 잠시 버티는 틈을 타서 어서 철수해야 합니다. 이 이상 시간을 끌면 늦습니다."

이 말을 듣는 순간 수희도 마침내 깨달았다! 비연은 그녀의 체면을 깎은 것 같았으나 실제로는 병사들의 마음을 공격했던 것이다. 병사들의 사기를 꺾었다!

병사를 씀에 있어 마음을 공격하는 것이 상책이요, 성을 공격하는 것이 하책이라 했다. 심리전이 상책이고, 실제 병사들을 움직이는 것은 하책인 것이다!

그녀가 설전 때문에 분노하고 있을 때 비연은 이미 정식으로 전쟁을 시작하고 있었다. 비연이 성을 공격하라는 명령을 내렸을 때 이미 그녀의 군대는 아름다운 승리를 향해 가고 있었던 것이다.

수희는 병사들을 탓하지 않았다. 그녀 마음속에도 절망이 스며들고 있었다. 그녀는 성 아래 격렬한 전투를 바라보다가, 비연이 군구신의 보호를 받으며 전장 한가운데를 누비는 걸 보게 되었다. 비연은 입가에 웃음마저 머금은 채 태연자약하게, 심지어 조금은 나른하고 한가해 보였다.

수희는 점점 더 이해할 수 없었다. 비연이 믿는 구석이 있어 두려움을 모르는 어린 소녀 같다는 생각이 들었다. 고귀하여 감히 범할 수 없는 여왕처럼도 느껴졌다!

그녀는 마침내 자신이 비연을 너무 얕보았다는 걸 깨달았다. 또한 스스로의 얕음과 우스꽝스러운 모습도 자각했다.

그녀는 현공대륙 최고의 여장수 수 장군이었다. 그러나 그녀는 처음으로 병사들을 이끌고 나온 비연에게 패배했다. 그것도 아주 철저하게! 과연! 삼전하가 계속 잊지 못하고, 그리도 마음을 쓸 만했다!

수희는 보고 또 바라보았다. 마음속에 점차 질투가 치밀어 올랐다. 그러나 충동적으로 굴 수는 없었다. 삼전하의 시간을 끄는 계책은 거대한 연극에 불과했다. 군씨 대황숙이 죽은 이상 그녀는 연극을 계속할 수 없었다!

그녀는 대체 어떻게 삼전하에게 설명해야 할지도 알 수 없었으나, 이 상황을 가능한 한 빨리 삼전하에게 보고해야 했다!

수희의 눈이 차갑게 빛났다. 그녀는 다시 한번 활을 들어 부장들을 겨누며 날카롭게 외쳤다.

"성문을 열고 모두 싸우러 나가라! 너희들이 선봉에 서면 되겠군. 본 장군의 수하는 결코 도망병이 되어서는 안 된다. 광안성이 있는 한 우리 모두 살 것이고, 광안성이 무너지면 우리 모두 죽을 것이다!"

누군가는 수희의 화살이 두려웠고, 누군가는 그녀의 태도에 감동했다. 부장 몇 명이 이구동성으로 답하더니 병기를 들고 성 아래로 내려갔다!

곧 성문이 열리고 북소리가 천둥처럼 울려 퍼졌다. 그들 각자 병사들을 이끌고, 죽음을 각오한 채 달려 나갔다.

수희는 그들과 함께 가지 않았다. 그렇다고 성루에 남아 그들을 지휘한 것도 아니었다. 그녀는 심복들에게 명령을 내린 후에 소리 없이 그 자리를 떠났다.

군구신과 비연은 성을 공격하는 동시에 수희를 유심히 지켜

보고 있었다. 성문이 열리고 만진군이 쏟아져 나오는 순간, 그들은 수희가 성에서 나왔으리라 생각했다. 수희가 도망쳤으리라고는 꿈에도 생각지 못했던 것이다! 수희 수하에 도망병은 없건만, 그녀 자신이 도망병이 되었다!

군구신과 비연이 가장 먼저 성안으로 들어갔고, 정역비가 그 뒤를 이었다. 그러나 안타깝게도 수희는 이미 수로를 통해 도망쳐 그림자조차 찾을 수 없는 상황이었다. 군구신은 즉시 비연과 함께 만진 황궁으로 달려갔다. 현한보검을 찾아야 했다!

정역비가 가장 증오하는 것은 병사들을 버리고 도망치는 장수였다. 그는 혼자 성루에 올라 병사 한 명 남기지 않고 모조리 죽였다. 그리고 북이 놓인 대 위로 뛰어올라 세차게 북을 세 번 내리쳤다.

둥, 둥, 둥!

만진국 병사들이 모두 멈춰 서서 뒤를 돌아보았다. 정역비는 그들을 바라보며 만진국의 깃발을 찢고, 반으로 찢긴 깃발을 성루 위에서 매섭게 내던진 후 노한 목소리로 외쳤다.

"대체 무엇 때문에 싸우고들 있느냐? 무엇 때문에 서로 죽이고 있는 거지? 너희들의 장수는 이미 도망쳤다! 너희들의 황제며 황자도 도망쳤다! 대체 무엇 때문에 목숨을 걸고 있는 것이냐?"

갑자기 온 전쟁터가 조용해졌다. 그러나 곧 누군가가 노한 목소리로 소리쳤다.

"우리 만진국의 백성을 위해! 우리 만진국의 존엄을 위해!"

정역비는 큰 소리로 웃기 시작했다. 언제나처럼 오만불손한 웃음이었다. 바로 그 순간, 성루 아래에서 화살 하나가 기습적으로 날아왔다!

정역비가 슬쩍 머리를 돌려 피하더니, 활을 잡고 화살이 날아온 방향을 향해 쏘았다. 기습을 가했던 자는 화살 한 대에 죽음을 맞았다.

정역비는 성루 아래 만진국 병사들을 하나하나 바라보며 큰 소리로 외쳤다.

"너희는 무엇 때문에 먼저 전쟁을 일으켰느냐? 백성을 위해? 너희가 우리 천염국의 반란군인 기씨와 결탁한 것도 존엄 때문인가? 본 장군이 오늘 무고한 백성들을 생각해 너희에게 기회를 주겠다. 무기를 버리고 투항하라. 본 장군은 너희들을 죽이지 않고 용서할 것이다. 우리 천염군이 광안성에 들어간다 해도 백성들에게서는 양식 한 톨, 방 한 칸 빼앗지 않을 것이다!"

이 말이 끝난 순간, 온 전쟁터가 다시 침묵에 빠져들었다.

정역비는 그렇게 인내심이 많은 성격이 아니었다. 그가 다시 말했다.

"셋까지 세겠다. 만약 계속하겠다면 본 장군도 철저히 어울려 주지!"

그가 바로 수를 세기 시작했다.

그러나 하나라고 외친 순간, 만진국 병사들이 잇달아 무기를 버리고 두 손을 들어 투항했다.

그 모습을 본 정역비가 미소 지으며 마음속으로 안도의 한숨을 내쉬었다. 용맹스럽고 전투를 사랑하는 장수일수록 전쟁을 싫어하기 마련이다. 수많은 적을 죽여 본 장군이야말로 누군가의 죽음을 보기 두려워하는 법. 전쟁터에는 인간 세상에서 가장 맡기 어려운 냄새가 섞여 있었다. 바로 죽은 자의 냄새.

정역비는 몹시 즐거워했고, 천염국의 병사들도 그러했다. 그들은 승리하여 기뻤고, 전투 없이 승리하여 기뻤다. 광안성을 점령했다는 것은 만진국과 천염국의 대전이 끝났다는 것을 의미했다.

정역비는 수하들을 안배하여, 부상자들을 치료하고 무기들을 거둬들이는 등 전쟁터를 정리했다. 직접 대황숙의 시신도 처리했다.

이때 비연과 군구신은 만진국의 황궁 안에 서 있었다. 그들은 밀정들이 언급한 곳을 찾아 몇몇 살아 있는 인어족 병사들에게서 수옥의 존재를 알아냈으나, 안타깝게도 아무것도 찾지 못했다.

그들은 일단 진묵과 망중에게 인어족 병사들을 끌고 가게 시켰다. 그리고 다시 백리명천의 심화궁 안으로 발을 들었다…….

의외, 뜻밖의 수확

만약 다른 사람이 백리명천의 심화궁에 들어갔다면, 궁 안에 있는 물건들을 보고 깜짝 놀랐을 것이다. 심화궁은 바닥에 깔린 벽돌 하나에도 나름의 내력이 있을 정도였다.

그러나 비연과 군구신은 그런 것에는 신경 쓰지 않았다. 어린 시절부터 지금까지, 그들이 어디 좋은 물건을 본 적이 없겠는가? 게다가 그들은 현한보검을 찾아온 것이어서, 이 궁을 가득 채운 물건에는 관심이 없었다.

군구신과 비연이 직접 궁을 뒤져 보았지만 아무런 수확도 없었다. 비연은 여전히 상자며 장롱을 뒤지고 있었지만, 군구신은 움직임을 멈추고 중얼거렸다.

"백리명천이 죽지 않고 이곳에 왔다면, 무엇 때문에 얼굴을 드러내지 않은 걸까?"

이 순간 군구신은 북해의 상황까지 고민할 마음의 여유가 없었다. 계속 백리명천이 다른 수를 쓰지 않을지 고민하고 있었다. 그는 수희를 이해하지 못했지만 백리명천의 성격은 잘 알고 있었다.

백리명천이 얼굴을 드러내지 않는다……? 수희에게 대황숙을 두고 그런 말을 늘어놓게 한 건 무엇 때문이었을까? 설마 현한보검을 가져간 것도 현한보검을 이용하기 위해서일까?

"연아."

군구신이 그녀를 바라보며 말을 잇기 전에 비연이 놀란 비명을 질렀다.

"장파!"

장파?

군구신이 빠르게 다가가 비연이 열어 둔 커다란 보물 상자 안을 들여다보았다. 그 안에는 두루마리가 가득 들어 있었다. 가장 위의 두루마리는 반쯤 풀려 있었는데, 남자와 여자가 뒤섞인 얼굴이 드러나 있었다.

군구신이 재빨리 그림을 꺼내 펼쳐 보았다. 그와 비연은 순간적으로 헉, 차가운 숨을 들이마셨다.

미인이 물을 희롱하는 그림이었다. 미인은 얼굴 반은 남자로, 나머지 반은 여자로 화장하고 있었다. 남자 쪽 얼굴은 무척 흉악해 보였고 여자 쪽 얼굴은 슬퍼 보였다.

미인은 온천 가장자리에 앉아 있었는데, 상반신은 가슴만 살짝 가린 채 드러내고 하반신은 뜻밖에도 금빛 찬란한 물고기의 꼬리였다. 그녀는 반쯤 온천에 몸을 담근 채 물을 희롱하며 물 위에 잔잔한 물결을 일으키고 있었다.

분명 장파의 얼굴인데 인어족의 몸이라니! 황금빛 찬란한 비늘을 보면 금인어족임이 틀림없었다!

이 사람은 누구일까? 설마 장파가 인어족 출신이었던 걸까? 그도 아니라면 장파와 인어족 사이에 왕래가 있었을까?

마지막 장파였던 진묵은 인어족의 존재조차 알지 못하고 있었다. 바꿔 말하자면, 장파와 인어족이 왕래가 있거나 다른 관계가 있었다 해도 그것은 아주 오래전 일에 불과했다.

백리명천은 이 그림을 어디서 얻은 걸까? 이 그림이 다른 그림들과 뒤섞여 있는 것을 보면 그의 가문에서 내려오던 보물은 아닌 듯했다. 그보다는 외부에서 구해 와 소장하고 있었던 것처럼 보였다.

군구신과 비연은 약속이나 한 듯 그림에서 낙관이나 인장을 찾아보았다. 그러나 안타깝게도, 인장은 고사하고 글자 하나 쓰여 있지 않았다.

군구신과 비연은 서로를 바라보다가 재빨리 다른 두루마리를 뒤졌다. 모든 두루마리를 뒤져 보았으나 비슷한 초상은 더 나오지 않았다. 그러나 그들은 미련을 버리지 못하고, 정역비로 하여금 병사들을 뽑아 궁을 조사하게 했다. 그러나 안타깝게도 궁을 전부 뒤져도 별다른 수확이 없었다.

군구신은 직접 인어족 병사들을 심문했다. 그러나 그 그림에 대해서는 물론이고 금인어족에 대해 아는 경우조차 희소했다. 군구신은 더더욱 이 미인도가 인어족 대대로 내려온 물건이 아니라 백리명천이 다른 곳에서 구해 와 소장하던 작품이라는 생각을 굳혔다.

그가 울적해 보이자 비연이 그림을 내밀며 환하게 웃었다.

"아침에 실패하더라도 저녁에는 거두는 법이라고 했어. 우리 이번에 얻은 것이 결코 적지 않아. 돌아가서 이 그림을 진묵에게 보여 주자."

군구신이 우울한 이유는 물론 현한보검을 얻지 못했기 때문이었다. 그러나 비연이 이리 말한 것은 그를 위로하기 위해서가 아니라 사실이었다! 어쨌든 이 그림을 통해 그들은 장파와 인어족을 연결시켜 생각하게 되었기 때문이다.

1대 장파와 백의 사부는 무슨 관계일까? 백의 사부는 구려족과 무슨 관계였을까? 구려족은 인어족과 또 무슨 관계일까? 인어족은 장파와 무슨 관계일까?

이 넷 사이에는 분명 비밀이 숨어 있을 것이다. 그리고 이 모든 것은 천 년 전 몽족이 멸족된 것, 인어족이 세상에서 숨은 것, 그리고 건명력이 북해 아래 봉인된 것과는 또 무슨 관계가 있을까?

비록 안개에 겹겹이 싸여 있었지만, 그들은 다시 한 걸음 가까이 다가간 것이다.

군구신이 미간을 찌푸리며 미안하다는 눈빛을 던졌다. 비연 역시 미간을 찌푸리며, 발끝을 들어 올려 열심히 군구신의 미간을 펴 주었다.

"이렇게 수심에 잠겨 있는 모습은 당신답지 않아!"

군구신이 바로 대답했다.

"한 번 잃었을 뿐이야. 다시는 잃지 않겠어."

그는 매우 진지한 표정으로 이야기하며 그녀의 미간도 펴 주었다. 비연이 웃으며 말했다.

"당신이 버리지 않는 한, 나는 매일 당신에게 달라붙어 있을 거야. 그러면 당신은 나를 잃어버리지 못하겠지!"

군구신은 '만약'이나 '뭐 하지 않는 한' 같은 말을 좋아하지 않았다. 그는 대답하지 않고 비연의 손을 꼭 쥐며 말했다.

"돌아가자."

군구신이 속으로 중얼거리고 있었다.

'백리명천, 잘 숨어 있는 게 좋을 거다. 그게 아니라면 본 왕은 현한보검뿐 아니라 네 목숨까지 바라게 될 테니까!'

비연과 군구신은 함께 군영으로 돌아와 바로 진묵을 찾았다.

진묵은 차 한 잔 마실 시간 동안 고민하더니, 이 그림이 천 년은 된 것이라고 단정했다. 심지어 고씨 가문이 소장하고 있던 그 그림보다 앞선 것으로, 그림 속 미녀의 화장법 역시 장파 특유의 화장법이라고 말했다.

비연이 서둘러 물었다.

"몇 년 앞섰다는 걸 확신할 수 있어?"

진묵이 단호하게 대답했다.

"종이와 먹으로 보건대, 최소한 10년은 일러."

비연이 답답해하며 말했다.

"그럼 고씨 가문의 그 그림은 대체 누가 고친 거지?"

이 말을 들은 군구신과 진묵도 이상한 점을 발견했다.

그들은 고운원의 초상을 수정하고 시구를 남긴 사람이 첫 번째 장파라고 생각했다. 그런데 만약 이 미인도의 주인공 역시 장파라면, 분명 첫 번째 장파 이후의 장파일 테고, 이 그림이 그려진 시기는 고씨 가문의 초상보다 늦은 시기여야 했다.

진묵은 본래 자신의 판단에 매우 자신 있었으나, 다시 더욱 진지한 표정으로 그림을 살펴보았다. 그러나 결과는 같았다.

"틀렸을 리 없어. 이 그림은 고씨 가문 그 그림보다 먼저 그려진 거야!"

군구신이 물었다.

"이 두 사람이 같은 사람일 가능성은?"

비연이 의문을 제기하지 않았다면 진묵은 확신에 찬 어조로 아니라고 답했을 것이다. 그러나 이 순간 그는 좀 더 신중하지 않을 수 없었다. 그는 고씨 가문의 그림을 가져와 좀 더 진지하게 비교해 보았고, 결국은 '아니'라는 답을 냈다.

이상했다!

비연은 고민하다가 말했다.

"첫 번째 장파는 누구에게서 그림 그리는 법을 배웠을까? 그리고 무엇 때문에 이 남자도 아니고 여자도 아닌 화장을 하고 장파라는 문파를 만들어 낸 거지? 제자들을 고묘 안에 가둔 이유는 무엇이고? 혹시 그녀 전에도 이런 화장을 했던 사람이 있었을까? 이 금인어족 여자는 장파가 아닌 걸까? 그렇다면 이런 화장과는 무슨 관계가 있을까?"

눈앞에 보이는 상황만 보면, 비연이 추측한 내용만이 가능성 있어 보였다.

비연과 진묵이 모두 고민하는 와중에 군구신이 명쾌하게 말했다.

"이 그림을 가져가 골동품 암시장에 며칠 걸어 두면, 분명 알게 되는 것이 있겠지!"

군구신은 이 그림이 십중팔구 백리명천의 수집품이라고 확신하고 있었다. 어디선가 구매해 소장했다면 분명 그림을 판 곳이 있을 테니, 이 그림의 존재를 아는 사람 역시 있을 것이다. 이 그림의 전 주인이 그림의 내력을 알 수도 있다.

그림의 전 주인을 알아내지 못한다 해도, 백리명천을 끌어낼 방법이 될 수도 있었다!

군구신이 망중에게 명령했다.

"가서 백리명천의 소장품을 전부 정리하도록. 본 왕이 쓸 곳이 있으니!"

비연은 잠시 생각한 끝에 군구신이 무엇을 하려는지 깨닫고, 웃으며 재빨리 그림을 정리했다.

"암시장과 경매장이라면 당정 언니가 제일 잘 알지. 언니를 부르는 게 좋겠어!"

그녀의 말이 막 끝났을 때 문밖에서 시종의 목소리가 들렸다.

"전하, 정 대장군께서 뵙고자 하십니다."

고운원을 다시 만나다

이 며칠 동안 비연과 군구신은 현한보검을 찾느라 바빴고, 전쟁 후 군대 내의 사무는 모두 정역비가 책임지고 있었다.

전쟁 후의 일들은 번잡할 뿐 아니라 무척 민감한 사안이 많아 어떻게 보면 전쟁보다 더 어려웠다. 하지만 정역비는 경험이 풍부해, 군구신의 재가를 받아야 하는 몇 가지 중요한 일 외에 다른 일은 모두 스스로 알아서 타당하게 처리했다. 군구신은 정역비에게 만진국 남부의 몇몇 작은 세력이 투항하도록 유도하고, 가능한 한 전쟁을 피하라고 명령했다.

정역비는 비연과 군구신이 군영으로 돌아왔다는 이야기를 듣고, 바로 군구신에게 보고하기 위해 찾아왔다. 비연의 말이 끝나는 순간 도착했지만, 그는 비연이 당정을 언급하는 것은 듣지 못했다. 그는 최근 몇 달 동안처럼 과묵하고 엄숙하지는 않았지만, 원래의 그 건들거리는 모습은 아직 되찾지 못한 상태였다.

안으로 들어서자마자 비연과 군구신에게 공손하게 한 정역비는 요 며칠 동안 있었던 일을 모두 보고한 후 마지막으로 대황숙에 대해 언급했다.

"전하, 대황숙의 시신이 아직 군영에 있습니다."

군구신이 입을 열기 전에 비연이 냉랭하게 말했다.

"하마터면 그 일을 잊을 뻔했네! 본 왕비는 그에게 온전한 시신을 돌려주고 싶다!"

대황숙의 머리는 광안성 북성문 밖 하천으로 떨어졌으니, 지금 남아 있는 것은 온전한 시신이 아니었다.

모두 비연이 선심을 써서 대황숙의 시신을 챙겨 준다 생각하며 그녀를 바라보았다. 그러나 비연이 이야기한 온전한 시신은, 몸도 하천에 빠트리라는 의미였다.

"대황숙의 시신을 남성문 밖 하천에 던지도록. 그리고 남북성문 앞에 비석을 세워 경계로 삼으면 좋겠군! 모두에게 명령을 내려라. 오늘부터 광안성 안에서 사형을 당하는 자는, 시신을 모두 강에 던져 물고기 밥을 만들라고!"

비석을 세우고 규칙을 만드는 것, 그것이면 대황숙의 악명을 후세에 오래 남기기에 충분했다!

결단코 용서할 수 없는 일을 저지른 자인데, 죽는다고 모든 것이 끝나서는 안 된다. 악인의 목숨은 아무 가치가 없으니까! 악인에게 죽은 이를 위한 경외심을 느껴서는 안 되고, 그가 대접받아 마땅한 대로 대접해야 했다!

군구신이 어린 시절 받았던 고통을 생각하면, 비연은 원한 때문에 이가 갈릴 지경이었다. 대황숙의 시신에 채찍질을 가하지 않는 것만으로도 그녀는 이미 충분히 자비롭다고 생각했다.

그녀는 대황숙이 군씨 황족 내에서 어떤 위치인지, 군구신과의 혈연관계도 고려하지 않았다! 그리고 그에게 죽음으로써 타인의 존경을 받게 할 생각은 결코 없었다!

비연의 말이 끝나자 주변은 침묵 속에 빠져들었다. 비연이 눈썹을 치켜세우며 물었다.

"설마 다들 반대하는 건가?"

군구신이 말없이 웃으며 가볍게 그녀의 코를 문질렀다. 웃음기 어린 그의 눈은 형용할 길 없이 다정했다. 그녀가 그를 위해 화를 내고 복수한다니, 그로서는 이 이상 좋을 수가 없었다. 그런데 무엇 때문에 반대하겠는가?

정역비 역시 웃으며 바로 비연에게 읍했다. 그는 비연의 눈을 똑바로 바라보면서도 난감해하거나 당황하지 않고, 호쾌한 태도로 외쳤다.

"왕비마마께서는 영명하십니다!"

진묵은 더더욱 예절에 구애받지 않는 사람이었으니 반대할 리 없었다. 비연은 아예 그에게 묻지도 않았다. 그에게 물어봤자 '말하는 대로 따르겠다'라는 답이 돌아올 테니까.

정역비가 명을 받아 자리를 떠나려 했을 때, 비연이 그를 불러 세웠다.

"정 대장군, 일을 끝내고 나면 며칠 쉬도록 하지. 나와 전하를 따라 골동품 암시장에 함께 가 주었으면 해."

정역비는 일이 끝나면 휴가를 내고 당정을 찾아가 빚을 청산할 생각이었다. 그가 재빨리 물었다.

"왕비마마, 골동품 암시장에는 무슨 일이신지요?"

비연은 물론 당정이 몸의 빚은 몸으로 갚는다는 말로 정역비를 화나게 한 걸 알지 못했다. 그녀는 정역비가 군대 일로 바쁘게 몇 달을 보내 버릴까 걱정되어, 암시장에 가는 김에 두 사람을 만나게 할 생각이었다.

물론 그녀는 속셈을 입 밖에 내지 않았다. 비연은 심지어 진지하게 말했다.

"그야 그 여우 녀석을 끌어내기 위해서지. 궁수 몇 명을 뽑아서 수행하게 하면 좋을 것 같아. 군데군데 매복시켜서 다시는 백리명천이 도망치지 못하게 해야지!"

이 말을 들은 정역비는 조금 의심스러웠다. 정왕 전하의 영술과 검술을 생각하면 백리명천을 상대하는 게 그렇게 어려울 것 같지는 않았다.

그러나 비연이 계속 말했다.

"백리명천을 잡아야 진정 승리했다 할 수 있겠지. 그렇게 생각하지 않나?"

이 말이 정역비를 자극했다. 그는 더 망설이지 않고 고개를 끄덕였다.

"예! 명을 받들겠습니다!"

정역비가 준비하러 떠난 후 진묵도 곧 물러갔다. 비연과 군구신은 궁에서 며칠 보내다 보니 피로가 쌓인 상태였다. 두 사람은 주변을 정리한 후 일찍 자리에 누웠다.

군구신이 습관적으로 긴 팔을 뻗어 비연의 베개 위에 두었다. 그녀가 베개를 베는 동시에 그의 팔을 함께 벨 수 있도록.

비연은 그의 팔을 벤 채 그의 품으로 파고들었다. 왜소한 그녀의 몸 전체가 그의 품에 감춰질 것만 같았다. 이런 순간 비연은 항상 말이 많았다. 그러나 군구신이 피곤할 때는 절대 수다를 늘어놓지 않았다. 지금도 단 한마디만을 했을 뿐이었다.

"내일 의부에게 서신을 보내 백리명천에 대해 알리는 거 잊지 마. 의부가 이 일로 더 근심하지 않도록."

이때, 고칠소는 어주도로 향하는 길이었다. 그는 비연 앞에서 백리명천에 대한 너그러운 감정을 드러낸 적 없었다.

아니, 오히려 자주 호되게 욕을 퍼붓곤 했다. 비연은 그가 이미 백리명천에 대한 마음을 죽였노라고, 그가 백리명천을 찾는 것은 설득하기 위해서가 아니라 사제 관계를 청산하기 위해서라고 여기고 있었다.

군구신이 고개를 끄덕이며 비연의 이마에 입을 맞추고는 다정하게 말했다.

"그래, 어서 자자."

비연이 얼굴을 들었다. 그녀는 아무 말도 하지 않았지만 군구신은 그 뜻을 알고 있었다.

그녀의 입술에 입을 맞추었다. 아주 달콤하게. 비연은 그제야 만족하고 잠이 들었다.

군구신은 사실 잠을 잘 생각이 없었다. 비연이 잠든 것을 확인한 그는 조심스럽게 몸을 일으켰다. 그리고 건명보검을 들고 문밖으로 나가 검술을 연습하기 시작했다.

그는 헌원예에게 1년 반의 시간을 약속했다. 그리고 이미 두 달이 지나 있었다. 그가 해야 할 일은 아직 아주 많이 남아 있었다. 현공대륙을 차지해야 하고, 비연이 대체 무슨 일을 겪었는지, 빙해영경에서 10년 동안 지내게 된 이유 등등도 알아내야 했다!

물론 그중에서도 가장 중요한 것은 건명검법을 완성하여 검과 하나 되는 경지에 이르는 것이었다. 그가 건명력을 장악하는 것이야말로 비연의 부모를 구할 수 있는 유일한 방법이었다.

군구신의 연공 속도는 무척 빠른 편이었지만 그의 마음에는 미치지 못하고 있었다. 그렇기에 그는 최선을 다해 연습 시간을 늘리고 있었다.

군구신이 정원에서 검을 연습하고 있을 때, 비연 역시 눈을 떴다. 사실 그녀도 자는 척했을 뿐이었다. 그녀는 문밖에 나가 보지 않고도 군구신이 무엇을 하는지 알고 있었다.

비연은 재빨리 몸을 일으킨 다음 가부좌를 틀고 앉아 마음을 수련하기 시작했다. 그 누구도 알지 못했지만, 그녀는 이미 봉황력을 느낄 수 있었다. 그녀는 봉황력을 장악하기 위한 시간으로 자신에게 1년 반을 주었다!

눈을 감은 채 정신을 집중해 제 몸을 살피기 시작했다. 그런데 얼마 되지 않아 갑자기 현기증이 몰려왔다. 그녀는 그대로 뒤로 쓰러져, 마치 잠든 것처럼 정신을 잃었다!

이 순간, 설랑 대설은 군영 밖 숲에서 먹이를 찾고 있었다. 그는 곧 비연이 이상하다는 것을 눈치채고 발걸음을 멈추었다. 그러나 비연이 너무 피곤해서 그런 건지, 아니면 혼수상태에 빠진 건지는 구분할 수 없었다.

대설이 비연에게로 돌아가려 했을 때, 갑자기 멀지 않은 곳에 익숙한 그림자가 보였다. 고운원이었다! 그는 높은 나무 아래에 앉아 두 무릎을 감싸고 있었는데, 괴로워 보이기도 하고 공포에 질린 것처럼 보이기도 했다.

이 녀석, 어째서 여기 있는 거지?

대설이 큰 소리를 냈다.

"찍!"

그러나 이게 웬일일까? 고운원이 갑자기 몸을 웅크리더니 천천히 한옆으로 쓰러졌다.

어찌 된 일일까?

승급은 거대한 재앙과 같아

고운원이 바닥에 쓰러진 것을 보고 대설이 본모습을 드러내며 바로 다가갔다. 그러다 깜짝 놀라, 다시 빙려서로 변해 멀리 떨어졌다!

고운원의 두 눈을 채우고 있는 것은 불꽃이었다. 그의 몸도 천천히 타오르기 시작했다. 이 불은 진짜 화염이라기보다는 환영인 듯했지만, 진짜 화염보다 더 뜨거운 듯했다. 너무나 뜨거운 나머지 고운원의 얼굴은 고통으로 가득 차 있었다.

그는 추워서가 아니라 괴로움 때문에 몸을 웅크리고 있었다. 점차 불꽃이 그의 몸 전체에 옮겨붙더니 금방이라도 그를 완전히 집어삼킬 것 같았다.

대설은 깜짝 놀랐다. 이게 대체 무슨 일인 걸까? 그는 이 상황을 이해할 수 없었지만, 이 불꽃의 붉은 빛이 보통 불과 다르다는 것은 알 수 있었다. 이 붉은 빛은…… 주인의 약왕정이 발산하던 그 기묘한 붉은 빛과 매우 비슷해 보였다.

대설은 무서웠지만 도망치지는 않았다. 고운원을 향해 찍찍 울며 계속 돌을 던졌다. 그가 자신을 한 번이라도 봐 주기를, 그래서 이게 어찌 된 일인지 알게 해 주기를 바라는 마음으로. 그러나 고운원은 계속 두 눈을 감고 있었다. 마치 영원히 눈을 뜨지 않을 것만 같았다.

대설이 다급한 나머지 그 자리에서 미친 듯이 맴돌았다. 돌고 또 돌고……. 대설이 갑자기 멈춰 서더니 용기를 내어 고운원의 몸 위로 뛰어올랐다.

대설은 자신도 불에 타리라 생각했지만 불꽃은 그의 주변을 맴돌기만 할 뿐 열기조차 느껴지지 않았다. 대설은 더욱 경악하며 재빨리 고운원의 얼굴을 두드렸다.

그런데 이게 웬일일까. 그가 고운원의 얼굴을 두드리는 순간 고운원의 몸을 태우던 불꽃이 전부 사라졌다. 마치 아무 일도 없었던 것처럼.

당황한 대설이 재빨리 뛰어내려 고운원을 위아래로 살펴보았다. 별문제 없어 보이는 것을 보고 그는 마음을 놓으며 고운원을 때려 깨우려 했다.

그러나 이게 웬일일까. 고운원의 이마에 불꽃 모양의 표식이 나타나더니, 그의 등 뒤에 거대한 약정의 환영이 나타났다!

대설은 그 자리에 못 박힌 채 눈을 휘둥그렇게 떴다. 이게 대체 웬일일까?

이 오래된 듯한 약정은 주인이 갖고 다니는 조그만 약왕정과 똑같이 생겼다. 다만 주인의 약왕정보다 백 배는 커서, 사람 하나가 넉넉히 들어갈 수 있을 것 같았다.

고운원은 대체 어떤 존재인 걸까!

대설은 놀라서 털을 세웠다. 그의 시선이 바로 아래로 이동해 고운원의 몸으로 떨어졌다. 그러나 대설의 눈에 비친 것은 투명하게 변하기 시작한 고운원이었다. 잠시 후, 고운원은 환상이었던 것처럼 그대로 사라지고 말았다.

멍하니 굳어 있던 대설은 바람이 불어오자 정신을 차렸다. 몸을 일으켜 눈을 비볐다. 그리고 고운원이 정말 사라졌다는 걸 확인한 순간, 갑자기 비명처럼 울며 군영을 향해 미친 듯이 달리기 시작했다.

대설이 군영에 도착했을 때 군구신은 검 연습을 끝내고 막 잠이 든 참이었다. 평소 비연의 잠버릇이 좋지 않았기에 군구신은 비연이 이불 위에서 자는 걸 보고도 별생각 없이 조심스럽게 이불을 덮어 주었다. 그리고 그녀를 품에 안은 채 잠들었다.

평소였다면 대설도 군구신과 비연의 침실에 함부로 난입할 수 없었을 것이다. 그러나 이 순간만큼은 달랐다. 대설은 그들에게 고운원의 일을 이야기하고 싶었고, 비연이 평소와 다른 것도 걱정되었다.

그는 다급하게 막사 안으로 들어가 침상을 향해 달려갔다. 그러나 그가 침상 가까이 가기도 전에 군구신이 깨어났다.

군구신은 손을 쓰지 않고, 고개를 돌려 바라보며 가볍게 헛기침을 했다. 물론 이것만으로도 대설의 발을 멈추기에는 충분했다.

대설은 몸을 돌려 도망치려다가 갑자기 멈춰 서서 찍찍, 두 번 울었다.

그 모습을 보고 군구신도 뭔가 이상하다는 걸 깨달았다. 그는 조심스럽게 비연을 내려놓고 일어나 앉은 다음 소리 죽여 물었다.

"무슨 일이지?"

대설은 조그만 앞발을 흔들며 찍찍 울었다. 그러나 초조하다는 것 외에는 아무것도 표현할 수 없었다. 마침내 대설은 침상 위로 뛰어올라 비연을 가리키며 찍찍거렸다.

군구신은 어린 시절부터 잠을 얕게 잤고 경계심도 높았다. 그러나 비연은 그 반대였다.

궁에서는 부모의 보호를 받았고, 빙해영경에서는 사부의 보호를 받았으며, 지금은 군구신의 보호를 받고 있었다. 그녀는 잠을 깊게 자는 편이었다

"연아, 일어나 봐. 연아……."

군구신이 그녀를 부르며 살짝 흔들었다. 가볍게 비연의 코를 문지르기도 했다.

대설은 긴장한 채 지켜보고 있었다. 그가 아무리 바보라 해도 고운원이 약왕정과 관계가 있다는 건 알 수 있었고, 주인이 오늘 밤 이상한 것도 분명 관계가 있어 보였다. 대설은 제 주인이 고운원처럼 그대로 사라져 버리는 건 아닐까 걱정하고 있었다.

그러나 비연은 깨어났다. 그녀는 살짝 눈을 뜬 채, 여전히 꿈속에 있는 듯 몽롱한 표정으로 물었다.

"날이 밝은 거야?"

"일이 생겼어."

군구신의 말에 비연은 바로 정신을 차렸다. 다급하게 일어나 앉으려 했지만, 갑자기 현기증이 몰려왔다. 이때에야 그녀는 자신이 마음을 수련하던 중 정신을 잃었다는 걸 기억해 냈다.

너무 피곤했기 때문일까?

일단은 이런 생각까지 할 여유가 없었다. 비연이 다급하게 물었다.

"무슨 일?"

군구신은 침상 위에 자빠져 있는 대설을 주워 들고 상황을 설명했다.

비연은 대설과 마음이 통하고, 의식도 서로 연결되어 있지만 완벽하게 교류할 수는 없었다. 그저 대설이 자신의 몸과 약왕정을 걱정하고 있다는 사실만 알 수 있을 뿐이었다. 그녀는 자신의 현기증을 고민하다가 재빨리 약왕정을 꺼냈다.

약왕정은 고묘에서 적령석을 아주 많이 받아들여 순식간에 8품으로 승급했다. 그녀로서도 버티기 힘들 정도였다. 지금 상황을 보면…… 설마 약왕정이 다시 한번 승급하려는 걸까? 그렇다면 약왕정은 9품, 최고 등급이 된다!

비연은 생각하고 또 생각하다가 뭔가 이상하다는 걸 눈치챘다. 그녀는 최근 봉황력에 신경 썼을 뿐 약왕정을 수련하려 한 적은 없었다!

설마 적령석이 아직도 힘을 발휘하고 있는 걸까?

이 적령석이 아무리 대단하다 해도 약재일 뿐이고, 약왕정과 직접적인 관계도 없는데…… 힘을 발휘하고 있다면 영향이 너무 큰 것 아닐까?

비연이 고민에 잠겨 중얼거리다가 갑자기 말을 멈췄다.

"사부가 나를 속인 걸까!"

어째서 건명보검은 적령석 안에 봉인되어 있었을까? 적령시만으로 발동시킬 수 있었던 이유는 또 무엇일까? 누가 봉인한 걸까?

고 태부 같은 사람조차 적령석이 무엇인지 알지 못했다. 적령시는 정말로 천연으로 존재하는 약광석일까?

비연은 백의 사부가 썼다는 약전에서 적령석과 관련한 기록을 읽었다. 그러나 그곳에도 약성만 적혀 있었을 뿐 내력은 기록되어 있지 않았다. 그리고 온 천하의 약초를 다 갖고 있던 백의 사부조차 적령석은 갖고 있지 않았다. 이 모든 것들이 의심스러웠다.

군구신이 말했다.

"그렇다면, 그는 우리가 건명보검을 얻도록 유인했던 건지도 몰라!"

"어째서 솔직하게 이야기하지 않고? 어째서 그렇게 힘들여서 우리를 돌아가게 한 거지? 사부도 힘들지 않았을까? 사부는 대체 뭘 하고 싶었던 걸까?"

비연은 조금 흥분한 상태였다. 의심 때문도 아니고, 화가 나서도 아니었다. 그녀는 걱정하고 싶었다.

군구신은 고운원이 힘들건 말건 상관없었고, 그저 눈앞의 비연이 힘든지 아닌지에만 관심이 있었다. 그가 말했다.

"무술을 수련하는 자에게 있어 승급은 거대한 재앙이기도 해. 신중하지 않으면 그 결과는 상상하기 어려울 정도니까. 네가 수련하는 약왕정도 그런 거겠지. 우리 며칠 더 쉰 후에 가도록 하자. 일단 자자. 다른 건 내일 이야기하기로 하고."

비연이 고개를 끄덕였다. 며칠 더 쉬면서, 그 김에 당정의 행방을 찾아보는 것도 좋을 것 같았다.

대설은 비연과 군구신의 대화를 이해하지 못하는 상태로, 계속 고개를 든 채 그들을 보고 있었다. 그러다 비연이 다시 자리에 눕자 다급해져 재빨리 약왕정 쪽으로 달려갔다. 그리고 약왕정을 쓰러트려 그 안에 숨겨져 있던 금침을 꺼냈다. 이 금침은 바로 고운원이 비연에게 준 것으로, 그녀가 다시 한번 그에게 도움을 청할 수 있다는 표식이었다.

비연은 당황했지만, 곧 대설의 뜻을 알아차렸다. 그녀가 다급하게 물었다.

"그분을 뵌 거야?"

대설이 찍 소리를 내어 울며 재빨리 침상에서 뛰어내리더니 막사 밖으로 나갔다……

사부는 계속 곁에 있었다

대설이 뛰어가자 비연과 군구신도 재빨리 옷을 챙겨 입고 따라갔다. 그들이 대설을 따라 군영 뒤 숲으로 들어가 보니 대설이 원래의 모습으로 돌아와 높은 나무 아래 서 있었다.

비연과 군구신이 주변을 둘러보았지만 아무것도 발견할 수 없었다. 비연이 대설의 머리를 쓰다듬으며 물었다.

"여기서 그분을 뵌 거야?"

대설이 이해하지 못하자 비연은 재빨리 고운원에게서 받은 금침을 꺼냈다. 대설이 바로 고개를 여러 번 끄덕이더니 갑자기 땅 위로 쓰러져 몸을 웅크렸다.

그 모습을 보고 비연과 군구신은 깜짝 놀랐다.

"고운원에게 무슨 일이 생긴 걸까?"

"상처를 입은 걸까, 아니면 병이 든 걸까?"

비연이 대설 곁에 앉아 다급하게 물었다.

"그다음에는? 사람은?"

대설은 비연의 뜻을 대강 이해했다. 그러나 '갑자기 사라졌다'를 어찌 표현해야 할지 알 수 없었다.

대설은 잠시 생각하다가, 갑자기 바닥에 벌렁 눕더니 사지를 웅크렸다. 커다란 설랑이 이렇게 웅크리는 건 우스꽝스러웠지만 비연과 군구신은 웃을 여유도 없이 진지하게 상황을 유추하고 있었다.

대설은 곧 빙려서로 변하더니 커다란 나뭇잎을 잡고 자신을 가렸다.

비연과 군구신이 서로를 바라보았다. 비연이 중얼거렸다.

"그분이 숨었다고?"

군구신이 주변을 둘러보며 물었다.

"찾아야 할까?"

대설의 몸짓을 보면, 고운원은 분명 병이 나거나 상처를 입은 거지 적을 만난 건 아닌 것 같았다. 바꿔 말하자면, 그가 직접 몸을 숨겼다면 그들을 만나고 싶지 않은 걸 수도 있었다. 그렇기에 군구신은 비연에게 그를 찾을지 말지 물은 것이다.

비연은 망설이지 않고 대설에게서 나뭇잎을 빼앗으며 엄숙하게 물었다.

"그분, 어느 방향으로 가셨어?"

대설은 이해할 수 없다는 듯 멍한 표정이었다.

비연이 사방을 가리키며 다시 물었다.

"어느 쪽으로?"

"찍……."

대설 역시 급한 나머지 화가 난 듯 다시 비연에게서 나뭇잎을 빼앗았다. 그는 잠시 생각하더니 갑자기 나뭇잎을 버렸다. 그리고 그 자리에서 구덩이를 파고는 그 안으로 뛰어들었다.

"이 자리에서 보이지 않게 되었다고?"

"사라졌다는 건가?"

비연과 군구신이 거의 동시에 외쳤다. 두 사람 모두 의아해하며 놀라고 있었다.

대설이 잠시 숨어 있다가 흙에서 머리를 내밀더니, 갑자기 비연 허리께의 약왕정으로 뛰어올라 계속 울어 댔다.

대설이 아무리 영리하다 해도 고운원이 불에 타 사라졌다는 것이며 몸 뒤에 약정의 환영이 나타났다는 사실을 전달할 수는 없었다. 비연과 군구신이 아무리 영리해도 그 장면을 완벽하게 추측할 방법도 없었고 말이다. 그러나 마음에 짚이는 것은 있었다.

그들은 서로를 바라보며 의아해하고 있었다. 명백했다. 고운원은 떠나지 않고 계속 그들과 함께하고 있었던 것이다. 약왕정 신화의 승급이 비연에게만 영향을 끼친 게 아니라 그에게도 영향을 주었을지도 모른다.

숲에서 군영으로 돌아오는 내내 군구신은 한마디 말도 없이 깊은 생각에 잠겨 있었다. 비연도 계속 약왕정을 쓰다듬으며 말이 없었다.

군구신은 막사 안으로 들어와서야 겨우 입을 열었다.

"연아, 기령에 대해 들어 본 적 있어?"

"기령?"

비연은 들어 본 적 없는 단어였다.

군구신이 말했다.

"몸을 던져 기물을 연마한 자는 그 기물의 영혼으로 변한다고 하지. 사람이되 사람이 아니고, 혼이되 혼이 아닌 자…… 기령이 되는 거야. 사실 구려족 고묘에서도 의심했었지만, 증거가 없었어. 지금은 십중팔구 그렇다고 생각해."

비연이 아련하게 약왕정을 바라보며 중얼거렸다.

"그러니까 사부는 나를 떠난 적이 없고, 계속 내 곁에 있었던 거구나!"

군구신이 약왕정을 바라보며 말했다.

"그가 말하지 않은 것은, 아마 말하기 어려운 비밀이 있었기 때문일 거야."

"적령석이 분명 약왕정 신화의 승급에 큰 영향을 끼쳤지."

비연은 생각하면 생각할수록 화가 났다.

"무엇 때문에 적령석으로 건명검을 봉인한 걸까? 우연일까? 사부는 분명 진상을 알고 있을 거야!"

비연은 약왕정을 탁자에 힘차게 내던지며 분노한 목소리로 말했다.

"말하기 어려운 비밀? 말할 수 없다면 모두 함께 방법을 생각했으면 되는 거잖아?"

약왕정은 조용히 그 자리에 멈춰 서 있었다. 마치 죄 없는 사람이 침묵하는 것처럼.

대설은 비연이 화난 것을 보고 바로 탁자 위로 뛰어올라 약왕정을 넘어뜨렸다. 그리고 그 안으로 들어가 한 바퀴 돌았지만 별다른 이상한 점을 발견하지는 못했다.

군구신이 좋은 말로 달래려 했을 때, 비연이 갑자기 약왕정을 집어 들더니 침상 위에 가부좌를 틀고 앉았다. 그녀는 약왕정을 손바닥 위에 올린 채 의식을 약왕정 안으로 들여보냈다.

약왕정 안 공간은 약을 저장하는 동굴과 약초밭으로 이루어져 있었다. 약을 저장하는 동굴은 각종 약재로 가득했고, 약초밭에도 온갖 약재가 심겨 있었다. 약왕정이 승급함에 따라 원래 조그마하던 약초밭이 넓어지다 못해 광활해져 있었다.

비연은 동굴과 약초밭을 두루 살펴보았지만 고운원의 흔적은 찾을 수 없었다. 그녀는 결국 힘만 낭비한 채 물러 나왔다.

군구신은 지쳐 보이는 비연의 모습을 보고 안타까운 마음에 말했다.

"연아, 강요하지 않겠다고 말했잖아?"

비연도 어쩔 수 없다는 듯 웃었다.

"응, 내가 그랬지."

그녀는 힘없이 군구신의 품에 기대더니, 얼마 지나지 않아 잠들고 말았다. 군구신은 잠시 그대로 있다가, 그녀를 침상 위에 내려놓았다.

그가 막사에서 나왔을 때 망중이 밀지를 가지고 왔다.

"전하, 전형 전매로부터 소식이 왔습니다. 백초국 황도에서 기욱과 복면 노인을 발견했다고 합니다. 그 노인이 만만한 상대가 아닌 듯, 한참 미행하다가 놓쳐 버렸다고 합니다. 혁소해가 틀림없는 것 같습니다!"

군구신은 흑삼림에서 나온 후 전형 전매에게 새 임무를 맡겼는데, 바로 백리 황족과 기씨 가문을 주시하라는 것이었다. 구려족 고묘에서는 타초경사의 우를 범할 수 없었기 때문에, 백리 황족과 기씨 가문 쪽에서 요행을 바라는 수밖에 없었다.

이 소식에 군구신은 의외라 생각했다. 백리 황족 쪽에서는 오래도록 수희의 소식이 들려오지 않았었다. 그와 비연은 수희가 축운궁주 손에 떨어졌으리라 생각했고, 중독당한 혁소해와 기욱은 아마 불운한 일을 당했으리라고 생각했었다.

망중이 다시 말했다.

"전하, 그 두 사람이 도망쳐 나온 걸 보면 축운궁주와 부딪치지 않고 빠져나온 듯합니다. 수희 역시 마찬가지고요."

군구신은 반박도 긍정도 하지 않고 말했다.

"혁소해가 까닭 없이 그 멀리까지 갔을 리 없다. 전형 전매에게 황도 안에서 찾아보라고 해라. 반드시 찾아내야 한다고."

망중이 명을 받들고 간 후, 군구신은 정역비를 불러 천염국 서쪽 변경의 일을 의논했다.

백초국과 만진국은 본래 연맹을 맺은 사이였다. 백리명천이 신농곡에서 지명 수배를 당하고 엽십삼과 관련한 일이 없었다면, 천염국과 만진국이 전쟁을 시작하자마자 백초국도 참전했을 것이다.

천염국과 만진국이 두 번째로 전투를 시작한 이래, 백초국 병사들이 하루가 멀다 하고 변경에서 행패를 부리며 천염국 주둔군과 갈등을 일으키고 있었다. 백초국 내의 천염국 상인들도 괴롭혔다. 특히 최근 몇 달 동안 큰 전투는 없었으나 자잘한 전투는 꽤 여러 번 있었다. 상황을 보건대, 백초국이 곧 구실을 잡아 정식으로 선전 포고를 할 태세였다.

정역비는 서쪽에서 동쪽으로 오는 동안 계속 전투를 벌이며, 적지 않은 병력을 징발했다. 남은 것은 남부의 세력을 투항시켜 만진국의 정세를 안정시키는 것이었다. 앞으로 1년이나 반년 정도는 이곳에서 병력을 철수시킬 수 없었다. 백초국은 바로 이 점을 파악하고, 기회를 노려 전쟁을 일으키려는 게 분명했다. 그러므로 지금 천염국은 서쪽 변경에서 전쟁을 준비할 뿐 아니라, 지략으로 승리할 준비를 해야 했다!

군구신은 정역비와 오전 내내 의논한 끝에, 백리명천을 끌어내기 위해 직접 서쪽 변경으로 가기로 했다.

그들의 상의가 끝났을 때, 망중이 다시 놀라운 소식을 가져왔다……

정말로 여우와 같은 자

 망중이 가져온 소식은 바로 백리명천의 행방과 관련한 것이었다. 화월산장에서 백초국 황궁에 잠입시킨 세작이 궁에서 우연히 백리명천을 보았다는 내용이었다. 정역비는 이해할 수 없는 표정이었지만 군구신은 바로 상황을 파악했다.

 "백리명천이 대황숙까지 끌고 나와 연극을 벌이게 했던 진정한 목적은 시간을 끄는 거였군. 그러나 그의 진정한 패는 대황숙이 아니겠지. 그에게는 아직 병력이 남아 있다. 분명히 남부에 매복 중이겠지!"

 백리명천의 손에는 어떤 패도 없었다. 특히 백초국 황제의 눈에 들 만한 조건은.

 지금 세 나라의 정세를 보건대, 백초국 황제는 백리명천과 연맹을 맺지 않아도 분명 천염국에게 선전 포고를 할 것이다. 그런 그가 유일하게 마음이 동할 만한 조건은 바로 백리명천이 만진국에서 정역비를 붙들고 시간을 끌어 주는 것이었다.

 백리명천의 전 병력이 광안성에 남아 결사적으로 항전해도 시간을 오래 끌 수는 없었다. 그러나 병력을 남부에 매복시킨다면, 정역비가 방심하고 있을 때 그를 공격하는 것이 훨씬 쉬울 것이다.

 또 성을 지키지 않는다면 유격 전술을 쓸 수도 있고, 천염국 군대의 약한 부분을 골라서 공격할 수도 있었다. 그렇게 되면 정역비는 수동적인 위치에 처하게 되고, 1년까지는 힘들더라도 최소한 반년은 시간을 끌 수 있을 것이다.

1년, 혹은 반년의 시간이라면 백초국 황제가 마음에 들어 할 만했다!

정역비는 백리명천이 수희에게 시간을 끌게 한 것은 백초국 황제를 찾아가 연맹을 맺을 시간을 벌기 위해서라고만 생각했다. 백리명천이 만진국 남쪽에 병력을 매복시켜 두었으리라고는 꿈에도 생각지 못했다. 정역비가 놀란 숨을 들이마시며 말했다.

"과연, 여우 같은 자입니다! 어찌나 음험한지! 전하께서 저에게 전투를 그만두고 투항을 유도하라고 하지 않으셨다면 저는 분명 병사들을 이끌고 남하했을 테고, 분명 덫에 걸려들었을 겁니다!"

그리고 감개무량한 듯 말했다.

"정왕 전하, 이 일은 우리가 인을 지키고자 했기 때문에 얻은 복입니다!"

"본 왕은 백리명천에게만은 인자하지 않을 것이다! 서쪽 변경은 지략으로 승부를 보아야 하고, 만진국 남부는 더더욱 그러하지. 기억하도록. 방어를 강화하되 쉽게 움직여서는 안 된다. 그가 얼마를 매복시켜 두었건 일단 기다려라!"

정역비가 읍하며 말했다.

"분부대로 하겠습니다!"

"일단 그를 순순히 돌아오게 해야겠지! 본 왕이 백리명천의 소장품을 경매에 내보낸다고 소문을 내도록. 경매에서 하나를 구입하면 열을 준다는 소문도 함께 내면 좋겠군. 아, 그의 자옥교주도 경매품에 포함되어 있다는 이야기도 빼놓지 말도록!"

군구신의 이 말에 정역비가 몹시 기대하는 표정으로 명을 받들러 나갔다.

군구신은 지도 앞에서 뒷짐을 지고 선 채 한참 동안 생각에 빠져 있다가 겨우 자리에 앉았다. 그러나 얼마 지나지 않아 망중이 진양성에서 온 서신을 가져왔다.

군자택은 최근 상당히 발전했고, 충성스러운 대신들의 보좌도 받고 있었다. 그는 아직 모든 일을 홀로 대면할 수는 없었지만, 대부분의 상소문을 스스로 처리할 수 있게 되었다. 그리고 해결하기 어려운 문제는 군구신에게 보내 의견을 구했다.

군구신은 종종 종이를 몇 장이나 써 가며 상세한 답안을 보내 주곤 했다.

군구신이 상소문을 한번 훑은 후 자신의 의견을 덧붙여 적으며 물었다.

"염진 소사부가 자주 대자사로 돌아간다고?"

망중이 재빨리 대답했다.

"사흘에 한 번은 간다고 합니다. 소사부는 무척 재미있는 성격이더군요. 황상께, 부처는 부모와 같으니, 매일 시중을 들 수는 없어도 며칠에 한 번은 문안을 올려야 한다고 했답니다."

군구신이 붓을 멈추더니 큰 소리로 웃기 시작했다.

"보통 부모가 부처와 같다고 말하는데, 부처가 부모와 같다고 말하다니. 그러고 보니 염진을 본 지도 오래되었다. 염진이 끓여 주는 탕이 그립군."

망중이 머리를 긁적이며 속으로 매우 답답해했다. 흑삼림에서 나온 후, 군구신은 망중에게 대자사 쪽 숲에 사람을 파견해 남몰래 염진을 지켜 주라고 했다. 또 군자택의 근황에 관심을 보일 때면 염진에 대한 것도 잊지 않았다. 군구신이 예전에도 염진을 아주 좋아했다지만 이 정도로 근심할 정도는 아니었다.

망중은 제 주인이 염진을 마치 친동생처럼 대하고 있다고 생각했다.

그리고 전하의 다정한 미소를 보는 순간 저도 모르게, 전하에게 아이가 생긴다면 분명 몹시도 사랑할 거라는 생각을 했다.

군구신이 바쁘게 일하는 동안 비연은 오후까지 잠을 잤다. 정신이 상당히 맑아져 고운원과 관련한 일도 그렇게 마음에 담아 두지 않았다.

백리명천의 행방을 알게 되자 그녀는 당장이라도 골동품 암시장에 가지 못해 안달이었다. 물론 그녀는 당정도 잊지 않았다. 승 회장에게 서신을 한 통 보내, 당정이 최대한 빠르게 골동품 암시장으로 향하도록 전해 달라고 부탁했다.

그녀는 쉴 생각 없이 계속 군구신을 재촉했다. 5일 후, 군구신은 그녀가 죽기 살기로 매달리는 것을 견디지 못해 이틀만 더 쉰 후에 출발하기로 약속했다.

그로부터 이틀 후, 비연 일행은 비밀리에 현공대륙 최대의 골동품 암시장 천옥성을 향해 출발했다.

백리명천은 확실히 백초국에 있었다. 그리고 수희 역시 수로를 통해 막 그의 곁에 도착했다.

수희가 무릎을 꿇은 채 단호한 얼굴로 말했다.

"삼전하, 제가 사명을 욕되게 하고 전하께 수치를 안겨 드렸습니다. 전하의 대계를 망쳐 놓았으니 벌받아야 마땅합니다!"

백리명천은 나른한 자세로 앉아 침착하게 술을 음미하고 있었다. 그의 얼굴은 깊은 생각에 잠겨 수희의 말을 아예 듣지 못하는 것 같기도 했고, 동시에 수희의 말뜻을 깊이 생각하고 있는 것 같기도 했다.

수희가 슬며시 그를 곁눈질하며 말했다.

"고비연이 사람들 앞에서 전하를 모욕하고 우리 군의 사기를 떨어뜨렸습니다. 정말 비열함의 극치입니다!"

백리명천은 그제야 눈썹을 치켜올렸다. 그의 입가에서 웃음기가 새어 나오고 있었다.

"재미있어. 정말 재미있다니까! 좀 후회가 되는군. 광안성에 남아 비연과 재미있게 얘기를 나눠 봤으면 좋았을 텐데!"

그의 입가에 어린 웃음기를 보자 수희는 제 심장 위에 거대한 뭔가가 얹힌 기분이 들었다. 그것도 아주 무겁게!

그녀는 이곳까지 오는 동안 삼전하의 각종 반응을 상상했다. 그러나 그가 즐거워할 거라고는 상상한 적 없었다. 수희는 자신이 광안성 성루에서 철저하게 패했다고 여겼다. 그러나 이 순간이 바로 그녀가 가장 완벽하게 패배하는 순간이었다. 삼전하는 그녀가 비연을 상대하기를 바랐으나, 비연이 이기자 기뻐했다! 그렇다면 대체 그녀는 무엇이란 말인가.

수희는 생각하지 않을 수 없었다. 만약 그날 그녀가 비연에게 승리를 거두고 비연을 어떻게 하기라도 했다면, 삼전하께서는 불쾌해하셨을까?

다시 떠오른 질투가 점차 원한이 되었다. 수희는 눈앞의 이 남자를 너무나 사랑하고 있었다. 아무 조건 없이, 그저, 너무나. 그렇기에 그의 웃음이 그녀의 마음을 찢어 놓는다고 해도 그녀는 그를 미워할 수 없었다. 수희가 미워하는 것은 비연이었다!

수희가 말했다.

"전하, 옥인어 12군은 어디에 주둔하고 있는지요? 저에게 공으로써 잘못을 메울 기회를 주십시오. 옥인어 12군을 이끌고 선봉에 서서 천염국을 공격하겠습니다!"

백리명천은 옥인어 12군을 만진국 남방에 비밀리에 배치했으나, 수희에게는 자신이 12군을 이끌고 백초국과 연맹을 맺을 거라 속였다. 이것은 그가 수희를 믿고 있지 않기 때문이기도 했고, 수희가 잡혔을 때 그의 계획이 새어 나가지 않게 하기 위함이기도 했다. 또 수희 뒤에 있는 축운궁주가 너무 많은 것을 알게 하고 싶지 않았다.

백리명천이 나른하게 말했다.

"이 일은 네가 상관할 일이 아니다. 축운궁주가 본 황자에게 회답을 보냈느냐?"

수희는 지금까지도 축운궁주에게 백리명천이 자신을 시켜 군구신을 대적하게 했다고 말할 엄두가 나지 않아 핑계를 대며 시간을 끌고 있었다. 과연 얼마나 그럴 수 있을지는 그녀로서도 알 수 없었지만.

수희가 말했다.

"축운궁주는 전하께서 현한보검을 가지고 오기를 기다리고 계십니다. 전하, 저들을 당해 낼 수 없다면 가능한 한 빨리 저들을 북해로 끌어들이는 것도 방법입니다. 그렇게 하면 주요 인물을 사로잡을 수 있으니까요!"

백리명천은 정역비가 만진국 남쪽의 함정에 빠지는 것을, 백초국이 천염국에게 선전 포고하기를 기다리고 있었다. 그는 축운궁주와 연맹을 맺을 생각보다는 전쟁이라는 기회를 빌려 비연과 군구신을 백초국으로 끌어들일 작정이었다!

그가 형식적으로 대답했다.

"급하지 않다. 좀 더 기다려라."

아무리 백리명천이라 해도 곧 자신이 골동품 암시장에서 날아오는 소식을 받게 될 거라고는 상상조차 할 수 없었다.

비연 일행이 열흘 동안의 여정을 통해 천옥성에 도착한 것이다……

힘을 들이지 않고 찾아내다

천옥성은 현공대륙에서 가장 큰 골동품 암시장으로, 만진국 서남쪽에 있었다. 그러나 신농곡과 마찬가지로 어떤 나라의 관할이 아닌 독립된 존재였다. 신농곡에 곡주가 있듯 천옥성에는 성주가 있었는데, 역시 얼굴을 드러내는 일이 거의 없었다.

비연 일행이 천옥성에 도착한 때는 오전이었다. 바로 천옥성이 가장 시끌벅적할 때였다. 성안의 큰길이며 작은 골목, 객잔이며 주루가 모두 홍성거리고 있었다. 만진국 전쟁의 영향을 전혀 받지 않은 듯한 모습이었다.

비연은 마차의 차창 밖을 내다보며 환하게 웃었다.

"정역비, 이 성을 얻을 수 있겠어?"

정역비도 웃으며 말했다.

"왕비마마께서 명령을 내리신다면야, 당연히 얻어야겠지요!"

비연은 물론 농담을 한 것이었다. 서쪽 변경의 상황이라면 그녀도 이미 알고 있었고, 시간을 지체할 생각은 전혀 없었다.

"여기를 얻어 봐야 소용없을 것 같아. 이번에 성주를 만나 우정을 쌓을 수 있다면 아주 좋겠는데."

정역비가 재빨리 답했다.

"제가 조사한 바에 따르면 성주의 성은 백, 이름은 소화라고 합니다. 이미 4년 동안이나 얼굴을 드러내지 않고 있어, 이 성에 있는 사람 대부분 성주가 어떻게 생겼는지도 모른답니다."

"백소화?"

비연에게 그 이름은 젊은 공자의 것처럼 들렸다.

"나이가 어떻게 되지?"

정역비가 답했다.

"들기로는 꽤 많다고 합니다. 소문에 따르면 병 때문에 얼굴을 드러내지 않는 거라고도 하고요. 병상에 누운 채 남몰래 성주를 계승할 사람을 찾는다는 이야기도 있지만, 지금까지 병세를 공개한 적은 없습니다."

비연은 고개를 끄덕이며 차창 밖을 바라보았다. 군구신 역시 생각에 빠진 채 차창 밖을 바라보고 있었다.

천옥성에서 골동품을 사는 경로는 네 가지였는데, 바로 노점, 가게, 도박장, 경매장이었다.

천옥성에는 노점이 셀 수도 없이 많았다. 그곳에서 파는 골동품은 장난감 수준이거나 옛 물건을 모방한 물건이었다. 그러나 노점 주인들은 진품인지 가품인지, 아니면 구분할 수 없는 물건인지를 속이지 않고 솔직하게 말한 후 손님들 결정에 맡겼다. 때문에 진정으로 물건을 볼 줄 아는 이들은 천옥성에 오면 노점부터 돌아본 후 좋은 물건을 염가에 고르곤 했다.

가게의 거래는 노점보다는 한 단계 위였다. 진품만을 팔았고 위조품은 없었다. 그러나 가게 주인들은 모두 성격이 괴이한 '어르신'들이라 교류하기가 쉽지만은 않았다. 손님을 내쫓는 일도 이곳에서는 당연한 일로 여겨지곤 했다.

도박장은 천옥성의 특징이 잘 살아 있는 곳이었다. 천옥성에는 크고 작은 도박장이 많았는데, 보통 도박장이 주사위 노름이나 패 놀이를 한다면 이곳의 도박장에서는 골동품 내기를 했다. 예를 들자면, 골동품이 진품인지 가품인지, 어느 시기의 물건인지 걸어 보는 것이었다. 골동품을 잘 알지 못하는 사람이라면 이곳에서 며칠만 구경해도 꽤 많은 것을 배울 수 있었다.

경매장은 천옥성에서 가장 유명한 곳으로, 성 전체에 단 한 곳뿐이었다. 하루에 단 두 번, 오전과 저녁에 경매가 있었다. 보통 골동품은 경매장에 들어가지도 못했고, 아주 희귀한 보물이어야만 천옥성 경매장의 경매대에 오를 수 있었다.

백리명천이 소장한 것들은 물론 경매대에 오를 만큼 뛰어난 물건들이었다. 군구신은 이미 경매장의 장주와 연락해 경매장을 사흘 전세 낸 상황이었다. 그들은 오는 내내 시간을 아꼈으므로 첫 번째 경매는 모레 시작될 예정이었다. 오늘과 내일은 쉬거나 사방을 돌아다니며 구경할 수 있었다.

시끌벅적한 곳을 좋아하는 비연은 객잔에 짐을 풀자마자 군구신을 잡아끌고 밖으로 나갔다. 진묵과 망중 역시 그들을 호위하기 위해 남몰래 따라붙었다. 정역비는 눈치 빠르게 객잔에 남았으나 곧 무료한 기분이 들었다.

그는 푸른 옷으로 갈아입었다. 검도 풀어 놓으니 군인 특유의 강직한 느낌이 조금 덜해지고 대신 호탕해 보였다. 그 보기 좋은 입매가 조금 더 올라간다면 조금 건들거리는 느낌이 들 것 같기도 했다. 아니, 풍류를 즐기는 부유한 집 공자 같아 보일 듯했다. 어쨌든 병사들을 이끌고 전쟁을 벌이는 사내로는 보이지 않았다.

정역비는 객잔을 나와 도박장을 향해 성큼성큼 걸어갔다. 그는 도박을 즐기지 않았고, 골동품에 대해서도 잘 알지 못해 순수하게 새로운 재미를 찾을 요량으로 도박장으로 향했다. 최근 군대에서 너무 오랜 시간을 보내 그는 시끌벅적하다는 게 뭔지도 잊을 지경이었다. 자신이 시끌벅적한 것을 좋아한다는 사실마저도.

정역비는 가장 가까이에 있는 도박장을 선택해 들어갔다. 그곳 설비는 다른 보통 도박장들과 별 차이가 없었다. 도박판에 끼어들 엄두를 내지 못하는 이들은 탁자를 둘러싸고 있었는데, 사람이 너무 많아 탈일 지경으로 보였다.

정역비는 한 바퀴 둘러본 후 탁자마다 옛날 돈이며 옥석, 도자기, 청동기 등 골동품을 두고 도박 중이라는 걸 깨달았다. 그는 탁자마다 잠시 멈춰 구경했다. 비록 이쪽으로는 아는 바가 없었지만 다소간 요령을 배울 수 있었다.

어쨌든 정역비는 이곳에 오래 머물 생각은 없었다. 도박에 호기심은 느꼈으나 그보다는 경매장에 좀 더 흥미가 있었다. 그가 막 떠나려는데, 등 뒤의 시끌벅적한 소음 속에서 익숙한 목소리가 섞여 들려왔다.

"본 소저는 위조품이라는 데 걸겠어! 이 물건은 절대적으로 위조품이야!"

정역비는 순간적으로 발걸음을 멈췄다. 그는 곧 그것이 당정

목소리라는 것을 깨달았다. 깜짝 놀라 서둘러 고개를 돌렸다. 그러나 등 뒤에는 사람들이 너무나 많았고, 게다가 모두 남자였다. 당정은 그림자조차 보이지 않았다.

그러나 잘못 들었을 리 없다! 그 목소리는 절대적으로 당정이었다!

그는 미간을 찌푸린 채 되돌아갔다. 방금처럼 주마간산 격으로 살피는 게 아니라 첫 번째 탁자부터 시작해 탁자 주변에 앉아 있는 이들을 하나하나 뜯어보았다.

정역비는 최근 10년 동안 대부분의 시간을 군영에서 보냈고, 늘 보는 것이 남자들이었다. 그러나 이 순간 비좁은 탁자에 앉아 있는, 심지어 어깨를 붙이고 앉아 있는 남자들을 보고 있노라니 이유 없이 반감이 치밀어 오르고 마음이 번잡해졌다.

여섯 번째 탁자를 살피고 일곱 번째 탁자로 걸어가려는데 옆에서 갑자기 탁자를 내려치는 소리가 유달리 크게 들렸다. 그리고 여자의 목소리도 들려왔다.

"본 소저가 10만을 걸지!"

10만?

일순간 주변 모두가 고개를 돌려 소리가 난 곳을 바라보며 시끄럽게 떠들기 시작했다. 그 소란 가운데 정역비가 천천히 몸을 돌렸다. 그의 잘생긴 눈이 순식간에 가늘어지더니 사납고 고집스럽게 빛나기 시작했다.

당정이다! 확실히 당정이었다. 그녀는 지금 앞쪽 사람들 무리 속에 있다!

10만은 전대미문의 금액이었다. 일순간 당정의 도박을 구경하려는 이들이 그녀를 둘러싸더니, 심지어 꽤 많은 도박꾼이 따라붙었다.

정역비가 빠르게 앞으로 다가갔다. 둘러싼 사람들을 밀쳐 낼 생각으로 손을 내밀다가 결국은 다시 거둬들이고 말았다. 그는 심호흡을 한 후 침착하게 사람들 사이에 자리를 잡았다. 곧 앞쪽으로 가서 당정을 보게 되었다.

당정은 여전히 남자 옷을 입고 있었다. 흰옷에 검은 머리를 높이 묶은 모습은 자못 그녀의 부친과 닮아 보였다. 그러나 얼굴 생김은 모친을 닮아 맑고도 영리해 보였다. 당정이 남자 옷을 입고 있다 해도 모두 한눈에 그녀가 여자라는 것을 알아볼 수 있었다. 그러나 이 순간, 그녀는 전혀 여자 같아 보이지 않았다.

의자에 한 발을 올린 채 몸을 살짝 앞으로 굽힌 그녀는 무릎 위에 팔을 올리고 있었다. 기분이 무척 좋은 듯, 손으로 도박장의 화폐를 만지작거리며 입가에 잔잔한 미소를 머금고 있었다. 남자들 사이에서 이런 자세로 이런 태도라니, 그야말로 여자 불량배가 따로 없었다!

정역비는 침착하게 그녀를 살펴보았다. 머리부터 발끝까지 두루 살펴본 후, 그의 시선이 마침내 그녀의 얼굴에서 멈췄다. 찬란하게 웃는 그녀의 얼굴을 본 그는 거의 일직선이 될 정도로 눈을 가늘게 떴다. 그런 그에게서는 위험한 기운이 풍겨 나오고 있었다.

당정을 찾기 시작하기도 전에 여기서 만날 줄이야. 정말 힘들이지 않고 찾아낸 셈이었다. 그리고 그는 이제 그녀에게 도망칠 기회를 주지 않을 셈이었다.

그녀의 기분이 마침 아주 좋아 보이니, 그녀가 좀 더 즐거워하도록 내버려 둔 후에 다시 제대로 물어볼 생각이었다. '몸의 빚을 몸으로 갚는다'라는 말이 대체 무슨 의미인지!

정역비는 뒤로 한 걸음 물러나 사람들 사이로 몸을 숨겼다. 물론 그의 시선은 당정에게서 떠나지 않았다…….

심정, 이랬다저랬다

정역비는 당정을 발견했지만, 당정은 정역비를 보지 못했다. 그녀는 도박 탁자 위의 열기에 깊이 빠져 있었다.

탁자 위에는 오래된 청동 비조백련삭이 놓여 있었다. 이 비조백련삭은 매의 발처럼 앞부분에 발가락이 셋, 뒷부분에 하나 있었다. 앞부분의 발가락은 세 개의 관절이, 뒷부분 발가락에는 관절이 두 개 있었다. 그리고 앞부분이건 뒷부분이건 관절이 이어진 곳에 기관이 숨겨져 있어 신축성 있게 움직일 수 있었고, 발가락 끝이 모두 상당히 날카로웠다.

이 비조백련삭은 일단 목표에 닿는 순간, 이 네 발가락으로 목표를 꽉 잡게 되어 있었다. 그야말로 암기 중에서도 훌륭한 물건이라 할 수 있었다.

현공대륙에는 암기가 많지 않아 비조백련삭은 희귀한 물건이었다. 그러니 쉽게 모방할 수도 없었다. 그 이유로 탁자에 앉아 있는 도박꾼들은 이 물건이 진품이라 확신하고 있었고, 오로지 당정만이 이 물건이 위조품이라며 10만 금을 걸었다.

시끄러운 가운데 중개인이 손을 들어 모두를 조용하게 하고는 당정에게 진지하게 물었다.

"소저, 잘 생각하셨습니까? 이곳의 규칙에 따르면, 한번 돈을 걸면 물릴 수 없습니다. 승부도 바로 이 자리에서 날 것이고, 외상은 받지 않습니다."

당정은 의자를 밟고 있던 다리를 내려놓더니 우아하게 머리카락을 뒤로 넘겼다. 그리고 옷을 살짝 들어 올리며 자리에 앉더니 바로 금표 한 묶음을 꺼내 탁자 위로 가볍게 내던졌다. 그녀는 아무 말 없이 잔잔하게 미소 짓고 있었는데, 봉황을 닮은 두 눈에 빛이라도 어린 듯 밝아 보였다.

이 도박장에는 달인도 적지 않았지만 이렇게 씀씀이가 큰 여자는 처음이었다. 사람들이 서로 이야기를 주고받기 시작했다.

"저 소저 정말 호방하구먼! 하, 이 어르신 마음에 쏙 든단 말이지."

"여중 호걸이야, 호걸! 아주 기분이 좋구먼!"

"예전에는 본 적이 없는데? 처음 온 건가? 어느 집안 소저지?"

"보아하니 그렇게 평범한 계집은 아닌 듯한데, 아마도……. 하하!"

당정에 대한 평가는 제각각이었다. 그러나 당정은 그들의 말을 듣고도 웃고만 있었다.

사람들의 평가 따위는 상관없고, 그저 자신만 재미있으면 된다는 듯한 자세였다. 그 모습을 보고, 견식이 넓고 사람들을 많이 만나 본 중개인도 감탄하는 듯한 눈빛을 보냈다.

정역비는 시선은 당정에게 둔 채 주의력을 주변에 쏟고 있었다. 그러나 주변 사람들이 떠드는 소리에 점차 안색이 변하고 있었다.

그도 세상에 구속받지 않는 성격으로, 누가 뭐라건 자신 마음대로 행동했으며, 세속의 시선을 신경 쓴 적 없었다. 그러나 주변 남자들이 당정에 대해 떠드는 걸 들으니 왠지 모르게 기분이 무척이나 좋지 않았다!

"손님들, 더 거실 분 계신가요?"

중개인의 목소리가 사람들의 입을 다물게 했다.

더 걸고자 하는 사람이 없음을 확인한 중개인이 곁에 있는 감정사를 바라보았다.

"대 사부, 감정을 내려 주시지요!"

공평을 기하기 위해 모든 골동품은 도박 탁자 위에 오르기 전에 먼저 감정사에게서 감정을 받았다. 감정사는 진품인지 모조품인지, 어느 시대 어디서 만들어진 물건인지를 모두 앞에서 적은 다음, 도박꾼들이 돈을 건 후에 답을 공표했다.

대 사부가 두 손으로 두루마리 하나를 들고 오자 모두 조용히 두루마리를 응시했다. 분위기가 더욱 긴장되어 가고 있었다.

당정은 전혀 긴장하지 않은 상태였다. 그녀는 한 손으로 턱을 괸 채 다른 손으로는 탁자 위 판돈을 만지작거리고 있었다. 아주 태연자약한 얼굴이었다.

방금까지만 해도 인상을 쓰고 있던 정역비였지만, 이 순간 여유만만한 당정을 보니 갑자기 저도 모르게 웃음이 새어 나왔다. 그는 물론 알고 있었다. 당씨 가문의 대소저인 그녀라면 이 도박장의 어떤 감정사보다도 암기를 감정하는 능력이 뛰어날 것이다. 그녀는 지금 도박을 하는 게 아니라 돈을 쓸어 담을 작정인 것이 분명했다!

모두 감정사의 손에 들린 두루마리를 바라보는 가운데 정역비만이 당정을 바라보았다. 고요한 가운데 시간이 마치 이 순간에 멈춰 버린 것 같았다.

감정사가 두루마리를 펼쳤다. 두루마리에는 글이 몇 줄 적혀 있고, 아주 커다랗게 '위조품'이라는 인장이 찍혀 있었다. 당정이 옳았다. 이 암기는 모조품이었다!

순식간에 주변이 다시 시끌벅적해졌다. 아니, 방금보다도 더욱 격렬한 것 같았다!

당정은 마치 꽃이라도 피어나듯 환하게 웃었다. 그 모습을 본 정역비는 정말로 웃음을 참을 수 없어 입매를 들어 올리다가 저도 모르게 하, 소리를 내고 말았다. 곁에 있는 이들은 말할 것도 없고 그 자신조차도 구분할 수 없었다. 그의 이 웃음은 경멸에서 나온 걸까, 아니면 감탄에서 나온 걸까?

당정은 도박을 계속하지 않고 돈을 받아 그 자리를 떠났다. 정역비는 바로 일정한 거리를 유지하며 그녀의 뒤에 따라붙었다. 당장이라도 그녀와 빚을 청산하고 싶었지만, 귀신도 모르게 그녀를 따라가며 앞으로는 나서지 않았다.

도박장에서 나온 후 당정은 바로 경매장으로 향했다. 정역비는 당정이 마음에 든 물건이라도 있어 급하게 돈을 구해 경매장에 가는 모양이라 생각했다.

그러나 이게 웬일일까.

당정은 원래 가지고 있던 10만에 도박으로 얻은 10만을 합쳐, 모두 20만 금을 열서넛 먹은 소년에게 건넸다.

그 소년의 옷차림은 초라했지만 기질은 평범하지 않았다. 눈이 밝은 사람이라면 이 소년이 본래는 귀한 집 도련님이었으리라 짐작할 수 있었다.

"자, 20만 금이야. 이 정도면 충분할 거다. 얼마를 남기건 그건 네 능력에 달린 문제고. 잊어선 안 돼. 이 경매장에는 바람잡이가 아주 많아. 감정을 가라앉히고 그들의 시선을 끌지 않도록 해야 해. 아니면 20만 금이 아니라 200만 금이 있다 해도 네 조상 대대로 내려오는 그 보물을 되찾을 수 없을 거야."

진지한 표정의 당정은 도박장에서와는 완전히 다른 사람 같았다.

정역비는 몸을 숨긴 채 대화를 들으며 소년이 당정의 친구라 생각했다. 그러나 이게 웬일일까. 소년이 무릎을 꿇더니 말했다.

"누님, 우리는 우연히 만난 사이로 아무런 인연도 없습니다. 그런데 이리도 의기를 중히 여기시니 감읍할 따름입니다. 가문의 보물을 되찾고 나면, 평생 누님 곁에서 노비가 되어 모시고 싶습니다. 누님께서는 저를 내치지 말아 주십시오!"

당정이 손을 뻗어 소년의 턱을 만지더니 흥미롭다는 듯 그를 자세히 뜯어보았다.

"애야, 그럼 네 몸과 마음을 모두 나에게 바칠 생각이니?"

이 말을 들은 소년의 얼굴에 황망한 표정이 떠올랐다. 당정이 슬며시 그의 볼을 어루만지며 웃었다.

"왜, 싫은 모양이지?"

소년이 잠시 침묵하더니 마침내 고개를 저었다.

"아닙니다, 제 몸과 마음을 모두 바치겠습니다."

정역비의 안색은 이미 어두워져 있었다. 그가 막 앞으로 나서려 했을 때, 당정이 갑자기 큰 소리로 웃더니 소년의 머리를 쓰다듬으며 말했다.

"바보 같기는. 누나가 농담 좀 한 거다! 정말로 알아들은 거야? 이 누나는 너무 여린 풀을 먹는 건 좋아하지 않는다고, 하하하!"

소년이 재빨리 몸을 일으켰다. 고개를 푹 숙인 그의 얼굴이 부끄러움으로 붉게 달아올라 있었다.

정역비는 당정의 이런 장난을 경멸하듯 코웃음 쳤다. 그는 도박장에서 이곳으로 오기까지, 당정의 움직임 하나에 제 기분이 계속 변하고 있다는 걸 의식하지 못하고 있었다.

소년은 부끄러워하면서도 당정을 훔쳐보더니 물었다.

"누님, 그럼 어떤 남자를 좋아하시나요?"

"나는…….."

당정은 생각에 잠겨 한참 동안 아무 말도 하지 않았다.

정역비의 눈에 복잡한 빛이 떠올랐다. 그는 한 걸음 물러서 팔짱을 낀 채 담장에 기댔다. 조용히 가라앉은 그의 얼굴은 이미 답을 알고 있는 것 같기도 하고, 또 당정의 답을 기다리고 있는 것 같기도 했다.

당정은 결국 소년에게 대답하지 않았다. 그녀는 남동생을 대하듯 소년의 머리며 옷차림을 정돈해 준 후 진지하게 말했다.

"조심해야 한다. 어서 가 봐! 우리 비록 인연이 있었지만, 내가 도와줄 수 있는 건 여기까지야."

소년은 다시 한번 감사의 말을 한 후 경매장 안으로 들어갔다.

당정이 긴 한숨을 내쉬며 몸을 돌려 그 자리를 떠나려 하자 정역비가 그녀를 향해 한 걸음 내디뎠다. 그와 동시에 곁에서 누군가의 목소리가 들려왔다.

"당정!"

당정은 정역비를 눈치채지 못하고 소리가 들려온 쪽으로 고개를 돌렸다⋯⋯.

배짱이 있으면 기다려 보든가

당정이 목소리가 들려온 쪽으로 고개를 돌려 보니 회색 옷을 입은 중년 남자가 보였다.

남자의 외모는 준수했다. 얼굴선은 의지가 굳어 보였고, 두 눈은 침착한 동시에 형형하게 빛나고 있어 무척이나 당당해 보였다. 나이는 마흔 남짓으로, 성숙한 남자의 매력을 풍기고 있었다.

당정은 잠시 멈칫하더니 곧 환하게 미소 지었다. 그녀는 제 등 멀지 않은 곳에서 정역비가 저를 보고 있다는 것도 모른 채, 빠르게 남자에게 다가가 외쳤다.

"화 형! 오랜만이에요!"

화 형?

당정은 스무 살 남짓이었다. 그런데 자신보다 20년은 위인 남자를 형이라 부른다?

정역비는 의심스러운 마음으로 살짝 뒤로 물러났다.

남자가 당정을 훑어보더니 역시 즐거운 표정으로 말했다.

"정말 오랜만이구나. 이 계집애, 볼 때마다 점점 더 예뻐지는군."

당정이 대답했다.

"그야 착한 일을 많이 했으니까! 형이 그랬잖아요. 사람이

착하면 얼굴이 아름다워진다고. 착한 일을 많이 하면 사람이 아름다워진다고 말이에요!"

당정은 도박장에서 이 화 형과 알게 되었다. 비록 스무 살이 넘게 나이 차이가 났지만, 취향이 맞았기에 금세 나이를 잊고 친구가 되었다.

다른 이들이 그를 화 어르신이라 부르는 걸 듣고 당정은 고집스럽게 그를 화 형이라고 불렀다. 당정이 도박장에서 딴 돈으로 가문이 몰락한 아이를 도운 것도 바로 이 화 형의 영향을 받아서였다.

남자가 큰 소리로 웃기 시작했다. 그는 아무래도 말솜씨가 좋지만은 않은 듯, 대체 당정에게 뭐라 대답해야 할지 모르겠다는 표정이었다.

"너도 참!"

당정이 재빨리 그의 손을 잡고 말했다.

"가요, 어서! 한잔해야지! 지난번에 나에게 술빚 진 거 잊지 않았죠? 시치미 뗄 생각 하면 안 돼요!"

남자는 고개를 기울여 그녀를 바라보더니, 사랑스럽다는 듯 당정의 머리카락을 정리해 주고는 웃으며 말했다.

"너에게 잡힌 이상, 취하기 전에는 헤어질 수 없겠지!"

당정도 강렬히 원하던 바였다.

"바로 형의 그 말을 기다리고 있었어요. 꽤 오랫동안 술을 신나게 마셔 보지 못했거든요!"

이렇게 당정은 남자의 팔을 잡은 채 그와 함께 가 버렸다.

정역비는 언제부터인지 모르게 담벼락에서 떨어져 그들의 뒷모습을 바라보았다. 얼음처럼 차가운 눈빛 속에 희미하게 위험한 기운이 어리고 있었다.

호칭이 아니었다면, 정역비는 남자가 당정의 친척 어른이라고 생각했을 것이다.

그러나 '화 형'이라는 호칭은…….

정역비의 두 눈이 더욱 차가워지더니, 그는 망설이지 않고 그들 뒤를 따라가기 시작했다.

남자는 당정을 데리고 천옥성에서 가장 인기 좋은 식당 창가에 자리를 잡았다. 정역비는 그들 뒤를 따라 들어갔으나, 그들에게서 가까운 자리는 비어 있지 않았다. 하는 수 없이 당정 뒤편, 서너 자리 떨어진 곳에 앉았다. 그들이 무슨 말을 하는지는 정확히 들을 수 없었지만 그들의 일거수일투족은 빠짐없이 볼 수 있었다.

당정과 남자는 식당으로 오는 내내 계속 웃으며 이야기를 나눴고, 지금도 대화가 끊이지 않았다. 대부분은 당정이 말하고 남자가 듣고 있었는데, 당정이 무슨 말을 하는지 몰라도 남자는 계속 큰 소리로 웃었다. 정역비의 안색이 점점 더 가라앉고 있었다.

얼마 지나지 않아 식당 직원이 다가왔다.

"손님, 무엇을 드시겠습니까?"

정역비는 차가운 얼굴로 금화 한 닢을 탁자 위에 올리며 나지막하게 물었다.

"저 자리에 앉아 있는 사람들은 무엇을 시켰지?"

직원이 금화를 챙기더니 속삭였다.

"음식은 시키지 않았습니다. 단숨에 술 열 항아리를 주문하더군요."

"누가?"

"남자분이 다섯 항아리를 주문하시자 소저께서 다섯 항아리를 추가하셨습니다."

정역비가 다시 물었다.

"저들이 전에도 온 적이 있나?"

직원이 잠시 고민하더니 말했다.

"모르겠습니다. 낯이 익지는 않으니, 아마 온 적 없을 겁니다."

정역비는 술 대신 차를 시켰다.

얼마 지나지 않아 정역비는 식당 직원이 당정의 탁자로 술을 나르는 것을 보았다. 술 열 항아리가 탁자 위에 가지런히 놓였다. 당정 앞에 다섯 항아리, 그리고 남자 앞에 다섯 항아리가.

당정이 몸을 일으켜 남자의 잔에 술을 가득 채우더니 제 잔에도 술을 따랐다. 그리고 잔을 들어 남자에게 무슨 말인가 하고는 단숨에 술을 마셨다.

남자는 술을 마시지 않고 아주 다정한 눈빛으로 그녀를 바라보았다. 당정은 남자가 술을 마시지 않는 걸 보고 뭐라 말하기 시작했다.

정역비는 눈 한번 돌리지 않고 그들을 바라보았다. 그 칠흑처럼 검은 눈이 더더욱 차가워지고, 제 앞에 놓인 차를 마시는 것도 잊었다.

당정이 남자에게 무슨 말을 했는지는 알 수 없었지만, 갑자기 또 제 잔에 술을 따르더니 단숨에 마셨다. 그녀는 일부러 술잔을 뒤집어 남자에게 보여 주었다. 뭔가 의기양양한 태도였다.

정역비에게는 아주 익숙한 모습이었다. 당정이 정역비와 술을 겨룰 때도 저런 식으로 그에게 도전했었으니까. 원래 당정은 다른 남자에게도 저런 식이었던 것이다!

그녀가 이야기하는 것을 좋아한다는 것은, 그저 몸의 빚을 몸으로 갚으면 끝나는 그런 걸까? 그래서 그녀는 이렇게 제멋대로 다른 남자와도 술을 마실 수 있는 걸까? 이런 곳에 홀로 있으면서…… 만약 정말로 취하면 어떤 결과가 올지 당정은 생각이나 해 본 걸까?

얼마 지나지 않아 당정은 이미 석 잔이나 마셨다. 남자는 그때까지 한 방울도 마시지 않았다. 아무리 봐도 저 남자는 괜찮은 사람 같지 않았다!

정역비가 분노하는 가운데, 당정은 뜻밖에도 넉 잔째 술을 따르더니 단숨에 마셔 버렸다. 남자가 당정에게 엄지손가락을 세워 보였다. 당정은 무척 즐거운 표정으로 갑자기 그에게 가까이 다가오라고 손짓했다. 남자가 몸을 일으키려 하자 당정이 먼저 선수를 쳤다.

그녀가 자리를 옮겨 앉더니 남자의 귀에 대고 무슨 말인가 속삭였다. 당정은 계속 웃는 표정이었고, 당정의 말을 듣는 남자 역시 웃고 있었다.

남자가 직접 당정의 잔에 술을 채우고 그녀의 입가로 가져가자 당정이 미간을 찌푸렸다. 조금 기분이 상한 모양이었다. 그러자 남자가 뜻밖에도 웃는 얼굴로 당정의 귀에 대고 속삭였다. 그러더니 손을 뻗어 그녀의 머리를 쓰다듬었다. 사랑스러워 죽겠다는 듯, 위로하고 싶은 듯.

당정은 온순하게 술잔을 받아 계속 마셨다. 바로 이 순간이었다. 갑자기 식당 전체에 쾅 하는 거대한 소리가 울렸다. 순간적으로 모두 조용해지며 정역비를 바라보았다.

정역비는 분노한 얼굴로 꼿꼿하게 앉아 있었다. 그의 손은 탁자 위에 얹혀 있었는데, 손에는 온통 깨진 찻잔 조각이며 핏자국이 묻어 있었다.

당정도 고개를 돌렸다가 그제야 정역비를 발견했다. 그의 차갑고 위험한 눈빛과 마주치자 그녀의 심장이 쿵 소리를 내며 떨어졌다. 당정은 허둥지둥하고 있었다.

정역비가 갑자기 몸을 일으켰다. 당정은 겨우 정신을 차리고, 자신도 다급하게 몸을 일으켰다.

두 사람은 여전히 서로를 바라보고 있었다. 그러나 얼마 지나지 않아 정역비는 그녀에게 사나운 눈길을 던지더니 몸을 돌려 식당을 나갔다.

화 형이라 불린 남자가 나지막하게 물었다.

"당정, 저자가 누구지?"

당정은 설명할 방법이 없었다. 그녀는 정역비가 꽤 오래 자신을 미행했다는 사실도, 그가 무엇 때문에 화가 났는지도 알지 못했다. 그저 정역비가 우연히 자신을 보고 끝장을 내려 한다고 생각했다. 그런데 정역비가 아무 말 없이 나가자 무척 놀랐으나, 망설임 없이 식당 후문을 통해 도망쳤다.

정역비는 사실 자리를 뜨려던 게 아니라 화가 나서 머리가 어지러운 나머지 잠시 바람을 쐬려 했을 뿐이었다. 그는 곧 정신을 차리고 다시 식당 안으로 들어갔고, 후문 밖으로 사라지는 당정의 뒷모습을 보게 되었다. 정역비는 빠른 걸음으로 화형 앞을 지나며 말했다.

"배짱이 있으면 기다려 보든가."

그리고 바로 당정을 쫓아 후문으로 나갔다.

당정이 도망치는 속도는 상당히 빨랐다. 다만 운이 좋지 않았다. 식당 후문은 바로 막다른 골목이었다. 그녀가 골목 끝에 도착해 담장을 넘으려 했을 때, 정역비가 쫓아왔다.

정역비가 선수를 쳐서 공중 위로 날아오르더니 담장 위에 착지했다. 그리고 높은 담장 위에서 당정을 내려다보며 차가운 목소리로 물었다.

"당 소저. 소저께서 본 장군과 자고 도망쳤다는 사실을, 소저의 부모님께서도 아시는지?"

몸의 빚은 평생으로

정역비의 질문에, 당정은 생각할 겨를도 없이 몸을 돌려 도망치려 했다.

정역비가 바로 그녀 앞으로 뛰어내리더니 차갑게 말했다.

"보아하니, 모르시는 모양이군!"

처음에는 술에 취해 이성을 잃었다. 두 사람 모두 책임이 있었으나 그는 남자로서 책임을 지기를 바랐다. 그리고 두 번째는…… 완전히 달랐다. 만약 두 번째 일을 그녀의 부모 앞에서 이야기한다 해도, 특히 그녀의 부친 앞에서 이야기한다 해도 그는 떳떳할 수 있었다!

당정은 확실히 최선을 다해 그를 희롱했던 셈이니 마음에 걸리는 부분이 있었다. 그러나 약한 모습을 보이고 싶지는 않았다.

"정역비, 본 소저는 너와는 다르지. 스물이 넘어서 무슨 일이건 부모에게 고해바치는……. 그쪽 어머니께 고하건, 아니면 우리 아버지께 고하건, 마음대로 해."

정역비는 원래 화가 나 있었던 데다 당정이 비꼬기까지 하니 더욱 화가 났다. 그는 갑자기 당정에게 다가갔고, 당정은 바로 뒷걸음질을 쳤다. 정역비가 눈을 감은 채 다시 다가가자 당정은 또다시 뒤로 물러났다.

이렇게 두 사람 중 한 사람은 가까이 가고 한 사람은 물러났다. 정역비가 한 걸음 가까이 갈수록 그의 눈빛은 더욱 차가워졌다.

마침내 등이 벽에 닿자 당정은 조금 겁이 났다. 그녀는 손을 뻗어 그의 가슴을 밀어내려 했다.

정역비는 당정보다 머리 하나 이상 컸다. 그가 두 팔로 그녀 양쪽 벽을 짚자 당정은 그의 품에 갇힌 꼴이 되었다. 정역비는 그녀를 내려다보며, 더는 '부모'에 대해 이야기하지 않고 차갑게 질문했다.

"당 소저, 본 장군이 가르침을 청할까 하는데. 몸의 빚을 몸으로 갚는다는 게 무슨 뜻이지?"

당정은 찔리는 구석이 있었으나 이제 그가 무섭지 않았다. 그러나 눈을 들어 정역비를 바라보는 순간 거대한 압박이 밀려왔다. 그녀는 재빨리 고개를 돌려 다른 곳을 보며 대답했다.

"잘 알 텐데."

정역비의 목소리는 유달리 차가웠다.

"모른다!"

"그건······."

당정은 말을 멈추더니 망설이기라도 하는 듯 입가를 슬쩍 잡아당겼다. 정역비는 재촉하지 않고 그저 그녀의 얼굴을 응시하며 기다렸다.

그가 너무 가까이 있어, 그녀의 얼굴로 그의 뜨거운 숨이 와닿았다. 당정은 어쩐지 생각을 이어 나갈 수가 없었다. 결국 눈을 감은 후에야 겨우 대답했다.

"처음에 네가 본 소저와 잤으니, 두 번째는 본 소저가 너……와 잔 거지. 그것이 바로 몸의 빚은 몸으로 갚는 거 아닌가?"

말을 마친 당정이 고개를 돌려, 분노한 정역비의 눈빛을 쏘아보며 덧붙였다.

"이제 다 끝난 일이야."

정역비의 호흡이 거칠어지고 있었다. 담벼락을 누르고 있던 그의 손은 천천히 주먹을 쥐고 있었다. 그처럼 비범한 사내는 아마 평생 어떤 여자에게서도 이런 대접을 받으리라 생각한 적 없었을 것이다!

그는 분노를 억누르며 차갑게 말했다.

"네가 본 장군과 잤다고 확신하나? 본 장군이 너와 잔 게 아니라?"

만약 근처에 다른 사람이 있었다면, 남자와 이런 문제를 토론하는 것만으로도 당정은 이미 땅굴을 파고 들어갔어야 했다. 그러나 정역비와 둘이서만 이야기를 나누는 이상 그녀는 그다지 부끄럽지 않았고, 오히려 웃음이 나올 것 같았다.

물론 그녀는 웃음을 참았다. 정역비의 노한 표정으로 보아, 그녀가 웃는다면 대체 무슨 일이 벌어질지는 하늘만이 알 테니까.

그녀가 대답했다.

"누가 책임지려 했고, 또 누가 요구했는지, 그걸 생각하면 누가 누구와 잔 건지 알 수 있지!"

처음에는 정역비가 고집스럽게 책임지려 했다. 두 번째는 당정이 그에게 요구했다. 몸의 빚을 몸으로 갚는다는 건 확실히 그런 것이었다!

정역비는 화가 나서 말도 제대로 나오지 않았다.

"너!"

당정이 진지하게 물었다.

"무슨 문제라도?"

정역비는 반박하고 싶었지만, 반박할 말을 찾을 수가 없었다.

당정이 다시 말했다.

"정역비, 본 소저가 한두 번 말한 게 아닐 텐데. 취한 후의 일은 우리 모두 잘못한 것 아니면 우리 모두 잘못하지 않은 거야. 네가 그렇게 고집을 부리니, 본 소저가 빚을 한번 갚게 해 준 거라고. 알겠어?"

정역비는 대답하지 않았다. 괜히 자꾸만 화가 날 뿐이었다.

당정이 계속 말했다.

"본 소저는 빚을 받아 온 거라고. 몸의 빚을 몸으로 갚게 한 거야. 알겠어?"

정역비가 숨을 깊이 들이마셨다.

당정의 눈가에 교활한 빛이 스쳐 갔다. 그녀는 그가 경계하지 못하는 틈을 타서 도망칠 준비를 하고 있었다. 그러나 이게 웬일일까. 그녀가 막 움직이려는 찰나, 정역비가 정신을 차린 듯 갑자기 그녀의 손을 잡았다. 그리고 그녀를 사납게 노려보며 외쳤다.

"틀렸어!"

당정이 반박하기도 전에 정역비가 그녀의 손을 머리 위로 높이 들더니 노한 소리로 외쳤다.

"첫째, 그날 아침 너는 분명 남겠다고 했으니, 본 장군을 희롱한 것이지! 고의였어! 둘째, 본 장군의 사전에 '몸의 빚은 몸으로 갚는다'라는 말은 없어. 본 장군은 '몸의 빚은 평생으로 갚는다'라는 말만 알고 있다. 당정, 기억해 둬라. 오늘부터 너는 나, 정역비의 여자다!"

당정은 당황하여 그대로 굳어 버렸다. 그러나 곧 정신을 차리고 반박했다.

"너야말로 틀렸어!"

그녀가 다 끝난 일이라고 얘기한 건 두 사람이 이 일에서 완전히 자유로워지기를 바랐기 때문이었다. 그들 두 사람이 이 일을 완전히 끝난 일이라 여길 때만 그녀는 자신이 평생 그와 함께하고 싶은지 고민해 볼 수 있을 터였다.

그가 이야기하는 평생이 책임을 의미한다면…… 그녀가 그의 과거에 신경 쓰지 않는다고 해도, 그리고 아무리 그를 좋아한다 해도 그녀는 결코 그에게 약속할 수 없었다!

당정이 차갑게 외쳤다.

"거절이야! 어서 나를 놔줘!"

그러나 정역비는 그녀의 다른 손마저 잡고 차갑게 말했다.

"본 장군은 네 거절을 거절한다!"

화가 머리끝까지 난 당정은 불시에 무릎을 들어 그의 가장 연약한 곳을 차 버리려 했다. 그러나 바로 그 순간 정역비가 한 걸음 물러서더니 그녀를 끌고 가기 시작했다.

"이거 놔! 정역비, 계속 안 놔주면 본 소저도 예의를 차리지 않을 테다! 놓으라니까! 안 들려? 너를 죽여 버릴 테다! 본 소저를 어디로 데려가는 거야? 놓아줘!"

당정이 다른 손으로 암기를 찾아 쥐었을 때, 정역비의 목소리가 들려왔다.

"결판을 내러 가는 참이지. 겸사겸사 너에게 어떤 술을 마셔야 하는지, 그리고 어떤 술은 마시면 안 되는지 가르쳐 줄 생각이야."

당정은 영문을 알 수 없었다. 정역비는 이미 그녀를 끌고 식당 후문 안으로 들어가고 있었다. 그리고 곧 그녀가 원래 앉아 있던 자리에 도착했다.

창가 쪽 자리에는 화 형이 여전히 앉아 있었다. 허리를 쭉 편 단정한 자세는 물론이고 술잔 하나 드는 동작까지도 보통 사람과는 다른 강직한 느낌이 있어, 그저 앉아 있는 것만으로도 굉장히 바른 사람이라는 인상을 주었다.

안타깝게도 정역비는 계속 당정에게만 신경 쓰느라 그런 점을 발견하지 못했다. 지금은 화가 머리끝까지 치밀어 올라 더더욱 그랬다.

정역비가 당정을 끌고 화 형 앞으로 가더니, 당정을 제 오른쪽에 앉히고 자신은 화 형 건너편에 앉았다. 그 모습을 본 화 형이 눈썹을 찌푸렸다.

당정이 분노한 눈으로 정역비를 바라보며 외쳤다.

"뭐 하려는 거야?"

정역비는 말없이 그녀의 손을 탁자 위로 잡아끌더니, 그녀와 손깍지를 끼고는 힘을 꽉 주었다.

당정은 꼼짝도 할 수 없었다.

그 모습을 본 화 형의 눈에 복잡한 빛이 스쳐 갔다.

"당정, 이분은……."

당정이 대답하기도 전에 정역비가 차갑게 말했다.

"당정의 남자다!"

그 말이 끝나자마자 당정이 바로 부인했다.

"아니에요!"

정역비가 화 형의 눈을 응시하며 한 단어 한 단어 단호하게 말했다.

"당정은 본 장군의 아이를 배고 있다."

화 형은 바로 경악한 표정을 지었고, 당정은 더더욱 영문을 알 수 없어 차가운 숨을 들이마시며 외쳤다.

"정역비, 너……."

그녀의 말이 끝나기도 전에 정역비가 탁자를 내려치며 화 형에게 물었다.

"당정을 속여서 술을 마시게 하다니, 무슨 생각이었지? 말해라!"

당정은 변명하려다가 그만두었다. 그녀는 천천히 고개를 돌려 정역비를 바라보았다. 문득 이 녀석이 꽤 오래 자신을 지켜보고 있었다는 생각이 들었다.

당정, 홀연히 깨닫다

당정은 정역비가 우연히 자신을 발견했다고 생각했지, 그가 이 식당에 한참 앉아 있었으리라고는 생각지 못했다.

그녀가 화난 목소리로 물었다.

"정역비, 우리를 얼마나 훔쳐본 거야?"

이 말은 불에 기름을 끼얹는 격이었다. 정역비가 그녀를 바라보며 냉랭하게 말했다.

"본 장군은 도박장에서부터 지금까지 계속 보고 있었다!"

"뭐라고!"

당정은 너무나 당혹스러웠다.

"너, 너…… 계속 나를 따라왔다고?"

정역비가 말했다.

"당정, 아가씨가 되어서 행동은 가볍고 말은 겉으로만 화려하게 하니, 대체 염치라는 걸 모르는 건가? 혼자 돌아다니면서 감히 이렇게 술을 마시다니, 결과는 생각지도 않는 건가?"

이 말을 듣는 순간 당정은 다시 한번 당황해 오래도록 정신을 차리지 못했다. 그래서 노발대발하는 정역비를 멍하니 바라보며 그의 질책을 듣고만 있었다.

"당정, 대체 어떤 아가씨가 너처럼 구는지 찾아보지 그래? 네가 남자 옷을 입고 다닌다 해서 다른 사람이 너를 괴롭히지 못하는 건 아니라고!"

그가 또 말했다.

"당정, 본 장군을 희롱한 것은 그렇다 치고, 누가 너에게 그 아이를 희롱해도 좋다고 했지? 자기가 스물을 넘긴 것을 알면서, 대체 체면은 어디다 둔 거지?"

그리고 그가 또 말했다.

"당정, 생각해 본 적 있어? 오늘 본 장군이 너를 우연히 만나지 않았다면, 그리고 네가 술에 취했다면 무슨 결과가 벌어졌을지?"

그가 말했다. 그가 또 말했다. 그가 계속 말했다⋯⋯.

당정은 겉으로 보기에는 화가 난 것 같았지만 마음속에서는 꽃이 활짝 피어나고 있었다.

그녀는 홀연히 깨닫게 된 것이다. 정역비는 그녀가 그를 희롱했기 때문에 그렇게 화가 난 게 아니었다.

그는⋯⋯ 그녀에게 신경 쓰고 있었다!

그가 질투하고 있다!

도박장의 그 남자들 때문에 질투하고, 그 소년 때문에 질투하고, 또 화 형 때문에 질투하고! 그가 방금 이야기한 몸의 빚은 평생으로 갚으라는 말은, 어쩌면 빚 때문에 한 말이 아니라⋯⋯ 그녀를 좋아하게 돼서 한 말이 아닐까?

생각하면 생각할수록 마음속에 꽃이 성대하게 피어났다. 당정은 기쁜 마음으로 정역비를 바라보았고, 그가 점점 더 좋아졌다. 그리고 곁에 있던 화 형은 무언가 깨달은 듯 자애로운 미소를 띠고 있었다.

정역비가 마음속 불만을 전부 쏟아 낸 후에야 겨우 화 형을 바라보았다. 그는 화 형의 표정을 제대로 보지도 않고, 손 닿는 대로 술 항아리 하나를 앞으로 밀어내더니 분노한 목소리로 외쳤다.

"어떻게 당정을 속여 술을 마시게 만든 거지? 능력이 있으면 본 장군도 속여 보시지!"

화 형이 웃음기를 거두고 답했다.

"술은 함부로 마셔도 되지만, 말은 함부로 해서는 안 되는 법이지. 나와 당정이 술을 겨루는 규칙은 계속 당정이 직접 정했네. 그런데 어찌 당정을 속이겠나? 나와 술을 겨루고 싶다면, 남자에게 걸맞은 규칙을 따로 만들어야지."

"본 장군은 너와 술을 겨루는 것에는 흥미가 없다. 본 장군은 당정을 대신하려는 것뿐이야. 말해, 어떻게 겨루면 되는지?"

정역비는 화 형과 술 마시고 싶은 생각이 없었다. 그저 화 형에게 술 겨루는 법을 말하게 하여 화 형의 옹졸한 진면목을 드러내고 싶을 뿐이었다.

화 형이 살짝 미간을 찌푸리며 당정에게 묻는 듯한 시선을 보냈다. 그러나 이 순간 당정은 화 형을 보고 있지 않았다. 그녀는 눈 한번 돌리지 않고 정역비의 옆얼굴을 바라보고 있었다. 마치 천지간에 그 한 사람만이 남아 있는 듯.

당정의 눈에 비친 그의 옆얼굴은 완벽해 흠잡을 곳이 없었다.

정역비는 계속 화 형을 응시하며 냉랭하게 말했다.

"그녀를 볼 필요 없을 텐데!"

화 형이 시선을 거두더니 곧바로 정역비를 바라보았다. 그는 잠시 망설이더니, 자신과 당정이 술을 겨루는 규칙을 이야기했다.

방금까지 그들 곁에는 괴이쩍은 중년 남녀가 앉아 있었다. 당정과 화 형은 그들의 대화를 엿듣고 그들의 신분과 관계를 맞히기로 했다. 당정은 다섯 번 추측했는데 모두 틀리고 말았고, 화 형은 모두 옳게 추측했다. 마지막에는 당정이 억지를 부리니, 화 형이 직접 그녀에게 술을 먹이려 한 것이다. 당정은 그 남녀가 간통하는 사이라 생각해서 화 형에게 귓속말을 했다고 했다.

화 형의 설명을 들은 정역비의 표정이 변했다. 그는 당정과 화 형이 이런 식으로 술을 겨룰 줄은 예상하지 못했다. 열두 살에 처음 술을 배워 지금까지 10여 년 동안 술을 마셨지만, 이런 방법은 처음 들어 보았다!

정역비는 당황했다.

화 형이 주변을 둘러보더니 태연자약하게 말했다.

"우리가 계속해야 한다고 고집한다면, 내 오른쪽 뒤편에 앉아 있는 두 남자가 좋겠군. 우리 맞혀 보지. 저들은 어디 사람이고, 어떤 신분인지, 또 무슨 일을 하는지, 서로 무슨 관계인지. 그리고 이것도 맞혀 보지. 저들이 마시는 술값은 누가 낼지. 여기서는 저들의 대화를 들을 수 없으니, 우리 답을 기록해 두었다가 가서 물어보고 승부를 가리는 게 좋겠군."

말을 마친 화 형은 정역비를 바라보며 물었다.

"어떤가?"

정역비는 여전히 당혹스러운 표정이었다. 화 형이 계속 말했다.

"익숙하지 않다면 방법을 바꿔 보지. 역시 당정이 좋아하는 방법이야. 웃기는 이야기를 하는 거지. 자네가 나를 웃게 하면 자네가 이기는 거고, 반대라면 자네가 지는 것인데, 어떤가?"

웃기는 이야기로 술을 겨룬다고? 정역비는 더더욱 당황스러울 뿐이었다.

마침내 그는 천천히 고개를 돌려 당정을 바라보았다. 그리고 그제야 그녀가 환하게 웃으며, 홀린 듯한 눈빛으로 자신을 보고 있는 걸 깨달았다.

"너!"

정역비는 다시 고개를 돌려 화 형을 보고, 또다시 당정을 보았다.

"너, 너…… 당신들……."

당정은 기쁜 나머지 입도 다물지 못할 정도였다.

"우리는 친구야. 안 지는 4, 5년 정도 되었고, 나이와 상관없이 사귀고 있지! 나에게는 나이와 상관없는 친구가 세 명 있는데, 한 명이 화 형, 또 한 명이 칠 숙부, 그리고 마지막이 우리 아버지지. 그중에서 우리 아버지가 제일 재미없어! 나는 아버지랑 나이를 잊은 친구 같은 건 되고 싶지 않았는데, 아버지가 뻔뻔스럽게도 요구하셔서!"

화 형은 무슨 말인가 하려다 멈추고, 어쩔 수 없다는 듯 고개를 저었다. 그는 마치 제 딸을 보듯 당정을 쳐다보고 있었다. 보아하니 그는 당정을 친구라 생각하는 게 아니라, 가문의 조카뻘 정도로 생각하는 듯했다.

정역비는 마침내 자신이 오해했음을 깨달았다. 그는 당정이 '화 형'이라 부르는 순간부터 세상에는 '나이를 잊은 친구' 같은 관계도 있다는 걸 아예 생각하지 못했다. 그리고 계속 다른 쪽으로만 생각했다.

정역비가 다시 화 형을 바라보는데, 당정이 갑자기 말했다.

"정역비, 질투했지? 응?"

정역비가 순간 굳어 버렸다.

두 사람이 깍지 낀 손을 당정이 다른 손으로 덮더니, 고개를 갸웃하며 정역비를 바라보았다. 환하게 웃는 그녀의 모습은 환희에 가득 찬 것 같기도 하고, 의기양양한 것 같기도 했다. 그녀는 말없이 그렇게 정역비를 바라보았다.

정역비는 바로 그녀의 시선을 피하며 손을 빼려 했지만, 당정이 더욱 힘주어 누르며 물었다.

"평생 술을 마시지 않을 거라고 했었지. 하지만 나를 위해서라면 마시고 싶었던 거야?"

정역비는 그제야 정신을 차린 듯 대답했다.

"너무 많이 생각하는군!"

당정이 불시에 손을 빼더니 말없이 몸을 일으켜 문밖을 향해 달려갔다. 정역비가 바로 그녀를 쫓아가며 외쳤다.

"거기 서!"

당정은 고개조차 돌리지 않고 바로 식당 대문으로 나갔다.

정역비가 빠르게 쫓아가 거리에서 그녀의 팔을 잡아 세웠다. 당정은 웃지도 화내지도 않고, 그저 눈썹을 치켜세운 채 그를 응시했다.

정역비가 다시 시선을 피하며 물었다.

"어디 가려는 거야?"

당정의 눈에 도전하는 듯한 빛이 스쳤다.

"왜? 내가 어디를 가는지 신경 쓰여?"

정역비가 눈을 가늘게 떴다. 그러나 당정은 무서워하기는커녕 오히려 계속 도전하듯 말했다.

"신경 쓰인다고 말하면, 어디 가는지 말해 줄게!"

정역비가 깊게 숨을 들이마신 다음 말했다.

"네가 어디를 가든 본 장군과 상관없다! 오늘부터 너는 본 장군과 함께 있을 테니까!"

당정 역시 눈을 가늘게 뜨고 도전하듯 말했다.

"본 소저가 그러고 싶지 않다면?"

과거에 머물지 않고

당정의 도전을 받은 정역비는 불시에 그녀를 품 안으로 잡아 끌었다. 그리고 귓가에 대고 속삭였다.

"시험해 보든가. 온 성 사람들이 네가 본 장군의 아이를 가졌다는 사실을 알게 해 줄 테니까!"

그러나 이게 웬일일까. 당정은 무서워하는 빛 없이 속삭였다.

"그쪽도 시험해 보든가. 본 소저도 온 성 사람들이 다 알게 해 줄 테니까. 본 소저가 너, 정역비의 아이를 가지고도 너에게 결코 시집가려 하지 않는다는 사실을!"

당정의 허리를 감고 있던 정역비의 손에 갑자기 힘이 들어갔다. 당정의 얼굴이 그의 가슴에 닿았다. 당정은 그의 힘찬 심장 소리를 들으며 몰래 웃기 시작했다. 그리고 속으로 중얼거렸다.

'정역비, 본 소저는 네가 이길지 본 소저가 이길지 한번 두고 봐야겠어!'

먼저 좋아하는 사람이 패자라고 누가 말했던가? 그녀는 반드시 승리자가 될 터였다!

정역비는 상당히 화가 난 듯 오래도록 아무 말도 하지 않았다. 당정이 날카롭게 명령했다.

"놓아줘! 아니면 무례하다고 소리 지를 테니!"

정역비는 놓아주지 않고 더욱더 강하게 끌어안았다. 당정이 정말로 고함을 지르려 하자 그제야 놓아주었다. 당정은 살며시 당황했으나, 곧 웃기 시작했다. 그녀는 무시하듯 정역비를 흘 깃 보고는 몸을 돌려 그 자리를 떠났다.

정역비는 쫓아가지 않고 계속 당정을 보고 있었다. 마침내 그녀가 보이지 않게 되었을 때야 그는 눈을 내리깔았다. 그는 무슨 생각에 잠긴 듯 그 자리를 떠나지 않았는데, 사람 전체가 유달리 고요해 보였다.

화 형은 계속 식당 문가에 서서 이 모든 장면을 보고 있었다. 얼마 지나지 않아 그가 정역비에게 다가오더니 가볍게 어깨를 두드려 주었다.

"전쟁터를 누비면서도 생사에 구애받지 않으면서, 어찌 이리 작은 일에 고민하고 있나?"

정역비는 겨우 정신을 차리고 고개를 들었다. 화 형은 웃으 며 더 말하지 않고 그 자리를 떠났다.

정역비는 그의 뒷모습을 잠시 바라보다가 천천히 걸어 객잔 으로 돌아왔다. 그의 귓가에는 화 형이 방금 했던 말이 맴돌고 있었다.

'생사에 구애받지 않으면서, 어찌 이리 작은 일에 고민하고 있나?'

그는 결코 작은 일에 고민하는 사람이 아니었다. 어떤 일이 건 그는 언제나 명쾌하고 과감했다. 마음에 품었던 약녀가 정 왕 전하에게 시집간다는 사실을 알게 되었을 때도 그는 그러했 다. 그저 한번 크게 취한 후 모든 것을 놓아 버렸다! 그러나 당정을 만날 때면 그는 계속 자신이 아닌 다른 사람으로 변하는 것만 같았다.

모두들 비연과 정왕 전하의 혼인이 그를 변하게 했다고 생각하고 있었다. 그러나 사실 그 밤은 비연과 정왕 전하의 신혼 밤이었을 뿐 아니라 그와 당정의 첫날밤이기도 했다. 그의 성격이 크게 변한 건 바로 그 첫날밤 때문이었다. 자신이 약녀에 대한 마음을 내려놓자마자 그런 일이 벌어지리라고는 생각해 본 적이 없었다.

그는 자유로운 성격으로 그 어떤 것에도 구속받지 않았지만, 그렇다고 해서 모든 일에 방종하거나 원칙이 없는 건 아니었다. 그리고 그는 결코 무책임한 남자가 아니었다.

그가 그녀에게 신경을 쓴다고? 질투했다고?

그의 마음은 텅 비어 버렸고, 다시는 누군가를 좋아하지 않을 작정이었다. 그런데 어떻게 당정을 좋아하게 된 걸까?

그녀를 볼 때면 어떻게 해야 할지 알 수 없어 두통이 일 지경이었다. 그런데 그가 어떻게 그녀를 좋아할 수 있었던 걸까?

그는 그저 책임을 지고 싶었을 뿐이다.

그저 당정이 그런 식으로 자신을 희롱하게 두고 싶지 않았다!

정역비는 생각에 잠겨 미간마저 찌푸리고 있었다. 그는 분명 계속 당정과 결판을 내고 싶다고 생각하고 있었다. 그러나 그녀를 본 순간 결판을 내기는커녕 오히려 마음이 막혀 버린 것 같았다.

정역비가 객잔에 돌아왔을 때 비연이 혼자 2층으로 올라가고 있었다. 정역비가 의아해하며 물었다.

"왕비마마, 전하께서는요?"

"피곤해서 먼저 쉬러 들어왔어. 전하께서는 경매장에서 장주와 대화 중이시고."

정역비는 고개를 끄덕이고는 비연이 먼저 올라가도록 했다. 통로가 좁았기 때문에 비연도 별말 하지 않았다. 그러나 2층으로 올라간 그녀는 발걸음을 멈추고 정역비가 올라오기를 기다렸다.

정역비가 두어 계단 남겨 놓은 곳에서 멈추더니 말했다.

"왕비마마, 먼저 드시지요."

비연이 미간을 찌푸리며 그를 바라보다가, 참지 못하고 피식 웃으며 놀리듯 말했다.

"정역비, 당신이 이렇게 얌전할 줄 알았으면 좀 더 빨리 정왕 전하께 시집갈 걸 그랬어!"

비연의 혼인 후 그들 둘이서만 대화하게 된 건 지금이 처음이었다.

정역비는 비연이 이런 농담을 하리라고는 꿈에도 생각지 못했다. 그는 그녀를 잠시 바라보다가 저도 모르게 웃어 버렸다. 그리고 그 역시 놀리듯 말했다.

"그렇습니다요. 제가 눈이 있는데도 태산을 알아보지 못해 예전에 죄를 많이 지었지요. 왕비마마께서는 전하 앞에서 저를 너무 괴롭히지 말아 주십시오."

비연이 코웃음을 쳤다.

"나는 그런 사람이 아니라고!"

말을 마친 그녀가 걷기 시작하자 정역비가 쫓아왔다. 그러나 그녀 뒤에서 걷지 않고 한 걸음 더 나아가 그녀와 나란히 걷기 시작했다. 아주 가벼워 보이는 한 걸음이었지만, 마음을 강하게 먹어야만 내디딜 수 있는 한 걸음이었다. 바로 그의 마음이 떳떳하고, 피하는 것이 없음을 의미하는 한 걸음이었기 때문이다.

두 사람은 경매장 이야기를 나누며 때때로 즐겁게 웃기도 하고, 진지하게 목소리를 낮추기도 했다. 그들은 주인과 수하 관계 같아 보이지도, 연인 같아 보이지도 않았다. 그저 허물없는 친구 사이였다. 모르는 사람이 본다면, 그들이 과거 한 사람은 정성을 다해 구혼하고 다른 한 사람은 계속 피했다는 사실을 결코 알아볼 수 없을 것이다.

그들은 이렇게 웃으며 복도를 걸어갔다. 그들의 뒷모습이 멀어지자 몸을 감추고 있던 당정이 복도로 나왔다. 그녀는 정역비보다 한 걸음 먼저 객잔에 도착했다. 시위들에게서 비연과 군구신이 경매장에 갔다는 이야기를 들은 후 그녀도 찾으러 가려 했다. 그러나 비연과 정역비가 계단을 올라오는 걸 보고 몸을 피했던 것이다.

당정은 승 회장의 명을 듣자마자 바로 천옥성으로 달려왔고, 비연 일행보다 며칠 먼저 도착했다. 그러나 정역비가 비연 일행과 함께 올 줄은 정말 몰랐다. 정역비와 다투고 있을 때는 이 점을 의식하지 못했으나, 냉정해진 다음에는 바로 떠올릴 수 있었다.

비연과 정역비의 뒷모습이 사라진 후에도 당정은 계속 쳐다보고 있었다. 그녀가 계속 신경 썼던 것은 정역비가 비연을 좋아했던 과거가 아니라, 정역비의 과거가 공백이 아니었다는 것이었다.

이 며칠 동안 당정은 얼마간 단념하고 있었다. 그리고 지금 비연과 정역비가 이렇게 서로 편안하게 대하는 걸 보고는 문득 자신이 신경 쓰고 있었던 게 조금 우습게도 느껴졌다.

만약 과거, 현재, 미래에 걸쳐 단 한 사람만 좋아할 수 있다면 그야말로 최고일 것이다. 그러나 만약 그렇게 할 수 없고 억지로 구해야만 한다면, 그 어찌 '과거에 정체되어 미래를 두려워하는' 꼴이 되지 않을까?

그녀는 항상 대범했는데, 어찌 이런 일에 구애받았을까? 흔히들, 아무리 대범하고 활달한 사람도 정에 빠지면 마음이 좁아지고 모든 일에 신경 쓰게 되기 마련이라고 말한다. 설마, 그녀도 그렇게 된 걸까?

당정은 생각하고 또 생각하다가 갑자기 웃어 버렸다. 그녀가 성큼성큼 앞으로 걸어가며 외쳤다.

"연아, 정역비!"

비연과 정역비가 깜짝 놀라, 두 사람이 동시에 돌아보았다.

당정은 즉시 앞으로 걸어가 두 사람 사이에서 걷기 시작했다. 그녀는 의미심장하게 정역비를 흘깃 보고, 비연의 손을 잡으며 말했다.

"연아, 언니가 보고 싶었어?"

비연은 당정이 오지 않을까 걱정하던 참이었기에 즐거워하며, 놀리듯 말했다.

"언니를 그리워한 사람은 많지. 나만이 아니라고!"

당정이 정역비를 흘깃 보며 일부러 말했다.

"그래? 아무래도 누군가는 내가 오지 않기를 바란 것 같은데?"

정역비는 침묵했고, 비연은 뭔가 이상하다는 걸 눈치챘다. 그러나 그녀는 평생 일이 커지는 걸 두려워한 적이 없는 성격이었다. 눈가에 교활한 빛이 스쳐 가는가 싶더니, 비연이 능청스럽게 말했다.

"설마, 그저…… 언니가 이렇게 갑자기 나타날 줄 몰라서가 아닐까."

당정 역시 바로 눈치를 채고 들으라는 듯 말했다.

"갑자기? 아무래도 내가 좋지 않은 때 나타난 모양이야! 하하, 나는 가는 게 낫겠어."

비연이 재빨리 만류했다.

"아니야! 딱 좋은 때 온 거야. 안 그래도 언니랑 의논할 일이 있었는걸. 가, 언니. 내 방으로 가서 이야기해."

비연과 당정은 서로 손을 잡고 방 안으로 들어갔고, 정역비는 그 자리에 선 채 그녀들이 방금 건넨 말들을 곱씹었다. 물론 곱씹으면 곱씹을수록 그의 표정은 복잡해져 갔다.

내가 어쨌건 매파인데

비록 비연과 당정이 일부러 말에 가시를 담을 수 있다 하더라도, 그들 두 사람의 친밀함은 꾸며 낼 수 없는 것이었다. 두 사람은 방에 들어간 후에도 서로를 놓아주지 않고 상대방을 꼼꼼하게 살폈다.

비연이 미간을 찌푸리며 말했다.

"언니, 마른 것 같아!"

당정이 큰 소리로 웃으며 비연의 턱을 들어 보았다.

"연아, 너는 살이 좀 쪘구나!"

"하루 세 끼, 누가 딱 달라붙어 먹이는데 살이 안 찔 도리가 있나?"

"어머!"

당정은 더욱더 즐겁게 웃기 시작했다.

"보아하니 정왕도 그동안 좀 늘었군."

비연이 본론으로 들어갔다.

"내가 살이 찐 건 나에게 신경 쓰는 사람이 있어서 그런 거야. 그런데 언니는? 말랐잖아. 설마 다른 사람에게 신경 쓰느라 그런 거야?"

자신의 어머니가 이미 다 털어놓은 걸 모르는 당정은 비연이, 정역비의 모친이 신농곡에 가서 혼례를 요구한 일만 알 거라 생각했다.

당정이 한옆에 앉아 엄숙한 태도로 선언했다.

"걱정 마. 이 언니가 누구야? 그런 보잘것없는 일 따위!"

직접 차를 우려내 온 비연이 당정에게 엄지손가락을 세워 보인 후, 은근한 표정으로 말했다.

"그게, 이미 엎지른 물인 거잖아!"

이 말을 들은 당정의 얼굴이 굳었다. 비연도 당정 근처에 앉아 차분하고 느긋한 태도로, 입꼬리를 살며시 들어 올리며 순진하게 웃었다!

당정이 한참 후에야 비연을 흘겨보며 물었다.

"우리 어머니가 다 말했구나?"

아무리 생각해도 비연에게 말했을 사람은 어머니뿐이었다. 그러나 이게 웬일인가, 비연이 외쳤다.

"정역비에게서 들었어!"

당정은 순간 멍한 표정을 지었다가 곧 코웃음을 쳤다.

"이 계집애, 실없는 소리는! 제 어머니에게가 아니면 그는 아무에게도 말하지 않을 거야!"

"언니 말을 들어 보면, 언니는 그를 아주 잘 이해하고 있는 것 같아."

"그야……."

비연이 말했다.

"그래, 맞아. 이해도 하지 못하는 사람이 눈에 들어올 수는 없는 거지?"

당정은 당황하며, 자신이 비연의 덫에 걸려들었음을 인식했다. 그러나 그녀는 오늘 기분이 아주 좋았기 때문에, 딱히 피하지 않고 호쾌하게 말했다.

"눈에만 들어왔겠니. 언니는 마음에도 담았단다!"

비연이 몸을 일으키더니 찻잔을 높이 들고 시인처럼 읊기 시작했다.

"봄에는 꽃이 피고 가을에는 달이 뜨고, 여름에는 시원한 바람이 불고, 겨울에는 눈이 오나니……."

한참 읊다가 멈추더니 당정을 바라보며 물었다.

"언니, 다음 구절은 어떻게 되지?"

당정은 화도 나고 우습기도 해서, 탁자 위의 견과류를 들어 비연을 향해 사납게 던졌다. 비연이 재빨리 몸을 피하며 계속 시를 읊었다.

"다음 구절은, 사내를 마음에 들이지 마라, 그리하면 인간 세상 호시절이로구나! 언니, 정말 언니가 말한 대로야! 남자를 좋아하는 건 스스로 귀찮은 일에 말려드는 거나 마찬가지지."

당정이 다시 귤을 던지며 말했다.

"너를 원망해야겠다. 네가 그를 거둬 주었다면 이 언니가 이렇게 귀찮은 일에 말려들었겠어!"

비연이 가련한 모습으로 말했다.

"내가 어쨌든 매파 역할을 한 셈인데, 나에게 봉투를 줄 생각도 않는 건 그렇다 치고, 탓하기까지 하다니."

당정이 노려보자 비연이 입술을 비죽거리며 억울하다는 표정을 지었다. 당정이 결국 피식 웃으며 손을 내저었다.

"기다려. 언니가 그를 거두고 나면, 너에게 아주 두툼한 봉투를 주라고 할 테니까!"

비연이 아주 기쁜 표정을 지었다. 농담이 아니라 그녀는 마음 깊은 곳에서부터 기뻐하고 있었다. 영 부인의 말이 옳았다. 당정 언니는 빠르게 자신의 난관을 극복했다. 이제 정역비 차례였다. 그를 지켜보는 것도 분명 즐거울 것이다.

비연은 즐거운 것은 즐거운 것이고, 중요한 일도 잊지 않았다. 그녀는 당정과 내일 경매와 관련한 일을 진지하게 이야기하기 시작했다. 비록 군구신이 이미 경매장 장주와 의논하고 있지만, 당정 같은 경매의 전문가가 꼼꼼히 점검해 준다면 그야말로 만반의 준비를 하는 것이나 마찬가지였다.

비연과 당정이 문을 닫고 비밀스럽게 이야기하는 동안, 정역비는 계속 밖에서 기다리고 있었다. 팔짱을 끼고 벽에 기댄 채 고개를 숙이고 있는 그는, 얼핏 보기에는 말 없는 시위처럼 보였다. 그리고 그 옆에서는 똑같이 벽에 기댄 채 팔짱을 끼고 있던 진묵이 이미 한참 동안 그를 바라보고 있었다.

반나절이 이렇게 흘러갔다.

방 안에서 비연과 당정은 경매장에서 흑삼림으로 화제를 옮겼다가, 다시 서쪽 변경과 관련한 이야기로 옮겨 가 시간을 잊고 있었다. 정역비는 계속 그 자리에 선 채 기다리고 있었다.

저녁 무렵에 군구신이 돌아왔다. 그는 2층에 올라오자마자 멀리 정역비를 발견하고는 바로 그에게 다가갔다. 정역비는 그제야 정신이 들었다.

군구신이 상당히 의심스러운 표정으로 차갑게 물었다.

"여기서 뭘 하는 거지?"

정역비는 평소에도 군구신 앞에서는 얌전한 편이었는데, 찔리는 게 있는 지금은 고개조차 들지 못했다. 그가 나지막하게 말했다.

"저는…… 당정을 기다리고 있습니다."

군구신이 자못 놀라 말했다.

"당정이 왔다고?"

"예, 왕비마마와 방 안에서 이야기 중입니다."

곁에 비연 같은 수다쟁이가 있는데 군구신이 내막을 알지 못할 리 없었다. 그러나 표정에 드러내지는 않고 그저 한마디만 했다.

"그럼 계속 기다리도록."

그렇게 정역비는 계속 기다리게 되었다.

군구신이 방 안으로 들어가 보니, 비연과 당정은 이미 얘기를 끝내고 과일을 먹고 있었다.

군구신의 신분을 알지 못하던 시절에는 당정이 군구신을 꽤 꺼렸다. 그러나 지금 그녀는 군구신을 비연과 똑같은 눈으로 보며, 마치 큰누나라도 된 듯 행동했다.

그녀는 앉은 채 꼼짝도 하지 않고 웃으며 말했다.

"정왕, 오랜만이야."

군구신도 이런 당정이 낯설지 않았다. 그러나 비연처럼 열정적으로 화답하지는 않고 고개만 끄덕이며 말했다.

"딱 적시에 오셨군. 최근 잘 지내셨는지?"

당정은 귤을 내던지며 몸을 일으켰다.

"아주 잘 지내지! 경매장 쪽은 모두 안배가 끝난 거야?"

군구신은 손을 씻고 와서 귤껍질을 벗기며 경매장과 관련한 최신 소식을 이야기해 주었다. 그는 껍질을 벗긴 귤을 습관처럼 비연에게 건넸고, 비연은 귤을 받아 맛있게 먹기 시작했다.

당정은 전혀 이상하게 여기지 않았다. 어쨌든 군구신과 비연은 어릴 때부터 이랬다. 비연은 아주 횡포했고, 군구신이 껍질을 벗긴 과일을 다른 아이에게 양보하는 법이 없었다.

당정이 깊이 생각하다가 말했다.

"이야기를 들어 보니 이미 주도면밀하게 준비한 것 같은데. 이렇게 하면 어떨까? 내가 잠시 후에 직접 한번 다녀올게. 현장도 살펴보고, 문제 생길 게 없는지 점검도 하고. 내일 내가 직접 경매관으로 나설 테니까!"

군구신과 비연이 설치한 덫은 바로 백리명천을 끌어내기 위한 것이었다. 과연 재미있는 연극을 보게 될지는 내일이 되어 봐야 알 것이다.

세 사람은 잠시 이야기를 나눴다. 당정이 이만 가 보겠다고 하며 밖으로 나간 후에야 군구신이 비연에게 말했다.

"정역비가 계속 밖에서 기다리고 있던데, 어찌 된 일이지?"

정역비가 밖에 있으리라고는 생각지 못했던 비연은 군구신에게 대답할 겨를도 없이 재빨리 문틈으로 밖을 훔쳐보았다.

그러나 정역비는 보이지 않고, 멀어져 가는 당정의 뒷모습만이 보일 뿐이었다.

"보이지 않는데!"

"그럼 간 모양이지."

"그렇게 오래 기다렸는데, 이렇게 잠시를 못 기다리고 가 버렸다고?"

"비연, 쓸데없는 일에 너무 신경 쓰지 마."

"쓸데없는 일이라니, 우리 언니의 혼인 문제인데!"

군구신은 말로는 비연을 이길 수 없었기에 눈을 감고 고개를 끄덕였다.

비연이 감개무량한 듯 말했다.

"제멋대로 구는 남자를 좋아하지 않던 사람이, 무엇에도 구속받지 않는 남자를 좋아하게 되고, 또 무엇에도 구속받지 않던 남자가 얽매이게 되다니. 이거야말로 정말 사랑이잖아!"

그녀가 군구신 옆에 앉으려 했을 때, 군구신이 그녀를 끌어당기더니 제 다리 위에 앉혔다. 마음에서 우러나오는 애정은 정을 품은 눈빛만이 아니라 언행과 행동거지에서도 모두 드러나는 법이었다. 사람들이 곁에 있건 없건, 군구신은 그녀를 안아 자신의 무릎 위에 앉히는 걸 무척이나 좋아했다…….

귀찮은 일을 만들어선 안 돼

비연을 안은 군구신이 아무 말도 하지 않고 그녀의 손에 들려 있던 귤을 받아 들었다. 그리고 귤의 속껍질까지 깨끗하게 제거한 다음 다시 그녀에게 건네주었다. 비연은 귤을 먹으며 방금 당정과 나눈 장난들을 이야기했다.

군구신에게 있어 행복이란 비연의 재잘거림을 듣는 것이었다. 그리고 비연에게 있어 행복이란 군구신의 조용한 모습을 보는 것이었다. 이 행복을 얻기까지 쉽지 않았다. 아직 반평생도 채 살지 않았지만 마치 세 번의 생을 살아온 것 같은 느낌이었다. 영원히 이렇게 행복할 수만 있다면 얼마나 좋을까…….

당정은 정역비가 자신을 계속 기다렸다는 사실도, 자신이 문밖으로 나오는 순간 몸을 숨겼다는 사실도 알지 못하고 있었다. 그녀는 재빨리 아래로 내려가 경매장으로 향했다. 정역비는 객잔 문 앞에서 망설이듯 깊게 숨을 들이마시더니 결국은 그녀를 따라갔다.

군구신은 거액을 주고 경매장을 빌렸다. 오늘 경매장의 모든 경매도 내일 경매를 위한 마지막 준비를 하기 위해 취소된 상태였다. 백리명천의 소장품이 전부 경매장으로 올 예정이었다.

당정은 시위에게 대충 인사한 후 경매장 안으로 들어갔다. 정역비는 경매장 사람들과 친숙했기 때문에 쉽게 들어갈 수 있었고, 곧 당정의 의외의 면을 발견하게 되었다.

당정은 경매의 흐름이나 안보 문제를 질문했다. 가장 중요한 것은 내일 몇 가지 물품을 경매에 부치는지 이해하는 것이었다. 전장에서의 과감하던 모습과 달리 그녀는 대담하면서도 세심하게 모든 것을 챙겼다. 그 빈틈없는 일 처리나 명쾌한 느낌이 남자에게 전혀 뒤지지 않았다.

정역비는 문득 자신이 당정에 대해 완전히 이해하지 못했다는 사실을 깨달았다. 보면 볼수록 호기심이 생겼다. 당정에게 그가 알지 못하는 것이 얼마나 더 있을까? 성격은? 습관은? 기호는?

당정이 모든 것을 확인한 후 떠나려 했을 때는 이미 깊은 밤이었다. 그녀가 막 경매장 대문을 나서려는데 앞쪽 유리 병풍에, 뒤를 따르던 정역비가 비쳤다. 하마터면 발걸음을 멈출 뻔했지만 다행히도 제때 반응했다. 그녀는 계속 걸어 경매장을 떠나며 나지막한 목소리로 시위에게 명령했다.

"먼저 돌아가도록. 내 시중을 들 필요 없다."

시위가 떠나고 나자 당정의 입가가 살짝 올라가며 소리 없는 미소를 지었다. 그녀는 콧노래를 부르며 가볍게 발걸음을 옮겨 도박장으로 향했다.

정역비는 처음에는 그녀가 어디로 가는지 모르는 채 따라갔지만 멀리 도박장 대문을 발견하자 화가 치밀어 올랐다. 그는 더 따라가지 않고 말없이 당정이 도박장 대문으로 향하는 것을 지켜보았다.

당정이 막 안으로 들어가려는 순간, 정역비가 불시에 화살을 하나 날렸다. 화살은 정확히 도박장의 대문을 맞혀 간판을 떨어뜨렸다. 간판이 당정 앞으로 떨어지며 깨졌다.

위험하지는 않았다. 그래도 당정은 깜짝 놀랐다. 정역비가 올 거라고는 생각했지만, 이렇게 간판을 깨 버릴 줄이야! 그녀가 한 걸음만 더 빠르게 내디뎠더라면 간판에 맞았을 것이다! 빌어먹을!

당정이 재빨리 고개를 돌려 노한 목소리로 외쳤다.

"정역비, 날 죽일 생각이야?"

그와 거의 동시에 문안에서 사람들이 우르르 몰려나왔다. 모두 키가 크고 건장한 데다 표정도 흉악해 보였다. 우두머리로 보이는 자는 20대 중반의 사내였는데 그중에서도 특히 사나워 보였다.

그가 당정과 정역비를 번갈아 보다가 화를 내며 외쳤다.

"우리 대옥 도박장의 간판을 부순 자가 대체 누구냐!"

천옥성에서 도박장의 세력은 경매장 다음이었고, 이곳은 저들의 영역이었다. 아무 이유도 없이 간판을 깨트린 건 그야말로 죽고 싶다는, 아니 최소한 귀찮은 일에 휘말리고 싶다는 신호였다!

비록 당정과 정역비가 두려움에 떠는 성격은 아니었지만, 내일은 경매가 있었다. 그들은 비연과 군구신에게 귀찮은 일을 불러올 생각은 없었다.

당정이 서둘러 말했다.

"죄송합니다. 제 친구가 저와 놀다가 실수를 했습니다! 우리가 이 간판을 치우고 새 간판을 원래의 위치에 달겠습니다. 반드시……."

당정은 금원보도 꺼냈다. 그러나 사나운 사내는 그녀의 말을 들으려 하지 않고, 노한 목소리로 다시 외쳤다.

"죽고 싶은 모양이군!"

그의 말이 끝나자마자 주변 열 명 남짓한 남자들이 모두 칼을 뽑았다. 당정은 이들과 화해가 불가능하다는 것을 깨닫고 재빨리 정역비에게로 달려갔다.

정역비와 당정 사이에는 묵계가 존재하고 있었다. 정역비가 바로 활을 꺼내 당정을 쫓아오는 사람을 저지했다. 그리고 당정이 가까이 오자 그녀의 손을 잡고 달리기 시작했다.

천옥성은 깊은 밤에도 조용하지 않았다. 밤늦도록 자지 않는 이들이 사방에서 보물을 찾고 있었다. 당정과 정역비는 온 힘을 다해 달렸고, 등 뒤에서는 열 명이 넘는 사내들이 죽어라 쫓아왔다. 얼마 지나지 않아 많은 사람이 그들을 구경하기 시작했다.

당정과 정역비는 신분을 드러내고 싶지 않았다. 그들은 감히 사람이 많은 곳으로 가지 못하고, 다급하게 어두운 골목 쪽으로 방향을 틀었다. 그러나 그 사나운 사내는 그들을 놓치지 않고 쫓아왔다.

당정이 매섭게 마음을 먹고 속삭였다.

"정역비, 그만 뛰고 그냥 저들을 죽여 버리자!"

"넌 확실히 악독하군!"

그의 말에 당정이 대꾸했다.

"도박장에서 일하는 사람들은 그렇게 좋은 사람들이 아니야. 저들 때문에 망한 집안이며 죽은 사람들, 아내와 자식을 잃고 떠도는 이들이 얼마나 많은데! 저들을 죽이는 건 백성들에게 복을 가져오는 일이지!"

"핑계는 좋군!"

정역비의 말에 당정이 화가 나서 외쳤다.

"그래, 그리고 그 핑계로 바로 네 뒤치다꺼리를 해 주려는 거 잖아! 누가 간판을 부수라 그랬어?"

정역비는 할 말을 잃었다.

당정이 암기를 준비하자 정역비가 갑자기 발걸음을 멈추고 진지하게 말했다.

"당정, 이곳 도박장에 대해서는 네가 나보다 더 잘 알겠지만, 간판을 부수는 것과 사람을 죽이는 건 아주 다른 문제야. 우리가 여기까지 달려오는 동안 누군가에게 신분을 들켰다면 전하께 귀찮은 일이 생길 거야! 내일 경매와 관련한 일도 곤란해질 테고! 냉정해야 해!"

당정이 진지한 표정으로 생각에 빠지는 순간, 정역비가 갑자기 그녀를 품에 안더니 담장 위로 뛰어올라 낯선 저택 안으로 뛰어내렸다. 사나운 사내가 사람들을 이끌고 추격해 왔고, 바로 따라 들어오려 했다. 그러나 곁에 있던 이들이 외쳤다.

"남 형, 잘 보십시오! 백씨 가문의 저택입니다!"

백씨 가문의 저택. 천옥성에 백씨 가문의 저택이라면 단 하나뿐, 바로 성주 백소화의 저택이었다.

사내가 냉정하게 둘러본 후 중얼거렸다.

"그렇군, 백씨 가문의 저택이야!"

곁에 있던 이가 다시 말했다.

"남 형, 형이 가서 문을 두드리시지요. 제가 여기서 형제들과 지키고 있을 테니."

사내가 깊이 생각하더니 거절했다.

"아니야. 성주께서는 오랫동안 얼굴을 드러내지 않으셨다. 그런데 우리를 들여보내 줄까? 시간을 조금만 지체해도 그 남자와 여자는 도망쳐 버릴 테고, 그럼 우리는 할 말이 없어지겠지! 대옥 도박장의 간판은 어르신께서 살아 계실 적에 직접 걸어 주신 거다! 범인을 찾지 못한다면 옥 소야가 아마 우리를 죽이려 드실걸! 내가 형제들을 데리고 안으로 들어가 추격할 테니, 너는 어서 가서 소야께 말씀드려라!"

이렇게 사내들도 잇달아 담을 넘어 들어갔다. 정역비와 당정은 별다른 기척을 내지 않았으나, 이 사내들이 들어온 지 얼마 되지 않아 백씨 가문의 시위들이 이상한 점을 눈치채고 달려와 바로 포위했다.

남 형이라 불린 사나운 사내는 이런 결과가 올 줄 알고 있었다. 그가 노린 것도 바로 이것이었다. 그는 백씨 가문의 집사에게 모든 것을 사실대로 말했다.

백씨 가문의 집사는 시위들에게 그들을 잘 살피라고 하는 동시에, 다른 시위들을 이끌고 당정과 정역비를 찾아 저택 전체를 뒤지기 시작했다. 원래 어두웠던 저택 안 건물 하나하나에 잇달아 불이 밝혀졌고, 방어는 더욱 삼엄해졌다.

집사가 직접 수하들과 함께 당정과 정역비를 찾는 동안, 그들은 사실 멀리 가지 못하고 남 형이라 불린 사내와 같은 정원에 숨어 있었다.

집사는 두루 찾아보아도 당정과 정역비를 찾지 못하자 다시 올라왔다. 그리고 그와 동시에 남 형이 얘기한 옥 소야도 도착했다.

옥씨 가문 도련님

옥 소야가 그저 도박장의 주인이었다면 백씨 가문 집사가 체면을 세워 줄 필요도 없이 바로 내쫓았을 것이다. 그러나 옥씨 가문은 현공대륙 역사상 가장 오래된, 그리고 실력도 가장 뛰어난 수집가 가문이었다.

집사가 잠시 기다리자 시종이 옥 소야를 데려왔다. 옥 소야는 20대 중반의 나이에 키가 크고 옷차림도 화려했다. 온몸에 달고 있는 진주며 보석들이 여자에게도 뒤지지 않았다. 겉으로만 보면 풍채가 비범하고 당당해 보였으나, 얼굴을 보면 안하무인에 오만해 보이는 것이 귀하게만 자란 도련님 같았다.

그는 마치 이 저택의 주인이라도 되는 양 으쓱거리며 사람들을 향해 걸어왔다. 머리를 어찌나 높이 들고 있는지, 그의 콧구멍을 똑똑히 볼 수 있을 정도였다.

모두 눈이 휘둥그레져 그를 보고 있었다. 집사는 이미 무시하는 듯한 표정을 짓고 있었다.

이 순간, 당정과 정역비는 꽃 덤불 속에 숨어 있었다. 당정은 반듯하게 누워 있었고, 정역비는 그녀 몸 위에 엎드린 채 두 팔꿈치를 그녀의 머리 양옆에 대고 있었다. 두 사람 모두 고개를 옆으로 돌려 덤불 밖을 보며 감히 경거망동하지 못하고 있었다.

원래 정역비는 당정을 데리고 들어온 후 바로 다른 편 담장을 통해 다시 나갈 생각이었다. 그러나 뜻밖에도 순찰 시위를 발견했고, 다급한 가운데 말조차 제대로 하지 못하고 당정을 꽃 덤불 속에 눕혔다.

순찰 시위가 떠나자 이어서 대옥 도박장 사람들이 쫓아 들어왔고, 곧 이 저택의 시위들이 와서 그들을 둘러쌌다. 정역비와 당정은 계속 숨어 있을 수밖에 없었다.

정역비는 옥 소야를 본 적이 없었으나, 당정은 몇 번 본 적이 있었다. 옥 소야가 그들 곁을 스쳐 가자 당정은 대옥 도박장이 옥씨 가문 휘하의 사업이라는 사실을 알게 되었다.

당정이 속삭였다.

"정역비, 우리가 실수했어. 저자는 옥씨 가문 소야 옥명양이야."

정역비도 옥씨 가문의 이름을 들어 보았기에 매우 놀랐다. 그는 무의식적으로 고개를 돌리다가 하마터면 턱으로 당정의 얼굴을 스칠 뻔했다. 그는 그대로 굳어 버렸고, 당정 역시 마찬가지였다. 두 사람은 계속 외부의 상황을 살피며 긴장하고 있었기 때문에 서로 이리 가까이 있는지 지금까지 의식하지 못하고 있었던 것이다.

정역비는 당정을 보며 움직이지 않았다. 그러나 그의 숨결이 당정에게 쏟아지고, 당정의 숨결 역시 그의 얼굴을 간지럽히고 있었다. 한 사람의 숨결은 불타듯 뜨겁고 또 다른 한 사람의 숨에서는 난초와 같은 향이 풍겼다. 그렇게 두 사람의 숨결이 뒤엉키니, 주변의 긴장된 분위기도 어딘가 야릇하게 느껴지기 시작했다.

곧, 당정의 눈동자에 웃음기가 떠올랐다. 그러나 그녀가 입을 열기도 전에 정역비가 조심스럽게 고개를 돌려 그녀의 시선을 피했다. 그리고 아무 일도 없었던 것처럼 소리를 죽여 방금의 화제를 이어 갔다.

"정왕 전하와 왕비마마께 문제가 생기지 않는다면 대단한 실수는 아니야. 물론 우리는 일단 몸을 숨기는 편이 낫겠지. 만약 들킨다면, 이 일은 너와는 아무 상관이 없고, 간판은 나 혼자 부순 것으로 하겠어."

당정이 한마디 하려는 순간, 옥 소야가 입을 열고 있었다.

저택을 관장하는 늙은 집사는 분명 성주 백소화를 대신하고 있었지만, 옥명양은 그를 노비처럼 대했다. 그는 인사말 한마디 없이 바로 물었다.

"범인은?"

집사는 본래 기분이 좋지 않았다. 그런데 옥명양의 이 말을 듣자 자신도 예의를 갖추지 않기 시작했다.

"옥 소야, 제가 이미 직접 한 바퀴 둘러보았습니다만 찾으시는 범인은 보이지 않습니다. 수하들이 잘못 보았거나, 아니면 그 두 사람이 이미 도망간 듯하니 어서 떠나 주시지요!"

옥명양은 집사의 말을 믿었으나, 집사의 태도에 기분이 상해 차갑게 코웃음을 쳤다.

"본 소야가 무엇을 보고 너를 믿느냐?"

집사는 이해할 수 없어 진지하게 묻기 시작했다.

"옥 소야께서는 무슨 뜻으로 그리 말씀하시는지요?"

옥명양이 보석 반지를 쓰다듬으며 저택 깊은 곳을 바라보더니, 예의라고는 없는 태도로 말했다.

"그 둘이 너희 백씨 가문 사람이 아니라면 어찌 감히 이 저택으로 뛰어들었겠느냐?"

집사는 바로 엄격한 표정이 되었다.

"옥 소야께서는 우리 가문의 주인님을 의심하셨군요! 만약 증거가 없다면 옥 소야께서는 오늘의 이 말을 책임지셔야 할 겁니다!"

옥명양은 원래 이 늙은 집사에게 몇 마디 한 후 물러날 생각이었다. 그러나 집사가 만만치 않게 대응하자 바로 눈을 부라리기 시작했다.

"증거! 흥, 본 소야가 직접 사람들을 이끌고 증거를 찾아내겠다!"

옥명양은 말을 마치자마자 수하들에게 수색 작업을 시작하라고 명령했다. 집사가 분노하여 외쳤다.

"여봐라, 저들을 막아라!"

옥명양이 고개를 돌리더니 물었다.

"왜, 찔리는 거라도 있느냐?"

집사는 아예 그를 상대하지 않고 시위들을 향해 노성을 질렀다.

"저들을 모두 몰아내라! 나가지 않으려 하거든 다리를 부러뜨려서라도 내쫓도록 해라! 감히 우리 가문에 와서 행패를 부리다니, 그 결과는 본인들이 감당해야 하는 법이다!"

옥명양이 멈칫했으나 곧 정신을 차리고 노한 소리로 외쳤다.

"감히!"

집사가 여전히 강한 목소리로 외쳤다.

"옥 소야, 백씨 저택이 어찌 소야께서 수색하고 싶다고 수색할 수 있는 곳이겠습니까? 제가 소야를 안으로 들인 것만으로도 이미 옥씨 가문 노마님의 체면을 살려 드린 것입니다. 오늘밤의 이 일은 성주 어르신께서 아직 모르고 계시니, 노마님께서도 알지 못하시겠지요. 계속 고집을 부리시겠다면 성주 어르신과 노마님께 연통을 넣을 수밖에 없습니다. 그리되면 다리를 부러뜨리는 정도가 아니라 일이 정말 복잡해질 겁니다! 잘 고려해 보시지요!"

옥명양은 속으로 집사의 말이 옳다고 생각했으나 체면 때문에라도 여기서 물러설 수는 없었다. 그는 수치스러움이 분노로 변한 나머지 바로 검을 뽑았고, 그의 곁에 있던 수하들도 무기를 들었다.

집사가 노한 눈으로 노려보자 주변의 시위들 역시 칼을 뽑았다. 순식간에 일촉즉발의 상황이 되어, 긴장된 분위기가 더욱 긴장되기 시작했다.

당정과 정역비는 몸을 숨긴 채 쌍방이 어서 싸우기만을 바라고 있었다. 양쪽이 싸운다면 그 틈을 타서 도망칠 작정이었다. 그러나 양쪽 모두 대치 상태로 있을 뿐, 누구도 먼저 움직이지 않았다.

얼마 지나지 않아 백씨 가문의 시위들이 점점 늘어나더니 주변을 단단히 포위하기 시작했다. 옥명양은 원래 겉으로만 강한 사람이라, 그 모습을 보고 점점 더 자신이 없어졌다.

그가 가볍게 몇 번 기침하며 곁에 있던 사내를 바라보자, 사내가 바로 옥명양의 뜻을 알아채고 말했다.

"옥 소야, 그 범인들이 도망쳤다면, 소야께서 여기서 시간을 낭비하시는 건 손해가 너무 큽니다! 성주 어르신의 체면을 생각하셔서라도 집사의 말을 한 번만 믿어 주시지요. 제가 그 두 사람의 생김새를 기억하고 있으니, 성문을 폐쇄하고 성을 뒤지면 될 듯합니다. 만약 찾아내지 못한다면 그때 다시 이곳에 와도 늦지 않을 듯합니다."

이 말을 들은 집사의 얼굴에 조소하는 듯한 표정이 떠올랐다.

물론 옥명양도 그 표정을 보았다. 그러나 그는 어느 정도 이성이 남아 있었기에 집사의 비웃음을 보지 못한 척했다. 그리고 다시 가볍게 기침한 후 사내에게 말했다.

"네 말이 옳다. 본 소야가 오늘은 저자와 다투지 않을 터이니, 네가 수하들을 이끌고 주변을 지키도록 하라. 나머지는 본 소야를 따르도록!"

말을 마친 옥명양이 재빨리 몸을 돌려 떠나기 시작했는데, 그 발걸음은 말로 표현하기 어려울 정도로 빨랐다! 사내도 감히 수하들을 이끌고 백씨 저택을 포위할 엄두를 내지 못하고 재빨리 옥명양에게 따라붙었다.

"옥 소야, 제가 보기에 그 범인들은 이미 도망친 듯합니다!"

옥명양도 공개적으로 백씨 가문을 포위할 배짱은 없었다.

"수하들로 하여금 몰래 지켜보도록 하라. 그리고 본 소야는 네가 무슨 방법을 쓰든 상관하지 않는다. 그 두 사람을 어떻게 든 찾아내라!"

사내가 연신 고개를 끄덕이며 옥 소야를 일깨워 주었다.

"옥 소야, 내일 경매장에 큰일이 있지 않습니까. 노마님께서 도 가신다고 하셨으니, 늦잠 주무시는 일은 없어야지요."

옥명양이 큰 소리로 웃기 시작했다.

"하하, 백리명천과 관련한 일이라면 본 소야가 빠질 수 없 지. 본 소야는 그가 온다는 데 걸겠다! 그가 지난번에 본 소야 가 눈독 들였던 물건을 빼앗아 갔는데, 아직 그 빚을 갚지 못했 거든!"

이렇게 옥씨 가문 사람들은 백씨 가문 저택에서 물러 나와 당정과 정역비를 찾으려고 온 성을 뒤지기 시작했다.

집사는 방범을 강화하라고 말한 후에 시위들을 모두 해산시 켰다. 당정과 정역비는 겨우 안도의 한숨을 내쉬었다.

당정이 경멸을 담아 중얼거렸다.

"모두 입만 살아서는!"

"쉿, 소리를 낮춰."

정역비는 방금의 난감했던 상황을 잊고, 다시 한번 당정을 내려다보았다……

네가 오해할까 봐

당정은 정역비가 감히 자신을 다시 보리라고 생각하지 않았기에, 어쩐지 즐거운 기분이 되었다. 그녀의 입매가 저도 모르게 천천히 올라가고 있었다.

정역비는 물론 그녀가 웃는 것을, 그것도 살며시 웃는 것을 볼 수 있었다. 그가 바로 몸을 일으키려는데 당정이 갑자기 물었다.

"정역비, 내 뒤를 왜 밟은 거야? 객잔에서부터 날 따라왔잖아? 내 뒤를 밟는 걸 왜 그리 좋아하는 거야?"

정역비가 당황하여 바로 당정의 시선을 피하고는 몸을 일으키려 했다. 그러나 당정의 두 번째 질문이 그를 멈춰 세웠다.

"정역비, 오후에 연아와 무슨 얘기를 나눴어? 그렇게 웃으면서! 나는 네가 웃는 것을 좋아하지 않는다고 생각하고 있었는데!"

정역비가 다시 당정을 바라보았다. 당정은 그에게 입을 열 기회를 주지 않고 계속 물었다.

"정역비, 연아랑 함께 있으면 즐거워? 혹시 두렵지 않아? 그……."

"그만!"

정역비는 화가 났다. 이곳이 백씨 가문 저택이 아니었다면 아마 고함을 질렀을 것이다.

당정은 분명 일부러 그를 놀리고 있었다. 당정이 다시 입을 열려고 하자 정역비가 바로 그녀의 입을 막더니, 고개를 바싹 들이대고 속삭였다.

"당정, 지금이 어느 때인데 이런 얘기를 하려 하는 거야? 나는 다 내려놓았는데, 너는 왜 내려놓지 못하는 거지?"

당정이 그의 손을 치운 후 물었다.

"이미 내려놓았다면서 왜 이리 긴장하는 거야? 내가 내려놓았건 내려놓지 않았건 너와는 무슨 상관인데? 분명 찔리는 구석이 있는 거지!"

정역비가 냉랭하게 말했다.

"없어!"

당정이 다시 좀 더 다가갔다.

"그럼 왜 그리 긴장하는 거야?"

"나, 난……."

정역비는 여전히 부인했다.

"긴장하지 않고 있어!"

당정이 확신을 담아 말했다.

"긴장하고 있어! 긴장 중이라고!"

정역비의 목소리가 좀 더 커졌다.

"아니야!"

당정도 약해지지 않았다.

"맞아!"

정역비도 계속했다.

"아니라니까!"

당정은 물러서지 않았다.

"맞아!"

정역비는 더더욱 물러서지 않았다.

"아니야!"

당정이 고집을 부렸다.

"맞아! 맞다고, 맞다니까!"

정역비가 화를 냈다.

"아니라니까! 아니야!"

당정은 원래 그를 자극하려는 생각뿐이었지만, 이렇게 서로 고집을 부리게 되니 재미를 느꼈다.

"맞아, 맞아, 맞아……."

정역비는 마침내 견딜 수 없어 다시 한번 그녀의 입을 막았다. 당정이 그의 손을 떨쳐 내고 계속 말했다.

"맞아, 맞아, 맞아……."

정역비가 다시 그녀의 입을 꽉 틀어막더니 분노한 목소리로 말했다.

"맞아, 맞다고. 됐어?"

당정은 자신이 잘못 들은 건 아닐까 의심하며 멈칫했다.

정역비가 이어 말했다.

"네가 오해할까 봐 긴장하고 있다고! 됐어?"

당정이 눈을 휘둥그렇게 떴다. 그녀의 눈이 찬란하게 빛나고 있었다.

정역비는 그 이상 말하지 않았다. 다급하기 때문일까, 아니면 화가 났기 때문일까. 그의 뜨거운 숨결이 당정의 얼굴로 쏟아졌다. 당정은 미동도 하지 않고 조용히 그를 바라보았다. 그녀의 심장이 거세게 뛰고 있었고…….

당정은 긴장하고 있었다. 군영에서 그와 몸을 섞던 그날 새벽에도 그녀는 이렇게 긴장하지 않았었다.

그녀는 정역비가 계속 말을 이어 주기를 기다리고 있었지만, 또 그가 계속 이야기할까 봐 두렵기도 했다. 그녀는 눈 한 번 깜빡이지 않고 그를 바라보며 조용히 기다렸다. 그러나 정역비는 그녀를 응시하기만 할 뿐 한참 동안 아무 말도 하지 않았다.

마침내 그녀가 참지 못하고 재빨리 정역비의 손을 잡아끌면서 물었다.

"어째서야?"

그녀는 정역비가 이해하지 못할까 봐 두려워 재빨리 한마디 덧붙였다.

"어째서 나에게 오해받을까 무서운 거야?"

사실 그녀는 덧붙이고 싶은 말이 아주 많았다. 그러나 그녀는 이미 해야 할 말을 했고, 더 덧붙일 수가 없었다. 그러다가는 정역비 대신 자신이 대답하게 될 것 같았기 때문이다. 그래서 그녀는 다시 한번 같은 말을 반복했다.

"어째서야? 무엇 때문에 내가 오해할까 두려운 거야?"

정역비는 아무 말도 하지 않았다. 그의 호흡이 더욱더 무거워지고 있었다.

당정은 잠시 기다렸다가 다시 물었다.

"어째서……."

정역비가 세 번째로 그녀의 입을 막더니 마침내 입을 열었다.

"왜냐하면…… 왜냐하면, 네가 오해하는 게 싫으니까."

허튼소리!

당정이 다급한 나머지 그의 손을 떼어 내려 했지만 정역비는 허락하지 않고 계속 말했다.

"왜냐하면…… 네가 괴로워하는 게 싫어. 그리고…… 네가 화를 내지 않았으면 좋겠어."

그는 아주 느릿느릿, 나지막한 목소리로 말하고 있었다. 마치 망설이는 것처럼. 그러나 그의 말 한 마디 한 마디는 아주 또렷하게 들려왔다.

"나는…… 네가 다시는 떠나지 않았으면 좋겠어. 그리고 나는…… 너를 어떻게 해야 할지 모르겠어. 왜냐하면 나는……. 나……."

그는 끝까지 말하지 못하고 '나'라는 단어만 반복했다. 그러나 그가 마음속에 품은 말을 다 하지 못했다 해도, 당정은 그의 뜻을 이해할 수 있었다. 그는 그녀를 좋아한다!

감동에 겨워 당정은 울 수도, 웃을 수도 없는 심정이 되었다. 이 순간 여기에 그들 둘뿐이거늘, 정역비처럼 다 큰 남자가 뜻밖에도 제 마음을 솔직하게 드러내지 못하다니. 그는 긴장하고 있었고, 제 마음조차 이해하지 못하고 있었다. 그리고 부끄러워하고 있었다!

하지만 그는 무엇 때문에 긴장하고, 무엇 때문에 이해하지 못하는 걸까? 그리고 무엇 때문에 부끄러워하는 걸까?

그는 정말 정역비가 맞는 걸까? 그 무엇에도 구속받지 않는 자유분방한 성격으로 진양성에 이름난 그 정역비가? 온 성이 떠들썩하도록 좋아하는 여자에게 구혼했던 그 정역비가?

정역비, 아아, 정역비. 지금까지 정이 무엇인지, 사랑이 무엇인지 진정으로는 알지 못했던 걸까?

정역비…… 정역비. 지금 그가 이해하건 이해하지 못하건 당정은 너무나도 행복했다. 그녀는 정역비의 유일한 어떤 부분을 얻게 되었으니까!

안 그래도 웃음기 가득하던 당정의 눈에, 이 순간 그 웃음기가 더욱 짙어지고 있었다. 금방이라도 그 커다란 눈 밖으로 흘러나올 듯이.

그녀는 다시 정역비의 손을 떼어 내고 말했다.

"나는 네가 왜 그러는지 알아. 너는……."

말을 끝내기도 전에 정역비가 다시 그녀의 입을 막았고, 그녀는 다시 떼어 냈다.

"정역비, 너는……."

정역비가 다시 입을 막았지만 그녀는 계속했다.

"너는 나를……."

정역비가 그녀의 입을 막을 때마다, 당정은 계속 그의 손을 밀어냈다. 그리고 그녀가 마지막으로 힘차게 그의 손을 밀어낸 순간, 정역비가 갑자기 그녀를 놓아주더니 고개를 숙여 제 입술로 그녀의 입술을 막았다.

찰나의 순간, 당정은 굳어 버리고 말았다. 정역비의 입술이 그녀의 입술 위를 부드럽게 맴돌기 시작했다. 얼마 지나지 않아 그가 그녀의 입술 안으로 패기롭게 들어왔다. 당정은 처음에는 긴장했으나, 곧 온몸이 노곤하니 힘이 빠지기 시작했다. 그녀는 온순하게 그대로 누운 채 조용히 정역비의 침입을 즐기고 있었다.

여름밤, 하늘 가득한 뭇별들이 그녀의 눈을 가득 채웠고, 그녀의 눈매에 흐르던 웃음기가 점차 짙어져 가고 있었다. 그렇게 그녀는 별빛보다 찬란하게 반짝이고 있었다.

정역비는 처음에는 패기롭다 못해 절박하게 굴었으나, 점차 움직임이 느려지더니 부드럽게 변해 갔다. 마치 당정이 아까울 정도로 사랑스럽다는 듯.

마침내 정역비가 멈추었을 때, 당정이 팔을 뻗어 그의 목을 끌어안고 말했다.

"정역비, 아무 말도 없이 입을 맞추는 건 불량배나 하는 짓이야. 오늘 해야 할 말을 끝내지 않는다면, 나는 결코 네가 이대로 몸을 일으키도록 내버려 두지 않을 거야!"

정역비의 이마가 그녀의 이마에 닿았다. 그의 입술이 다시 한번 그녀에게 다가왔다. 당정이 입을 여는 순간, 서로의 입술이 닿을 듯 말 듯 스쳐 갔다.

정역비는 한참 동안 침묵하며 대답하지 않았다. 그는 그녀의 입술에 쪼듯이 두어 번 입을 맞추더니, 마음속에서 흘러나오는 감정을 어쩔 수 없다는 듯 다시 깊이 입을 맞추기 시작했다.

그의 입맞춤에 당정의 온몸에서 힘이 풀리고 있었으나, 마음은 구름 위를 떠다니듯 날아가고 있었다. 점차, 그녀도 제 안의 감정을 참을 수 없어 그에게 반응하기 시작했다.

두 사람이 참을 수 없을 정도가 되었을 때, 정역비가 멈추더니 말했다.

"당정, 이미 불량배 같은 짓을 해 버린 다음에야, 끝까지 불량배 짓을 하고 너에게 대답하겠어!"

말을 마친 그는 몸을 일으킨 다음 당정을 잡아 일으켰다. 그는 주변에 시위들이 없음을 확인한 후 담장을 넘어 객잔으로 향했다. 백씨 가문도 옥씨 가문도 그들을 발견하지 못했으나, 단 한 사람만은 그들이 간판을 깨어 버렸을 때부터 지켜보고 있었다.

바로 백리명천이었다…….

좋아하는 것보다 훨씬 더 많이

백리명천은 백초국의 건원제와 대화를 나누던 중 군구신이 제 소장품을 경매에 부친 것을 알게 되었다. 그는 수희를 건원제 옆에 남겨 두고 최대한 빠른 속도로 천옥성에 도착했다.

그가 막 객잔에서 발을 쉬고 있을 때 큰길에서 시끄러운 소동이 벌어진 것이 들렸다. 내다보니 당정과 정역비가 보였다.

정역비가 당정을 데리고 떠날 때, 백리명천은 따라가고 싶지 않은 표정이었다. 그러나 결국은 입 끝을 들어 올리며 그들을 따라갔다.

정역비와 당정이 막 객잔 앞에 도착했을 때, 사람들 한 무리가 객잔 대문을 두드리고 있었다. 옥씨 가문 사람들이 여기까지 찾아온 모양이었다. 정역비는 당정을 이끌고 객잔 오른쪽 담장에 숨은 후 동정을 살폈다.

과연 얼마 지나지 않아 객잔 안에 등불이 훤하게 밝혀지더니 사람들이 움직이는 소리며 시끄럽게 다투는 듯한 소리까지 들렸다. 정역비와 당정은 손을 꼭 잡은 채 담장에 달라붙어 있었다.

곧 망중의 목소리가 들렸다. 그들 일행은 객잔 2층에 머물고 있었지만 정왕은 객잔 전체를 빌린 상태였다. 지금 같은 한밤중은 물론이고 한낮이라 해도 객잔에 아무나 들여 수색하게 할 이유가 없었다.

정역비와 당정은 백씨 저택에서 옥 소야가 겉으로만 강한 척하는 걸 보았기에, 망중 혼자 이 일을 해결할 수 있을 거라 생각했다. 어쨌든 천염 황실의 이름은 천옥성 백씨 가문보다 높았으니까.

그들은 걱정하지 않았다. 다만 그들의 인내심이 충분하지 않았다.

전방을 주시하고 있는 정역비의 가슴이 오르락내리락하는 게 보였다. 당정은 고개를 옆으로 꼰 채 입술을 가볍게 깨물고 있었다.

객잔 안은 여전히 시끌벅적했고, 그들은 무척이나 조용했다. 그러나 그들의 심장은 절대로 고요하지 않았다! 정역비가 당정의 손을 점점 더 꼭 쥐었고, 당정의 호흡도 다급해지고 있었다. 아주 잠시의 시간이건만, 그들에게는 너무 긴 것처럼 느껴졌다.

마침내 정역비가 당정을 바라보았다. 그가 무슨 말인가 하려는 순간, 당정이 갑자기 발끝을 세우더니 그의 목을 감싸 안고 입술을 그에게로 가져갔다. 정역비는 망설임 없이 그녀의 허리를 안고, 그녀의 입술이 제 입술에 닿기도 전에 그녀의 입술을 덮어 버렸다.

백씨 가문에서와는 달리, 그들의 입맞춤은 몹시도 격렬했다. 두 사람의 마음속에 숨어 있던 불길이 활활 타오르기 시작한 것 같았다. 마치 자신을 태우고 다시 상대를 태우려는 듯.

두 사람은 호흡이 힘들어질 때가 되어서야 겨우 멈출 수 있었다. 그때는 객잔 안 소동도 이미 끝나고 사람들도 흩어진 다음이었다.

당정이 고개를 들어 정역비를 바라보았다. 숨을 헐떡이며, 환희에 가득 차 웃으며.

정역비는 고개를 숙여 그녀를 바라보았다. 그는 호흡이 거칠었지만 웃고 있지 않았다. 아니, 심지어 엄숙해 보일 정도였다. 그의 눈빛은 마치 사냥꾼이 사냥물을 응시할 때와 같아 보였다.

당정은 사실 정역비가 건들거리는 것보다는 이렇게 엄숙하게 구는 것을, 군인답게 진지하고 단단한 모습을 좋아했다. 그녀는 키득거리며 몸을 일으키고는 불시에 그의 손에서 벗어나 달려가기 시작했다.

정역비는 바로 쫓아가 두말없이 그녀를 안아 들더니 담장을 넘어 객잔으로 들어갔다. 그리고 이때, 백리명천이 마침내 어두운 곳에서 걸어 나왔다. 안색이 별로 좋지 않았다.

그는 물론 당정과 정역비가 무엇을 하러 가는지 알고 있었다. 그저 비연과 군구신이 어느 객잔에 머무는지 알고 싶었기 때문에 이곳까지 따라온 것뿐이었다. 그 이유가 아니라면 그런 광경을 그렇게 오래 지켜보고 싶지 않았다!

백리명천은 한참 생각에 잠겨 있다가, 잠시 후 정역비와 당정이 사라진 방향을 노려본 후 그 자리를 떠났다. 그리고 그때 정역비는 이미 당정을 자신의 방으로 데려간 후였다.

그는 당정을 침상 위에 눕히더니 바로 제 몸으로 그녀를 가

뒤 버렸다. 물론 당정도 도망갈 생각은 없었다. 그녀는 그저 정역비를 놀리고 싶었을 뿐이었다. 그녀는 정역비의 더더욱 엄숙해진 얼굴을 보며 소리 내어 웃기 시작했다.

정역비는 그녀를 품에 가둔 채 한참 동안 바라보았다. 말이 없는 가운데 그의 숨이 점점 더 거칠어지고 있었다.

당정도 더는 웃지 않고 중얼거렸다.

"불량배!"

정역비는 반박하지 않고 계속 당정을 바라보며 그녀의 옷을 풀어 헤치기 시작했다. 당정도 웃음기를 거두고 재빨리 정역비의 옷을 벗기기 시작했다. 두 사람은 무척이나 다급했고, 다급하게 굴수록 손이 제대로 움직여지지 않았다.

정역비는 당정의 옷을 벗기기 어렵다고 생각되자 바로 찢어 버렸고, 당정 역시 헐떡거리며 정역비의 옷을 찢었다.

두 사람은 찢어진 서로의 옷을 바라보며 잠시 멈칫했으나 곧 정신을 되찾았다. 그들은 더는 상대의 옷을 벗기려 하지 않고 일어나 앉아, 가능한 한 빠른 속도로 제 몸 위의 옷을 모두 벗어 던졌다. 서로에게 솔직하게!

정역비의 몸은 단단했고 야성미로 가득 차 있었다. 당정의 몸은 아름답고 매혹적이었다.

그들은 서로를 바라보았다. 두 쌍의 눈이 서로를 바라본 지 얼마 되지 않아 시선이 아래로 내려가기 시작했다. 고요한 가운데 두 사람의 호흡이 거칠어졌다. 귀에 들려오는 이 거친 숨소리가 누구의 것인지 구분할 수 없는 상황에서, 두 사람은 동시에 손을 뻗어 서로를 끌어 안았다.

몸과 몸이 맞닿는 순간, 마른 장작에 불길이 붙은 듯 두 사람 모두 타오르기 시작했다! 정역비가 당정의 몸 위로 올라가 그녀의 가장 민감한 부분에 입을 맞췄다. 당정은 저도 모르게 가벼운 비명을 질렀다.

그녀는 이제 멈출 수 없었으나, 자신이 무너지는 모습을 보이고 싶지 않아 정역비가 도취한 순간 그를 밀어냈다. 그리고 바로 그의 몸 위로 타고 올라 그의 민감한, 금지된 부분을 살짝 물었다.

정역비의 입에서 억눌린 신음이 터져 나왔다. 그가 다시 당정을 밀어내더니 그녀의 몸 곳곳에 미친 듯이 입을 맞추기 시작했다. 당정도 열정적으로 그의 온몸에 입을 맞췄다. 이렇게 격렬하게 뒤엉키는 와중에, 그들은 더는 견딜 수 없어지고 말았다⋯⋯.

모든 것이 끝난 후, 정역비만이 아니라 당정도 온통 땀에 젖어 있었다. 정역비는 힘이 빠진 상태였고, 당정도 기운이 없어졌다. 대체 그들이 얼마나 격렬했는지, 서로에게 얼마나 미쳐 있었는지 상상하기도 어려운 모습이었다.

두 사람은 아무것도 입지 않은 채 누워 숨을 가쁘게 몰아쉬었다. 그렇게 잠시 쉰 당정이 갑자기 정역비의 몸 위로 올라타더니 사나운 표정으로 물었다.

"정역비, 끝까지 불량배 짓을 했잖아. 이제 대답해 줄 때 아니야? 어째서 내가 오해할까 봐 무서웠던 거야?"

정역비도 몸을 일으키더니 반쯤 기대듯 앉았다. 당정은 그의 목에 매달린 채 그를 바라보았다.

정역비가 눈을 내리깐 채 그녀를 바라보더니 갑자기 웃기 시작했다. 그 무엇에도 구속받지 않는 불량배와 같이.

당정은 화가 나서 그의 가슴을 사납게 내리쳤다.

"나빴어! 말하란 말이야!"

정역비가 고개를 숙이더니 그녀에게 입을 맞췄다. 그녀의 입 안에서 한참을 맴돌던 그는 마침내 그녀의 입술을 가볍게 깨물더니 속삭였다.

"당정, 내가 아무래도 너를 사랑하게 된 모양이다. 그러니까…… 좋아하는 것보다 훨씬 더 많이."

이 말을 들은 순간 당정의 마음속에서는 다시 한번 꽃이 화려하게 피어났다. 그녀는 웃음이 나오는 걸 간신히 참으며 물었다.

"그렇다면…… 나를 네 마음속으로 들이고 싶은 거야?"

"내 마음을 전부 너에게 떼어 줄게. 그래도 될까?"

정역비의 말에 당정은 마침내 참지 못하고 소리 내어 웃기 시작했다. 무어라 표현할 수 없이 행복했다.

"너는 이제 내 거야. 너라는 사람도, 네 마음도 모두!"

정역비는 본래 꽤 진지했지만, 그녀가 이렇게 기뻐하는 걸 보니 저도 모르게 입 끝을 올리며 웃었다. 그가 다시 고개를 숙이더니 당정의 모든 부분에 입을 맞추기 시작했다.

당정 역시 그의 입맞춤에 점차 자제력을 잃기 시작했고, 두 사람은 다시 한번 서로의 것이 되었다…….

깊고 고요한 밤, 군구신은 막 검 연습을 끝냈다. 곁에서 한참을 기다리던 망중이 다가와, 옥씨 가문이 객잔을 수색하려 했던 일을 보고한 후 한마디 덧붙였다.

"옥씨 가문 사람들이 떠난 후, 정 장군이 당 소저를 안은 채 담장을 넘어 들어오는 걸 본 시위가 있습니다."

군구신이 답답해하며 물었다.

"정역비는 어디에 있지?"

물샐틈없이 그물을 치고

군구신은 정역비와 당정의 관계를 알고 있었기에, 정역비가 당정을 안고 있었다는 말에는 놀라지 않았다. 그가 답답한 것은, 이렇게 중요한 시기에 정역비가 무엇 때문에 담을 넘었느냐 하는 것이었다.

정역비가 옥씨 가문 사람을 피하려 했던 걸까? 하지만 정역비의 성격을 생각하면, 옥씨 가문 사람들이 귀찮게 구는데 피할 리가 없었다!

망중이 자신도 모르게 킥킥거리며 나지막하게 말했다.

"물론 방으로 갔습니다. 아주 조급했었으니, 아마 오늘 밤은 나오지 않을 겁니다."

군구신은 바로 상황을 이해하고, 고개를 돌리며 말했다.

"알겠다. 목욕 시중을 들도록."

군구신이 목욕 후 방으로 들어가 보니, 비연이 겉옷을 걸친 채 침상에 앉아 서신을 정리하고 있었다. 진양성과 북강에서 온 것도 있었고 백초국에서 온 것도 있었는데, 모두 군구신에게 온 것이었다.

군구신이 살짝 불쾌해하며 말했다.

"이렇게 늦었는데 자지 않고?"

비연이 서신을 옆으로 밀어 놓더니, 침상 안쪽으로 물러나 군구신에게 자리를 내준 후 침상을 두드렸다.

"별로 중요한 서신은 없는 것 같아. 여기 누워 봐. 내가 말해줄 테니까."

그녀가 지금까지 잠을 자지 않은 건 첫째로는 수련을 하기 위함이었고, 둘째로는 그가 너무 피곤할까 봐 그의 일을 나누기 위함이었다.

군구신은 눕자마자 습관적으로 팔을 뻗더니 물었다.

"이 며칠 동안에도 현기증이 있었어?"

비연이 고개를 저었다.

"아니. 하지만 약왕정도 다시 승급이 있을 것 같은 조짐은 없어. 설마 지난번 승급이 실패한 걸까?"

군구신이 대답했다.

"그럴 수도 있지. 하지만 너무 다급해하지 마. 일단 몸이 중요하니까."

비연은 서신의 내용을 군구신에게 들려주었다. 그녀가 말한 대로 별로 중요한 일들은 아니었다.

군구신은 잠을 자려다가, 입에서 나오는 대로 당정과 정역비의 일, 그리고 옥씨 가문 간판이 부서진 일을 이야기했다. 비연은 옥씨 가문의 일에는 관심이 없었지만, 당정의 이야기를 듣자 몹시 즐거워하며 말했다.

"당정 언니는 아이를 가지게 될까 봐 두려울 텐데. 있잖아. 언니가 정말 아이를 갖게 되면 언니 아버지가……. 영정 숙모가 말려도 듣지 않고 정역비를 바로 죽여 버리려 하지 않을까?"

군구신은 이런 일을 길게 이야기하고 싶지 않았다. 어쨌든 그는 뼛속 깊이 예의를 중요시하는 사람이었다.

그가 잠을 자려 하자 비연이 제 배를 두드리며 원망스러운 듯 말했다.

"언니는 자기도 아이를 갖게 될까 봐 두려우면서, 계속 내 배에 신경 쓰다니. 정말 너무 생각이 많다니까!"

이 말을 들은 군구신이 바로 정신이 들어 물었다.

"당정이 너에게 무슨 말을 했지?"

비연이 옆으로 돌아눕더니, 부끄러운 듯 슬며시 웃으며 말했다.

"별말 안 했어. 우리 자도록 해."

군구신은 망설이다가 그 이상 묻지 않기로 했다.

아무래도 어떻게 해야 아이를 갖게 되는지조차 모르는 제 아내가 당정과 너무 가까이 지내지 못하게 해야 할 것 같았다!

비연과 군구신은 옥씨 가문과 관련한 일은 깊이 생각하지 않았다. 그러나 다음 날 아침을 먹을 때 정역비와 당정이 먼저 자수해 왔다.

정역비는 전날 간판을 부순 일이며 백씨 저택에 몸을 숨긴 일을 사실대로 보고했다. 물론 실수로 간판을 부수었다고만 말했을 뿐, 당정이 도박장에 들어가는 걸 막기 위해 그랬다고는 말하지 않았고, 그들 사이에 벌어진 일은 더더욱 말을 줄였다.

군구신은 불쾌한 표정으로 정역비를 질책했다.

"아무 이유도 없이 도박장 간판을 부수다니, 한가한 모양이지? 이 성의 도박장이 만만치 않은 상대라는 걸 모르는 것도 아닐 텐데?"

물론 정역비도 알고 있었다. 전날 밤 화가 머리끝까지 치밀지 않았다면 그도 간판을 부수는 일은 없었을 것이다!

그는 온순하게 질책을 받아들이며 고개를 숙였다.

"잘못을 알고 있습니다. 전하께서 벌을 내려 주십시오."

당정이 막 입을 열려고 하자 비연이 그녀에게 눈짓했다. 군구신의 성격을 가장 잘 아는 것은 비연이었다. 군구신은 공적인 일과 사적인 관계를 절대로 뒤섞는 일이 없었다. 오늘 경매와 관련한 일은 아주 중요하니, 결코 다른 사고를 허락할 수 없었다.

당정은 머뭇거리다가 침묵했다.

군구신이 다시 말했다.

"어제, 누가 또 너희들을 알아보았지?"

정역비가 대답했다.

"옥씨 가문의 시위들은 알아본 것 같지 않습니다. 길가의 행인들도 아마 제대로 보지 못했을 겁니다. 만약 길가의 행인들이 우리를 알아보았다면, 옥씨 가문에서는 이미 우리를 찾아왔겠지요."

어젯밤 옥씨 가문 사람들은 모든 객잔을 뒤졌다. 그들이 있는 객잔만 골라 찾아온 것은 아니었다.

비연이 옆에서 거들어 주었다.

"들키지 않았으니 다행이야."

그러자 당정도 재빨리 말했다.

"신중하기 위해, 오늘 가면을 쓰고 경매대에 올라야겠어. 야시장의 경매관은 십중팔구 가면을 쓰기 마련이니, 아무도 의심하지 않을거야."

당정이 암기로 백리명천을 상대하기로 한 게 아니라면 군구신은 분명 그녀를 객잔에 남겨 두었을 것이다.

군구신은 잠시 생각한 후에 고개를 끄덕였다.

"정역비, 너도 얼굴을 드러내지 말고 숨어서 지켜보도록."

정역비는 반대하지 못하고 고개를 끄덕였다.

군구신은 오늘의 경매 계획을 설명한 다음에야 정역비와 당정이 앉아서 식사하는 것을 허락했다.

당정이 앉으려 하자 정역비가 그녀의 손을 잡아끌더니, 군구신과 비연을 바라보며 진지하게 말했다.

"전하, 왕비마마, 저와 당정은 날을 택해 혼례를 치를 생각입니다."

비연과 군구신은 깜짝 놀랐다. 비연이 재빨리 당정을 흘깃거리며 즐거운 표정을 지었다. 그러자 당정은 바로 그녀에게 의기양양한 눈빛을 보냈다.

군구신은 화가 난 것은 화가 난 것이고, 이 소식을 들으니 기쁜 마음이 되었다. 그는 새어 나오는 웃음을 참지 못하고 외쳤다.

"축하한다!"

비연도 말했다.

"정역비, 우리 언니를 괴롭힌다면 내가 용서하지 않을 거야!"

정역비는 대답 없이 고개만 끄덕였다.

군구신은 정역비가 당정에게 어떤 마음인지 이해하고 있어 속으로 생각했다.

'당정 저 암호랑이가 정역비를 괴롭히지나 않으면 다행이지, 정역비가 대체 어떻게 당정을 괴롭혀?'

물론 그는 이 말을 입 밖으로 내지는 않았다.

식사 후 당정과 정역비는 비밀리에 먼저 경매장으로 떠났다. 당정은 암기를 준비하고 경매를 주도할 준비를 해야 했고, 정역비는 배치해 둔 병력을 최종으로 점검하는 동시에 활을 준비해 은밀한 곳에 자리 잡아야 했다.

오늘 아침 경매는 경매장에서 가장 큰 공간인 천보대청에서 거행될 예정이었다. 군구신은 정역비의 수하는 물론 자신의 시위들도 배치해 놓았다. 물론 시위들은 단지 만일의 일을 경계하기 위함이었고, 오늘 백리명천을 잡는 데 가장 중요한 인물은 당정이 될 예정이었다. 군구신 자신은 비연을 지키는 일에만 신경 쓰면 되었다.

시간이 얼추 되어 가고 있었다. 군구신과 비연은 마차에 올라 경매장으로 향했다. 진묵과 망중 일행은 그들을 따르지 않고, 비연이 조제해 준 독약을 가지고 천옥성 내 수로를 지키고 있었다.

군구신과 비연 모두 이번에는 단단히 마음을 굳히고 있었다. 어떻게든 백리명천을 잡고 말리라고!

군구신은 이번 경매에 부칠 소장품 목록을 이미 공표하게 했다. 그것들은 모두 인기가 좋은 물건들로, 이미 사라져 구할 수 없다고 생각되던 귀한 보물도 여럿 있었다. 수집가며 암거래를 노리는 상인들은 물론이고, 업계에 있지 않은 사람들도 소문을 듣고, 경매를 위해서가 아니라 보물들의 진짜 모습을 구경하기 위해 몰려왔다.

경매 시작까지는 차 한 잔 마실 시간이 남아 있었지만 경매장 안은 이미 빈자리가 없었고, 경매장 밖에도 상당수의 사람들이 둘러싸고 있었다. 군구신과 비연이 도착했을 때 마침 옥씨 가문의 노부인과 옥명양도 도착했다.

비록 과거에 만난 적 없었지만 옥씨 가문의 노부인은 한눈에 비연과 군구신의 신분을 알아보았다. 그녀는 바로 옥명양을 데리고 다가왔다. 그리고 매우 겸손하게 웃으며 말했다.

"두 분께서 바로 정왕 전하와 왕비마마시군요. 이 늙은이는 천옥성의 지주이온데, 멀리 마중을 나가지 못해 죄송합니다!"

비연과 군구신은 이 말을 듣자마자, 이 노부인이 어젯밤의 일을 알지 못한다는 사실을 알아차렸다.

경매, 일부러 시끌벅적하게

　정역비가 실수로 잘못을 저질렀고, 옥씨 가문 노부인은 그 사실을 알지 못한다. 이렇게 중요한 순간, 군구신과 비연이 어젯밤 아예 아무 일도 벌어지지 않은 것처럼 구는 것도 당연했다.

　"그렇게 예를 갖출 필요 없소. 본 왕이 비록 이곳의 지주는 아니나, 오늘 경매는 본 왕이 주인인 셈이니."

　군구신은 예의가 바른 것처럼 보였으나 실제로는 소원하게 굴고 있었다. 그는 옥 노부인 곁에 있는 옥명양에게는 눈길 한 번 던지지 않았다. 그러나 옥 노부인은 상당히 열정적으로 제 귀한 아들을 소개하려 들었다.

　"제 불초한 자식 명양입니다. 훗날 혹시라도 가르침을 받을 기회가 있기를 바랍니다."

　옥명양은 이미 객잔을 수색하려다 거절당했다는 보고를 받은 다음이었다. 그러나 그는 백씨 저택에서 골탕을 먹었기 때문에 이 일에 더 신경 쓰고 싶지 않았다.

　그는 어머니가 군구신에게 예의 바르게 대하는 걸 보고는, 그럴 가치가 없다고 생각하면서도 군구신에게 예의 바르게 읍하며 인사했다. 그와 그의 어머니는 오늘 백리명천의 소장품을 얻기 위해 온 것이니, 군구신에게 밉보이는 것은 결코 현명한 행동이 아니었다.

군구신은 그저 고개만 끄덕일 뿐 별다른 말을 하지 않았다. 노부인이 비연을 보며 말을 붙이려 하자 군구신이 다시 말했다.

"경매가 곧 시작하겠군. 다들 앉는 것이 좋겠소."

부인은 비록 난처했지만, 여전히 웃는 얼굴로 군구신을 따라 경매장 안으로 들어갔다. 빈자리 하나 없이 꽉 찬 그곳은 사람들의 목소리로 들끓고 있었다.

천보대청은 반원 형태로 지어진 공간으로, 상석이 세 곳, 하석이 네 곳, 도합 일곱 곳의 반원형 자리들이 높은 경매대를 둘러싸고 있었다. 자리는 많았으나 모든 이가 경매에 참여할 수 있는 건 아니었다. 경매에 참여할 수 있는 이는 경매대 앞쪽의 상석 세 곳, 즉 서른 자리뿐이었고, 다른 자리에 앉은 이들은 구경만 할 수 있었다.

경매장 양편 위쪽으로는 귀빈석이 각각 하나씩 있었는데, 이 두 곳은 귀빈과 경매를 주도하는 이를 위해 남겨져 있었다.

옥씨 모자가 오른쪽 귀빈석으로 올랐고, 군구신과 비연은 왼쪽 귀빈석으로 올라갔다. 경매장 내의 모두가 고개를 들어 귀빈석을 바라보았다. 그러나 얼마 지나지 않아 경매관이 등장하자 모든 이의 시선이 그쪽으로 향했다.

오늘의 경매관은 여자였는데, 얼굴 전체를 가리는 연푸른 가면을 쓰고 있어 진짜 외모를 알 수 없었다. 하지만 경매대 아래 남자들은 그녀에게서 눈을 떼지 못하고 있었다.

그녀는 자태가 아름답고 고상할 뿐 아니라, 늘씬한 몸매에 굴곡이 확실했다. 가면과 색이 같은 연푸른 옷을 입고, 구름 같은 머리를 겹겹이 올려 빗어 푸른 옥비녀를 꽂고 있었는데, 이런 단순한 차림에 얼굴도 보이지 않건만 보는 이들은 눈이 즐거워지는 느낌을 받았다. 그야말로 모습을 드러내지 않은 꽃이 가을 이슬에 맑은 향을 내뿜는 것 같은 미인이었다.

천옥성 경매장에 미녀 경매관이 모자란 것은 아니었다. 그러나 사람들은 지금까지 저런 분위기를 풍기는 경매관을 본 적 없었다. 무대 아래 사람들은 모두, 아무래도 정왕이 데려온 경매관 같다는 이야기를 나누기 시작했다.

이 여자 경매관은 당정이었다. 이곳에는 남자 옷을 입은 여자가 극히 적었다. 당정이 남자 옷을 입고 무대 위에 오른다면 옥씨 가문의 의심을 살 가능성이 있었다. 그 이유로 당정은 여자 옷을 입었다. 어두운 곳에 숨어 있던 정역비는 눈 한번 떼지 못하고 당정을 바라보았다. 그는 가면 아래 당정의 모습을 상상하며 불만스러워하고 있었다. 그는 원래 당정에게 여자 옷을 입게 하려 했지만, 이 순간은 자신이 그런 생각을 한 적이 없는 척하고 있었다.

당정이 경매대 중앙에서 발걸음을 멈췄다. 100여 명에 달하는 사람들을 보면서도 그녀는 호방하고 침착했다. 그녀는 주변을 둘러본 다음, 사람들이 조용해지자 오른쪽을 향해 손짓했다.

그녀의 손짓에 따라 문을 지키던 이들이 양쪽 대문을 닫았고, 고요한 가운데 문 닫는 소리는 유달리 크게 들렸다. 그러나 사람들 대부분이 당정을 바라보느라 고개 한번 돌리지 않았다.

왼쪽 귀빈석에서 군구신과 비연은 네모진 탁자 양옆에 앉아 있었다. 비연은 당정을 보면서 저도 모르게 신농곡에서 처음 만났던 때를 떠올렸다.

군구신은 객석을 살피며 백리명천을 찾고 있었다.

두 대문이 닫히자 당정이 입을 열었다.

"천보 경매장에 왕림해 주심에 감사드립니다! 저는 오늘의 경매관 홍두입니다."

옥구슬 구르는 듯한 목소리에 발음도 정확하고 말투는 부드러웠다. 경매장 전체가 조용히 그녀에게 귀를 기울이고 있었다.

당정은 중간 좌석이며 양쪽을 모두 한 번씩 본 다음 계속 말하기 시작했다.

"오늘 천보대청에서 이뤄지는 경매의 물품들은 모두 천염국 정왕 전하께서 맡기신 것입니다. 정왕 전하께서는 본 경매장에 전리품 열두 가지를 위탁하셨고, 경매는 세 번에 걸쳐 진행될 예정입니다. 경매석에 앉아 계신 분들께서는 모두 참여하실 수 있습니다. 다른 분들은 이곳의 규칙을 준수하셔서, 불필요한 오해를 사는 일이 없도록 해 주시지요. 이곳에 계신 분들 모두 경매 물품의 목록을 보셨다고 생각하기에, 지금 바로 첫 번째 경매를 시작할까 합니다!"

이 말이 끝나는 순간 경매장 전체가 고요해졌다. 당정의 모습에 심취해 있던 이들도 모두 정신이 들었다. 어쨌든 지금 가장 중요한 것은 경매였으니까.

첫 번째 경매에 나온 물건은 모두 열 가지였다. 화병 셋에 산수화 두 점, 은 제품 둘에 검 한 자루, 팔찌 하나에 발이 셋 달린 옛 솥 하나. 모든 물건이 최소 500년은 된 것으로, 유일무이한 내력을 지니고 있었다.

붉은 비단 위에 놓인 보물들이 차례대로 경매장에 올라왔고, 한일一자 형태로 진열되었다. 모든 보물 뒤에는 이름이 적힌 목록이 붙어 있었다.

경매로 물건 하나를 구매하면 그에 상응하는 열 개의 보물을 준다고 했다. 즉, 열 가지 물건을 경매로 모두 얻어 낸다면 백 가지를 얻게 되는 셈이었다! 이것이 바로 이번 경매가 사람들의 이목을 그리도 끌었던 이유였다.

돈이 꽤 있다고 자부하는 이들이라면 누구나 백 가지 물건을 독식할 마음을 품고 있었다. 어쨌든 현공대륙 사람이라면 모두 알고 있었다. 백리명천의 눈에 든 물건이라면 분명 최상급이라는 사실을!

이미 규칙을 알고 왔음에도 불구하고 사람들은 무대 위에 진열된 보물들을 보고 감동해 조용해졌다.

비연이 경매대 위 보물들을 흘깃 보더니 갑자기 물었다.

"전하, 백 가지 물건을 모두 경매대 위로 올리면 어떨까요? 다 올릴 수 있을까요?"

그녀의 목소리는 크지 않았지만, 경매장이 쥐 죽은 듯 고요했기에 사람들 대부분이 들을 수 있었다.

군구신이 순간 멈칫했다가 곧이어 큰 소리로 웃기 시작했다.

"애비가 원한다면, 다 올릴 수 없다 해도 방법을 생각해 다 올려야지."

경매장에 있던 모든 이들이 그의 목소리를 똑똑히 들었다.

당정이 고개를 들더니 웃으며 말했다.

"정왕 전하께서 그리 말씀하시니, 홍두가 따를 수밖에요!"

당정이 사람들에게 정왕의 말대로 하라고 지시했다.

사람들이 곧 경매대 위에 진열장 열 개를 설치한 후, 골동품 백 가지를 그곳에 전시했다. 이렇게 되니 열 개의 경매품 뒤에 골동품의 벽이 세워진 것처럼 보였다. 이런 모습은 예전에도 없었고 앞으로도 없을 터였다.

고요하던 대청 안에 갑자기 환호성이 울려 퍼졌다. 모두 군구신과 비연이 호방하다고 칭찬하고 있었다. 견식이 꽤 넓다 자부하던 옥씨 가문 모자조차도 감탄을 금치 못하고 있었다.

비연과 군구신은 객석이 성황을 이루는 걸 보며 마음속으로 백리명천의 반응을 기대하고 있었다. 오늘 그들은 마음을 단단히 굳히고 있었다. 어떻게든 분위기를 시끌벅적하게 만들어 그를 끌어내리라고!

그리고 이 순간, 백리명천은 객석에 몸을 숨기고 있었다. 그러나 경매대는 그저 흘깃 한번 바라보았을 뿐, 그의 시선은 줄곧 귀빈석에 못 박혀 있었다. 정확히 말하자면, 그는 눈을 가늘게 뜨고 비연을 바라보고 있었다…….

〈제왕연〉 13권에서 계속